Philip K. Dick

KINDER DES HOLOCAUST

Herausgegeben von Hans Joachim Alpers

MOEWIG

MOEWIG Band Nr. 3638
Moewig Taschenbuchverlag Rastatt

Titel der Originalausgabe:
Dr. Bloodmoney Or, How we got along after the Bomb
Aus dem Amerikanischen von Horst Pukallus

Umschlagillustration: Rowena Morill /Schlück
Umschlagentwurf und -gestaltung: Franz Wöllzenmüller, München
Redaktion: Hans Joachim Alpers
Verkaufspreis inkl. gesetzl. Mehrwertsteuer
Auslieferung in Österreich:
Pressegroßvertrieb Salzburg, Niederalm 300, A-5081 Anif
Printed in Germany 1984
Druck und Bindung: Elsnerdruck GmbH, Berlin
ISBN 3-8118-3638-2

1

Früh am hellen, von der Sonne gefärbten Morgen kehrte Stuart McConchie vor dem Rundfunk- und Fernsehfachgeschäft *TV modern* (Verkauf & Kundendienst) den Bürgersteig, hörte die Autos die Shattuck Avenue entlangbrummen und die Sekretärinnen auf ihren hohen Absätzen in die Büros eilen, bemerkte all die Regungen und die schwachen Gerüche einer neu begonnenen Woche, wieder eine Zeitspanne, in der ein tüchtiger Verkäufer etwas leisten konnte. Er nahm sich vor, sich fürs zweite Frühstück, etwa gegen zehn Uhr, ein warmes Brötchen und einen Kaffee zu erlauben. Er dachte an Kunden, die er davon hatte überzeugen können, daß es sich lohnte, wiederzukommen und zu kaufen, und vielleicht kamen sie alle schon heute; an sein Auftragsbuch, das gewissermaßen überfloß, so wie dieser Kelch in der Bibel. Während er kehrte, sang er einen Song vom neuen Buddy Greco-Album vor sich hin und stellte sich vor, wie das wäre, berühmt zu sein, ein großer, weltbekannter Sänger, den jeder sehen und hören wollte, wenn er in solchen Häusern wie bei Harrah in Reno oder den unwahrscheinlich teuren Klubs in Las Vegas auftrat, von denen er bereits vieles gehört, die er jedoch noch nie besucht hatte.

Sechsundzwanzig Jahre war er alt, und spät an Freitagabenden fuhr er von Berkeley aus auf der breiten, zehnspurigen Autobahn nach Sacramento und durch die Sierras nach Reno, wo man ein Spielchen machen und Mädchen kennenlernen konnte; er arbeitete für Jim Fergesson, den Eigentümer von *TV modern*, gegen Fixum und zusätzliche Provision, und weil er ein guter Verkäufer war, verdiente er reichlich. Außerdem war dies das Jahr 1981, und der Wirtschaft ging es allgemein nicht übel. Ein neues fettes Jahr, von Anfang an geschäftsfreundlich — Amerikika gewann an Größe und Macht, und jeder brachte mehr mit nach Hause.

„Morgen, Stuart." Indem er Stuart zunickte, strebte Mr. Crody vorüber, der Juwelier, der drüben auf der Shattuck Avenue seinen kleinen Laden hatte, ein Mann mittleren Alters.

Sämtliche Geschäfte, alle Büros öffneten jetzt; es war bereits nach neun, und sogar Dr. Stockstill, Psychiater und Facharzt für psychosomatische Erkrankungen, kreuzte auf, die Schlüssel in der Hand, um seine sehr einträgliche Praxis in dem Bürogebäude mit der gläsernen Fassade aufzumachen, das die Versicherungsgesellschaft mit ein bißchen Extra-Profit gebaut hatte. Seinen ausländischen Wagen hatte Dr. Stockstill auf dem Parkplatz abgestellt; ihm fiel es leicht, dafür täglich fünf Dollar zu zahlen. Und da kam auch Dr. Stockstills hochgewachsene, langbeinige, dufte aussehende Sekretärin, die ihn um einen Kopf überragte. Und dort, während Stuart ihr noch nachschaute, auf seinen Besen gestützt, kam auch schon der erste Gestörte des Tages schuldbewußt angeschlichen, um unauffällig in die Praxis des Psychiaters zu huschen.

Die Welt ist voller Gestörter, dachte sich Stuart, während er das Geschehen beoachtete. Psychiater machen schweinisch Kies. Müßte ich zu einem Psychiater, ich würde durch die Hintertür kommen und gehen. Mich dürfte keiner sehen und belächeln. Vielleicht machen einige es wirklich so, dachte er. Vielleicht hat Dr. Stockstill einen Hintereingang. Für die ganz Gestörten, oder (dahingehend berichtigte er seinen Gedanken) für solche, die aus ihrem Besuch beim Psychiater keinen öffentlichen Auftritt machen möchten; ich meine die Leute, die schlichtweg ein Problem haben, die nicht beknackt sind, sondern sich einfach wegen der Strafaktion gegen Kuba sorgen, die nur... beunruhigt sind.

Er selbst war nämlich beunruhigt, weil nach wie vor die reale Möglichkeit bestand, daß man ihn noch einzog und in den Kuba-Krieg schickte, der sich schon wieder in den Bergen festgerannt hatte, trotz der neuartigen kleinen Sprengbomben, die die schmierigen roten Kanaken hinwegfegte, egal wie gut sie sich eingebuddelt haben mochten. Er persönlich machte dem Präsidenten keinen Vorwurf — schließlich war es nicht die Schuld des Präsidenten, daß die Chinesen sich dazu entschlossen hatten, ihren Bündnisverpflichtungen nachzukommen. Bloß verhielt es sich so, daß aus dem Krieg gegen die schmierigen roten Kanaken kaum einer ohne Virusinfektion des Knochenbaus heimkehrte. Ein dreißigjähriger Veteran konnte mit dem Aussehen einer Mumie heimkommen, die man für ein Jahrhundert zum Trocknen in die Räucherkammer gehängt hatte... und Stuart McConchie vermochte sich schwerlich vorzustellen, daß er nach so was noch dazu imstande wäre, Stereo-Fernseher zu verkaufen, seine Tätigkeit im Einzelhandel wiederaufzunehmen.

„Morgen, Stu", schreckte ihn die Stimme eines Mädchens auf. Es handelte sich um die kleine, schwarzäugige Verkäuferin von Edys „Bonbonniere". „So früh am Tag träumst du schon vor dich hin?" Das Mädchen lächelte ihm zu, als es auf dem Bürgersteig an ihm vorüberging.

„Ach was", sagte er und begann mit Nachdruck wieder das Trottoire zu fegen.

Auf der anderen Seite der Straße blieb Dr. Stockstills im Heranschleichen befindlicher erster Patient, ein Mann irgendwie ganz in Schwarz, nämlich schwarzen Haaren und schwarzen Augen, gehüllt in einen weiten Mantel vom Schwarz der schwärzesten Nacht, aber bleicher Haut, einen Moment lang stehen, zündete sich eine Zigarette an und blickte sich um. Stuart sah das eingesunkene Gesicht des Mannes, die Augen mit ihrem durchdringenden Blick und den Mund, vor allem den Mund. Obwohl er verpreßt wirkte, erregte das Fleisch den Eindruck von Erschlafftheit, als hätten Verpreßtheit und Verspannung längst Kiefer und Zähne weggemahlen, wogegen die Verkrampftheit des von Unglück gezeichneten Gesichts geblieben war; Stuart schaute fort.

Ist das so? fragte er sich. Das Verrücktsein? Auf so eine Art und Weise von Zersetzung befallen, wie verzehrt von ... er wußte nicht, von was. Von Zeit oder womöglich Wasser; irgend etwas, das langsam seine Wirkung tat, dessen Wirkung jedoch nie aufhörte. Er hatte, solange er die Patienten des Psychiaters schon beim Kommen und Gehen beobachtete, bereits mancherlei Zustände von Heruntergekommenheit gesehen, aber noch keinen so schlimmen, so fortgeschrittenen Fall.

Drinnen im *TV modern* läutete das Telefon, und Stuart machte auf dem Absatz kehrt und eilte hinein. Als er seinen Blick das nächste Mal der Straße widmete, war der Mann in Schwarz verschwunden, und der Tag gewann wieder an Helligkeit, Verheißung und Duft nach Schönheit. Stuart schauderte leicht zusammen und packte von neuem den Besen.

Ich kenne den Mann, sagte er sich. Ich habe einmal ein Bild von ihm gesehen, oder er ist irgendwann hier im Laden gewesen. Entweder ist er ein Kunde — ein alter Kunde, eventuell sogar ein naher Bekannter Fergessons —, oder er ist eine bedeutende Persönlichkeit.

Nachdenklich fegte er weiter den Gehweg.

„Tasse Kaffee?" erkundigte sich Dr. Stockstill bei seinem neuen Patienten. „Oder Tee? Oder 'ne Cola?" Er betrachtete den kleinen Zettel, den Miss Purcell ihm auf den Schreibtisch gelegt hatte. „Mr. Tree", sagte er laut. „Sind Sie irgendwie verwandt mit dieser berühmten englischen Literaten-Familie? Iris Tree, Max Beerbohm...?"

„Wissen Sie, das ist nicht mein richtiger Name", antwortete Mr. Tree mit starkem Akzent. Seine Stimme klang nach Gereiztheit und Ungeduld. „Er ist mir bloß so in den Sinn gekommen, als ich mit dem Mädchen in Ihrem Vorzimmer gesprochen habe." Dr. Stockstill musterte seinen Patienten mit einem Blick stummer Fragestellung. „Ich bin weltbekannt", sagte Mr. Tree. „Es überrascht mich, daß Sie mich nicht erkennen. Sie müssen so was wie ein Einsiedler oder was Schlimmeres sein." Mit einer zittrigen Hand strich er sich durch das lange, schwarze Haar. „Es gibt Tausende, ja Millionen von Menschen auf der Welt, die mich hassen und mich gern abmurksen würden. Daher muß ich natürlich Maßnahmen zu meinem Schutz ergreifen. Ich mußte Ihnen ganz einfach einen falschen Namen nennen." Er räusperte sich und zog in rascher Folge an seiner Zigarette, die er wie ein Europäer hielt: mit dem angezündeten Ende in der Handfläche, so daß die Glut fast die Haut versengte.

O mein Gott, dachte Dr. Stockstill. Ich erkenne diesen Mann. Das ist Bruno Bluthgeld, der Physiker. Und er hat recht, eine Menge Leute, sowohl hier wie auch im Osten, würden ihn wegen seiner Fehlberechnung damals im Jahre neunzehnhundertzweiundsiebzig gern in die Finger kriegen. Wegen des schrecklichen Fallouts nach dem Stratosphären-Atomtest, der — angeblich — keinen Schaden hätte anrichten können — wie Bluthgeld mit seinen Berechnungen vorher *bewiesen* hatte.

„Ist es Ihr Wunsch, daß ich weiß, wer Sie sind?" forschte Dr. Stockstill nach. „Oder sollen wir einfachheitshalber bei ‚Mr. Tree' bleiben? Das liegt ganz bei Ihnen, mir ist es so oder so recht."

„Lassen Sie uns einfach erst einmal weitermachen", antwortete Mr. Tree schroff.

„Einverstanden." Dr. Stockstill setzte sich bequemer hin, kritzelte mit seinem Stift etwas auf den Bogen Papier an seinem Klemmbrett. „Also legen Sie los."

„Hat das Unvermögen, einen gewöhnlichen Bus — wissen Sie, irgendeinen Bus mit etwa einem Dutzend fremder Personen drin —

zu besteigen, etwas zu bedeuten?“ Mr. Tree beobachtete ihn mit eindringlichem Blick.

„Kann sein“, sagte Stockstill.

„Ich habe das Gefühl, daß man mich anstarrt.“

„Aus irgendeinem besonderen Grund?“

„Wegen meines entstellten Gesichts“, sagte Mr. Tree.

Es gelang Dr. Stockstill, ohne auffällige Bewegungen den Blick zu heben und seinen Patienten zu mustern. Er sah einen Mann mittleren Alters von stämmiger Statur sowie mit schwarzem Haar und düsteren Bartstoppeln auf der außergewöhnlichen bleichen Haut. Die Augen des Mannes besaßen dunkle Ringe, die von Erschöpfung und Anspannung stammten, und der Ausdruck dieser Augen bezeugte reine Verzweiflung. Die Haut des Physikers war schlecht, ein Besuch beim Frisör hätte ihm gutgetan, und seine ganzen Gesichtszüge wiesen Spuren seiner inneren Not auf ... aber eine „Entstellung“ war keineswegs vorhanden. Abgesehen von dem Stress, den es widerspiegelte, war dies Gesicht vollauf normal; unter einer größeren Anzahl von Leuten hätte es keinerlei erhöhte Aufmerksamkeit erregt.

„Sehen Sie die Flecken?“ Mr. Trees Stimme klang heiser. Er zeigte auf seine Wangen, sein Kinn. „Die scheußlichen Male, die mich von jedem anderen unterscheiden?“

„Nein“, erwiderte Stockstill, indem er das Risiko einging, einem Patienten direkt zu widersprechen.

„Sie sind aber da“, sagte Mr. Tree. „Natürlich befinden sie sich an der Innenseite der Haut. Aber die Leute bemerken sie trotzdem und starren mich deswegen an. Ich kann mit keinem Bus fahren, ich kann in kein Restaurant und nicht ins Theater gehen. Ich kann nicht in San Franzisko die Oper oder das Ballett besuchen, nicht ins Konzert des Sinfonieorchesters gehen, nicht mal in einen Nachtklub, um mir ’ne Schnulzensängerin anzuhören. Selbst wenn ich hineingelange, muß ich wegen des Gaffens fast unverzüglich wieder abhauen. Und wegen der Bemerkungen.“

„Was sind das für Bemerkungen?“ Mr. Tree schwieg. „Wie Sie selber erklärt haben“, sagte Stockstill, „sind Sie ein weltbekannter Mann — ist es dann nicht völlig natürlich, daß die Leute zu flüstern anfangen, wenn eine weltbekannte Persönlichkeit daherkommt und sich mitten unter sie setzt? Ist das nicht stets so gewesen? Und anscheinend, wenn ich Ihre Andeutungen richtig verstehe, gilt Ihre Tätigkeit als kontrovers ... unter solchen Umständen muß man zwangsläufig da und dort auf Ablehnung stoßen, abfällige Äußerungen zu hören bekommen. Aber jeder, der im Mittelpunkt der öffentlichen Aufmerksamkeit steht..."

„Darum geht's nicht", unterbrach ihn Mr. Tree. „So etwas erwarte ich durchaus. Ich schreibe Artikel, ich trete im Fernsehen auf, und deshalb rechne ich mit so was. Ich weiß, daß man auf dergleichen gefaßt sein muß. Aber was ich meine, das hat etwas mit meinem Privatleben zu tun. Mit meinen allerinnersten Gedankengängen." Er betrachtete Stockstill. „Sie lesen meine Gedanken und lassen sich in allen Einzelheiten über mein persönliches Privatleben aus", sagte er dann. „Irgendwie haben sie Zugang zu meinem Gehirn."

Paranoia sensitiva, dachte Stockstill. Doch natürlich mußten erst noch Tests durchgeführt werden ... insbesondere der Rorschach-Test. Es konnte fortgeschrittene schleichende Schizophrenie vorliegen; möglicherweise handelte es sich um das letzte Stadium eines lebenslangen krankhaften Prozesses. Oder...

„Manche Menschen können die Flecken in meinem Gesicht besser sehen und meine Gedanken genauer lesen als andere", sagte Mr. Tree. „Ich habe ein ganzes Spektrum unterschiedlicher Befähigung feststellen können. Einige Leute merken kaum etwas, andere dagegen erkennen meine Andersheit, meine Stigmate nahezu augenblicklich. Zum Beispiel, als ich eben draußen auf dem Bürgersteig unterwegs war zu Ihrer Praxis, da stand auf der anderen Straßenseite ein Neger und kehrte den Gehweg ... er hörte mit dem Kehren auf und konzentrierte sich regelrecht auf mich, aber er war zu weit entfernt, um mich irgendwie verspotten zu können. Trotzdem, er ist sofort auf mich aufmerksam geworden. Das ist typisch für Angehörige der unteren Schichten. Soviel ist mir aufgefallen. Bei solchen Leuten kommt es häufiger vor als bei gebildeten oder kultivierten Personen."

„Ich frage mich, woran das liegen könnte", meinte Stockstill, der sich Notizen machte.

„Vermutlich wär's Ihnen klar, wenn Sie nur ein bißchen kompetent wären. Die Frau, die Sie mir empfohlen hat, war der Meinung, Sie seien außerordentlich fähig." Mr. Tree maß ihn, als könne er bis jetzt keinerlei Anzeichen irgendeiner Tüchtigkeit bemerken.

„Ich glaube, ich informiere mich am besten erst einmal über Ihre

Vorgeschichte", sagte Stockstill. „Wie ich sehe, hat Bonny Keller mich Ihnen empfohlen. Wie geht's Bonny? Seit dem vergangenen April oder so habe ich sie nicht mehr gesehen ... hat ihr Mann inzwischen den Posten in dieser Zwergschule aufgegeben, wie er's vorhatte?"

„Ich habe Sie nicht aufgesucht, um mich mit Ihnen über George und Bonny Keller zu unterhalten", sagte Mr. Tree. „Ich stehe verzweifelt unter Druck, Doktor. Jeden Tag kann es jetzt soweit sein, daß man beschließt, mir vollends den Garaus zu machen. Diese Schikanen dauern nun schon so lange, daß..." Er verstummte. „Bonny ist der Meinung, ich sei krank, und ich habe vor ihr ziemlich viel Achtung." Seine Stimme klang kaum vernehmlich. „Damals habe ich ihr versprochen, Sie aufzusuchen, wenigstens einmal."

„Wohnen die Kellers noch droben in West Marin?" Mr. Tree nickte. „Ich habe dort ein Sommerhäuschen", sagte Stockstill. „Ich bin ein begeisterter Segler und nutze jede Gelegenheit, die sich bietet, um in die Tomales Bay rauszusegeln. Haben Sie sich jemals mit Segeln befaßt"

„Nein."

„Sagen Sie mir, wann und wo Sie geboren sind."

„Neunzehnhundertvierunddreißig in Budapest", sagte Mr. Tree.

Durch geschicktes Befragen begann Dr. Stockstill die Lebensgeschichte seines Patienten zu rekonstruieren, ergründete er eine Tatsache nach der anderen. Ein solches Vorgehen war wesentlich für das, was er als Psychiater zu tun hatte: erst zu diagnostizieren und danach, falls möglich, zu heilen. Erst Analyse, dann Therapie. Ein weltbekannter Mann, der sich einbildete, von Fremden angegafft zu werden — wie sollte man in einem derartigen Fall Wirklichkeit von Wahn trennen? Wie war der Bezugsrahmen beschaffen, durch den sich das eine vom anderen unterscheiden ließ?

Es fiel allzu leicht, begriff Stockstill, hier pathologische Eigentümlichkeiten zu entdecken. Leicht war es ... und obendrein verführerisch. Bei einem dermaßen verhaßten Mann ... Ich bin auch der Ansicht *derer*, sagte er sich, von denen Bluthgeld — oder vielmehr Tree — da redet. Immerhin bin ich ebenfalls ein Glied der Gesellschaft, ein Teil der Zivilisation, die durch die kolossalen, ungeheuerlichen Fehlberechnungen dieses Mannes in Gefahr geraten ist. Es könnten meine Kinder gewesen sein, die unter den Folgen dessen leiden mußten — und es konnte noch immer eines Tages dazu kommen —, daß dieser Mann soviel überhebliche Anmaßung besessen hatte zu glauben, er könne keine Fehler begehen.

Doch es mußte mehr damit auf sich haben. Schon damals hatte Stockstill bei diesem Mann eine Eindruck von Entartung gehabt; er hatte gesehen, wie man ihn im Fernsehen interviewte, ihn sprechen gehört, seine fanatischen antikommunistischen Traktate gelesen; und war zu der vorläufigen Schlußfolgerung gelangt, daß in Bluthgeld ein gründlich eingefleischter Haß gegen alle Menschen stak, tief und stark genug, um ihm — zumindest auf unbewußter Ebene — durchaus den Wunsch nach Fehlern einzugeben, die das Leben von Millionen gefährdeten.

Kein Wunder, daß FBI-Chef Nixon sich so nachdrücklich gegen „militante Amateur-Antikommunisten in führenden Wissenschaftlerkreisen" gewandt hatte. Nixon war schon lange vor dem tragischen Irrtum des Jahres 1972 über derlei Erscheinungen besorgt gewesen. Die Symptome von Paranoia, nicht nur mit Wahnvorstellungen bezüglich der Zuständigkeit, sondern auch in bezug auf die eigene Größe, mußten bereits zu der Zeit manifest geworden sein; Nixon, ein guter Menschenkenner, hatte sie gemerkt, und viele andere ebenso.

Und offensichtlich hatten sie recht gehabt.

„Ich bin nach Amerika gekommen", sagte Mr. Tree, „Um mich den Nachstellungen der kommunistischen Agenten zu entziehen, die mich ermorden wollten. Selbst damals waren sie schon hinter mir her ... und die Nazis natürlich genauso. Alle hatten sie's auf mich abgesehen."

„Verstehe", sagte Stockstill und schrieb etwas auf.

„Sie sind noch immer hinter mir her, aber letzten Endes werden sie an mir scheitern", sagte Mr. Tree mit rauher Stimme und steckte sich eine neue Zigarette an. „Denn auf meiner Seite steht Gott. Er sieht meine Drangsal, und Er hat oft zu mir gesprochen und mir die Weisheit gegeben, deren es bedurfte, um meinen Verfolgern zu entgehen. Ich arbeite gegenwärtig draußen in Livermore an einem neuen Projekt, und dessen Resultate werden, was unseren Feind betrifft, einen endgültigen Schlußpunkt setzen."

Unseren Feind, dachte Stockstill. Wer ist unser Feind ... sind das nicht Sie, Mr. Tree? Sind das nicht Sie, der Sie hier sitzen und Ihre paranoiden Schnapsideen herunterplappern? Wie sind Sie bloß je zu der hohen Position gekommen, die Sie bekleiden dürfen? Wer ist dafür verantwortlich, daß Sie soviel Macht über das Leben anderer Menschen haben — und diese Macht sogar nach dem Fiasko des Jahres neunzehnhundertzweiundsiebzig behalten konnten? Sie und die Verantwortlichen — in solchen Leuten muß man jedenfalls ganz bestimmt unseren Gegner sehen.

Alle unsere Befürchtungen im Hinblick auf Sie erweisen sich nun als berechtigt, Sie sind geisteskrank, Ihre Anwesenheit hier ist dafür schon Beweis genug. Oder nicht? Nein, nicht, gestand sich Stockstill ein, und vielleicht sollte ich mich als ungeeignet zur Übernahme Ihres Falls einschätzen; vielleicht verstößt es gegen jede Ethik, wenn ich mich mit Ihnen befasse. In Anbetracht der Gefühle, die ich Ihnen entgegenbringe ... was Sie angeht, kann ich keine distanzierte, desinteressierte Haltung einnehmen, kann ich nicht rein wissenschaftlich denken, und infolge dessen könnten meine Analyse, meine Diagnose fehlerhaft ausfallen.

„Weshalb sehen Sie mich so an?" wollte Mr. Tree wissen.

„Verzeihung", nuschelte Stockstill.

„Finden Sie meine Verunstaltung widerwärtig?" hakte Mr. Tree nach.

„Nein-nein", entgegnete Stockstill. „Darum geht's nicht."

„Dann etwa meine Gedanken? Sie haben meine Gedanken gelesen und wünschen sich aufgrund ihrer widerlichen Natur, ich hätte sie nicht aufgesucht, nicht wahr?" Mr. Tree stand auf und entfernte sich schroff zur Tür. „Guten Tag."

„Warten Sie." Stockstill eilte ihm hinterdrein. „Lassen Sie uns zumindest mal die biografischen Daten zusammentragen, wir haben ja noch gar nicht richtig angefangen."

Mr. Tree musterte ihn. „Ich habe Vertrauen zu Bonny Keller", sagte er schließlich. „Ich kenne ihre politischen Auffassungen ... sie gehört nicht zu der internationalen kommunistischen Verschwörung, die darauf abzielt, mich bei der erstbesten Gelegenheit umzubringen." Er nahm wieder Platz und wirkte nunmehr gefaßter. Dennoch verriet sein Gebaren Wachsamkeit. In der Gegenwart des Psychiaters würde er sich nicht einen einzigen Augenblick der Entkrampfung gönnen, soviel war Stockstill klar. Es war ausgeschlossen, daß er sich zu voller Offenheit durchrang, sein Innenleben freimütig enthüllte. Statt dessen würde er argwöhnisch bleiben. Und vielleicht, dachte Stockstill, mit Recht.

Als er seinen Wagen parkte, sah Jim Fergesson, der Inhaber des Rundfunk- und Fernsehfachgeschäfts *TV modern*, seinen Verkäufer Stuart McConchie vor dem Laden stehen und sich auf den Besen stützen, statt damit zu kehren, anscheinend ins Tagträumen oder sonst irgend etwas in dieser Art versunken, das zu nichts führte. Er spähte in die Richtung von McConchies Blick und sah, daß der Verkäufer nicht etwa den Anblick eines Mädchens oder irgendeines bemerkenswerten Autos genoß — Stu hielt viel von Mädchen und Autos, wie es normal war —, sondern allem Anschein nach Patienten Dr. Stockstills beobachten, die sich auf der anderen Straßenseite anschickten, dessen Praxis zu betreten. Das war keineswegs normal. Was ging das McConchie überhaupt an?

„Hören Sie mal", rief Fergesson ihm zu, während er sich eilends dem Eingang zum Laden näherte, „lassen Sie das sein. Eines Tages können Sie selbst krank sein, und wie wäre dann Ihnen zumute, wenn irgendein Blödian Ihnen nachglotzt, während Sie sich zum Arzt schleppen?"

„Ach was", antwortete Stuart, indem er den Kopf drehte. „Ich habe bloß gerade irgendeinen bekannten Kerl hineingehen sehen, aber mir fällt nicht ein, wen."

„Nur ein Neurotiker fühlt sich dazu angehalten, auf andere Neurotiker aufzupassen", sagte Fergesson und betrat den Laden, stellte sich an die Registrierkasse, um sie zu öffnen und für den heutigen Tag mit Kleingeld und Scheinen zum Wechseln zu füllen. Warte nur ab, dachte Fergesson, bis du siehst, wen ich als Fernsehtechniker angeheuert habe. Dann dürften dir wirklich die Augen aus dem Kopf fallen. „Hören Sie, McConchie", sagte er, „Sie kennen doch den Burschen ohne Arme und Beine, der in so einem Karren durch die Gegend fährt? Den Phokomelus, der nur so kleine Flossen statt der Gliedmaßen hat, weil seine Mutter damals in den sechziger Jahren dies saumäßige Medikament genommen hatte? Der immer schon hier herumlungert, weil er Fernsehtechniker werden möchte?"

„Sie haben ihn also eingestellt", sagte Stuart, unverändert den Besen in der Hand.

„Ja, gestern, während Sie unterwegs waren."

„Das wird dem Geschäft schaden", sagte McConchie nach einigem Zögern.

„Wieso? Niemand wird ihn zu sehen bekommen. Er wird sich unten in der Reparaturabteilung aufhalten. Auf jeden Fall, man muß solchen Menschen doch Arbeit geben, es ist ja nicht ihre Schuld, daß sie keine Arme und Beine haben, daran sind diese Deutschen schuld."

„Erst stellen Sie mich an, einen Neger", sagte Stuart McConchie nach einem abermaligem Weilchen des Schweigens, „und jetzt auch noch einen Phoko. Naja, das muß man Ihnen lassen, Mr. Fergesson, Sie versuchen, für jeden etwas zu tun."

„Ich versuch's nicht nur", sagte Fergesson merklich verärgert, „ich mach's. Im Gegensatz zu Ihnen träume ich nicht bloß in den Tag hinein. Ich bin ein Mann, der sich entscheidet und handelt." Er ging zum Tresor des Geschäfts und schloß ihn auf. „Sein Name lautet Hoppy. Er fängt heute morgen bei uns an. Sie sollten mal sehen, wie er mit seinen elektronischen Händen Gegenstände zu bewegen versteht — ein wahres Wunder der modernen Wissenschaft."

„Ich hab's schon mal gesehen", gab Stuart zur Antwort.

„Und es mißfällt Ihnen."

Stuart vollführte eine Gebärde. „Es ist ... widernatürlich."

Fergesson warf ihm einen bösen Blick zu. „Nun hören Sie mir mal gut zu. Ich wünsche, daß hier keine irgendwie beleidigenden Redensarten gegenüber dem Jungen vom Stapel gelassen werden. Falls ich Sie oder einen der anderen Verkäufer oder sonstwen, der für mich arbeitet, dabei erwische, daß...

„Kapiert", sagte Stuart gedämpft.

„Sie langweilen sich", sagte Fergesson, „und ich find's schlecht, wenn Sie sich langweilen, denn Langweile bedeutet, daß Sie nicht Ihre volle Arbeitskraft geben, daß Sie abschlaffen, und das während der Arbeitszeit, also auf meine Kosten. Würden Sie sich mit voller Kraft ins Zeug legen, hätten Sie gar keine Zeit, um sich hier an dem Besen festzuhalten und sich über arme, kranke Menschen lustig zu machen, die zum Arzt unterwegs sind. Ich untersage Ihnen, je wieder vor meinem Laden auf dem Bürgersteig zu stehen, und sollte ich Sie doch noch einmal dabei ertappen, fliegen Sie."

„Herr im Himmel, wie soll ich denn das Geschäft betreten oder verlassen oder zum Mittagessen gehen? Wie soll ich denn zur Arbeit gelangen? Durch die Mauer?"

„Kommen und gehen dürfen Sie", beschied Fergesson ihn, „aber ohne zu bummeln."

„Meine Güte", murmelte Stuart McConchie und schaute ihm verdrossen nach.

Fergesson jedoch schenkte seinem Fernseh-Fachverkäufer keine Beachtung mehr; er bereitete den heutigen Tag vor, indem er ausgestellte Geräte und Reklame-Leuchtschilder anknipste.

2

Der Phokomelus Hoppy Harrington kam im allgemeinen ungefähr um elf Uhr zum Rundfunk- und Fernsehfachgeschäft *TV modern*. Normalerweise fuhr er ins Geschäft und hielt mit seinem Gefährt vor der Ladentheke, und falls Jim Fergesson in der Nähe war, bat er ihn um die Erlaubnis, nach unten gehen und den beiden Fernsehtechnikern bei der Arbeit zusehen zu dürfen. Aber falls Fergesson nicht zur Stelle war, gab Hoppy nach einer Weile auf und fuhr davon, denn er wußte, daß die Verkäufer ihm sowieso nie gestatteten, drunten zuzuschauen; sie belustigten sich bloß über ihn und schickten ihn vom einen zum anderen. Er störte sich nicht daran. Oder jedenfalls störte er sich nicht daran, soweit Stuart McConchie das feststellen konnte.

Doch eigentlich, so mußte sich Stuart eingestehen, verstand er Hoppy überhaupt nicht, der ein Gesicht mit scharfgeschnittenen Zügen, kluge Augen und eine überhastete, nervöse Art des Sprechens hatte, die sich bisweilen zu einem Gestotter verwirrte. Er begriff ihn *psychologisch* nicht. Warum lag Hoppy so daran, Fernsehgeräte zu reparieren? Was fand er daran so großartig? Aus der Weise, wie der Phoko sich hier danach drängte, hätte man schlußfolgern können, es handle sich um den attraktivsten Beruf, der sich nur vorstellen ließ. In Wirklichkeit jedoch strengte die Reparaturtätigkeit an, war schmutzig und wurde nicht sonderlich gut bezahlt. Doch Hoppy war offenbar leidenschaftlich dazu entschlossen, Fernsehtechniker zu werden, und nun war ihm endlich Erfolg beschieden, weil Fergesson sich dazu veranlaßt fühlte, für alle Minderheiten der Welt etwas zu tun. Fergesson war Mitglied der Amerikanischen Liga für Bürgerrechte, der Nationalen Organisation zur Förderung farbiger Mitbürger und der Gesellschaft zur Unterstützung Behinderter — letztere war, soweit Stuart das beurteilen konnte, nichts anderes als eine lobbyistische Vereinigung auf internationaler Ebene, die eine Beschwichtigungs- und Abwiegelungsstrategie gegenüber all den

Opfern der modernen Medizin und Wissenschaft betrieb, zum Beispiel den zahllosen Geschädigten der 1972er Bluthgeld-Katastrophe.

Und was heißt das für mich? fragte sich Stuart, während er oben im Büro des Fachgeschäfts saß und sein Auftragsbuch durchblätterte. Ich meine, dachte er, wenn hier ein Phoko arbeitet ... dadurch werde ich ja praktisch auch zu so was wie einem Strahlungsgeschädigten abgestempelt, ganz als wäre Farbigsein eine Art von früher Form der Strahlenverbrennung. Diese Gedanken versetzten ihn in niedergedrückte Stimmung.

Einmal waren die Menschen auf der Erde alle weiß, dachte er, bis irgendein Arschloch einen Stratosphären-Atomtest durchgezogen hat, sagen wir mal, vor zehntausend Jahren, und einige sind versengt worden, und die Versengung hat sich dann weitervererbt, so daß es dabei geblieben ist; die Strahlung hat auf die Genen gewirkt. Und da sind wir heute nun.

Ein anderer Verkäufer, Jack Lightheiser, kam herein, setzte sich an den gegenüber aufgestellten Schreibtisch und zündete sich eine Corona an. „Ich habe gehört, Jim hat diesen Burschen auf dem Wägelchen angeheuert", sagte Lightheiser. „Dir ist ja wohl klar, weshalb, hm? Wegen der Publizität. In San Franzisko schreiben sämtliche Zeitungen was darüber. Jim sieht einfach zu gern seinen Namen in der Zeitung. Wenn man's sich genau überlegt, ist das ganz schön gerissen. Der erste Einzelhändler in der ganzen East Bay, der einen Phoko einstellt." Stuart stieß ein Brummen aus. „Jim hat von sich selbst ein idealisiertes Bild", sagte Lightheiser. „Er ist nicht bloß ein Geschäftsmann, er ist ein moderner Römer, ein Bürger mit Sinn fürs Gemeinwesen. Und immerhin ist er ja auch ein gebildeter Mensch — er hat an der Universität Stanford graduiert."

„Das hat doch heutzutage gar nichts mehr zu bedeuten", sagte Stuart. Er selbst hatte 1975 in Kalifornien graduiert und war deswegen keineswegs irgendwie besser vorangekommen.

„Damals war es noch von Bedeutung", sagte Lightheiser. „Immerhin war das schon neunzehnhundertsiebenundvierzig, und er hat's im Rahmen des staatlichen Wiedereingliederungsprogramms für entlassene Soldaten gemacht.

Unter ihrem Fenster rollte ein Karren zum Haupteingang des *TV modern*; in der Mitte des Gefährts saß vor einem Steuerpult eine schlanke Gestalt. Stuart stöhnte auf, und Lightheiser sah ihn an.

„Der Knabe ist 'ne Landplage", sagte Stuart.

„Das wird aufhören, wenn er erst richtig bei der Arbeit ist", sagte Lightheiser. „Der Junge besteht so gut wie ganz aus Gehirn, sein Körper spielt fast keine Rolle. Sein Verstand taugt echt schwer was, und er hat auch seinen Ehrgeiz. Gottchen, er ist erst siebzehn, und was er will, ist Arbeit, er möchte die Schule hinter sich bringen und endlich mit ernsthafter Arbeit anfangen. Das ist doch bewundernswert."

Die beiden beobachteten Hoppy auf seinem Fahrzeug; er fuhr zur Treppe, die zur Reparaturabteilung hinunterführte.

„Wissen die Burschen unten Bescheid?" erkundigte sich Stuart.

„Ja, sicher, Jim hat's ihnen gestern abend angekündigt. Sie nehmen's philosophisch hin. Du weißt, wie Fernsehtechniker sind — sie meckern, aber das heißt nichts, sie meckern sowieso ständig."

Hoppy hörte die Stimme des Verkäufers und hob ruckartig den Blick, wandte sein hageres, freudloses Gesicht aufwärts, dessen Augen glommen. „He", wollte er unter Gestammel erfahren, „ist Mr. Fergesson gerade da?"

„Nee", antwortete Stuart.

„Mr. Fergesson hat mich eingestellt", sagte der Phoko.

„Ja, wissen wir", entgegnete Stuart. Weder er noch Lightheiser rührte sich; beide blieben sie am Schreibtisch sitzen und schauten zu dem Phoko hinab.

„Kann ich nach unten?" fragte Hoppy nach.

Lightheiser hob die Schultern.

„Ich gehe jetzt erst mal 'ne Tasse Kaffee trinken", sagte Stuart und stand auf. „In zehn Minuten bin ich wieder da. Halt für mich die Stellung, ja?"

„Klar", sagte Lightheiser und nickte, zog an seiner Zigarre.

Als Stuart den Verkaufsraum betrat, befand sich der Phoko noch dort; er hatte den schwierigen Hinabweg in den Keller noch nicht begonnen.

„Spirit von zwoundsiebzig", sagte Stuart, als er an dem Karren vorüberging, als handle es sich um einen Rennwagen.

Der Phoko errötete. „Ich bin neunzehnhundertvierundsechzig geboren", stotterte er. „Das hatte mit dem Atomtest nichts zu tun." Stuart verließ den Laden und trat auf den Gehweg. „Es hat an dem Medikament gelegen, diesem Thalidomid", rief der Phoko ihm verstört nach. „Das weiß doch jeder."

Stuart schwieg und machte sich auf den Weg zur Kaffeestube.

Für den Phokomelus war es ein Problem, sich mit seinem Karren umständlich die Treppe zum Keller hinunterzubefördern, in dem die Fernsehtechniker an ihren Werkbänken arbeiteten, aber nach einiger Zeit gelang es ihm, indem er sich am Geländer mittels der künstlichen Greifarme hinabhangelte, die ihm die US-Regierung wohlwollend zur Verfügung gestellt hatte. Die Greifarme taugten wirklich nicht sonderlich viel; sie waren schon vor etlichen Jahren angepaßt worden und nicht nur teilweise abgenutzt, sondern auch — wie er aus der aktuellen Fachliteratur wußte — schlichtweg überholt. Theoretisch war die Regierung dazu verpflichtet, ihn mit neueren Modellen zu versorgen; das Remington-Gesetz schrieb das so vor, und er hatte deswegen auch schon dem dienstältesten Senator Kaliforniens geschrieben, Alf M. Partland. Bis jetzt war jedoch noch keine Antwort eingetroffen. Aber Hoppy hatte Geduld. Er hatte bereits viele Male und zu den verschiedenartigsten Themen an Mitglieder des US-Kongresses geschrieben, und häufig kamen dummfreche oder lediglich vorgedruckte Antworten, und manchmal erhielt er überhaupt kein Antwortschreiben.

In diesem Fall stand jedoch das Gesetz auf Hoppy Harringtons Seite, und es konnte nur eine Frage der Zeit sein, bis er jemanden in irgendeinem Amt dazu brachte, ihm zu bewilligen, auf was er ein Recht besaß. In dieser Sache fühlte er sich grimmig-entschlossen; er war geduldig, aber gleichzeitig grimmig-entschlossen. Sie *mußten* ihm helfen, ob sie es wollten oder nicht. Sein Vater, ein Schafzüchter im Sonoma Valley, hatte es ihn so gelehrt: daß es zu fordern und einzutreiben galt, was einem zustand.

Klänge schwirrten durcheinander. Die Fernsehtechniker befanden sich längst an der Arbeit. Hoppy bremste, öffnete die Tür und musterte die zwei Männer an der langen, mit allerlei Gegenständen übersäten Werkbank mit all den Instrumenten und Meßgeräten, Skalen und Werkzeugen sowie in verschiedenen Stadien der Demontage befindlichen Fernsehapparaten. Keiner der beiden Fernsehtechniker bemerkte ihn.

„Hör mal“, sagte dann jedoch einer der Fernsehtechniker urplötzlich, so daß er zusammenzuckte. „Körperliche Arbeit wird sowieso bloß von oben herab betrachtet. Warum verlegst du dich nicht auf irgendeine geistige Tätigkeit, warum gehst du nicht auf die Schule, bis du ’nen Abschluß machen kannst?“ Der Fernsehtechniker drehte sich um und sah ihn neugierig an.

Nein, dachte Hoppy. Ich möchte mit ... meinen Händen arbeiten.

„Du könntest Wissenschaftler werden", sagte der andere Techniker, ohne mit dem Arbeiten aufzuhören; er überprüfte einen Schaltkreis und behielt den Spannungsprüfer im Augenmerk.

„Wie Bluthgeld", sagte Hoppy. Darüber lachte der Techniker voller mitfühlsamem Verständnis. „Mr. Fergesson hat gesagt", fügte Hoppy hinzu, „Sie würden mir was zum Arbeiten geben. Irgendeine leichte Reparatur für den Anfang. Ja?" Er wartete, fürchtete schon, sie würden darauf nicht eingehen, doch da deutete der eine der beiden auf einen Plattenwechsler. „Was ist damit?" fragte er nach und las den Reparaturzettel. „Ich kann ihn in Ordnung bringen, das weiß ich genau."

„Gebrochene Feder", sagte einer der Techniker. „Er schaltet nach der letzten Platte nicht mehr ab."

„Alles klar", gab Hoppy zurück. Er packte den Plattenwechsler mit seinen Greifern und fuhr ans andere Ende der Werkbank, wo er eine freie Stelle bemerkt hatte. „Ich werde hier arbeiten." Die Techniker erhoben dagegen keinen Widerspruch, also nahm er sich einige Zangen. Das ist einfach, dachte er. Ich habe es daheim geübt. Er konzentrierte sich auf den Plattenspieler, hielt jedoch im Augenwinkel auch die zwei Techniker unter Beobachtung. Ich habe es oft genug geübt, es klappt fast immer und jedesmal besser. Zuverlässiger. Eine Feder ist ein kleines Ding, dachte er, so klein, daß es nahezu fortgeweht werden kann. Ich sehe die Bruchstelle, dachte er. Metallmoleküle, die sich nicht mehr berühren, anders als vorher. Er konzentrierte sich auf genau diese Stelle, hielt die Zangen so, daß der nähere der beiden Techniker nicht sehen konnte, was er damit machte; er tat so, als ziehe er an der Feder, um sie zu entfernen.

Als er die Reparatur beendete, merkte er, daß jemand hinter ihm stand, sich ihm genähert hatte, um zuzuschauen; er drehte sich um, und es war Jim Fergesson, sein Chef, der nichts sagte, sondern nur dastand, einen sonderbaren Ausdruck im Gesicht, die Hände in die Taschen geschoben.

„Erledigt", sagte Hobby bang.

„Laß mal sehen", sagte Fergesson. Er nahm den Plattenspieler und hob ihn ins helle Licht der Leuchtröhren an der Decke.

Ob er was gemerkt hat? fragte sich Hoppy. Ob er verstanden hat, was da geschieht — und falls ja, was denkt er darüber? Mißt er ihm irgendeine Bedeutung bei, oder ist es ihm gleichgültig? Ist er ... erschrocken?

Schweigen herrschte, während Fergesson den Plattenwechsler begutachtete. „Woher hast du die neue Feder?“ fragte er unvermittelt nach.

„Sie hat hier rumgelegen“, antwortete Hoppy sofort.

Alles war gutgegangen. Falls Fergesson seine Art der Reparatur beobachtet hatte, dann ohne sie zu durchschauen. Der Phokomelus beruhigte sich und empfand Vergnügen, eine heimliche Freude an der eigenen Überlegenheit verdrängte seine Sorge; er grinste in Erwartung des nächsten Reparaturauftrags hinüber zu den beiden Technikern.

„Macht es dich nervös, wenn Leute dich beobachten?“ wollte Fergesson erfahren.

„Nein“, sagte Hoppy. „Die Leute können mich anstarren, solange sie wollen. Ich weiß, daß ich anders bin. Ich werde seit meiner Geburt angestarrt.“

„Ich meine, bei der Arbeit.“

„Nein“, sagte Hoppy, und sogar in den eigenen Ohren klang seine Stimme laut, vielleicht zu laut. „Bevor ich einen Wagen hatte“, ergänzte er, „bevor ich überhaupt irgend was von der Regierung bekommen hatte, da trug mein Vater mich auf dem Rücken mit sich rum, in einer Art von Rucksack. Wie ein Indianerkind.“ Er lachte beklommen auf.

„Aha, verstehe“, meinte Fergesson.

„Das war in der Gegend um Sonoma, wo ich aufgewachsen bin“, sagte Hoppy. „Wir hatten Schafe. Einmal hat ein Widder mich mit den Hörnern gestoßen, und ich bin in hohem Bogen durch die Luft geflogen. Wie ein Fußball.“ Wieder lachte er; die zwei Fernsehtechniker hatten zu arbeiten aufgehört und betrachteten ihn stumm.

„Ich würde wetten“, sagte einer der beiden einen Moment später, „daß du auch über den Boden gerollt bist wie ein Fußball.“

„Ja“, bestätigte Hoppy und lachte. Jetzt lachten sie alle, er, Fergesson und die beiden Techniker; sie stellten sich vor, wie es aussah, als er, Hoppy Harrington, sieben Jahre alt, ohne Arme und Beine, nur Kopf und Rumpf, über den Boden rollte, aus Furcht und Schmerz heulte — aber es war lustig; er wußte es genau. Er hatte es komisch erzählt, so daß es lustig sein mußte; er sorgte dafür, daß es im Rückblick komisch wirkte.

„Heute bist du mit deinem Karren ja wirklich viel besser dran“, meinte Fergesson.

„O ja“, antwortete Hoppy. „Und ich arbeite an einem Entwurf für einen ganz neuen Wagen, meinem eigenen Entwurf, vollelektronisch — ich habe einen Artikel über direkte Hirnsteuerung gelesen, in der Schweiz und in Deutschland wendet man so was schon an. Man verbindet Apparaturen direkt mit den motorischen Zentren des Gehirns, so daß jede zeitliche Verzögerung entfällt. Dadurch kann man viel schneller handeln als ... als mit herkömmlichen physiologischen Verfahrensweisen.“ Fast hätte er gesagt: *als ein Mensch*. „In ein paar Jahren werde ich damit fertig sein“, fügte er hinzu, „und mein Entwurf wird sogar die schweizer Modelle übertreffen. Dann kann ich diesen Schrott von der Regierung auf den Müll schmeißen.“

„Ich muß sagen, ich bewundere deinen Lebensmut“, sagte Fergesson in förmlich-feierlichem Tonfall.

Hoppy lachte und mußte stottern. „Da-danke, Mr. Fergesson.“

Einer der Fernsehtechniker gab ihm einen Multiplex-FM-Tuner. „Die Einstellschärfe stimmt nicht mehr. Sieh mal zu, ob du die Justierung wieder hinkriegst.“

„Na klar“, sagte Hoppy und nahm das Gerät mit seinen Metallgreifern. „Klappt bestimmt. Justierungen habe ich zu Hause schon 'ne Menge gemacht, darin habe ich Erfahrung.“ Diese Tätigkeit war für ihn von allen am leichtesten: er brauchte sich wahrhaftig kaum auf die Vorrichtung zu konzentrieren. Es schien, als wären derartige Aufgaben für ihn und seine Fähigkeiten geradezu maßgeschneidert.

Als sie einen Blick auf den Kalender an der Küchenwand warf, sah Bonny Keller, daß heute der Tag war, an dem ihr Freund Bruno Bluthgeld ihren Psychiater Dr. Stockstill in seiner Praxis in Berkeley aufzusuchen beabsichtigte. In der Tat mußte er schon bei Stockstill gewesen sein, die erste Stunde Therapie gehabt und sich verabschiedet haben. Zweifellos befand er sich bereits auf der Rückfahrt nach Livermore und zu seinem Büro im Strahlen-Institut, den Laboratorien, in denen sie selbst vor Jahren gearbeitet hatte, bis zu ihrer Schwangerschaft: dort hatte sie 1975 Dr. Bluthgeld kennengelernt. Jetzt war sie einunddreißig Jahre alt und wohnte in West Marine; ihr Mann George war nun Stellvertretender Rektor der örtlichen Volksschule, und sie war sehr glücklich.

Nun ja, nicht *sehr* glücklich. Eher einigermaßen oder hinlänglich glücklich. Sie mußte sich selbst noch analysieren lassen — allerdings nur noch einmal statt dreimal wöchentlich —, und in vielerlei Hinsicht verstand sie sich heute, sich und ihre unbewußten Neigungen und nebengeordneten systematischen Verzerrungen der realen Situation. Sechs Jahre der Psychoanalyse hatten ihr sehr weitergeholfen, aber geheilt war sie nicht. Eine richtige Heilung konnte es gar nicht geben; die „Krankheit" war das Leben selbst, das ein stetiges Wachsen verlangte (oder vielmehr auf lebenstüchtige Weise wachsende Anpassung), andernfalls wäre geistiger Stillstand die Folge.

Keinen solchen Stillstand zuzulassen, das war ihr fester Entschluß. Zur Zeit las sie *Der Niedergang des Westens* im deutschen Original; fünfzig Seiten hatte sie schon gelesen, und es war die Mühe wert. Wen sonst kannte sie, der das Werk gelesen hatte, und wäre es bloß in der englischen Übersetzung gewesen?

Ihr Interesse an der deutschen Kultur, ihren literarischen und philosophischen Errungenschaften, war vor Jahren im Laufe ihrer Bekanntschaft mit Dr. Bluthgeld entstanden. Zwar hatte sie am College drei Jahre lang Deutsch durchgenommen, darin jedoch nie einen wichtigen Bestandteil ihres Lebens als erwachsene Frau gesehen; wie so vieles, was sie einmal mühsam gelernt hatte, war es zunächst ins Unbewußte abgerutscht, nachdem sie von der Schule abgegangen war und das Berufsleben begonnen hatte. Bluthgelds nachgerade wie magnetische Gegenwart hatte viele ihrer geistigen Interessen von neuem belebt und erweitert, ihre Liebe zur Musik, zur Kunst ... sie verdankte Bluthgeld viel und war ihm dankbar.

Nun jedoch war Bluthgeld, wie so gut wie jeder in Livermore wußte, ein kranker Mann. Er besaß ein empfindsames Gewissen, und seit ihm 1972 jener schwere Irrtum unterlief, hatte er nie darunter zu leiden aufgehört — obwohl der Irrtum, wie ebenfalls jeder in Livermore wußte, nicht auf seinem persönlichen Verschulden beruhte; es ergab sich daraus keine zwangsläufige persönliche Belastung seines Gewissens, und doch hatte er entschieden, daraus seine persönliche Bürde zu machen, und infolge dessen war er krank geworden, so sehr, daß seine Krankheit sich mit jedem Jahr noch verschlimmerte.

Zahlreiche gutausgebildete Leute, die besten Apparaturen, die modernsten Computer der damaligen Zeit hatten an den fehlerhaften Berechnungen mitgewirkt — fehlerhaft nicht in bezug auf die

Gesamtheit des im Jahre 1972 vorhanden gewesenen Wissens, sondern fehlerhaft bezüglich der real eingetretenen Sachlage. Die gewaltigen Ballungen radioaktiver Wolken hatten sich nicht verflüchtigt, sondern waren vom Schwerkraftfeld der Erde angezogen worden und dadurch in die Atmosphäre zurückgekehrt; davon war niemand stärker überrascht worden als das Team in Livermore. Heute besaß man freilich ein gründlicheres Verständnis der Jamison-French-Schicht; selbst populäre Zeitschriften wie die *Time* und *US News* konnten heutzutage klipp und klar erklären, was damals schiefgegangen war und warum. Doch mittlerweile waren auch neun Jahre verstrichen.

Der Gedanke an die Jamison-French-Schicht erinnerte Bonny an das heutige große Ereignis, das sie nun zu versäumen drohte. Unverzüglich ging sie ins Wohnzimmer und schaltete den Fernseher an. Ob sie schon gestartet sind? fragte sie sich und schaute auf die Armbanduhr. Nein, es blieb noch eine halbe Stunde. Die Mattscheibe leuchtete auf, und man konnte, wie fast zu erwarten gewesen war, die Rakete und ihr Startgerüst sehen, das Wartungspersonal, Fahrzeuge und technisches Gerät; das Raumschiff stand noch fest auf dem Erdboden, und wahrscheinlich befanden Walter Dangerfield und Mrs. Dangerfield sich noch nicht einmal an Bord.

Das erste Pärchen Siedler für den Mars, dachte sie in einer Anwandlung von Schalkhaftigkeit und fragte sich, wie Lydia Dangerfield in dieser Stunde wohl zumute sein mochte ... dieser hochaufgeschossenen Blonden, die genau wußte, daß die Chance, den Mars zu erreichen, den Berechnungen zufolge nur rund 60% betrug. Eine umfangreiche Ausrüstung, großzügige Behausungen und Anlagen erwarteten das Paar, aber was hatte es davon, wenn es unterwegs verglühte? Doch immerhin würde dieser Raumflug beim Sowjetblock Eindruck machen, dem es mißlungen war, seine Mondstation in Betrieb zu halten; die Russen mußten ganz gemächlich erstickt oder verhungert sein, niemand wußte näher darüber Bescheid. Auf jeden Fall bestand die Kolonie nicht mehr. Sie war auf so geheimnisvolle Weise aus der Weltgeschichte verschwunden, wie sie zuvor hineingelangte.

Bonny fand die Idee der NASA, lediglich ein Paar zu schicken, nur einen Mann und seine Frau, statt einer Gruppe, richtiggehend entsetzlich; ihr instinktives Fühlen gab ihr die Überzeugung ein, daß man, indem man keine maximalen Erfolgsaussichten gewährleistete, ein Scheitern geradezu heraufbeschwor. Es sollten mehrere Leute sein, ein paar aus New York, einige aus Kalifornien, dachte sie, während sie auf dem Fernsehschirm mitverfolgte, wie die Techniker die Rakete ein letztes Mal checkten. Wie nannten sie das bei der NASA? Alles auf eine Karte setzen? Jedenfalls sollte nach Bonnys Meinung nicht wieder einmal alles von dieser einen Rakete abhängen. Nichtsdestotrotz, so hatte die NASA es stets gehalten: von Anfang an immer nur ein Astronaut nach dem anderen, aber mit viel Rummel für die Öffentlichkeit. Als 1967 Henry Chancellor in seiner Raumstation zu Partikelchen verbrannte, hatte die ganze Welt es im Fernsehen mitanschauen können — mit allem angemessenen Kummer, wie sich von selbst verstand, aber nichtsdestoweniger, sie hatten allesamt zuschauen dürfen. Und die Reaktion der Allgemeinheit hatte den Westen in der Erforschung des Weltraums um fünf Jahre zurückgeworfen.

„Wie Sie sehen können", sagte der NBC-Kommentator mit gedämpfter, aber eindringlicher Stimme, „werden nunmehr die letzten Vorbereitungen abgeschlossen. Mit dem Eintreffen von Mr. und Mrs. Dangerfield wird jeden Augenblick gerechnet. Bis dahin wollen wir zu Ihrer umfassenden Information, verehrte Zuschauer, noch einmal einen Überblick der langwierigen Vorbereitungsmaßnahmen geben, mit denen sichergestellt werden soll, daß..."

Blah-blah-blah, dachte Bonny und schaltete, indem sie zusammenschauderte, den Fernseher aus. Ich kann es nicht mitansehen, stellte sie fest.

Aber was sollte sie andererseits sonst tun? Hier sechs Stunden lang herumsitzen und auf den Nägeln kauen — nicht nur für die nächsten sechs Stunden, sondern in der Tat sogar für die kommenden zwei Wochen? Die einzige Lösung wäre gewesen, sich *nicht* daran erinnert zu haben, daß heute der Tag war, an dem das erste Paar zum Mars startete. Doch jetzt war es zu spät, um sich nicht zu erinnern.

Es gefiel ihr, so an die beiden zu denken, als an das *erste Pärchen* für den Mars ... das klang wie etwas aus einer sentimentalen alten Science Fiction-Story. Adam und Eva in Neuauflage; nur war Walter Dangerfield in Wahrheit alles andere als ein Adam; mit seiner lahmen, fast zynischen Art des Redens, mit der er den Reportern begegnete, seinem abseitig-morbiden Humor zeichnete er sich eher durch die Eigenschaften des letzten statt des ersten Mannes aus.

Bonny bewunderte ihn; Dangerfield war kein Quatschkopf, kein junger blonder Nullachtfuffzehn-Heini mit Messerhaarschnitt, der irgend etwas über die allerneuesten Projekte der Air Force daherplapperte. Walt war ein richtiger, lebendiger Mensch, und ohne Zweifel hatte die NASA ihn aus eben diesem Grund ausgewählt. Wahrscheinlich strotzten seine Gene bis zum Überfließen von viertausend Jahren Kultur, einem eingebauten Erbe der Menschheit. Walt und Lydia würden eine Nova Terra begründen ... viele kleine blitzgescheite Dangerfields würden auf dem Mars daherschlendern und hochgeistige, aber trotzdem mit jenem amüsanten Anklang von Kalauerei, der Dangerfield zu eigen war, durchsetzte Reden führen.

„Am besten stellt man sich den Flug zum Mars wie eine Fahrt auf einer langen Autobahn vor“, hatte er einmal während eines Interviews auf die Frage eines Journalisten erklärt, die das Risiko des Unternehmens betraf. „Eine eineinhalb Millionen Kilometer lange, zehnspurige Autobahn ... ohne Gegenverkehr, ohne langsame Laster. Stellen Sie sich vor, es wäre vier Uhr morgens ... weit und breit nur Ihr Auto und sonst gar keins. Da würde sich doch jeder Fahrer zu Recht fragen, was für Sorgen soll ich mir machen?“ Und dann sein kerniges Lächeln.

Bonny beugte sich vor und schaltete den Fernsehapparat wieder an.

Und da erblickte sie auf dem Bildschirm das rundliche Brillenträgergesicht Walt Dangerfields; er stak bereits im Raumanzug — außer dem Helm —, und neben Walt stand stumm Lydia, während er Fragen beantwortete.

„Ich habe erfahren“, nölte Walt mit Malmbewegungen seiner Kiefer, als kaue er eine Frage erst gut durch, ehe er sich dazu äußerte, „daß es in Boise, Idaho, eine NAD gibt, die sich echt um mich Sorgen macht.“ Er blickte auf, als irgendwer im Hintergrund etwas rief. „’ne NAD?“ wiederholte Walt. „Na, das ist das Kürzel, daß der bedeutende, viel zu früh von uns geschiedene Herb Caen immer für ‚Nette Alte Damen‘ verwendet hat ... Es gibt immer irgendwo eine Nette Alte Dame. Wahrscheinlich gibt’s auch auf dem Mars schon eine, und wir werden in derselben Straße wohnen, ihr gegenüber. Aber die in Boise sorgt sich ein wenig um Lydia und mich — jedenfalls habe ich den Eindruck —, sie befürchtet wohl, mit uns könnte was schiefgehen. Also hat sie uns ’n Glücksbringer geschickt.“ Er zeigte ihn vor, hielt ihn umständlich zwischen den vom dicken Handschuh umhüllten Fingern in die Höhe. Die Reporter munkelten belustigt durcheinander. „Ist das nicht 'ne schwer nette Geste von ihr?" meinte Dangerfield. „Ich will Ihnen sagen, wofür der Talisman gut ist. Er hilft nämlich gegen Rheuma." Die Berichterstatter lachten. „Das ist ganz nützlich für den Fall, daß wir auf dem Mars Rheuma kriegen. Oder ist er gegen Gicht? Ich glaube, es hieß in ihrem Brief, er ist gut gegen Gicht." Er sah seine Frau an. „Gegen Gicht, nicht wahr?"

Ich bezweifle, dachte Bonny, daß Talismane gegen Meteore oder Strahlung angefertigt werden. Sie fühlte sich kummervoll, als habe eine böse Vorahnung sie heimgesucht. Oder lag das bloß daran, daß heut der Tag war, an dem Bruno Bluthgeld seinen Termin beim Psychiater hatte? Diese Tatsache verursachte eine trübsinnige Stimmung, Gedanken an Tod, Strahlung, Fehlberechnungen und schreckliches, endloses Leid.

Ich kann nicht glauben, daß Bruno wahrhaftig paranoid und ein Schizo geworden ist, sagte sie sich. Es liegt nur eine zeitweilige Beeinträchtigung vor, und mit der angebrachten psychiatrischen Behandlung — und zusätzlich dann und wann ein paar Pillen — wird er wieder in Ordnung kommen. Es handelt sich nur um eine endokrine Störung, die sich psychosomatisch niederschlägt, gegen so etwas kann man in der heutigen Zeit doch Wunder tun; er hat keinen charakterlichen Defekt, lediglich einen psychotischen Zustand, der durch Stress zur Entfaltung gelangt ist.

Aber was verstehe ich schon davon, dachte sie trübselig. Es mußte praktisch erst soweit mit Bruno kommen, daß er hier saß und uns erzählte, „sie" täten sein Trinkwasser vergiften, bevor George und ich begriffen, wie krank er war ... eigentlich wirkte er immer nur niedergeschlagen.

Sie konnte sich vorstellen, wie Bruno ein Rezept für irgendeine Pille erhielt, die die Großhirnrinde stimulierte oder das Zwischenhirn ruhigstellte; so oder so mußte ein modernes westliches Äquivalent zeitgenössischer chinesischer Kräutermedizin zum Zuge kommen, um den Stoffwechsel von Brunos Hirn zu verändern, die Wahnideen wegzufegen, als seien sie nur Spinnweben. Und dann würde alles wieder gut sein; sie und George und Bruno konnten wieder in West Marin zu ihrem Barockmusik-Klübchen zusammentreten und an den Abenden Bach und Händel spielen ... genau wie in alten Zeiten. Zwei Rekorder in echtem Holz aus dem Schwarzwald, dazu sie selbst am Klavier. Das Haus voller Barockklänge und dem Duft von selbstgebackenem Brot, eine Flasche Buena Vista aus der ältesten Weinkellerei Kaliforniens...

Auf dem Fernsehschirm klopfte Walt Dangerfield in seiner jungenhaft-altklugen Art und Weise Sprüche und erinnerte dabei an jemanden, der in seiner Person Voltaire und Buck Rogers miteinander vereinte. „Aber sicher", sagte er zu einer Reporterin, die einen komischen großen Hut trug. „Wir rechnen damit, auf dem Mars eine ganze Menge fremdartiger Lebensformen zu entdecken." Und er schielte ihren Hut an, als wollte er sagen: Ich glaube, da ist schon eine. Die Journalisten hatten etwas zum Lachen. „Ich glaube, ich habe eine Bewegung bemerkt", sagte Dangerfield zu seiner völlig gelassenen Frau, die kühl-überlegen dreinschaute, und zeigte auf den Hut. „Schatz, 's kommt auf uns zu!"

Er liebt sie wirklich, erkannte Bonny, während sie die beiden beobachtete. Ich frage mich, ob George je so für mich empfunden hat, wie offenbar Walt Dangerfield für seine Frau empfindet. Wenn ich ehrlich mit mir bin, muß ich daran zweifeln. Andernfalls hätte er nie zugelassen, daß ich mich aus therapeutischen Gründen den beiden Abtreibungen unterziehe. Daraufhin war ihr noch trauriger zumute, und sie stand auf und entfernte sich vom TV-Apparat, ihm den Rücken zugewandt.

Man sollte George zum Mars schicken, dachte sie bitter. Oder noch besser wäre es, uns alle zusammen zu schicken, George und mich und die Dangerfields. George könnte ein Verhältnis mit Lydia Dangerfield haben — falls er dazu imstande ist —, und ich könnte mit Walt ins Bett gehen; bestimmt wäre ich in diesem großen Abenteuer auch eine ausreichend geeignete Partnerin. Warum denn auch nicht?

Ich wünschte, irgend etwas würde geschehen, sagte sie still. Ich wollte, Bruno käme, um zu berichten, daß Dr. Stockstill ihn geheilt hat, oder ich wollte, Dangerfield würde plötzlich in letzter Minute einen Rückzieher machen und die Brocken hinschmeißen, oder daß die Chinesen den Dritten Weltkrieg anzetteln oder George in der Schule wirklich den lausigen Vertrag, den sie ihm angedreht haben, in Fetzen auf den Tisch knallt, wie er es schon seit langem verspricht. Irgend etwas. Vielleicht sollte ich meine Töpferscheibe herausholen, dachte sie, und ein bißchen töpfern, mich wieder mal der sogenannten Kreativität der Analphase widmen, oder wie man es sonst nennen mag. Ich könnte einen geilen Topf machen. Ihn formen, in einem Muster aus violetten Pflaumen brennen und drunten in San Anselmo bei der IG Creative Art verkaufen, wo die vornehmen Damen aus höheren Kreisen im vergangenen Jahr meinen Modeschmuck abgelehnt haben. Ich weiß, daß sie einen geilen Topf nehmen würden, wäre es ein *schöner* geiler Topf.

Im Rundfunk- und Fernsehgeschäft *TV modern* hatte sich in den Verkaufsräumlichkeiten eine kleine Ansammlung von Neugierigen gebildet, um den großen Stereo-Farbfernsehapparat anzustarren und die Übertragung vom Start der Dangerfields zu sehen, die alle Amerikaner überall erreichen sollte, zu Hause ebenso wie an ihren Arbeitsplätzen. Hinter dem Haufen der Zuschauer stand mit übereinandergeschlagenen Armen Stuart McConchie und verfolgte die Sendung ebenfalls.

„John L. Lewis, der berühmte einstige Führer der amerikanischen Bergarbeitergewerkschaft, wüßte in diesem Moment die Bedeutung des Arbeitslohnes, der für die Zeit vom Betreten der Arbeitsstelle bis zu ihrem Verlassen gezahlt wird, erst richtig einzuschätzen", sagte Walt Dangerfield auf seine trocken-humorige Art. „Ohne ihn würde man heute wahrscheinlich versuchen, mich für diesen Flug mit einem Heiamann abzuspeisen, mit der Begründung, daß meine Arbeit ja erst anfängt, wenn ich den Mars betrete." Seine Miene zeugte inzwischen von einer gewissen Ernüchterung; es war nun fast an der Zeit für ihn und Lydia, das Innere des Raumschiffs aufzusuchen. „Beachten Sie folgendes ... falls irgend was geschieht, wir verschollen bleiben oder so was, sparen Sie sich irgendwelche Suchaktionen. Warten Sie ganz einfach hier daheim ab, ich bin sicher, Lydia und ich werden irgendwann irgendwo wieder aufkreuzen."

„Viel Glück", murmelten die Reporter im Chor, während NASA-Bonzen und Techniker kamen und die Dangerfields aus dem Aufnahmebereich der Fernsehkameras und zur Seite geleiteten.

„Jetzt dauert's nicht mehr lang", sagte Stuart zu Lightheiser, der nunmehr neben ihm stand und gleichfalls zuschaute.

„Muß das 'n blödsinniger Streber sein, der auf so 'n Flug geht", sagte Lightheiser, der auf einem Zahnstocher kaute. „Er wird nie zurückkommen, es macht ja keiner 'n Hehl daraus."

„Weshalb sollte er denn überhaupt zurückkommen wollen?"

meinte Stuart. „Was ist hier schon so großartig?“ Er beneidete Walt Dangerfield; er wünschte, daß er, Stuart McConchie, dort vor den Fernsehkameras und im Mittelpunkt des Interesses der ganzen Welt stünde.

Auf seinem Karren kam Hoppy Harrington die Kellertreppe herauf, fuhr hastig nach vorn. „Haben sie ihn schon hochgeschossen?“ erkundigte er sich mit überstürzter, nervöser Stimme bei Stuart, indem er zum Bildschirm hinaufspähte. „Er wird verbrennen. Es wird genauso gehen wie damals mit dem anderen, neunzehnhundertfünfundsechzig. Ich selbst erinnere mich natürlich nicht, aber...“

„Halt bloß die Klappe, ja“, unterbrach ihn Lightheiser leise; der Phokomelus errötete und verstummte. Danach sahen sie alle nur noch wortlos zu, jeder mit den eigenen privaten Gedanken und Reaktionen beschäftigt, während man auf dem TV-Schirm sehen konnte, wie man mit einem riesigen Kran das letzte Wartungsteam vom Bug des Raumschiffs herabbeförderte. Bald mußte der Countdown beginnen; die Rakete war betankt und gecheckt, und nun stieg das Paar an Bord. Die kleine Zuschauermenge vor dem Fernsehgerät regte sich und verfiel in Geraune.

Einige Zeit später an diesem Tag, irgendwann am Nachmittag, sollte die Warterei belohnt werden, denn dann würde das Raumschiff Dutchman IV endlich starten; eine Stunde lang hatte es noch die Erde zu umkreisen, und die Menschen würden auch die Umkreisung vor dem Fernseher beobachten, das Raumschiff wiederholt kreisen sehen können, bis man schließlich die endgültige Entscheidung traf und unten in der Bodenstation jemand die letzte Phase einleitete, die Rakete aus der Erdumlaufbahn schwenkte und sich von dieser Welt entfernte. Die Menschen hatten dergleichen bereits gesehen; es war jedesmal im großen und ganzen das gleiche, die einzige Neuheit bei diesem Projekt war, daß die Besatzung diesmal nicht zurückkehren sollte. Das war es wert, einen vollen Tag vorm Fernsehapparat zu verbringen; die Masse der Fernsehzuschauer hatte sich auf längeres Warten eingestellt.

Stuart McConchie dachte ans Mittagessen und daran, daß er danach weiter die Übertragung mitverfolgen wollte; er würde wieder hier stehen und gemeinsam mit den anderen alles anschauen. Infolge dessen würde er heute so gut wie gar keine Arbeit erledigen können, niemandem einen Fernsehapparat verkaufen. Aber dieser Raumstart war wichtiger. Er durfte ihn auf keinen Fall versäumen.

Das dort oben könnte ich sein, redete er sich ein. Vielleicht wandere ich später auch dorthin aus, wenn ich genug verdiene, um zu heiraten, möglicherweise nehme ich dann Frau und Kinder und fange mit ihnen ein neues Leben auf dem Mars an, wenn dort eine wirklich gute Kolonie besteht, nicht mehr bloß Maschinen vorhanden sind.

Er malte sich aus, wie er im Bug des Raumschiffs angeschnallt in der Kapsel saß, so wie Walt Dangerfield, neben sich eine Frau von beträchtlicher äußerer Atttraktivität. Sie waren Pioniere, sie und er, ausersehen zur Gründung einer neuen Zivilisation auf einem anderen Planeten. Doch da knurrte sein Magen, und er merkte, wie hungrig er war; er konnte das Mittagessen unmöglich viel länger aufschieben.

Noch während er herumstand und die riesige, aufrechte Rakete auf dem Bildschirm betrachtete, widmeten seine Gedanken sich dem Essen bei Kürtchens Kulinarische Köstlichkeiten: Suppe mit Brötchen, Rindsgulasch, Apfelkuchen mit Eis und Sahne.

3

Fast jeden Tag aß Stuart McConchie in dem Café- und Restaurantbetrieb ein Stück weiter die Straße hinauf, in der auch der *TV modern* lag, zu Mittag. Als er heute Kürtchens Kulinarische Köstlichkeiten betrat, sah er zu seinem Verdruß, daß hinten im Restaurant Hoppy Harringtons Gefährt stand, und dort nahm tatsächlich Hoppy mit völlig natürlichem und unbekümmertem Betragen sein Mittagessen zu sich, als sei er es schon seit langem gewöhnt, hier zu essen. Gottverdammt, dachte Stuart. Er macht sich überall breit. Die Phokos machen sich überall breit. Und ich habe ihn nicht einmal den Laden verlassen sehen.

Nichtsdestotrotz setzte sich Stuart in eine Eßnische und nahm die Speisekarte zur Hand. Von dem lasse ich mich nicht verscheuchen, dachte er, während er nachschaute, woraus das Tagesgericht bestand und was es kostete. Das Monatsende war da, und er war knapp bei Kasse. Er wartete schon mit Schmacht auf seinen zweimonatlichen Scheck, den ihm Fergesson zum kommenden Wochenende persönlich aushändigen würde.

Die hohe Stimme des Phokos drang an Stuarts Ohr, während er

die Suppe löffelte; offenbar erzählte Hoppy wieder irgendein Anekdötchen; aber wem? Connie, der Kellnerin? Stuart drehte den Kopf und sah sowohl die Kellnerin wie auch Tony, den Grillkeeper, in der Nähe von Hoppys Karren stehen und zuhören, ohne daß einer von beiden irgendein Anzeichen von Widerwillen gezeigt hätte.

Hoppy sah und erkannte Stuart. „Hallo", rief er.

Stuart nickte und wandte sich ab, befaßte sich mit seiner Suppe.

Der Phoko erzählte ihnen etwas über irgendeine Erfindung, die er ausgeheckt hatte, ein neumodisches elektronisches Apparätchen, das entweder schon fertig war oder das er erst noch basteln wollte — Stuart bekam nicht richtig mit, wie es sich verhielt, und es war ihm ohnehin eindeutig gleichgültig. Für ihn hatte es keinerlei Bedeutung, was Hoppy sich zurechtzimmern mochte, welche verrückten Ideen im Gehirn des kleinen Kerls entstanden. Ohne Zweifel ist es irgendeine Abartigkeit, sagte sich Stuart. Irgendein Irrengerät, so was wie ein Perpetuum mobile ... vielleicht einen Perpetuum-mobile-Seifenkistenwagen für ihn selbst. Diesen Einfall fand er so putzig, daß er lachen mußte. Das muß ich Lightheiser erzählen, beschloß er. Hoppys Perpetuum mobile. Dann hatte er eine noch bessere Eingebung. Hoppys Phokomobil. Darauf mußte er laut auflachen.

Hoppy hörte ihn lachen und nahm anscheinend an, Stuart lache über irgend etwas, das er gerade von sich gegeben hatte. „He, Stuart", rief er, „kommen Sie doch rüber, ich spendiere Ihnen 'n Bier."

So ein Dummkopf, dachte Stuart. Weiß er nicht, daß Fergesson uns weder während der Arbeits- noch in der Mittagszeit Bier erlaubt? Das ist eine feste Regel. Wer in der Mittagspause Bier trinkt, braucht gar nicht erst ins Geschäft zurückzukehren, und den letzten Scheck schickt Fergesson ihm nach Hause.

„Hör mal", sagte er zu dem Phoko, indem er sich an seinem Platz umwandte, „wenn du erst mal 'n Weilchen länger für Fergesson gearbeitet hast, wirst du's besser wissen und nicht solchen Quatsch daherreden."

Der Phoko errötete. „Was meinen Sie denn?" erkundigte er sich unterdrückt.

„Fergesson gestattet seinem Personal keinen Alkohol", sagte der Grillkeeper. „Alkohol verstößt gegen seinen Glauben, habe ich recht, Stuart?"

„Stimmt genau", bestätigte Stuart. „Und es wäre besser, du würdest dir das merken."

„Davon hatte ich keine Ahnung", sagte der Phoko, „und außerdem wollte ich selbst gar kein Bier trinken. Aber ich sehe nicht ein, welches Recht ein Chef haben könnte, seinen Mitarbeitern vorzuschreiben, was sie während ihrer freien Zeit machen. Es ist ihre Mittagspause, und wenn sie Bier trinken möchten, sollten sie's trinken dürfen." Seine Stimme hatte einen scharfen Tonfall angenommen und klang nach böser Entrüstung. Plötzlich war es vorbei mit seiner Spaßhaftigkeit.

„Er will nicht, daß seine Verkäufer ins Geschäft zurückkommen und riechen wie eine ganze Brauerei", entgegnete Stuart, „und ich halte diesen Standpunkt für richtig. Viele ältere weibliche Kunden könnten sich davon abgestoßen fühlen."

„Was Verkäufer wie Sie angeht, kann ich das einsehen", sagte Hoppy, „aber ich bin kein Verkäufer. Ich bin Techniker, und ich kann ein Bier trinken, wenn ich will."

Der Grillkeeper schaute mißbehaglich drein. „Nun hör mal, Hoppy...", begann er.

„Du bist noch zu jung, um Bier zu trinken", sagte Stuart. Inzwischen sahen und hörten sämtliche Anwesenden zu.

Das Gesicht des Phokos verfärbte sich knallrot. „Ich bin volljährig", erklärte er mit beherrschter, gepreßter Stimme.

„Er bekommt kein Bier", sagte Connie, die Kellnerin. „Er ist doch bloß 'n Junge."

Mit einem Greifer langte Hoppy in eine Tasche und zückte seine Brieftasche; aufgeklappt legte er sie auf die Theke. „Ich bin einundzwanzig", sagte er.

Stuart lachte. „Unsinn." Er muß irgendein falsches Ausweispapier bei sich haben, schlußfolgerte er. Der verrückte Bursche hat es selber gedruckt oder gefälscht oder dergleichen. Er muß unbedingt genauso sein wie alle; er ist besessen davon.

„Jawohl, hiernach ist er volljährig", sagte der Grillkeeper, der das in der Brieftasche befindliche Papier betrachtete. „Hoppy, denk aber dran, wie's das letzte Mal war, als du hier Bier getrunken hast, erinnere dich daran, daß..."

„Sie sind dazu verpflichtet", sagte der Phoko, „mich zu bedienen."

Der Grillkeeper gab ein Brummen von sich und ging eine Flasche Hamm holen, die er Hoppy ungeöffnet hinstellte.

„Einen Öffner", sagte der Phoko.

Der Grillkeeper ging einen Öffner besorgen und warf ihn Hoppy über die Theke zu, und Hoppy machte die Flasche auf.

Der Phoko schöpfte tief Atem und trank das Bier.

Was ist hier eigentlich los? wunderte sich Stuart, als er bemerkte, wie der Grillkeeper und Connie — und sogar einige Gäste — Hoppy beobachteten. Kippt er davon um? Läuft er womöglich Amok? Er fühlte sich angewidert und verspürte gleichzeitig tiefes Unbehagen. Wäre ich bloß schon mit dem Essen fertig, wünschte er sich. Wäre ich nur schon hier raus. Was hier auch vorgeht, ich möchte es nicht mitansehen. Ich werde in den Laden zurückgehen und mir wieder die Rakete anschauen, fällte er einen Entschluß. Ich werde mir ansehen, wie Dangerfield startet, ein für Amerika unheimlich bedeutendes Ereignis, ganz was anderes als dieser Freak, ich habe keine Zeit, um sie mit ihm zu verschwenden.

Aber er blieb, wo er saß, denn irgend etwas bahnte sich da an, irgendeine Sonderlichkeit mit Hoppy Harrington; er war dazu außerstande, ihm seine Aufmerksamkeit zu entziehen, wie sehr er sich auch bemühte.

Mitten auf seinem Karren war der Phoko zusammengesunken, als schliefe er ein. Sein Kopf ruhte auf dem Steuergriff, mit dem er das Fahrzeug zu lenken pflegte, und die Augen waren ihm beinahe zugefallen; ihr Ausdruck war glasig geworden.

„Menschenskind", sagte der Grillkeeper. „Da haben wir wieder die Bescherung." Er wirkte, als wolle er, daß die anderen ringsherum irgend etwas unternähmen, doch niemand regte sich; alle standen oder saßen, wo sie sich schon zuvor befunden hatten.

„Ich hab's gleich gewußt", sagte Connie im Ton bitteren Vorwurfs.

Die Lippen des Phokos bebten. „Fragt mich was", brabbelte er. „Jetzt frage mich einer was."

„Was sollen wir fragen?" entgegnete der Grillkeeper verärgert. Er vollführte eine Geste des Mißmuts, drehte sich um und kehrte zurück an seinen Grill.

„Fragt mich", wiederholte Hoppy mit dumpfer Stimme, die klang, als käme sie aus erheblicher Ferne, ganz als ob er während einer Art von Anfall spräche. Beim Zuschauen erkannte Stuart, daß es sich tatsächlich um so etwas wie einen Anfall handelte, wahrscheinlich Epilepsie vorlag. Noch immer verspürte er das Verlangen, sich auf und davon zu machen, aber er vermochte sich nicht vom

Fleck zu rühren; genau wie die anderen fühlte er sich irgendwie zum Zusehen gezwungen.

„Können Sie ihn nicht wieder in den Laden schieben?" wandte sich Connie an Stuart. „Sie brauchen ihn ja nur ein bißchen zu schieben." Sie musterte ihn gereizt, aber schließlich trug Stuart an alldem keine Schuld; er wich zurück und gab ihr mit einer Gebärde seine Ratlosigkeit zu verstehen.

Der Phoko warf sich auf seinem Karren hin und her und nuschelte, seine Greifarme aus Metall und Plastik zuckten kreuz und quer herum. „Befragt mich danach", sagte er. „Kommt, los, ehe 's zu spät ist, jetzt kann ich was sagen, ich seh's."

„Es wäre mir lieber", sagte vom Grill herüber laut der Grillkeeper, „jemand würde ihn was fragen, damit wir die Sache hinter uns bringen. Ich weiß, daß irgendwer ihn jetzt was fragen muß, und wenn keiner ihn was fragt, muß ich's halt machen ... ich habe nämlich 'n paar Fragen an ihn." Er schmiß seinen Heber hin und ging wieder zu dem Phoko. „Hoppy", sprach er ihn an, „das letzte Mal hast du gesagt, alles sei finster. Stimmt's? Ohne jedes Licht."

Die Lippen des Phokos zuckten. „Wenig Licht. Schwaches Licht. Gelb und wie fast erloschen."

Der in mittleren Jahren befindliche Juwelier von der Parallelstraße schob sich an Stuarts Seite. „Das letzte Mal war ich auch hier", flüsterte er Stuart zu. „Wissen Sie, was er sieht? Ich kann's Ihnen sagen. Glauben Sie mir, Stu, er schaut das *Drüben*."

„Was für 'n Drüben?" hakte Stuart nach und erhob sich, um besser sehen und hören zu können; alle hatten sich mittlerweile enger um Hoppy geschart, als wolle niemand etwas versäumen.

„Sie wissen doch", sagte Mr. Crody. „Jenseits des Grabes. Das Jenseits. Lachen Sie ruhig, Stuart, aber 's is' wahr, wenn er ein Bier trinkt, gerät er in Trance, so wie Sie's jetzt selber sehen, und dann hat er okkulte Visionen oder so was. Fragen Sie Tony oder Connie oder diesen und jenen von den Gästen, sie waren bei der Gelegenheit auch anwesend."

Connie beugte sich über die zusammengesackte Gestalt, die in der Mitte des Karrens kauerte und zuckte. „Hoppy, woher kommt das Licht? Kommt's von Gott?" Sie lachte nervös. „Du weißt, so wie's in der Bibel steht. Ich meine, ist es wahr?"

„Grau, Düsterkeit", lallte Hoppy. „Wie Asche. Dann eine weite Ebene. Nichts außer Feuern, die da brennen, das Licht stammt vom Lodern der Feuer. Sie brennen für alle Ewigkeit. Nichts Lebendes.“

„Und wo bist du?“ wollte Connie wissen.

„Ich ... schwebe“, antwortete Hoppy. „Schwebe überm Boden ... nein, jetzt bin ich sehr hoch. Ich bin völlig gewichtslos, ich habe keinen Körper mehr, deshalb bin ich so hoch, so hoch wie ich nur sein will. Ich kann hier schweben bleiben, wenn ich mag. Ich muß nicht zurück nach unten. Mir gefällt's hier, ich kann für alle Zeiten um die Erde schweben. Sie liegt dort unter mir, und ich kann immerzu weiter schweben und schweben.“

„Eh, Hoppy“, fragte Mr. Crody, der Juwelier, indem er zu dem Gefährt trat, „ist da sonst niemand? Ist jeder einzelne von uns zur Einsamkeit verdammt?“

„Ich ... ich sehe jetzt andere“, murmelte Hoppy. „Ich schwebe zurück hinab, ich begebe mich hinunter ins Grau. Ich gehe umher.“

Er geht, dachte Stuart. Auf was denn? Beine ohne Körper — wahrscheinlich ein schönes Leben nach dem Tod. Insgeheim lachte er. Was für ein alberner Auftritt, dachte er. Was für ein Humbug. Aber auch er trat näher zu dem Fahrzeug, drängte sich ein wenig vor, um sehen zu können.

„Heißt das, daß du in einem anderen Leben wiedergeboren worden bist, so wie man es im Fernen Osten lehrt?“ erkundigte sich eine ältere Dame in einem Popelinmantel.

„Ja“, lautete zur allgemeinen Überraschung Hoppys Antwort. „In einem neuen Leben. Ich habe einen anderen Körper. Damit kann ich alles mögliche tun.“

„Ein echter Schritt nach vorn“, merkte Stuart an.

„Ja“, nuschelte Hoppy. „Ein Schritt nach vorn. Ich bin wie jeder andere. Ja, ich bin sogar besser als jeder andere. Ich kann alles tun, was sie tun können, sogar viel mehr. Ich kann gehen, wohin ich möchte, aber sie nicht. Sie können sich nicht bewegen.“

„Warum können sie sich nicht bewegen?“ fragte der Grillkeeper nach.

„Sie können's eben nicht“, erwiderte Hoppy. „Sie können nicht hinauf in die Luft, nicht auf die Straßen und nicht auf Schiffe. Sie bleiben ganz einfach, wo sie sind. Es ist alles anders als hier. Ich kann jeden einzelnen von ihnen sehen, sie sind wie tot, sie sind wie hingestreckt und tot. Wie Leichen.“

„Können sie sprechen?“ fragte Connie.

„Ja", antwortete der Phoko. „Sie können sich miteinander unterhalten. Aber ... sie müssen ..." Er schwieg, dann lächelte er; sein hageres, verzerrtes Gesicht zeigte offene Freude. „Sie können sich nur durch mich verständigen."

Ich wüßte gerne, was das wohl zu bedeuten hat, dachte Stuart. Klingt wie der Wachtraum eines Größenwahnsinnigen, der sich ausmalt, wie er über die ganze Welt herrscht. Reine Kompensation, weil er ein Krüppel ist ... genau die Vorstellungen, vermute ich, wie sie von einem Phoko zu erwarten sind.

Das Ganze kam Stuart, nachdem er das begriffen hatte, nicht mehr so interessant vor. Er entfernte sich und nahm wieder in der Eßnische Platz, wo noch sein Mittagessen stand.

„Ist das dort drüben eine gute Welt?" hörte er den Grillkeeper fragen. „Sag mir, ob sie besser oder schlechter ist."

„Schlechter", sagte Hoppy. „Schlimmer für euch. Sie ist so, wie die Menschen sie verdienen. Sie ist gerecht."

„Also ist sie für dich besser ..." Connie deutete eine Fragestellung lediglich an.

„Ja", bestätigte der Phoko.

„Hören Sie", sagte Stuart von seinem Platz aus zur Kellnerin, „kapieren Sie denn nicht, daß es sich bei alldem bloß um eine psychologische Kompensation für sein wirkliches Dasein als Krüppel handelt? Mit solchen Spinnereien hält er sich doch nur innerlich aufrecht. Ich verstehe überhaupt nicht, wie Sie so was ernstnehmen können."

„Ich nehm's nicht ernst", sagte Connie. „Aber ich find's interessant. Ich habe mal was über Medien gelesen, wie man solche Leute nennt. Sie versetzen sich in Trance und treten dann in Verbindung mit einer anderen Welt, so wie er's auch macht. Haben Sie davon noch nie gehört? Das sind wissenschaftlich bewiesene Tatsachen, glaube ich. Oder nicht, Tony?" Sie schaute den Grillkeeper um Rückhalt an.

„Ich weiß nicht", sagte Tony launisch, begab sich langsam wieder zu seinem Grill und packte den Heber.

Anscheinend war der Phoko nun noch tiefer in seine vom Bier hervorgerufene Trance versunken; tatsächlich erregte er sogar den Eindruck, als schlafe er, höre und sehe nichts mehr, nehme die Personen rundum nicht länger bewußt wahr und versuche auch nicht, ihnen noch mehr von seinen Visionen (oder was es sein mochte) mitzuteilen. Die Séance war vorüber.

Naja, man weiß nie, was es damit auf sich hat, dachte Stuart. Was wohl Fergesson dazu sagen würde? Es ist fraglich, ob er jemanden für sich arbeiten lassen möchte, der nicht nur verkrüppelt ist, sondern obendrein ein Epileptiker oder so was. Ich weiß nicht recht, ob ich ihm davon erzählen soll, wenn ich wieder im Laden bin, oder nicht. Wahrscheinlich schmeißt er Hoppy umgehend wieder raus, wenn er davon erfährt. Ich könnte es ihm nicht verübeln. Es ist wohl besser, entschied er, ich halte den Mund.

Der Phoko schlug die Augen auf. „Stuart", sagte er mit schwacher Stimme.

„Bitte schön?" entgegnete Stuart.

„Ich..." Der Phoko sprach matt, nahezu wie ein Kranker, als wäre das, was er vorhin durchgemacht hatte, für seinen schwächlichen Körper zuviel gewesen. „Hören Sie mal, ich dachte..." Er straffte sich und fuhr seinen Wagen langsam herüber zu Stuarts Eßnische. „Ich dachte mir", sagte er mit leiser Stimme, „ob Sie mich wohl in den Laden zurückschieben könnten? Nicht jetzt sofort, sondern wenn Sie mit dem Essen fertig sind. Ich wäre Ihnen wirklich sehr dankbar."

„Wieso?" fragte Stuart. „Warum kannst du nicht allein fahren?"

„Ich fühle mich nicht wohl", sagte der Phoko.

Stuart nickte. „Na gut. Wenn ich mit dem Essen fertig bin."

„Danke", sagte der Phoko.

Indem er ihn ungerührt mißachtete, aß Stuart weiter. Ich wollte, es wäre nicht so allgemein ersichtlich, daß ich ihn kenne, dachte er. Würde er doch abfahren und woanders auf mich warten. Doch der Phoko saß schlaff da und rieb sich mit dem linken Greifer die Stirn; er wirkte zu erschöpft, um sich aus eigener Kraft auf den Weg zu machen, und wäre es bloß bis zum anderen Ende des Restaurants gewesen.

„Es ist 'ne große Verantwortung", sagte der Phoko einige Zeit später in gedämpftem Ton, während Stuart seinen Karren auf dem Bürgersteig in die Richtung zum *TV modern* schob, „nach drüben sehen zu können."

„Ja, sicher", sagte Stuart und bewahrte seinen inneren Abstand, tat nur, was er tun mußte, nicht mehr; er schob den Wagen, sonst nichts. Bloß weil ich deinen Karren schiebe, dachte er, bin ich noch längst nicht dazu verpflichtet, mit dir zu plaudern.

„Als es das erste Mal vorgekommen ist...", begann der Phoko von neuem, aber Stuart fiel ihm ins Wort.

„Das interessiert micht nicht. Ich möchte nichts anderes als zurück in den Laden und sehen, ob die Rakete schon gestartet ist. Wahrscheinlich ist sie inzwischen in der Kreisbahn."

„Vermutlich", sagte der Phoko. An der Kreuzung warteten sie auf den Farbwechsel der Verkehrsampel. „Als es zum erstenmal passiert ist, habe ich's mit der Angst zu tun gekriegt", sagte der Phoko. „Ich habe sofort gewußt, was es ist, das ich da sehe", ergänzte er, während Stuart ihn über die Straße schob. „Der Rauch und die Feuer ... überall alles verrußt. Wie in einem Bergwerk oder an so einer Stelle, wo man die Schlacken weiterverarbeitet ... Furchtbar." Er schauderte zusammen. „Aber ist es denn so herrlich, wie's jetzt ist? Für mich nicht."

„Mir gefällt's", sagte Stuart kurzangebunden.

„Natürlich", sagte der Phoko. „Sie sind ja auch nicht biologisch aus der Art geschlagen." Stuart brummte. „Wissen Sie, woraus meine früheste Erinnerung an meine Kindheit besteht?" fügte der Phoko mit ruhiger Stimme hinzu. „Wie ich in einer Decke in die Kirche getragen worden bin. Ich bin auf eine Bank gelegt worden wie..." Seine Stimme versagte. „In einer Decke bin ich zur Kirche hinein- und hinausgetragen worden, in die Decke eingewickelt, so daß niemand mich sehen konnte. Das war die Idee meiner Mutter. Sie hätte es nicht ertragen können, daß mein Vater mich auf dem Rücken beförderte, während alle Leute zusehen." Stuart brummte nochmals. „Diese Welt ist schrecklich", sagte der Phoko. „Früher hatten Sie Schwarze zu leiden. Würden Sie im Süden wohnen, hätten Sie noch heute zu leiden. Sie vergessen das, weil man's Sie vergessen läßt, aber mich ... mich läßt man nicht vergessen. Aber ich möchte sowieso nicht vergessen, jedenfalls nichts, was mich betrifft. In der nächsten Welt wird alles anders sein. Sie werden's schon noch sehen, Sie werden nämlich auch dort sein."

„Nein", widersprach Stuart. „Wenn ich sterbe, bin ich tot. Ich habe keine Seele."

„Sie auch", bekräftigte der Phoko, der nun anscheinend Schadenfreude empfand; seine Stimme besaß auf einmal einen Anklang genüßlich-boshafter Grausamkeit. „Ich weiß es."

,,Woher denn?"

,,Weil ich Sie einmal dort gesehen habe", erwiderte der Phoko.

,,Ach was", entgegnete Stuart, wider jede Vernunft von Furcht gepackt.

,,Doch, einmal", beharrte der Phoko mit erhöhtem Nachdruck. ,,Sie waren's, kein Zweifel möglich. ,,Wollen Sie wissen, was Sie gemacht haben?"

,,Nee."

,,Sie haben eine tote Ratte roh aufgefressen."

Stuart sagte nichts, aber er schob den Karren immer schneller den Bürgersteig entlang, so schnell wie es ihm möglich war, zurück zum Laden.

Als sie wieder ins Geschäft gelangten, stand die Ansammlung von Zuschauern noch immer vor dem TV-Apparat. Und die Rakete war tatsächlich mittlerweile gestartet; gerade hatte sie vom Boden abgehoben, und man wußte noch nicht genau, ob alle Stufen einwandfrei funktionierten.

Hoppy kehrte auf seinem Gefährt in den Keller zurück, wogegen Stuart oben vorm Fernseher blieb. Aber die Äußerungen des Phoko hatten ihn innerlich so aufgewühlt, daß er sich nicht recht auf den Bildschirm konzentrieren konnte. Er schlurfte beiseite, sah plötzlich Fergesson oben im Büro sitzen und ging hinauf.

Fergesson saß am Schreibtisch vor einem Stapel Kaufverträge und Reparaturaufträge. Stuart schlenderte zu ihm. ,,Hören Sie mal, dieser gottverdammte Hoppy..." Fergesson hob den Blick von den Papieren. ,,Lassen wir's", sagte Stuart, der sich urplötzlich abgeschlafft fühlte.

,,Ich habe ihm bei der Arbeit zugeschaut", sagte Fergesson. ,,Ich bin runtergegangen und habe ihn beim Arbeiten beobachtet, ohne daß er's gemerkt hat. Ich gebe zu, irgendwie hat er was Beunruhigendes an sich. Aber er ist tüchtig. Ich habe mir angesehen, was er gemacht hat, und es war tadellos. Und darauf kommt's hier ja wohl an." Er musterte Stuart aus finsterer Miene.

,,Ich habe gesagt, wir lassen's", betonte Stuart.

,,Ist das Raumschiff endlich gestartet?"

,,Ja, eben."

,,Wegen diesem Zirkus haben wir heute kein einziges Stück abgesetzt", sagte Fergesson.

,,Zirkus?!" Stuart setzte sich so an den anderen Schreibtisch, daß er nach unten Ausblick hatte. ,,Da wird Geschichte gemacht."

,,Auch nur ein Vorwand für Sie und Ihre Kollegen, herumzustehen und keinen Finger zu rühren." Von neuem blätterte Fergesson in den Vordrucken.

,,Hören Sie, ich werde Ihnen sagen, was Hoppy getan hat." Stuart beugte sich vor. ,,Drüben im Restaurant, in Kürtchens Kulinarische Köstlichkeiten." Fergesson unterbrach sein Geblätter und sah ihn an. ,,Er hatte 'n Anfall. Er ist ausgeflippt."

,,Im Ernst?" Fergesson wirkte unangenehm berührt.

,,Er war hinüber, weil er ... ein Bier getrunken hatte. Er hat das Jenseits geschaut. Mich hat er eine tote Ratte essen sehen. Sie war roh. Behauptet er jedenfalls." Fergesson lachte. ,,Ich finde das nicht komisch."

,,Sicher. Er hat Ihnen Ihr ganzes rücksichtsloses Verhalten heimgezahlt, und Sie sind auch noch so einfältig und fallen darauf rein."

,,Er hat wirklich nach drüben geschaut", sagte Stuart patzig.

,,Hat er mich gesehen?"

,,Davon hat er nichts erwähnt. Anscheinend treibt er das häufig dort. Man gibt ihm Bier, dann verfällt er in Trance, und die Leute stellen ihm Fragen. Danach, wie's drüben aussieht. Ich hab's mitbekommen, weil ich zum Essen dort war. Ich hatte nicht mal bemerkt, wie er den Laden verließ. Ich habe nicht gewußt, daß ich ihn dort antreffe."

Einen Moment lang saß Fergesson mit gerunzelter Stirn da und überlegte; dann streckte er den Arm aus und drückte auf den Knopf der Sprechanlage, die das Büro mit der Reparaturabteilung verband. ,,Hoppy, komm doch sofort mal zu mir ins Büro rauf. Ich möchte mit dir reden."

,,Es war keineswegs meine Absicht, ihn in Schwierigkeiten zu bringen", sagte Stuart.

,,Kann sein", sagte Fergesson. ,,Ich würde aber trotzdem lieber näher Bescheid wissen. Ich habe das Recht, zu erfahren, was meine Angestellten treiben, wenn sie sich an öffentlichen Örtlichkeiten aufhalten und womöglich in einer Art und Weise aufführen, die der Reputation unseres Fachhandels schaden könnte."

Sie warteten, und etwas später hörten sie die Geräusche, mit denen der Karren die Treppe zum Büro heraufholperte.

„Was ich in meiner Mittagspause mache, ist allein meine Angelegenheit, Mr. Fergesson", sagte Hoppy, sobald er ins Büro kam. „Das ist meine Einstellung."

„Da irrst du dich", sagte Fergesson. „Es geht auch mich was an. Hast du im Jenseits auch mich gesehen, so wie Stuart? Was habe ich dort getan? Ich möchte es wissen, und ich rate dir, mir eine anständige Antwort zu geben, sonst kannst du hier einpacken, am selben Tag, an dem du eingestellt worden bist."

„Ich habe Sie nicht gesehen, Mr. Fergesson", sagte der Phoko mit ruhiger, gefaßter Stimme, „weil Ihre Seele vergangen war und nicht wiedergeboren werden wird."

Für ein Weilchen betrachtete Fergesson den Phoko. „Und warum nicht?" wünschte er schließlich zu erfahren.

„Das ist Ihr Schicksal", gab Hoppy Auskunft.

„Ich habe keine kriminellen oder unmoralischen Taten begangen."

„Das ist nun mal der kosmische Ablauf, Mr. Fergesson", antwortete der Phoko. „Bitte geben Sie nicht mir die Schuld daran." Er schwieg.

„Herrje." Fergesson wandte sich wieder an Stuart. „Man stelle eine dumme Frage, und man erhält eine dumme Antwort." Er schaute erneut den Phoko an. „Hast du sonst irgendwen gesehen, den ich kenne, zum Beispiel meine Frau? Ach, du kennst meine Frau ja gar nicht. Oder Lightheiser? Was wird aus ihm?"

„Ich habe ihn nicht gesehen", sagte der Phoko.

„Wie hast du eigentlich den Plattenwechsler repariert?" fragte Fergesson unvermittelt. „Ich meine, wie hast du's *wirklich* gemacht? Es sah so aus, als hättest du ... den Bruch *behoben*. Es sah ganz so aus, als hättest du die gebrochene Feder nicht ausgetauscht, sondern wiederhergestellt. Wie hast du das geschafft? Ist das eine von den übersinnlichen Gaben, oder wie man das nennt?"

„Ich habe den Apparat repariert", versetzte der Phoko darauf mit ausdrucksloser Stimme.

„Er will nicht damit rausrücken", sagte Fergesson zu Stuart. „Aber ich hab's gesehen. Er hat sich auf irgendeine besondere Weise darauf konzentriert. Vielleicht hatten Sie recht, Stuart, möglicherweise war's ein Fehler, ihn anzustellen. Aber es sind noch immer die Resultate, die zählen. Hör zu, Hoppy. Da du jetzt bei mir arbeitest, möchte ich, daß du nicht mehr hier in der Straße öffentliche Trance-Darbietungen veranstaltest. Du kannst deine Trance zu Hause durchziehen, hast du mich verstanden?" Er nahm wieder den Stapel mit den Vordrucken zur Hand. „Das ist alles. Und jetzt runter mit euch, seht zu, daß irgend was getan statt nur rumgestanden wird."

Der Phoko wendete augenblicklich sein Gefährt und rollte zur Treppe. Stuart, die Hände in den Taschen, schloß sich langsam an.

Als er wieder unten und in Hörweite des Fernsehers war, bekam er mit, wie der Sprecher aufgeregt verkündete, daß das Abbrennen der ersten drei Stufen der Rakete offenbar mit Erfolg durchgeführt worden sei.

Das ist eine gute Neuigkeit, dachte Stuart. Ein glanzvolles Kapitel in der Geschichte der Menschheit. Darauf fühlte er sich ein bißchen wohler; er bezog an der Ladentheke Aufstellung, von wo aus er den Bildschirm ebenfalls gut im Blick behalten konnte.

Wie könnte ich dazu kommen, eine tote Ratte zu verzehren? fragte er sich. Um unter solchen Verhältnissen zu leben, müßte meine nächste Reinkarnation in einer wahrhaftig entsetzlichen Welt stattfinden. Nicht einmal das Vieh kochen, bloß schnappen und hinabschlingen. Womöglich sogar mit Fell und allem, dachte er, Fell und Schwanz und allem Drum und Dran. Er schüttelte sich.

Wie soll ich noch in Ruhe zuschauen können, während Geschichte gemacht wird, fragte er sich verärgert, wenn ich ständig an so was wie tote Ratten denken muß? Ich würde gerne dies große Schauspiel in vollen Zügen genießen, das ich hier mit eigenen Augen mitansehen darf, und statt dessen ... muß ich mir von dieser sadistischen, von Strahlung und Tabletten hervorgebrachten Mißgeburt einen derartigen Mist in den Kopf setzen lassen, nur weil Fergesson den Burschen unbedingt hat einstellen müssen! Verdammt noch mal!

Er stellte sich Hoppy nicht länger als arm- und beinlosen Körper vor, abhängig von dem Karren, was die Fortbewegung betraf, sondern irgendwie im Schweben. Irgendwie Herr und Meister über alles, sie alle, über — wie Hoppy sich geäußert hatte — die Welt. Und diese Vorstellung war noch viel schlimmer als der Gedanke an die tote Ratte.

Ich würde wetten, er hat noch jede Menge mehr gesehen, überlegte Stuart, das er uns nicht verrät, das er absichtlich verschweigt. Er plaudert nur soviel aus, daß er uns eine Gänsehaut verursacht, dann macht er wieder die Klappe zu. Aber wenn er sich in Trance versetzen und die nächste Reinkarnation sehen kann, ist er doch bestimmt dazu in der Lage, alles zu sehen, denn was sollte es denn sonst damit auf sich haben? Aber ich glaube eigentlich ja gar nicht an dies fernöstliche Zeug, sagte er sich. Ich meine, es ist überhaupt unchristlich.

Doch er glaubte, was Hoppy von sich gegeben hatte; er glaubte es, weil er Hoppy dabei selbst hatte beobachten können. Er war wirklich in einer Trance gewesen. Damit hatte es seine Richtigkeit.

Hoppy hatte *irgend etwas* gesehen. Und es mußte schaurig gewesen sein; daran konnte es keinen Zweifel geben.

Was mag er sonst noch alles zu sehen bekommen? grübelte Stuart. Ich wollte, ich könnte den kleinen Halunken zum Reden bringen. Was hat dieser verdrehte, bösartige Verstand noch anderes in bezug auf mich und den Rest von uns — uns allen — drüben wahrgenommen?

Ich wünschte, dachte er, ich könnte auch einen Blick hinüber tun. Stuart hielt so eine Möglichkeit für sehr bedeutsam, und er beachtete den Fernseher nicht mehr. Er vergaß Walter und Lydia Dangerfield und die Geschichte, die sie machten; er dachte nur an Hoppy und den Vorfall im Restaurant. Gerne hätte er aufgehört, sich in Gedanken bloß noch damit zu beschäftigen, doch er war nicht dazu imstande.

Unablässig dachte er darüber nach.

4

Das entfernte Fauchgeräusch veranlaßte Mr. Austurias, den Kopf zu wenden, um nachzusehen, was dort die Straße entlangkam. Er befand sich am Rande eines von einem Eichenhain bestandenen Hügels und beschirmte nur mit der Hand seine Augen gegen die Sonne; da bemerkte er drunten auf der Landstaße das kleine Phokomobil Hoppy Harringtons; mitten darauf saß der Phokomelus und lenkte sein Fahrzeug des Weges, den er sich mit erheblicher Vorsicht zwischen den Schlaglöchern suchen mußte. Aber das Fauchen war nicht von dem Phokomobil gekommen; das nämlich fuhr mit Batteriebetrieb.

Ein Laster, erkannte Mr. Austurias. Einer von Orion Strouds umgebauten alten Holzvergaser-Lastwagen; nun sah er ihn mit hoher Geschwindigkeit herankommen und sich Hoppys Phokomobil nähern. Der Phokomelus schien das große Fahrzeug, das hinter ihm aufholte, gar nicht zu hören.

Die Straße gehörte Orion Stroud; im vergangenen Jahr hatte er sie vom Landkreis erworben, und es lag bei ihm, für ihre Instandhaltung zu sorgen, aber er mußte sie auch andere Autos außer seinen riesigen Lastfahrzeugen benutzen lassen. Er durfte für die Benutzung keinerlei Gebühren verlangen. Und doch, trotz dieser Vereinbarung, sah es ganz so aus, als wolle der Holzvergaser-LKW das Phokomobil einfach zur Seite fegen; er fuhr unerbittlich weiter, ohne zu verlangsamen.

Guter Gott, dachte Mr. Austurias. Unwillkürlich hob er eine Hand, als wolle er sich dem LKW entgegenstemmen. Der Laster walzte nun schon fast über das Mobil hinweg, und noch immer schenkte Hoppy ihm keine Aufmerksamkeit.

„Hoppy!“ schrie Mr. Austurias, und seine Stimme hallte durch die nachmittägliche Stille im Gehölz, seine Stimme und das Geknatter aus dem Motor des Lastwagens.

Der Phokomelus blickte auf, sah ihn jedoch nicht, fuhr weiter, während der Laster schon so dicht hinter ihm war, daß — daß Mr. Austurias die Augen schloß. Als er sie wieder aufschlug, sah er das Phokomobil abseits am Straßenrand stehen; der Laster röhrte vorüber, Hoppy war außer Gefahr: er mußte im letzten Augenblick ausgewichen sein.

Hoppy grinste dem LKW hinterdrein und winkte mit einer Prothese. Allem Anschein nach hatte er ihm nicht die geringste Sorge bereitet, nicht die mindeste Furcht eingejagt, obwohl er gemerkt haben mußte, daß der LKW-Fahrer es darauf angelegt gehabt hatte, ihn plattzumalmen. Hoppy drehte sich und winkte auch zu Mr. Austurias hinüber, den er zwar nicht sehen konnte, von dem er jedoch wußte, daß er sich in der näheren Umgebung aufhielt.

Seine Hände zitterten, die Hände des Schullehrers; er bückte sich, nahm wieder den leeren Korb und erklomm den Hügel, bis empor zur ersten der alten Eichen mit den feuchten Schatten darunter. Mr. Austurias war unterwegs zum Pilzesammeln. Er kehrte der Landstraße den Rücken zu und drang tiefer ins Zwielicht des Baumbestandes vor, weil er wußte, daß Hoppy nun in Sicherheit war, so daß er ihn und ebenso das, was er vorhin gesehen hatte, aus seinen Gedanken verdrängen konnte; er richtete seine Aufmerksamkeit von neuem auf den Anblick eines großen, dunkelgelben Exemplars *Cantharellus cibarius*, des Pfifferlings.

Ja, man sah ihn dank seiner Farbe von weitem, wie einen hellen Kreis inmitten des schwärzlichen Humus, die fleischige, saftige, kelchförmige Gestalt ganz niedrig, fast bedeckt vom modrigen Laub. Mr. Austurias hatte schon den Vorgeschmack auf der Zunge; er war groß und frisch, dieser Pfifferling, die kürzlichen Regenfälle hatten ihm zu üppigem Wuchs verholfen. Er beugte sich hinab und brach ihn weit unten am Stamm ab, um soviel wie möglich von ihm in den Korb tun zu können. Noch so einen Brocken, und er hatte sein Abendessen schon beisammen. Geduckt schaute er sich, ohne sich zu regen, nach allen Seiten um.

Dort war noch einer, weniger hell, vielleicht älter ... Er straffte sich und ging leise hinüber, als befürchte er, der Pilz könne die Flucht ergreifen, oder er könne ihn irgendwie wieder aus den Augen verlieren. Nichts mundete ihm so gut wie Pfifferlinge, nicht einmal der feine, leicht zottige Speisetäubling. Er kannte viele Stellen im Landkreis West Marin, an denen man Pfifferlinge finden konnte, da und dort, an den Hängen, die voller Eichen standen, den Wäldern. Insgesamt pflegte er in Wald und Flur acht verschiedene Arten von eßbaren Pilzen zu sammeln; fast so viele Jahre hatte es gedauert, bis er herausgefunden hatte, wo sie sich ausfindig machen ließen, und dennoch war es den Aufwand wert gewesen. Die meisten Menschen scheuten heutzutage Pilze, vor allem seit dem Tag X; besonders fürchteten sie die neuentstandenen, mutierten Exemplare, bei denen die Fachbücher keinerlei Rat geben konnten.

Zum Beispiel dieser hier, den ich gerade pflücke, dachte Mr. Austurias. Ist die Färbung nicht ein wenig sonderlich? Er drehte ihn zwischen den Händen hin und her und betrachtete die Maserung. Vielleicht ein Pseudo-Pfifferling, wie er in dieser Gegend bisher nicht aufgetreten war, unbekömmlich oder sogar giftig, eine Mutation. Er schnupperte daran und roch den Duft von Moder.

Soll ich vor diesem Ding bange sein? fragte er sich. Wenn der Phokomelus angesichts einer Gefahr ruhig bleiben kann, sollte ich wohl auch dazu imstande sein, gelassen ein gewisses Risiko auf mich zu nehmen.

Er legte den Pfifferling in seinen Korb und ging weiter.

Plötzlich vernahm er von unten, von der Straße, einen seltsamen Laut, einen rauhen, heiseren Schnaubton; er blieb stehen und lauschte. Das Geräusch wiederholte sich, und Mr. Austurias eilte durch das Eichenwäldchen zurück in die Richtung, woher er gekommen war, bis er wieder ins Freie gelangte und erneut oberhalb der Landstraße stand.

Das Phokomobil befand sich noch immer neben der Fahrbahn auf dem Seitenstreifen; der arm- und beinlose Technikus war nicht weitergefahren, sondern saß vornübergesunken auf seinem Fahrzeug. Was trieb der Phoko? Hoppy bäumte sich unter einem Schüttelkrampf auf, hob den Kopf, und Mr. Austurias sah zu seinem Staunen, daß der Phokomelus weinte.

Aus Furcht, begriff Mr. Austurias. Der LKW hatte dem Phokomelus sehr wohl Entsetzen eingeflößt, doch er hatte es nicht gezeigt, es mit gewaltiger Anstrengung verhohlen, bis der Laster sich außer Sichtweite entfernte — bis jeder in der Umgebung, wie der Phokomelus meinte, außer Sicht und er allein war, so daß er seinen Empfindungen freien Lauf lassen durfte.

Wenn du solche Furcht hast, überlegte Mr. Austurias, weshalb hast du dann so lange gewartet, bis du dem Lastwagen ausgewichen bist?

Drunten schlotterte der magere Körper des Phokomelus, schwankte hin und her; die knochigen, falkenhaft scharfen Gesichtszüge waren aus Gram verquollen. Was würde wohl unser Amtsarzt dazu sagen, Dr. Stockstill? Immerhin war er ja früher, bis zum Tag X, als Psychiater tätig gewesen. Er hat stets irgendwelche Theorien in bezug auf Hoppy, die inneren Vorgänge, die ihn zum Weitermachen und Durchhalten antreiben.

Wir befinden uns immer in der Reichweite des Todes, dachte Mr. Austurias, indem er die zwei Pilze in seinem Korb berührte. Aber war es denn früher wirklich besser? Krebserregende Insektenvertilgungsmittel, ständig Smog, der ganze Städte verpestete, Massenkarambolagen auf Autobahnen, Flugzeugabstürze ... die Welt war schon früher nicht sonderlich sicher gewesen. Dann und wann mußte man im Leben nun einmal einen Sprung zur Seite tun, um nicht unter die Räder zu geraten.

Wir müssen aus allem das Beste machen, sagte er sich, das Dasein zu genießen versuchen, wenn es irgendwie geht. Erneut widmete er sich der Vorstellung einer Pfanne voll Pfifferlinge, angemacht mit richtiger Butter und gewürzt mit Knoblauch und Ingwer, dazu seine selbstgemachte Bouillon ... was für eine köstliche Mahlzeit. Wen konnte er möglicherweise dazu einladen? Jemanden, den er sehr gerne mochte, oder jemanden von Wichtigkeit. Falls er noch einen fand ... Ich könnte George Keller einladen, kam ihm in den Sinn. George, unseren Schulleiter, meinen Chef. Oder sogar irgendein Mitglied des örtlichen Schulrates, vielleicht gar Orion Stroud, den dicken, runden, fetten Stroud in Person.

Und natürlich könnte er auch Georges Frau einladen, wenn er ihn einlud, Bonny Keller, die vielleicht schönste Frau im ganzen Landkreis West Marin. Es gibt noch Menschen, die zu leben und zu überdauern verstehen, dachte er, selbst in dieser heutigen Gesellschaft des ... Dem Ehepaar Keller war es seit dem Tag X durchaus nicht schlecht gegangen; es war fast besser dran als davor.

Mr. Austurias spähte zur Sonne empor und schätzte die Tageszeit. Möglicherweise war es schon kurz vor vier Uhr nachmittags; es war an der Zeit für ihn, schnellstens in den Ort zurückzukehren, um noch die Satellitensendung hören zu können, wenn er in seiner Umlaufbahn vorüberzog. Ich darf ihn auf keinen Fall verpassen, sagte er sich und trat den Rückweg an. Nicht für eine Million Silberdollar, wie man so sagt. Dangerfield las aus *Des Menschen Hörigkeit* — vierzig Abschnitte hatte er bereits durch, und die Lesung gedieh nun zu einer Sache von wirklichem Interesse. Jeder hörte dieser Lesung zu; ohne Zweifel, der Mann in dem Satelliten hatte diesmal fürs Lesen eine hervorragende Auswahl getroffen. Ob er sich wohl selbst darüber im klaren ist? fragte sich Mr. Austurias. Jedenfalls kann ich es ihm nicht mitteilen. In West Marin kann man nur zuhören, aber nicht senden. Schade. Vielleicht würde es ihm einiges bedeuten.

Walt Dangerfield muß dort oben in seinem Satelliten gräßlich einsam sein, schlußfolgerte Mr. Austurias. Tag um Tag umkreist er die Erde. Der Tod seiner Frau war wirklich eine verdammt schreckliche Tragödie. Man merkt es ihm an. Seither ist er nie wieder der Alte geworden. Könnte man ihn bloß wieder herunterholen ... aber wenn wir es könnten, hätten wir ihn nicht mehr droben, um uns von ihm vorlesen zu lassen. Nein, entschied Mr. Austurias, es wäre gar nicht gut, ihn zurückzuholen, denn man könnte sicher sein, er würde nie wieder ins All fliegen wollen. Nach den Jahren muß er ja mittlerweile fast verrückt vor Verlangen danach sein, das Ding endlich verlassen zu dürfen.

Indem er seinen Korb mit den Pilzen fester packte, eilte er in die Richtung nach Point Reyes, wo sich das nächste Radio befand, die einzige Möglichkeit, mit Walt Dangerfield in seinem Satelliten in Verbindung zu bleiben, und durch ihn zur übrigen Welt.

„Der Zwangsneurotiker lebt in einer Umwelt des Zerfalls", sagte Dr. Stockstill. „Das ist eine bemerkenswerte Erkenntnis. Denken Sie einmal eingehender darüber nach."

„Dann müssen wir allesamt Zwangsneurotiker sein", sagte Bonny Keller, „denn es ist Zerfall, was rings um uns herscht ... oder nicht?" Sie lächelte ihm zu, und er mußte, ob er wollte oder nicht, ihr Lächeln erwidern.

„Sie mögen lachen", sagte er, „aber es besteht Bedarf an Psychiatrie, kann sein, sogar mehr denn je."

„Sie entbehrt vollkommen jeder Notwendigkeit", widersprach Bonny rundheraus. „Ich bin nicht einmal davon überzeugt, daß sie überhaupt je eine Berechtigung gehabt hat, aber früher habe ich sicherlich an sie geglaubt. Ich war ihr regelrecht verfallen, wie Sie genau wissen."

„Ruhe bitte", meldete sich aus dem vorderen Teil der großen Räumlichkeit, wo sie am Radio drehte, June Raub zu Wort. „Wir können ihn gleich empfangen."

Unsere Autoritätsperson spricht, dachte Dr. Stockstill, und wir tanzen nach ihrer Pfeife. Und dabei denke man sich mal, vor dem Tag X war sie nicht mehr als eine Tippse bei der hiesigen Filiale der Bank of America.

Mit mürrischer Miene machte Bonny Anstalten, Mrs. Raub irgendeine Entgegnung zuzurufen, doch unvermittelt beugte sie sich vor, näher zu Dr. Stockstill hinüber. „Lassen Sie uns rausgehen. Gleich muß George mit Edie eintreffen. Kommen Sie." Sie führte ihn am Arm an den Reihen der Leute vorbei, die bereits Platz genommen hatten, zur Tür. Auf diese Weise gelangte Dr. Stockstill, ohne recht zu wissen, wie ihm geschah, nach draußen, auf die vorgebaute Veranda. „Diese June Raub ist ein verflucht herrisches Weib", sagte Bonny. Sie spähte die Staße, die vor dem Forstamt verlief, hinauf und hinunter. „Noch nichts von Mann und Tochter zu sehen. Nicht mal unser werter Lehrer ist im Anmarsch. Aber natürlich dürfte Austurias wieder mal im Wald und giftige Pilze sammeln sein, um uns allen den Rest zu geben, und Gott weiß, was

Hoppy im Moment treiben mag. Befaßt sich bestimmt wieder mit irgendeiner sonderbaren Bastelei.“ Sie überlegte, und wie sie so da im trüben spätnachmittäglichen Zwielicht stand, fand Dr. Stockstill sie ganz außerordentlich attraktiv; sie trug einen wollenen Sweater und einen langen, schweren, selbstgenähten Rock, ihr Haar war hinten zu einem struppigen roten Knoten verschlungen. Was für eine tolle Frau, dachte er. Echt schade, daß sie vergeben ist. Dann fügte er in Gedanken mit einem Anflug unwillkürlicher Bosheit hinzu: Aber sie war schon ein paarmal vergeben.

„Da kommt ja mein teurer Ehemann“, stellte Bonny fest. „Er hat's geschafft, sich von dem Schulkram loszureißen. Und Edie ist auch dabei.“

Die hochgewachsene, schlanke Gestalt des Schulleiters der Dorfschule kam die Straße herauf; neben ihm, an seiner Hand, ging eine kleinere Ausgabe Bonnys, ihre kleine rothaarige Tochter mit den klugen, intelligenten, seltsam dunklen Augen. Sie näherten sich, und George lächelte zur Begrüßung.

„Hat's schon angefangen?“ rief er.

„Noch nicht“, gab Bonny ihm Auskunft.

„Das ist gut, Bill versäumt's nämlich ungern“, sagte die kleine Edie. „Er regt sich dann so auf.“

„Wer ist Bill?“ erkundigte sich Dr. Stockstill bei ihr.

„Mein Bruder“, antwortete Edie gelassen und mit der schrankenlosen Selbstsicherheit einer Siebenjährigen.

Ich wußte gar nicht, daß die Kellers zwei Kinder haben, dachte Stockstill, auf einmal stutzig geworden. Und außerdem sah er kein anderes Kind; er sah nur Edie. „Wo steckt Bill denn?“ fragte er sie.

„An meiner Seite“, sagte Edie. „Er ist immer bei mir. Kennen Sie Bill nicht?“

„Ein erdachter Spielkamerad“, sagte Bonny. Matt seufzte sie auf.

„Er ist nicht ausgedacht“, widersprach ihre Tochter.

„Na schön“, lenkte Bonny gereizt ein. „Es gibt ihn.“ Sie wandte sich Dr. Stockstill zu. „Hier sehen Sie also Bill, den Bruder meiner Tochter.“

„Bill freut sich, Sie kennenzulernen, Dr. Stockstill“, sagte Edie nach kurzem Schweigen, für dessen Dauer sie eine Miene aufsetzte, die von tatsächlicher Konzentration zeugte. „Guten Tag, sagt er.“

Stockstill lachte. „Ich bin auch erfreut, ihn kennenzulernen.“

„Da kommt Austurias", sagte George und deutet in die entsprechende Richtung.

„Mit seinem Abendessen", sagte Bonny in quengeligem Tonfall. „Warum bringt er eigentlich uns nicht bei, wie man Pilze sucht? Wozu ist er denn hier Lehrer? Wofür ist ein Lehrer sonst da? Ich muß sagen, George, manchmal muß ich mir ernste Gedanken über einen Mann machen, der..."

„Wenn er uns das Pilzesammeln beibrächte", meinte Stockstill, „würden wir sie bloß in Nullkommanichts wegputzen." Er besaß darüber Klarheit, daß Äußerungen ohnehin lediglich rhetorisch aufzufassen waren; obwohl sie nicht alle ausgesprochenen Gefallen daran hatten, respektierten sie ausnahmslos Mr. Austurias' Art, selten gewordenes Wissen zu bewahren und zu hüten; es war sein gutes Recht, seine mykologischen Kenntnisse für sich zu behalten. Jeder von ihnen hatte irgendeinen vergleichbaren verborgenen Schatz, von dem er insgeheim innerlich zehrte. Andernfalls wären diese Menschen hier, überlegte er, längst nicht mehr am Leben, sondern hätte sich zur großen Mehrheit gesellt, den stummen Toten unter ihren Füßen, den Millionen, die man wahlweise als Glückliche oder Unglückliche betrachten konnte, ganz nach dem jeweiligen persönlichen Standpunkt. Bisweilen hatte er selbst den Eindruck, daß heutzutage Pessimismus angebracht sei, und bei solchen Anlässen hielt er die Toten für glücklich. Doch Pessimismus beschränkte sich bei ihm auf zeitweilige Stimmungen; gegenwärtig, wie er da neben Bonny Keller im Schatten stand, keinen halben Meter neben ihr, nah genug, um eine Hand heben und sie berühren zu können, verspürte er jedenfalls kein derartiges Stimmungstief ... obwohl er sie bestimmt nicht anfassen würde. Ihm war klar, daß er sich mit so etwas einen Nasenstüber einhandeln müßte. Eins anständig kräftig auf den Rüssel. Und George würde es merken, als ob es noch nicht schlimm genug wäre, von Bonny geschlagen zu werden.

Er lachte unterdrückt auf. Bonny sah ihn argwöhnisch an.

„Entschuldigung", sagte er. „Ich habe bloß gerade so ein bißchen vor mich hingeträumt."

Mr. Austurias erreichte das Haus; die Anstrengung hatte sein Gesicht gerötet. „Lassen Sie uns reingehen", schnaufte er, „damit wir Dangerfields Lesung nicht versäumen."

„Sie wissen doch, wie's weitergeht", sagte Stockstill. „Mildred kommt zurück und tritt wieder in sein Leben und macht ihm jede

Menge Kummer. Das ist Ihnen doch alles bekannt, Sie kennen das Buch so gut wie ich, wie wir alle.“ Die aufgeregte Anteilnahme des Lehrers gab ihm Grund zur Erheiterung.

„Heute abend werde ich nicht zuhören“, sagte Bonny. „Ich kann's einfach nicht ertragen, ständig von June Raub den Mund verboten zu bekommen.“

„Naja, es steht Ihnen selbstverständlich frei“, bemerkte Stockstill dazu, indem er sie ansah, „nächstes Jahr selbst Gemeindeleiterin zu werden.“

„Ich glaube, June bekäme ein wenig Psychoanalyse ganz gut“, sagte Bonny. „Sie ist so aggressiv, ein richtiges Mannweib, überhaupt nicht natürlich. Warum nehmen Sie sie nicht mal vor und verordnen ihr ein paar Stunden Therapie?“

„Möchten Sie mir noch'n Patienten aufs Auge drücken, Bonny?“ fragte Stockstill zurück. „Ich kann mich noch an den letzten entsinnen, dem Sie mich empfohlen haben. Sich an ihn zu erinnern, war leicht, denn der Tag, an dem jener Patient ihn aufgesucht hatte, war auch der Tag gewesen, an dem auf das Gebiet rings um die Bucht von San Franzisko die Bomben herabhagelten. Jahre her, dachte er. In einer anderen Inkarnation, wie Hoppy es ausdrücken würde.

„Sie hätten etwas für ihn tun können“, behauptete Bonny, „wären Sie dazu in der Lage gewesen, ihn zu behandeln, aber Sie haben ja gar nicht mehr die Zeit dafür erhalten.“

„Danke für Ihren Zuspruch“, sagte er und lächelte.

„Übrigens, Doktor“, sagte Mr. Austurias, „ich habe heute bei unserem jungen Phokomelus ein merkwürdiges Verhalten beobachtet. Ich habe mir sofort vorgenommen, Sie nach Ihrer Meinung zu fragen, sobald sich eine Gelegenheit ergibt. Er bringt mich manchmal aus der Fassung, muß ich gestehen ... Und er macht mich wirklich neugierig. Die Fähigkeit, gegen alle Widrigkeiten zu überleben ... sie ist bei Hoppy unerhört stark ausgeprägt. Sicherlich ist das auch eine Ermutigung, 'ne Ermutigung für uns alle, wenn Sie verstehen, was ich sagen will. Wenn er's schaffen kann...“ Der Lehrer verstummte. „Aber jetzt müssen wir rein.“

„Jemand hat mir erzählt“, sagte Stockstill zu Bonny, „daß Dangerfield Ihren alten Freund kürzlich erwähnt hat.“

„Er hat Bruno erwähnt?“ Sofort zeigte Bonny Aufmerksamkeit. „Also lebt er noch, oder? Ich war immer der Überzeugung, daß er noch lebt.“

„Nein, das war's nicht, was Dangerfield von sich gegeben hat. Es war irgendeine sarkastische Äußerung über die erste große Katastrophe. Sie entsinnen sich. Neunzehnhundertzweiundsiebzig."

„Ja", antwortete sie gepreßt. „Ich entsinne mich."

„Auf jeden Fall, dem zufolge, der's mir erzählt hat, wer's auch gewesen sein mag, hat Dangerfield ... In Wirklichkeit wußte er allerdings noch ganz genau, wer ihm Dangerfields *Bonmot* weitererzählt hatte; es war June Raub gewesen, doch er wollte Bonny nicht noch mehr gegen June aufbringen. „Er hat folgendes gesagt. Wir *alle* müssen nun mit Brunos Unglück leben. Wir alle verkörpern den Ungeist von zwoundsiebzig. Natürlich ist das nicht allzu originell. Derlei Redensarten haben wir damals schon von uns gegeben. Zweifellos habe ich die Weise, wie Dangerfield das gesagt hat, nicht mitbekommen ... das besondere ist ja immer seine Art, Dinge auszusprechen. Niemand kann solche Sachen so wie er ausdrücken."

Mr. Austurias war am Eingang des Forstamtes stehengeblieben, hatte sich umgedreht und den beiden zugehört. Jetzt kehrte er zu ihnen zurück. „Bonny", wollte er wissen, „haben Sie Bruno Bluthgeld schon vor dem Tag X gekannt?"

„Ja", antwortete sie. „Ich habe eine Zeitlang in Livermore gearbeitet."

„Jetzt ist er natürlich tot", sagte Mr. Austurias.

„Ich habe im geheimen immer gedacht, daß er noch irgendwo lebt", bekannte Bonny versonnen. „Er ist ein großer Mann, oder war einer, und das Unheil von neunzehnhundertzweiundsiebzig war nicht seine Schuld. Nur Leute, die keinerlei Ahnung von alldem haben, halten ihn für verantwortlich."

Ohne ein weiteres Wort wandte Mr. Austurias ihr den Rücken zu, erstieg die Stufen des Forstamtes und ging hinein.

„Eines muß man Ihnen lassen", sagte Stockstill zu ihr. „Man kann Ihnen nicht vorwerfen, daß Sie Ihre Ansichten verheimlichen."

„Irgend jemand muß den Menschen doch sagen, wo's entlanggeht", erwiderte Bonny. „Alles was er über Bruno weiß, hat er nur aus den Zeitungen. Aus nichts als den Zeitungen. Wenigstens in dieser Beziehung haben wir's heute besser, wir haben keine Zeitungen mehr, das ist ein Segen, es sei denn, Sie zählen dieses schwachsinnige kleine Käseblatt mit, die *Apokalyptische Nachrichten*, und ich zähl's jedenfalls nicht mit. Was Dangerfield betrifft, will ich soviel sagen — zumindest verbreitet er keine Lügen."

Sie und Stockstill folgten Mr. Austurias gemeinsam nach drinnen, und George und Edie schlossen sich ihnen an, um sich Plätze im schon fast vollbesetzten Förstersaal des Forstamtes zu suchen und Dangerfields vom Satelliten ausgestrahlter Sendung zuzuhören.

Während er im Saal saß und der Statik sowie Dangerfields vertrauter Stimmer lauschte, dachte Mr. Austurias über Bruno Bluthgeld und die Möglichkeit nach, daß er noch lebte. Vielleicht hatte Bonny recht. Sie hatte den Mann gekannt, und soviel er der mitangehörten Unterhaltung zwischen ihr und Stockstill hatte entnehmen können (heutzutage war es reichlich riskant, anderer Leute Gespräche zu belauschen, aber im allgemeinen vermochte er der Versuchung trotzdem nicht zu widerstehen), war sie es gewesen, auf deren Anregung hin Bluthgeld sich damals in psychiatrische Behandlung begab ... etwas, das sehr gut mit seiner sehr stark gehegten Überzeugung übereinstimmte: daß Dr. Bruno Bluthgeld während seiner letzten Jahre vor dem Tag X geistesgestört gewesen sein mußte, offenkundig und gefährlich irr, sowohl in seinem Privatleben wie auch — und das war von größerer Bedeutung — in seinem öffentlichen Wirken.

Aber das hatte eigentlich nie in Frage gestanden. Die Öffentlichkeit war sich auf ihre Weise sowieso immer dessen sicher gewesen, daß mit dem Mann irgend etwas ganz grundsätzlich nicht stimmte; seine öffentlichen Erklärungen hatten sich allesamt durch Besessenheit, durch Krankhaftigkeit ausgezeichnet, waren mit gequälter Miene vorgetragen worden, die sein Gesicht entstellte, seine Sprechweise war vollkommen verkrampft gewesen. Und Bluthgeld hatte von nichts als vom Feind geredet, seinen Unterwanderungstaktiken, seiner systematischen Brunnenvergiftung in allen Institutionen hier daheim, in Schulen und Verbänden — des alltäglichen Daseins selbst. Überall hatte Bluthgeld den Feind gesehen, in Büchern und Filmen, in Personen, in politischen Organisationen, die Auffassungen vertraten, die zu seiner Einstellung im Widerspruch standen. Freilich hatte er sich elaboriert geäußert, seine Meinungen in gelehrtem Stil dahergeredet; er war keinesweg ein kompletter Ignorant gewesen, wie man sie damals in Käffern im Süden der Vereinigten Staaten hatte krakeelen hören und randalieren sehen können. Nein, Bluthgeld hatte sich auf überlegene, gebildete, professorenhafte, gründlich durchdachte Art und Weise ausgelassen. Und doch war sein Gerede letzten Endes nicht weniger verrückt, nicht vernünftiger oder sachverständiger gewesen als das besoffene Gelaber des Säufers und Weiberhelden Joe MacCarthy oder irgendeines anderen seines Schlages.

Tatsächlich hatte Mr. Austurias während seiner Studienzeit Joe MacCarthy einmal kennengelernt und eigentlich ganz nett gefunden. Bruno Bluthgeld dagegen, dessen Bekanntschaft Mr. Austurias damals ebenfalls gemacht hatte, war ihm nicht im geringsten sympathisch gewesen, und ihre Bekanntschaft war im weiteren nicht nur flüchtig verlaufen. Er und Bluthgeld waren beide zur gleichen Zeit an der Universität von Kalifornien tätig gewesen, hatten dem Lehrkörper angehört, Bluthgeld allerdings bereits als vollauf etablierter Dozent und Leiter einer eigenen Abteilung, Austurias jedoch lediglich als Tutor. Aber sie waren aufeinandergeprallt und hatten sich gestritten, sowohl privat — nach Vorlesungen im Korridor — wie auch in aller Öffentlichkeit. Und am Ende hatte Bluthgeld Mr. Austurias' Hinauswurf betrieben.

Das war ohne weiteres zu machen gewesen, weil Mr. Austurias so gut wie alle kleineren studentischen Gruppen unterstützt hatte, die für Frieden mit der Sowjetunion und China und ähnliche Ziele eintraten, und darüber hinaus hatte er sich gegen Atombombenversuche ausgesprochen, während Dr. Bluthgeld solche Tests sogar nach der 1972er Katastrophe noch befürwortete. Gerade den Atomtest von 1972 hatte Mr. Austurias besonders scharf verurteilt und ihn ein Beispiel psychotischer Denkweisen auf höchster Ebene genannt ... eine Bemerkung, die direkt Bluthgeld galt, und zweifelsfrei war sie von Bluthgeld auch nicht anders aufgefaßt worden.

Wer den Kopf in den Rachen des Löwen steckt, dachte Mr. Austurias, der riskiert, daß er ihm abgebissen wird. Es hatte ihn nicht überrascht, hinausgeworfen zu werden, sondern ihn in seinen Ansichten bestätigt. Und wahrscheinlich war Dr. Bluthgeld, falls er sich überhaupt je über so etwas Gedanken gemacht hatte, gleichfalls noch unnachgiebiger in seiner Haltung geworden. Aber höchstwahrscheinlich hatte Bluthgeld nie wieder einen Gedanken an die Episode mit Austurias verschwendet, der damals kaum mehr als den Rang eines eher zweifelhaften jungen Tutors eingenommen haben konnte, den die Universität nach seinem unfreiwilligen Abschied nicht vermißt hatte — mit ihr war alles weiter seinen Lauf gegangen, und bestimmt ließ sich das gleiche von Bluthgeld behaupten.

Ich muß mit Bonny Keller über den Mann reden, dachte er. Ich muß alles herausfinden, was sie über ihn weiß. Es ist leicht, sie in Gespräche zu verwickeln, also dürfte das nicht schwer sein. Und ich wüßte gerne, überlegte er des weiteren, was Stockstill mir über ihn erzählen kann. Selbst wenn er Bluthgeld nur einmal gesehen hat, dürfte er doch wohl dazu imstande sein, die Diagnose zu bestätigen, die ich gefällt habe: schizoide Paranoia.

Aus dem Lautsprecher des Radios drang fortwährend Walt Dangerfields Stimme und las aus *Des Menschen Hörigkeit* vor, und allmählich begann Mr. Austurias ihm Aufmerksamkeit entgegenzubringen, wie stets in den Bann der eindringlichen Erzählweise gezogen. Das waren die Probleme, dachte er, die uns damals, in den alten Zeiten, so wichtig vorgekommen sind ... die Unfähigkeit, sich aus einer unglücklichen menschlichen Beziehung zu lösen. Heute sind wir um *jede* zwischenmenschliche Beziehung froh. Wir haben viel dazugelernt.

Wieder einer, der es auf Bruno abgesehen hat, dachte Bonny Keller, die gar nicht weit von dem Lehrer saß. Noch einer, der ihm die Schuld gibt, ihn zum Sündenbock für das abstempelt, was passiert ist. Als könnte *ein einzelner Mann*, selbst wenn er es wollte, einen Weltkrieg einleiten und den Tod von Millionen verursachen.

Durch mich wirst du ihn nicht finden, dachte sie. Ich könnte dir erheblich helfen, aber ich werde es nicht tun, Mr. Austurias. Also trollen Sie sich wieder zu Ihrem kleinen Stapel Bücher ohne Umschläge, gehen Sie weiter Pilzesammeln. Vergessen Sie Bruno Bluthgeld — oder vielmehr Mr. Tree, wie er sich jetzt nennt. Wie er sich seit dem Tag vor sieben Jahren nennt, als die Bomben zu fallen begannen und er inmitten von Schutt und Trümmern durch die Straßen Berkeleys lief, zu begreifen außerstande, was da geschah, so wenig wie all wir anderen es verstehen konnten.

5

Bruno Bluthgeld durchquerte die Oxford Street, den Mantel überm Arm, und betrat das Gelände der Universität von Kalifornien; er ging in gebeugter Haltung und schaute weder nach links noch rechts; er kannte den Weg gut und legte keinen Wert darauf, die Studenten, die jungen Menschen, näher zu betrachten. Er interessierte sich nicht für die Autos, die vorbeifuhren, und nicht für die vielfach neuen Gebäude. Er sah die ganze Stadt Berkeley nicht, denn er hegte an ihr keinerlei Interesse. Er dachte nach, und er hatte nunmehr den Eindruck, sich vollauf darüber im klaren geworden zu sein, was ihn so krank machte. Er bezweifelte keineswegs, daß er krank war; er fühlte sich krank bis in die Knochen; es kam nur darauf an, den Ursprung seiner Verseuchtheit aufzudecken.

Sie drang von außen auf ihn ein, diese Krankheit, war seine Überlegung, diese greuliche Verseuchung, die ihn zuletzt dazu verleitet hatte, wahrhaftig diesen Psychiater aufzusuchen. Besaß Dr. Stockstill aufgrund des heutigen ersten Besuchs eine haltbare Theorie? Daran wiederum zweifelte Bruno Bluthgeld entschieden.

Doch dann, während er dahinschritt, fiel ihm auf, daß sämtliche Querstraßen zur Linken schief wirkten, als versänke die Stadt an dieser Seite, sacke langsam ab. Bluthgeld empfand gelinde Belustigung, denn diese Art von Verzerrungserscheinung war ihm längst bekannt; sie war bloß auf seinen Astigmatismus zurückzuführen, der sich stets akut verschlimmerte, wenn er unter Stress stand. Ja, wahrhaftig, er hatte sogar das Gefühl, auf einem schrägen Bürgersteig zu gehen, der zur einen Seite hin anstieg, so daß alles eine Neigung zum Wegrutschen zeigte; er bemerkte auch an sich ein Nachlassen der Standfestigkeit, und es bereitete ihm Schwierigkeiten, einen Fuß vor den anderen zu setzen. Er verspürte einen deutlichen Drall nach links, drohte dort hinüber ins Torkeln zu geraten, zusammen mit allen anderen Dingen hinüberzuschlittern.

Wie wichtig doch die Sinneswahrnehmungen sind, dachte er. Es kommt nicht nur darauf an, was für Eindrücke, sondern auch darauf, wie man sie empfängt. Er lachte vor sich hin, während er den Weg fortsetzte. Mit akut verschärftem Astigmatismus ist es leicht, das Gleichgewicht zu verlieren, ermahnte er sich. Wie nachdrücklich der Gleichgewichtssinn unsere Wahrnehmung des Universums rings um uns prägt ... das Gehör ist vom Gleichgewichtsgefühl abhängig. Das Gleichgewichtsgefühl ist ein grundlegender Sinn, auf den die anderen Sinne aufbauen, ohne daß diese Tatsache uns so recht bewußt wird. Vielleicht habe ich mir eine leichte Innenohrentzündung zugezogen, oder eine Virusinfektion im Mittelohr. Sollte mal den HNO hineinschauen lassen.

Und tatsächlich, da ging es schon los, sie — die Gleichgewichtsstörung — beeinträchtigte, wie vorausgesehen, sein Gehör. Es war faszinierend, wie Auge und Ohr zusammenwirkten, um einen einheitlichen Gesamteindruck zu erzeugen; erst war seine Sicht gestört worden, dann hatte die Störung sein Gleichgewicht betroffen, und nun war sein Gehör mit absurden Wahrnehmungen an der Reihe.

Er hörte beim Gehen ein dumpfes dunkles Dröhnen, wie von einem Echo, das sich von seinen eigenen Schritten erhob, seinen Schuhen, die auf das Straßenpflaster traten, nicht die scharfen Klappergeräusche, wie die Schuhe einer Frau sie erzeugen, sondern einen verworrenen, tiefen Laut, ein Rumpeln, fast als ob es aus einem Bergwerk oder einer Höhle stamme.

Das Geräusch war alles andere als angenehm; es verursachte ihm Kopfschmerzen, erfüllte seinen Schädel mit widerwärtig schmerzhaften Schwingungen. Er verlangsamte seinen Schritt, veränderte die Gangart, beobachtete seine Füße dabei, wie sie sich aufs Pflaster senkten, wie um dem Geräusch entgegenzusehen.

Ich weiß, woher das kommt, sagte er sich. Er hatte dergleichen schon einmal erlebt, dies Widerhallen ganz normaler Geräusche im Labyrinth seiner Gehörgänge. Wie für die Verzerrung seiner Sicht gab es dafür eine einfache physiologische Erklärung, obwohl diese Erscheinungen ihm jahrelang Rätsel aufgegeben und ihn mit Furcht erfüllt hatten. Es beruhte — schlicht und einfach — auf dem Tonus des Körpers, der Muskelverkrampfung, der Verspannung des Knochenbaus, vor allem im Bereich der Schädelbasis. In der Tat konnte er diese Theorie überprüfen, indem er bloß den Kopf von einer zu anderen Seite drehte; er hörte die Nackenwirbel leise knacken, ein kurzes, scharfes Knackgeräusch hervorbringen, von dem sich unverzüglich äußerst schmerzhafte Schwingungen in seine Gehörgänge übertrugen.

Ich muß heute wirklich in schwer niedergeschlagener Stimmung sein, sagte sich Bruno Bluthgeld. Denn nun setzte eine noch ernstere Veränderung seiner Sinneswahrnehmungen ein, und zwar eine, die bei ihm bisher noch nicht aufgetreten war. Eine trübe, einem Grauschleier ähnliche Verdüsterung begann sich ringsherum auf seine gesamte Umgebung zu legen, so daß die Autos und Häuser nach und nach wie leblose, unheimliche Maulwurfshügel aussahen, die aller Farbe entbehrten und keinerlei Bewegung kannten.

Und wo waren die Menschen geblieben? Allem Anschein nach

stapfte er völlig mutterseelenallein so mühselig und unter derartigen Behelligungen die Oxford Street entlang, unterwegs zu der Stelle, an der er sein Auto geparkt hatte. Waren sie (seltsamer Gedanke!) alle in die Häuser gegangen? Wie auf der Flucht vor Regen ... diesem Niederschlag aus feinen, rußigen Partikeln, der — wie es aussah — die ganze Luft durchzog und seine Atmung beeinträchtigte, seine Sicht minderte, sein Vorankommen behinderte.

Er blieb stehen. Und sobald er stand, von einer Kreuzung aus die Nebenstraße hinunterspähte, bis dorthin, wo sie abwärts in irgendeiner Art von Finsternis aufging, dann nach rechts blickte, wo die Straße sich aufgebäumt hatte und irgendwo himmelwärts endete, als habe sie sich verbogen und sei abgebrochen, da bemerkte er zu seiner Verblüffung — und dafür fiel ihm auf Anhieb keine naheliegende physiologische Funktionsstörung ein —, daß sich überall Spalten aufgetan hatten. Die Häuser zu seiner Linken waren senkrecht geborsten. Unregelmäßige Risse klafften in ihnen, als ob die härteste der städtebaulichen Substanzen zerbräche, der Beton selbst, der die Grundmauern der Stadt bildete, aus dem die Häuser und Straßen bestanden, all die Fundamente ringsum.

Gott im Himmel, dachte er. Was ist denn das? Er blinzelte angestrengt in den rußigen Dunst; der Himmel war nicht mehr zu sehen, nun von dem schwarzgrauen Niederschlag verhüllt.

Und dann sah er, erkannte er inmitten all der Düsternis, zwischen den Bruchstücken aus Beton, in den Trümmern, kleine und wie geschrumpfte Umrisse: Menschen, all die Fußgänger, die vor einem Weilchen vorhanden und plötzlich verschwunden gewesen waren — jetzt waren sie wieder da, aber sahen nun alle so zusammengeschrumpelt aus, starrten ihn blicklos an, gaben keinen Ton von sich, tasteten nur mit ziellosem Gebaren umher.

Was hat das zu bedeuten? fragte er sich nochmals, und er hörte, daß er die Frage diesmal laut aussprach: er hörte seine Stimme dumpf widerhallen. Alles ist zerstört, die Stadt ist auseinandergebrochen. Was hat sie bloß heimgesucht? Er verließ den Bürgersteig, suchte sich einen Weg durch den verstreuten Schutt Berkeleys. Es hat nichts mit mir zu tun, begriff er. Irgendeine große, schreckliche Katastrophe hat sich ereignet. Das Dröhnen, das zu allem den Hintergrund abgab, donnerte ihm nun regelrecht in die Ohren, der Ruß wirbelte umher, durch das Donnern aufgewühlt. Irgendwo erscholl eine festgeklemmte Autohupe, aber sehr weit entfernt und leise.

Stuart McConchie stand vorn im Verkaufsraum des *TV modern* und verfolgte die Fernsehsendung über Walter Dangerfields und Mrs. Dangerfields Start zum Mars, da verschwand zu seiner Verblüffung das Bild von der Mattscheibe.

,,Das Bild ist weg'', sagte Lightheiser verdrossen. Regungen des Mißfallens gingen durch die Gruppe der Zuschauer. Lightheiser kaute auf seinem Zahnstocher.

,,Werden wir gleich wieder haben'', sagte Stuart und beugte sich vor, um auf ein anderes Programm umzuschalten; sämtliche Fernsehsender übertrugen das Ereignis.

Doch er konnte kein einziges Programm hereinbekommen. Auch der Ton blieb völlig aus. Unermüdlich schaltete er immer wieder um. Ohne Erfolg.

Aus dem Keller kam einer der beiden Fernsehtechniker nach vorn in den Laden gelaufen. ,,Alarmstufe Eins'', brüllte er.

,,Wie bitte?'' meinte Lightheiser verdutzt, und sein Gesicht wirkte urplötzlich gealtert und kränklich; als er es sah, wußte Stuart McConchie Bescheid, ohne daß es irgendwelcher Worte bedurfte, sogar ohne daß er selbst diesbezüglich einen klaren Gedanken zu fassen brauchte. Es erübrigte sich, erst noch darüber nachzudenken; er wußte, worum es ging, er rannte aus dem Geschäft auf die Straße, auf den freien Bürgersteig, verharrte; die Ansammlung von Zuschauern vor dem Fernsehgerät sah ihn und den Fernsehtechniker die Flucht ergreifen und stob daraufhin ebenfalls auseinander, floh in verschiedene Richtungen; manche Leute liefen über die Straße, mitten in den Verkehr hinein, einige irrten im Kreis umher, manche rannten ganz einfach immer geradeaus, so daß es den Anschein hatte, als sähe jeder von ihnen etwas anderes, als geschähe keinen zweien von ihnen das gleiche.

Stuart und Lightheiser hasteten den Gehweg hinauf und zu den grau-grünen metallenen Luken im Bürgersteig, unter denen sich Kellergeschoß-Lagerräume befanden, die einmal, vor längerer Zeit, von einem Drugstore benutzt worden waren, die nun jedoch leerstanden. Stuart zerrte an den eisernen Luken, ebenso Lightheiser, beide schrien aus vollem Halse, daß die Deckel sich nicht heben lassen würden; sie konnten nur von unten geöffnet werden. Aus dem Eingang des Herrenbekleidungsgeschäfts kam ein Verkäufer zum Vorschein, sah sie; Lightheiser schrie zu ihm hinüber, brüllte ihm zu, er solle die Kellerluken öffnen. ,,Machen Sie die Kellerluken auf!“ schnauzte Lightheiser ihn an, Stuart wiederholte es, und nun riefen mehrere Personen es ebenfalls, die an den Luken standen oder kauerten und darauf warteten, daß man sie aufklappe. Der Verkäufer drehte sich um und lief ins Herrenbekleidungsgeschäft. Einen Moment später ertönte unter Stuarts Füßen ein Klirren.

„Zurücktreten“, sagte ein untersetzter, älterer Mann. „Geht von den Luken runter.“ Die Menschen blickten in eine kühle Dunkelheit hinab, ein Loch unterm Bürgersteig, leere Räume. Sie sprangen hinunter, ließen sich auf den Boden fallen; drunten drückten sie sich auf den feuchten Beton, der Länge nach ausgestreckt oder zusammengekrümmt, sie duckten sich, preßten sich an den körnigen Boden mit seinen toten Kellerasseln und dem Geruch nach Verfall, als wollten sie sich hineinwinden.

„Die Luken müssen von oben geschlossen werden“, sagte ein Mann. Anscheinend waren keine Frauen anwesend, oder falls doch, so verhielten sie sich ruhig. Stuart lauschte, den Kopf in den Beton einer Kellerecke gesteckt, aber er hörte nur Männer, hörte sie droben an den Luken herummachen, darum bemüht, sie zu schließen. Noch mehr Leute sprangen herab, fielen und purzelten übereinander, schrien, als würden sie von irgendwem hineingestürzt.

„O Gott, wie lange noch?“ ließ sich jemand vernehmen.

„Jetzt“, sagte Stuart. Er wußte, es war soweit; er merkte, wie die Sprengköpfe losgingen — er spürte es. Direkt in seinem eigenen Innern schien es zu geschehen. Wumm-wumm-wumm-wumm, machten die Explosionen. Vielleicht handelte es sich auch um irgend etwas, das das Militär zur Abwehr nach oben schickte, um den Angriff abzuwehren, um Verteidigung. Ich will hinunter, dachte Stuart. So tief wie möglich. Ich will hinab in die Erde. Er drückte sich fester an den Betonboden, wälzte seinen zusammengerollten Körper hin und her, wie um eine Mulde zu schaffen. Längst lagen andere Leute auf ihm, mit Mänteln und Ärmeln, unter denen ihm nahezu der Atem wegblieb, aber er war froh, er hatte nichts dagegen; er wollte keine Leere rings um sich, sondern an allen Seiten Festes. Er brauchte nicht zu atmen. Seine Augen hielt er geschlossen; sie und alle anderen Körperöffnungen, Mund, Ohren und Nase, alle waren zusammengekrampft; er hatte sich in sich selbst zurückgezogen und abgeschottet; er wartete.

Wumm-wumm-wumm.

Der Untergrund bebte.

Wir werden es überstehen, dachte Stuart. Hier unten im Schutz der Erde. Hier sind wir geschützt, weil es in der Erde sicher ist. Er wird über uns hinweggehen, der Sturm.

Der Sturm an der Erdoberfläche fegte mit hoher Geschwindigkeit über sie dahin. Stuart wußte, daß die Luft insgesamt in Turbulenz geraten war, als Ganzes einherbrauste.

In der Bugkapsel des Raumschiffs Dutchman IV vernahm Walter Dangerfield, während noch der Andruck etlicher G auf seinem Körper lastete, in seinem Ohrhörer die Stimmen von unten aus dem Kontrollbunker.

„Dritte Phase erfolgreich abgeschlossen, Walt. Ihr seid in der Kreisbahn. Gerade wird mir durchgegeben, daß die letzte Stufe nicht um fünfzehn Uhr vierundvierzig, sondern um fünfzehn Uhr fünfundvierzig gezündet wird."

Hängt mit der Umlaufgeschwindigkeit zusammen, dachte Dangerfield und reckte sich, um nach seiner Frau zu sehen. Sie hatte die Besinnung verloren; sofort schaute er wieder weg und schenkte seine Aufmerksamkeit der Sauerstoffversorgung, weil er wußte, daß Lydia nichts fehlte; trotzdem mochte er sie in diesem Zustand des Leidens nicht betrachten. Es ist alles in Ordnung, dachte er. Alles ist in Ordnung. Wir sind in der Umlaufbahn und warten auf die letzte Schubphase. Es ist alles halb so schlimm.

„Bis jetzt hat alles tadellos geklappt, Walt", sagte eine Stimme in seinem Ohrhörer. „Der Präsident schaut zu. Ihr habt noch acht Minuten und sechs Sekunden bis zu den einleitenden Kurskorrekturen vor der Zündung der vierten Stufe. Für die Korrektur kleinerer ..."

Statische Geräusche übertönten die Stimme, bis er sie nicht länger zu hören vermochte.

In der Korrektur kleinerer, aber entscheidender Fehler hinsichtlich der Fluglage können wir bedauerlicherweise noch keine tadellosen Erfolge vorweisen, dachte Walter Dangerfield. Wahrscheinlich wird man uns wieder runterholen, genauso wie es vorher bei den robotischen Probestarts gelaufen ist. Und einige Zeit später werden wir es noch einmal versuchen. Gefahr besteht deswegen keine. Der vorzeitige Abbruch solcher Unternehmen hat schon Tradition. Er wartete.

In seinem Ohrhörer meldete sich wieder die Stimme von vorhin.

„Walter, wir hier unten werden angegriffen."

„Was?" hakte er nach. „Was habt ihr gesagt?"

„Gott steh uns bei", sagte die Stimme. Sie kam von einem Mann, der bereits gleichsam tot war; sie ermangelte jeglichen Gefühls, war völlig ausdruckslos, und nun verstummte sie. Blieb aus.

„Von wem denn?" rief Walt Dangerfield in sein Mikrofon. Er dachte an Lattenknüttel und Krawallbrüder, an Ziegelsteine und eine wütende Menschenmenge. Angegriffen von irgendwelchen Verrückten, oder was war gemeint?

Er raffte sich auf, befreite sich von den Sitzgurten und schaute durch die Sichtfläche hinunter auf die Welt, die unter ihnen schwebte. Er sah Wolken und das Meer, die Wölbung der Erdkugel. Es schien, als glömmen stellenweise Streichhölzer auf; er sah den Rauch und die Flammen. Entsetzen befiel ihn, während er lautlos durch das All trieb und zusah, wie drunten überall die Glut auflohte wie von vielen Stichflammen; er besaß darüber Klarheit, was dort geschah.

Das ist der Tod, dachte er. Der Tod legt an allen Ecken und Enden Feuer und verbrennt Sekunde um Sekunde das Leben der gesamten Welt.

Er beobachtete weiter.

Dr. Stockstill wußte, daß unter einem der großen Bankgebäude ein städtischer Bunker lag, aber ihm fiel nicht ein, unter welchem. Er packte seine Sekretärin bei der Hand, lief mit ihr aus dem Haus und die Center Street entlang, suchte das schwarzweiße Hinweisschild, das er schon tausendmal gesehen hatte, das zu einem festen Bestandteil seines alltäglichen, mit seinem Beruf verbundenen Benutzens der öffentlichen Straßen geworden war; das Schild war längst mit allem anderen Unveränderlichen seines Wahrnehmungsmusters verwachsen, und nun hatte er es nötig; er wünschte, es würde hervortreten und seine Aufmerksamkeit erregen, so wie am Anfang, als tatsächlich aufschlußreicher Hinweis von hochwichtiger Bedeutung, ein Hilfsmittel zur Rettung seines Lebens.

Schließlich war es seine Sekretärin, die ihm, indem sie an seinem Arm zog, den Weg wies; sie schrie ihm immer wieder ins Ohr, bis er die Richtung erkannte; er wandte sich dorthin, und gemeinsam überquerten sie die Straße, eilten durch den zum Erliegen gekommenen Verkehr und die stehengelassenen Autos ins Gedränge und

Gewimmel, in dem sie sich behaupten mußten, um in den Bunker zu gelangen, der sich in den Kellerräumen des Gebäudes befand.

Während sie in die Tiefe flüchteten, immer weiter hinab, in den unterirdischen Schutzraum, Massen von Menschen sich darin zusammendrängten, dachte er an den Patienten, der vor einer Weile bei ihm gewesen war; er dachte an Mr. Tree, und in seinem Geist sagte eine Stimme ganz klar und deutlich: Das haben Sie getan. Sehen Sie nur, was Sie getan haben, Sie haben über uns alle den Tod gebracht.

Seine Sekretärin war im Gewühl von ihm getrennt worden, und er befand sich allein inmitten eines Haufens Leute, die er nicht kannte, atmete ihnen ins Gesicht und mußte sich von ihnen ins Gesicht atmen lassen. Die ganze Zeit hindurch hörte er ein Geheul, den Lärm von Frauen und wahrscheinlich ihren kleinen Kindern, sie mußten aus den Kaufhäusern gekommen sein, vom nachmittäglichen Einkaufsbummel direkt in den Bunker geflohene Mütter. Sind die Türen zu? fragte er sich. Hat es schon angefangen? Er hatte angefangen; der Augenblick war da. Er schloß die Augen und begann laut zu beten, mit voller Kraft seiner Stimme, um sein Beten hören zu können. Aber er hörte es nicht.

„Lassen Sie doch das Gebrabbel", sagte jemand — eine Frau — so dicht neben seinem Kopf, daß ihm davon das Ohr schmerzte. Er schlug die Augen auf; die Frau, eine Person mittleren Alters, starrte ihn böse an, als zähle nichts neben ihrer Beschwerde, als habe sich außer seinen zu lauten Stoßgebeten nichts zugetragen. Ihr gesamtes Interesse war nur darauf gerichtet, ihn zum Schweigen zu bringen, und das verblüffte ihn so sehr, daß er tatsächlich schwieg.

Ist das alles, was dich interessiert? fragte er sie in Gedanken, durch ihre Gegenwart außer Fassung geraten, durch die Entschiedenheit ihrer auf ihn gehefteten Aufmerksamkeit, die darin zum Ausdruck gelangte irrwitzige Engstirnigkeit. „Na gut", sagte er zu ihr. „Sie blödsinnige Ziege", sagte er, aber sie hörte ihn nicht. „Habe ich Sie vielleicht gestört?" fügte er unbeachtet hinzu; ihr Blick galt inzwischen jemand anderem, der sie angestoßen oder geschubst hatte. „Entschuldigen Sie vielmals", sagte er. „Entschuldigen Sie, Sie blöde alte Krähe Sie..." Er verwünschte die Frau, schimpfte und fluchte nun herum, statt zu beten, und das Herumwettern bereitete ihm wahrhaftig weit mehr Erleichterung als das Beten; es gab ihm viel mehr.

Und da, mitten in seiner Flucherei, hatte er eine absonderliche, aber äußerst lebhafte Eingebung. Der Krieg war ausgebrochen, man bombardierte sie, und wahrscheinlich mußten sie sterben, aber es war Washington, das sie bombardierte, nicht die Chinesen oder die Russen; mit dem automatischen Abwehrsystem draußen im Weltraum war irgend etwas schiefgegangen, und es verschoß seine Sprengköpfe in die verkehrte Richtung — und niemand war dazu imstande, es zu verhindern. Es war Krieg, und der Tod kam, ja, aber alles nur infolge eines Fehlers; es stak dahinter keine Absicht. Er verspürte keine Feindseligkeit gegenüber den Kräften, die dort hoch über ihnen walteten. Sie kannten keine Bösartigkeit, besaßen keinerlei Motivation; sie waren seelenlose, gefühllose, jeglichen Innenlebens bare Apparate. Es war genauso, als hätte sein eigenes Auto ihn überfahren: Wirklichkeit, aber ohne Sinn. Dies hatte nichts mehr mit Politik zu schaffen, war bloß noch Versagen und Zusammenbruch, zufälliges Unheil.

In diesem Moment fühlte er sich gänzlich frei von allem Haß und jedem Vergeltungswillen gegen irgendeinen Feind, weil er sich den Begriff ‚Feind' nicht mehr vorstellen konnte; er vermochte ihn nicht länger zu fassen und glaubte nicht im mindesten an ihn. Ihm war zumute, als habe sein letzter Patient — Mr. Tree oder Dr. Bluthgeld oder wer er auch gewesen sein mochte — all diese Vorstellungen in sich aufgenommen, sie aufgesaugt und an ihrer Stelle nichts zurückgelassen. Bluthgeld hatte Stockstill in einen anderen Menschen verwandelt, in einen Mann, der nicht einmal in dieser Stunde noch derartige Gedankengänge hegen konnte. Durch seinen Wahnsinn hatte Bluthgeld das *Feindbild* unglaubwürdig gemacht.

„Wir wer'n zurückschlagen, wir wer'n zurückschlagen", gab in Dr. Stockstills Nähe ein Mann in ständigem Sprechsingsang kund. „Wir wer'n zurückschlagen." Erstaunt sah Stockstill ihn an, fragte sich, gegen wen er wohl zurückzuschlagen beabsichtige. Gegenstände fielen auf sie herab. Hatte der Mann etwa vor, aus Rache seinerseits irgendwie hinauf an den Himmel zu stürzen? Gedachte er die Naturgesetze umzukehren, die da wirkten, so wie wenn man die Szene eines Films rückwärts ablaufen ließ? Was für eine sonderbare, widersinnige Idee. Es kam ihm vor, als wäre der Mann unter den Einfluß des Unbewußten geraten. Er führte keine lebendig-rationale, vom Ich bestimmte Existenz mehr, sondern war von einem Archtypus überwältigt worden.

Es ist das Unpersönliche, das uns angreift, dachte Dr. Stockstill. Das ist es; innerlich und äußerlich greift es uns an. Das ist das Ende des Zusammenhalts, des Zustands, in dem wir uns aneinander zu halten pflegten. Jetzt findet die Atomisierung statt. Vereinzelung ohne Fenster. Zusammenprall ohne einen Laut, nur allgemeines Raunen.

Er streckte sich die Finger in die Ohren und versuchte, die Geräusche, die von ringsherum auf ihn eindrangen, zu mißachten. Absurderweise schienen die Geräusche unter ihm zu entstehen, zu ihm aufzusteigen statt ihn einfach oben zu erreichen. Am liebsten hätte er gelacht.

Als der Angriff begann, war Jim Fergesson gerade in die Reparaturabteilung seines *TV modern* hinuntergegangen. Er stand vor Hoppy Harrington und sah den Ausdruck auf dem Gesicht des Phokomelus, als man über den UKW-Rundfunk die höchste Alarmstufe gab und mit sofortiger Wirkung die Notstandsgesetze in Kraft traten. Er sah das hagere, knochige Gesicht sich zu einem Grinsen verziehen, das einer Fratze der Begierde glich, als verstünde er bereits etliche für andere noch unabsehbare Weiterungen dessen, was jetzt geschah. Freude erfüllte Hoppy, die purer Lebensfreude nahekam. Für einen Augenblick war er so weit aufgelebt wie möglich, hatte er alles abgeschüttelt, was ihn hemmte oder an der Erdoberfläche festhielt, alle Einflüsse, die ihn zur Langsamkeit verurteilten. Seine Augen leuchteten, seine Lippen zuckten; es schien, als strecke er die Zunge heraus, um Fergesson zu verhöhnen.

„Du dreckige kleine Mißgeburt", sagte Fergesson zu ihm.

„Das Ende ist da!" schrie der Phoko. Jener befremdliche Ausdruck war bereits von seinem Gesicht gewichen. Vielleicht hatte er Fergessons Äußerung nicht einmal gehört; er schien sich in so etwas wie einem Zustand von Selbstversunkenheit zu befinden. Er zitterte, und die künstlichen Greifarme, die über den Rand seines Karrens hinausragten, schlotterten und schnellten umher wie Peitschen.

„Hergehört", sagte Fergesson und packte Bob Rubenstein, einen der Fernsehtechniker. „Wir sind hier unterhalb der Straßenhöhe. „Bleiben Sie hier, Sie Schwachkopf. Ich gehe hinauf und hole die Leute runter. Machen Sie hier inzwischen Platz, so gut es sich einrichten läßt, schaffen Sie Platz für die Leute." Er ließ den Techniker los und lief zur Treppe.

Während er die Treppe emporstürmte, jeweils zwei Stufen auf einmal nahm, das Treppengeländer in festem Zugreifen als Stütze benutzte, stieß seinen Beinen etwas zu. Seine untere Hälfte löste sich von ihm, und er sackte hintenüber, rutschte zurück nach unten; und unterdessen prasselte weißer Putz, scheinbar tonnenweise, auf ihn herab. Sein Kopf prallte auf den Betonboden, und er begriff, daß es das Haus erwischt hatte, es dahin war, und mit ihm die Menschen. Auch er war verletzt, in zwei Stücke gerissen, nur Hoppy Harrington und Bob Rubenstein würden überleben, und vielleicht nicht einmal sie.

Er versuchte zu sprechen, konnte es jedoch nicht.

Hoppy, der noch an der Werkbank saß, spürte die Erschütterung und sah, wie der Eingang zum Keller sich mit Bruchstücken der Decke füllte und das Holz der Treppe in lose Trümmer zerfiel, und zwischen dem zerborstenen Holz waren Brocken von weichem Fleisch zu erkennen; falls sie von Fergesson stammten, mußte er tot sein. Die Mauern bebten, dumpfes Dröhnen durchlief sie, als würden überall schwere Türen wuchtig zugeschlagen. Wir werden verschüttet, schlußfolgerte Hoppy. Die Leuchtröhren unter der Kellerdecke erloschen, und er konnte nichts mehr sehen. Schwärze. Bob Rubenstein jammerte vor sich hin.

Der Phoko rollte seinen Wagen nach hinten, in die schwarze Weite der Kellerräumlichkeiten, tastete sich mit seinen Greifarmen vorwärts. Er suchte sich einen Weg zwischen den gelagerten Waren, den großen Fernsehapparaten in ihren Pappkartons; er entfernte sich so weit wie möglich, ging langsam und umsichtig auf den größten Abstand vom Kellereingang. Nichts fiel ihm auf den Kopf. Fergesson hatte recht gehabt. Hier unterhalb der Straßenhöhe war man in Sicherheit. Droben gab es nur noch einen Mischmasch von Fleischbrocken und dem weißen, trockenen Staub, aus dem vorher das Haus bestanden hatte, aber hier unten verhielt es sich anders.

Die Frist war zu kurz, dachte er. Man hat uns gewarnt, und da war es auch schon soweit. Und es ist noch dran. Er spürte, wie droben der Sturm über die Erdoberfläche einherzurauschen begann; er wehte ungehindert, denn alles, was ihm hätte im Weg stehen können, war bereits eingeebnet. Wir dürfen nachher nicht gleich nach oben gehen, dachte er. Wegen der Strahlung. Das war der Fehler, den die Japse gemacht haben. Sie stiegen anschließend sofort ins Freie und lächelten wieder.

Wie lange werde ich hier unter der Erde aushalten müssen? fragte er sich. Einen Monat. Kein Wasser da, es sei denn, es fließt etwas aus einer gebrochenen Wasserleitung zu. Nach einiger Zeit wird auch keine Luft zum Atmen mehr da sein, falls nicht genug durch den Schutt hereinsickert. Aber Hierbleiben ist auf jeden Fall besser als Hinausgehen. Ich werde nicht zu früh nach draußen gehen, nahm er sich vor. Ich weiß es besser. Ich bin nicht so stumpfsinnig wie andere.

Nun hörte er nichts mehr. Keine weiteren Erschütterungen fanden statt; ringsum in der Finsternis krachte nichts mehr herab, von Stapeln und aus Regalen hatten alle möglichen kleinen Gegenstände zu fallen aufgehört. Stille herrschte. Nicht einmal von Bob Rubenstein ließ sich noch etwas vernehmen. Streichhölzer. Hoppy hatte in der Tasche Streichhölzer; nun holte er sie heraus, zündete eines an; er sah, daß eine Anzahl von TV-Pappkartons umgekippt und um ihn so etwas wie einen Wall angehäuft hatten. Er war allein, in einem Hohlraum ganz für sich allein.

Menschenskind, dachte er in freudiger Erregung. Habe ich ein Glück. Das ist wie für mich geschaffen. Hier kann ich lange bleiben. Tag um Tag kann ich hier abwarten und zu guter Letzt quicklebendig wieder zum Vorschein kommen. Ich weiß, ich *sollte* überleben. Fergesson dagegen mußte an Ort und Stelle sterben. Das beruht alles auf dem Willen Gottes. Gott weiß genau, was er macht. Er sieht alles und hat in allem seine Hand, er überläßt nichts dem Zufall. All dies ist eine allgemeine Großreinigung der ganzen Welt. Es muß Platz geschaffen werden, neuer Lebensraum für andere Menschen muß her, zum Beispiel für mich.

Er löschte das Streichholz, und von neuem umhüllte ihn Finsternis; er hatte nichts dagegen. Das ist meine Chance, dachte er, während er mitten auf seinem Karren saß und wartete. Sie ist mir mit Vorsehung gegeben worden. Wenn ich wieder draußen bin, wird alles anders sein. Von Anfang an hat die Bestimmung auf diesen Tag hingearbeitet, schon vor meiner Geburt. Jetzt verstehe ich alles, mir ist nun klar, weshalb ich so anders geworden bin als die anderen. Jetzt ersah er den Grund.

Wieviel Zeit ist nun wohl verstrichen? fragte er sich irgendwann später. Er hatte ungeduldig zu werden begonnen. Eine Stunde? Ich kann das Warten nicht aushalten, gestand er sich ein. Ich meine, ich muß warten, aber es wäre mit lieber, es ginge alles etwas schneller. Er lauschte auf etwaige Geräusche von Leuten, die sich oben betätigen, Suchmannschaften des Heeres, die sich ans Ausgraben der Menschen begaben; aber noch tat sich nichts, nichts rührte sich.

Ich hoffe, es dauert nicht zu lang, dachte er. Ich habe viel zu tun. Viel Arbeit liegt vor mir.

Wenn ich hier raus bin, muß ich mich sofort an meine Aufgaben machen, ans Organisieren, denn das ist es, was als nächstes dringend nötig ist: Organisation und Anleitung. Alle werden sinnlos durcheinanderwimmeln. Vielleicht kann ich jetzt schon Pläne schmieden.

Inmitten der Dunkelheit konzipierte er seine Pläne. Alle Arten von Einfällen kamen ihm; er verschwendete keine Zeit, er blieb nicht untätig, bloß weil er hier sitzen und abwarten mußte. In seinem Kopf jagte ein origineller, wirklich guter Gedanke den anderen; während er überlegte, konnte er das Warten kaum noch ertragen, und er malte sich aus, wie sich seine Ideen wohl bewähren würden, wenn man sie in die Tat umsetzte. Die meisten davon hatten mit den Möglichkeiten des Überlebens zu tun. Niemand sollte mehr von einer großen Gesellschaft abhängig sein; alles von kleinen Ortschaften und Individualität geprägt ein, so wie man es in den Büchern von Selma Lagerlöff lesen konnte. Das Ende aller Angepaßtheit hatte damit einherzugehen, der geistigen Vermassung und des billigen Schunds; des massenweise in Fabriken hergestellten Schrotts, solchem wie den 3D-Farbfernsehgeräten in den Pappkartons, die ringsum über ihn geschichtet lagen.

Sein Herz klopfte aus froher Erwartung und Ungeduld heftiger; er vermochte das Warten kaum noch auszuhalten, er hatte das Gefühl, schon eine Million Jahre lang zu warten. Und noch immer hatte man ihn nicht gefunden, obwohl man schon mit Nachdruck die Suche begonnen hatte. Er wußte es; er konnte spüren, wie sie arbeiteten, sich ihm näherten.

„Schnell!“ schrie er laut und fuchtelte mit seinen Greifarmen; die Greifer scharrten über die Pappkartons, riefen ein dumpfes Geräusch hervor. In seiner Ungeduld fing er an, auf die Kartons einzuschlagen. Sein Gehämmer durchdrang die Dunkelheit, füllte sie aus, als säßen hier zahlreiche lebende Wesen fest, ein ganzer Haufen Menschen, nicht nur Hoppy Harrington allein.

In ihrem an einem Hang gelegenen Haus im Landkreis West Marin merkte Bonny Keller plötzlich, daß aus der Stereoanlage im Wohnzimmer keine klassische Musik mehr ertönte. Sie verließ das Schlafzimmer, wischte sich die Schmierflecken von Wasserfarben von den Händen und fragte sich, ob in dem Gerät schon wieder dieselbe Schaltung — wie George sich ausgedrückt hatte — im Eimer sein mochte.

Da sah sie durchs Fenster im Süden sich eine dicke, gedrungene Rauchsäule an den Himmel erheben, so dicht und braun wie ein richtiger Baumstamm. Entgeistert starrte sie hinüber, und da zersprang das Fenster; es zerflog in zahllose winzigkleine Splitter, und die Druckwelle warf Bonny nieder, so daß sie zusammen mit den nahezu pulvrig feinen Bruchstücken des Fensters über den Fußboden rutschte. Jeder einzelne Gegenstand im Haus geriet ins Wanken, fiel um und zerbarst, um dann in Trümmern gemeinsam mit ihr davonzuschlittern, so als sei das ganze Haus auf die Seite gekippt worden.

Die San-Andreas-Falte, dachte sie. Ein schreckliches Erdbeben, so wie vor achtzig Jahren. Wir haben alle gebaut, und jetzt sind wir mit einem Schlag alle ruiniert ... Sie kreiselte und prallte an die gegenüberliegende Wand des Hauses, die sich nun, wie sie sah, in der Waagerechten befand, wogegen der Fußboden sich in die Senkrechte verlagert hatte; sie sah Lampen, Tische und Stühle fallen und zerbrechen, und es erstaunte sie, bei dieser Gelegenheit feststellen zu müssen, wie zerbrechlich der ganze Plunder war; sie konnte gar nicht fassen, daß Dinge, die jahrelang in ihrem Besitz und Gebrauch gewesen waren, so leicht zu Bruch gehen sollten; nur die Wand, nun unter ihr, blieb in ihrer Härte erhalten.

Mein Haus, dachte sie. Dahin. Alles was mein war, mir etwas bedeutet hat. Ach, ist das eine Ungerechtigkeit!

Ihr Kopf schmerzte, während sie da außer Atem lag und keuchte; sie sah ihre Hände weiß, überzogen mit weißlichem Staub, sah sie beben, klopfte sie ab; Blut rann an ihrem Handgelenk hinab, von irgendeiner Wunde, die sie nicht sehen konnte. An meinem Kopf, dachte sie. Sie rieb sich über die Stirn, und kleine Bröckchen fielen ihr aus dem Haar. Mittlerweile lag der Fußboden wieder zu ebener Erde — sie begriff überhaupt nicht, wie das geschehen war —, und die Wand stand wieder senkrecht, so wie vorher. Das hatte sich normalisiert. Aber die gesamte Einrichtung war zertrümmert. Daran änderte sich nichts. Ein Haus voller Sperrmüll, dachte sie. Es wird Wochen dauern, das alles aufzuräumen, womöglich Monate. Wir werden das Haus nicht mehr herrichten. Das ist das Ende unserer Existenz, unseres Glücks.

Sie stand auf und tappte umher, trat die Reste eines Stuhls beiseite. Mit Tritten bahnte sie sich einen Weg durch all den Abfall, in den sich der Hausrat verwandelt hatte, zur Tür. Rußteilchen, Ascheflocken und Staub wirbelten durch die Luft, sie atmete davon ein; sie würgte und hustete, der Dreck war ihr zuwider. Überall lag Glas, alle ihre schönen Plattenglas-Fensterscheiben waren zersplittert. Die Fenster bestanden nur noch aus leeren, rechteckigen Öffnungen, aus deren Rändern sich, während sie hinüberblinzelte, ein paar letzte Scherben lösten und auf den Boden fielen. Sie fand eine Tür; sie war vom Druck aufgestoßen worden. Sie stemmte sich mit ihrem ganzen Körpergewicht dagegen und schob sie seitwärts, vollends auf, trat auf unsicheren Beinen aus dem Haus, blieb nach wenigen Schritten stehen, um zu schauen, was sich ereignet hatte.

Ihre Kopfschmerzen verschlimmerten sich. Bin ich erblindet? zog sie in Erwägung. Es kostete sie erhebliche Mühe, die Augen offenzuhalten. Habe ich tatsächlich ein Licht gesehen? Sie erinnerte sich an ein ganz kurzes, grelles Aufblitzen, vergleichbar mit dem plötzlichen Öffnen und Schließen der Blende in einer Kamera, so flüchtig, daß ihre Sehnerven darauf gar nicht reagiert hatten — *gesehen* hatte sie es eigentlich nicht. Und doch waren ihre Augen beeinträchtigt worden; sie spürte, daß sie in Mitleidenschaft gezogen worden waren. Ihr ganzer Körper hatte gelitten, sie insgesamt, und das war auch kein Wunder. Aber der Erdboden: sie konnte gar keine Risse erkennen. Und das Haus stand noch; nur die Fenster und der Hausrat waren hinüber. Das Bauwerk, die hohle bauliche Struktur, war erhalten geblieben, aber mit nichts mehr darin als Müll.

Ich glaube, es ist besser, ich suche mir Hilfe, dachte sie, während sie sich langsam in Bewegung setzte. Ich brauche ärztliche Hilfe. Und dann, als sie stolperte und beinahe hinfiel, blickte sie sich erst einmal um, schaute an den Himmel, und da sah sie erneut im Süden die riesige braune Rauchsäule. Steht San Franzisko schon in Flammen? fragte sie sich.

Es brennt, schlußfolgerte sie. Eine regelrechte Katastrophe. Die Stadt ist betroffen, nicht nur hier die Gegend von West Marin. Nicht bloß eine Anzahl der hiesigen Landbevölkerung, sondern die ganze Einwohnerschaft der Stadt. Zehntausende von Toten mußte es gegeben haben. Man wird den Notstand ausrufen, das Rote Kreuz und die Armee alarmieren; an den heutigen Tag werden wir bis an unser letztes Stündlein denken. Sie ging weiter und begann zu weinen, preßte die Hände vors Gesicht, sah nicht, wohin sie unterwegs war, und es war ihr auch gleichgültig. Sie weinte nicht um sich selbst oder ihr verwüstetes Haus; sie beweinte die Stadt dort im Süden. Sie weinte um all die Menschen und Dinge in der Stadt und über das, was sich mit ihnen zugetragen hatte.

Ich werde es nie wiedersehen, begriff sie. Es gibt kein San Franzisko mehr; jetzt gehört es der Vergangenheit an. Heute war das Ende über die Stadt hereingebrochen. Sie weinte und strebte in die allgemeine Richtung zur Ortschaft; inzwischen konnte sie die Stimmen von Menschen drunten in der flacheren Umgebung hören. Sie orientierte sich daran und wanderte hinunter.

Neben ihr stoppte ein Auto. Die Wagentür ging auf; ein Mann packte sie. Sie wußte nicht einmal, ob er hier irgendwo wohnte oder sich nur auf der Durchfahrt befand. Auf jeden Fall klammerte sie sich an ihn.

„Schon gut, alles klar“, sagte der Mann und drückte sie um die Taille.

Sie schluchzte, drängte sich noch heftiger an ihn, schmiegte sich in die Sitze, zog ihn über sich herab.

Später war sie von neuem zu Fuß unterwegs, diesmal eine schmale Straße entlang, von Eichen gesäumt, jenen knorrigen alten, von Leben strotzenden Eichen, die sie so sehr mochte, die an beiden Seiten der Straße standen. Der Himmel über ihnen war fahl und grau, schwere Wolkenbänke durchzogen ihn und trieben in eintöniger Folge nach Norden. Das muß die Straße zur Bear Valley Ranch sein, sagte sie sich. Die Füße taten ihr weh, und als sie stehenblieb, um sie zu betrachten, entdeckte sie, daß sie barfuß war; irgendwo auf ihrem Weg waren ihr die Schuhe abhanden gekommen.

Sie trug noch die mit Farbe bekleckten Jeans, die sie am Leibe gehabt hatte, als das Erdbeben auftrat, die Stereoanlage verstummte. Aber war es überhaupt wirklich ein Erdbeben gewesen? Der Mann in dem Auto hatte — furchtsam und in einem Geplapper wie ein Kleinkind — irgend etwas anderes erzählt, doch es war zu wirr gewesen, zu stark von Panik gekennzeichnet, als daß sie es hätte begreifen können.

Ich will nach Hause, dachte sie. Ich will wieder in meinen eigenen vier Wänden sitzen und meine Schuhe wiederhaben. Vermutlich sind sie in dem Auto geblieben; wahrscheinlich liegen sie irgendwo hinten in dem Wagen. Und ich bekomme sie niemals zurück.

Sie stapfte weiter, krümmte sich vor Schmerzen, wünschte sich irgendwelche Menschen herbei, dachte besorgt an das Aussehen des Himmels hoch droben, und mit jedem Augenblick, der verstrich, fühlte sie sich verlassener.

6

Als er in seinem VW-Bus weiterfuhr, erhaschte Andrew Gill noch einen letzten Blick auf die Frau, gekleidet in eine mit Farbe bekleckerte Jeans und einen Pullover, die er gerade hatte aussteigen lassen; er sah sie barfüßig am Straßenrand entlanggehen, bis er sie, als er in eine Kurve einbog, aus der Sicht verlor. Ihren Namen kannte er nicht, doch er hatte den Eindruck, als handele es sich so ungefähr um die schönste Frau, die er je gesehen hatte: mit rotem Haar und kleinen, zierlich gewachsenen Füßen. Und er und sie, dachte er benommen, hatten eben hinten in seinem VW-Bus gebumst.

Für ihn setzte sich das alles aus einem Hexenkessel von Hirngespinsten zusammen, diese Frau, die gewaltigen Explosionen im Süden, die das ganze Land zum Aufbäumen gebracht und den Himmel grau verhangen hatten. Er wußte, das war irgendwie Krieg oder jedenfalls irgendein verheerendes Vorkommnis ganz neuer Art, völlig neuartig nicht nur für seine Begriffe, sondern für die gesamte Welt.

Am Morgen war er von seiner Firma in Petaluma abgefahren, nach West Marin, um dem Apotheker in der Nähe von Point Reyes einen Schub importierter englischer Bruyérepfeifen auszuliefern. Er betrieb einen Spirituosen- (vor allem Wein) und Tabakgroßhandel, besorgte auch alles für den ernsthaften Raucher, bis hin zu kleinen vernickelten Werkzeuglein zum Säubern von Pfeifen und Hineindrücken des Tabaks. Während der Weiterfahrt fragte er sich, was wohl aus seiner Großhandlung geworden sein mochte; hatte die Katastrophe auch das Gebiet um Petaluma heimgesucht?

Ich sehe besser zu, daß ich so schnell wie möglich wieder hingelange, damit ich nach dem rechten schauen kann. Dann schweiften seine Gedanken erneut zu der schmalen rothaarigen Frau in den Jeans ab, die in seinen Bus gesprungen war — oder die es ihm gestattete, sie ins Fahrzeug zu ziehen (er wußte nicht mehr genau, wie es sich eigentlich abgespielt hatte) —, und irgendwie kam ihm das Gefühl, er solle ihr lieber nachfahren und sich darum kümmern, was aus ihr wurde. Ob sie hier in der Gegend wohnt? fragte er sich. Und wie soll ich sie wiederfinden? Schon jetzt war er sich darüber im klaren, daß ihm daran lag, sie wiederzusehen; noch nie hatte er eine Frau wie sie getroffen, nie zuvor war ihm jemand wie sie begegnet. Und hatte sie es wohl nur infolge eines Schocks getan? War sie zu dem Zeitpunkt überhaupt zurechnungsfähig gewesen? Hatte sie bereits früher dergleichen gemacht ... und würde sie es — diese Frage hielt er für noch wichtiger — wieder tun...?

Doch er fuhr weiter, drehte nicht um. Seine Hände fühlten sich taub an, als wären sie abgestorben. Er war erschöpft. Es werden noch mehr Bomben fallen, es wird noch mehr Explosionen geben, ich weiß es genau, dachte er. Die ersten sind im Bereich der Bay niedergegangen, und es werden weitere kommen. Am Himmel bemerkte er nun in rascher Folge Leuchterscheinungen, denen sich etwas später ein fernes Grollen anschloß, das seinen Bus erfaßte, ihn ins Schaukeln und Schleudern brachte. Dort gingen neue Sprengköpfe hoch, nahm er an. Vielleicht ist es auch unsere Luftabwehr. Aber es werden weitere Geschosse ihre Ziele erreichen.

Und dann mußte man von jetzt an natürlich auch die Strahlung berücksichtigen.

Hoch am Himmel wehten die Wolken dessen, von dem er nun wußte, daß es lebensgefährlich verstrahlt war, immerzu nach Norden, anscheinend nicht niedrig genug, um hier unten an der Erde das Leben zu schädigen, sein Leben und das Dasein der Sträucher und Bäume längs der Straße. Vielleicht werden wir erst in ein paar Tagen vor die Hunde gehen, überlegte er. Möglicherweise ist das allgemeine Abkratzen nur eine Frage der Zeit. Hat es überhaupt noch Wert, irgendwo Zuflucht zu suchen? Soll ich versuchen, mich in den Norden abzusetzen? Aber die Wolken bewegten sich nordwärts. Es ist besser, ich bleibe hier, sagte er sich, und versuche, irgendwo in der Nähe Schutz zu finden. Ich glaube, ich habe einmal gelesen, daß das hier eine geschützte Ecke ist, der Wind weht an West Marin vorbei landeinwärts, nach Sacramento.

Und noch immer sah er keinen Menschen. Bis jetzt war ihm nur die Frau über den Weg gelaufen — die einzige Person, die er seit den ersten Bombenexplosionen und seinem Begreifen, was das bedeutete, gesehen hatte. Keine Autos. Keine Menschen zu Fuß. Aber sie dürften bald von da unten angeströmt kommen, nahm er an. Zu Tausenden. Und sterben wie die Fliegen. Flüchtlinge. Vielleicht sollte ich mich darauf einstellen, auf irgendeine Art und Weise Beistand leisten zu können. Doch in seinem VW-Bus befand sich nichts außer Pfeifen, Dosen voller Tabak sowie Flaschen mit kalifornischem Wein aus kleineren Kellereien; er besaß keinerlei medizinische Hilfsmittel und besaß auch nicht die geringste Ahnung von entsprechenden Hilfeleistungen. Und außerdem war er bereits über fünfzig Jahre alt und hatte ein chronisches Herzleiden, das sich Paroxysmale Tachycardie nannte. Es grenzte wahrhaftig an ein Wunder, daß er vorhin, als er hinten mit der Frau bumste, keinen Herzanfall erlitten hatte.

Meine Frau und die beiden Kinder, dachte er. Womöglich sind sie tot. Aber ich muß ganz einfach zurück nach Petaluma. Soll ich anzurufen versuchen? Absurd. Die Telefonverbindungen bestehen ganz bestimmt nicht mehr. Er fuhr immerzu weiter, ziellos, wußte nicht, wohin er sich wenden, und nicht, was er tun sollte. Er hatte nicht einmal eine Ahnung, wie groß die Gefahr war, in der er schwebte, ob der feindliche Angriff vorbei war oder dies erst der Anfang. Ich kann praktisch jeden Moment ausgelöscht werden, begriff er.

Doch in seinem wohlvertrauten VW-Bus, den er jetzt schon seit über sechs Jahren hatte, fühlte er sich irgendwie sicher. Der Wagen war durch das, was geschehen war, nicht in seiner Funktionstüchtigkeit gemindert worden; er war robust und verläßlich, auch jetzt noch, wogegen — diesen Eindruck hatte Andrew Gill — sich alle anderen Dinge, die gesamte übrige Welt, auf Dauer einer entsetzlichen Verwandlung unterzogen hatten.

Es wäre ihm lieber gewesen, er hätte das alles gar nicht mitansehen müssen.

Was wird, wenn Barbara und die Jungs tot sind? fragte er sich. Seltsamerweise ging der Gedanke mit einer Anwandlung von Erleichterung einher. Ein neues Leben beginnt, daß ich heute dieser tollen Frau begegnet bin, ist ein Beweis. Mit allem Alten ist es aus. Werden Tabak und Wein künftig nicht sehr wertvoll sein? Habe ich nicht wirklich und wahrhaftig ein Vermögen hier in diesem Bus? Ich brauche eigentlich gar nicht nach Petaluma zurück. Ich kann mich verdrücken, ohne daß Barbara je dazu in der Lage wäre, mich wieder aufzuspüren. Er empfand inneren Auftrieb und Wohlgelauntheit.

Doch das würde heißen — und da sei Gott vor! —, daß er seine Großhandlung aufgeben müßte, und diese Vorstellung war allzu gräßlich, verbunden mit bedrohlichen Aussichten und der Furcht vor Vereinsamung. Ich kann das Geschäft unmöglich aufgeben, sah er ein. Darin stecken zwanzig Jahre allmählichen Aufbaus eines guten Kundenstamms, des aufrichtig bemühten Ergründens der Bedürfnisse der Menschen und ihres zuverlässigen Erfüllens.

Aber es kann sein, daß all diese Menschen inzwischen tot sind, dachte er, genau wie meine Familie. Ich muß mich damit abfinden: *alles* hat sich verändert, nicht bloß die Dinge, die mich ohnehin nicht interessieren.

Er fuhr langsamer, bemühte sich ernsthaft, jede Möglichkeit, die sich anbot, genau zu durchdenken, aber je mehr er nachdachte, um so wirrer liefen seine Gedankengänge ab, um so unwohler fühlte er sich. Ich glaube, dachte er zuletzt, niemand von uns wird überleben. Wahrscheinlich sind wir alle bereits der Strahlung ausgesetzt worden. Dies Zwischenspiel mit der jungen Frau kann als letztes bemerkenswertes Ereignis meines Lebens bewertet werden, und für sie gilt das gleiche — sie ist ohne Zweifel genauso verloren.

Verdammte Scheiße nochmal, dachte er. Irgend so ein hirnrissiger Idiot im Pentagon ist dafür verantwortlich. Wir hätten eine Vorwarnfrist von zwei bis drei Stunden gebraucht, und gelassen hat man uns ... fünf Minuten. Höchstens!

Er verspürte keine Feindschaft gegen den Gegner; er empfand lediglich Scham, hatte ein Gefühl des Verratenwordenseins. Diese militärischen Nulpen in Washington sitzen jetzt wahrscheinlich sicher und gemütlich tief drunten in ihren Betonbunkern, überlegte er, so wie damals am Ende Adolf Hitler. Und wir sind hier oben zurückgelassen worden und dürfen krepieren. Die Sache war ihm richtig peinlich; sie war einfach widerlich.

Plötzlich bemerkte er, daß neben ihm auf dem Sitz zwei Schuhe lagen, zwei verschlissene Slipper. Sie mußten der Frau gehören. Er seufzte, fühlte sich überanstrengt. Wenigstens etwas zur Erinnerung, dachte er mit düsterem Gemüt.

Doch da packte ihn Erregung. Das ist kein bloßes Andenken,

dachte er, es ist ein Zeichen — und es besagt, daß ich hier in West Marin bleiben soll, um einen völlig neuen Anfang zu machen. Wenn ich in dieser Gegend bleibe, werde ich sie wiedersehen. Ich weiß, daß es so kommen wird. Es ist nur eine Frage der Geduld. Deshalb hat sie ihre Schuhe im Auto gelassen, sie wußte sofort, daß ich hier mein neues Leben beginnen werde, daß ich nach dem, was geschehen ist, nicht weggehen werde, nicht weg kann. Zur Hölle mit meinem Geschäft, mit Frau und Kindern, all der Vergangenheit in Petaluma.

Er begann beim Fahren aus Erleichterung und Vergnügen vor sich hinzupfeifen.

Bruno Bluthgelds Verstand hielt nun keinen Zweifel mehr für möglich; er sah, wie der unablässige Strom von Fahrzeugen ausschließlich in eine Richtung fuhr, nämlich nach Norden, zur Autobahn, die aufs flache Land führte. Berkeley hatte sich gewissermaßen in ein Sieb verwandelt, durch jedes Loch drängten Menschen aufwärts und davon, Menschen aus Oakland, San Leandro und San José; sie alle durchquerten hier die Straßen, nun zu Einbahnstraßen geworden. Es liegt nicht an mir, redete Dr. Bluthgeld sich ein, während er auf dem Gehweg stand, es ihm verwehrt war, über die Straße zu gehen, um das eigene Auto zu erreichen. Und doch, sah er ein, obwohl dies Wirklichkeit, das Ende von allem ist, die Zerstörung der Städte und die Vernichtung der Menschen auf beiden Seiten des Erdballs, trotzdem trage ich dafür die Verantwortung.

Auf gewisse Weise, dachte er, habe ich das verursacht.

Ich muß Abbitte leisten, sagte er sich. Er verklammerte die Hände ineinander, aus Betroffenheit verkrampft. Damit muß Schluß sein, entschied er. Ich muß hier einen Schlußpunkt setzen.

Folgendes dürfte geschehen sein, schlußfolgerte er. Sie hatten unermüdlich ihre Vorbereitungen vorangetrieben, um gegen mich vorzugehen, aber nicht mit meiner Fähigkeit gerechnet, die anscheinend zum Teil in mein Unbewußtes gebettet ist. Ich selbst besitze darüber nur unzureichende Gewalt. Sie geht von suprapersönlichen Schichten aus, von dem, was Jung wohl das kollektive Unbewußte nennt. Sie haben die nahezu unbegrenzte Potenz meiner reaktiven psychischen Energie nicht in Rechnung gestellt, und jetzt hat sie in Reaktion auf ihre gegen mich gerichteten Vorbereitungen gegen sie ausgeschlagen. Es war nicht meine Absicht, daß so etwas geschieht. Es hat sich schlichtweg aus einer psychischen Gesetzmäßigkeit von Stimulus und Reaktion ergeben. Aber ich muß so oder so dafür die moralische Verantwortung übernehmen, denn das höher zu bewertende Ich, das Über-Ich, das Selbst, steht über dem bewußten Ego. Ich muß mich nun damit auseinandersetzen, nachdem meine Gabe gegen die anderen Menschen aktiv geworden ist. Sicherlich hat sie nun genug angerichtet. Ist der Schaden nicht sogar viel zu groß?

Doch nein, zu groß war er nicht, wenn man ihn rein wissenschaftlich ausschließlich unterm sachlichen Gesichtspunkt von Reaktion und Gegenreaktion betrachtete. Das Gesetz von der Erhaltung der Energie war beachtet, eine gewisse Verhältnismäßigkeit gewahrt worden; sein kollektives Unterbewußtsein hatte im Verhältnis zum Schaden reagiert, den die anderen ihm zuzufügen beabsichtigt hatten. Nun jedoch war es an der Zeit, dafür Buße zu tun; das war logischerweise der nächste Schritt. Er hatte sich verausgabt ... oder nicht? Er empfand Zweifel und tiefe Verwirrung; hatte der reaktive Prozeß, sein metabiologisches inneres Abwehrsystem, seinen Zyklus des präventiven Gegenschlags nun durchlaufen, *oder stand noch mehr bevor?*

Er schnupperte in der Luft, versuchte das Weitere abzuschätzen. Der Himmel war zu einem Gemengsel von allerlei Partikeln geworden: lauter Trümmerteilchen, leicht genug, um emporgewirbelt zu werden und für längere Zeit in der Luft zu verbleiben. Was lag dahinter, verborgen wie in einer Gebärmutter? Der Gebärmutter purer Essenz in meinem Innern, dachte er, der ich hier stehe und mir mit mir selbst uneinig bin. Ich wüßte gern, ob die Menschen wissen, die da in den Autos vorbeifahren — diese Männer und Frauen mit den entgeisterten, ausdruckslosen Gesichtern —, *wer ich bin.* Sind sie sich dessen bewußt, daß ich der Omphalos bin, der Mittelpunkt all dieses kataklysmischen Chaos? Er beobachtete die Leute, die vorbeihasteten, und schließlich erkannte er die Antwort: sie wußten vollauf über ihn Bescheid, wußten genau, daß er das Zentrum und der Urheber all des Unheils war, aber sie fürchteten ihn und mochten nichts gegen ihn unternehmen. Sie hatten ihre Lektion gelernt.

„Macht euch keine Sorgen", rief er und hob ihnen eine Hand entgegen. „Es wird nichts mehr geschehen. Ich verspreche es euch."

Verstanden sie ihn, glaubten sie ihm? Er spürte, daß ihre Gedanken ihm galten, spürte ihre Panik, ihre Not, ebenso ihren Haß, nur eingedämmt durch diese überwältigende, fürchterliche Demonstration dessen, was er zustandebringen konnte. Ich weiß, wie euch zumute ist, erwiderte er in Gedanken, oder vielleicht äußerte er es laut — er wußte es selbst nicht. Ihr habt eine schwere, bittere Lektion gelernt. Und ich auch. Ich muß sorgfältiger auf mich achtgeben. In Zukunft muß ich meine Kräfte mit größerer Ehrfurcht ansehen, höhere Ehrerbietigkeit gegenüber dem Vertrauen zeigen, das darin besteht, daß ich mit ihnen ausgestattet worden bin.

Wohin soll ich jetzt gehen? fragte er sich. Von hier fort, so daß da nach und nach von selber wieder Ordnung eintreten wird? Im Interesse dieser Menschen wäre das am besten; es wäre die vernünftigste Möglichkeit, eine rücksichtsvolle, menschliche, annehmbare Lösung.

Kann ich gehen? lautete die nächste Frage, die er sich stellte. Natürlich. Denn die Kräfte, welche hier gewirkt hatten, standen ihm — zumindest in gewissen Umfang — zu seiner Verfügung; sobald er sich ihrer erst einmal wieder bewußt geworden war, so wie jetzt, vermochte er sich ihrer zu bedienen. Nachteilig war an ihnen gewesen, daß er bis vor kurzem nichts von ihnen gewußt hatte. Vielleicht hätte er sie mit der Zeit durch intensive Psychoanalyse noch entdeckt, so daß dies Verhängnis vermieden worden wäre. Aber das war zu spät, um sich solchen Gedanken hinzugeben. Er begann sich in die Richtung zu entfernen, aus der er gekommen war. Ich kann durch dies Verkehrsgewühl gelangen und diese Gegend verlassen, versicherte er sich. Um dies zu beweisen, trat er einfach vom Gehweg in den dichten Strom von Autos; andere Menschen taten das gleiche, andere Leute, die sich zu Fuß unterwegs befanden, von denen viele irgendwelche Gegenstände ihres Hausrats mitschleppten, Bücher, Lampen, sogar einen Vogel im Käfig oder eine Katze. Er stieß zu ihnen, winkte ihnen, um anzuzeigen, daß sie mit ihm über die Straße gehen sollten, denn er war es, der nach Belieben seines Weges ziehen konnte.

Der Verkehr war nahezu zum Stillstand gekommen. Es sah so aus, als würde das durch eine Anzahl von Autos verursacht, die sich weiter vorn aus einer Nebenstraße ins Gewühl schoben, aber er wußte es besser; das war nur die scheinbare Ursache — der wahre Grund war sein Wille, die Straße zu überqueren. Unmittelbar vor ihm war eine Lücke zwischen den Fahrzeugen, und Dr. Bluthgeld führte die Menschen, die zu Fuß unterwegs waren und sich ihm anschlossen, hinüber zur anderen Seite.

Wohin will ich denn gehen? fragte er sich, achtete nicht auf den Dank, mit dem die Umstehenden ihn überhäuften; alle versuchten sie, ihm klarzumachen, wie dankbar sie ihm seien. Hinaus aufs Land, fort von der Stadt? Ich bin für die Stadt eine Gefahr, erkannte er. Ich sollte achtzig oder hundert Kilometer weit nach Osten gehen, vielleicht in die Sierras, an irgendeinen ganz entlegenen Ort. West Marin. Ich könnte wieder dorthin. Bonny Keller ist dort. Ich könnte bei ihr und George bleiben. Ich glaube, das dürfte weit genug entfernt sein, aber falls es nicht so ist, werde ich weiterziehen.Ich muß mich von all diesen Menschen absondern, sie verdienen es nicht, noch schwerer gestraft zu werden. Falls nötig, werde ich für immer weiterziehen, niemals an irgendeinem Ort bleiben.

Selbstverständlich kann ich nicht mit dem Auto nach West Marin gelangen, sah er ein. Keines dieser Autos, die hier entlangschleichen, wird je wieder irgendwo hinfahren. Die Verkehrsstockung ist viel zu umfangreich. Und zweifellos ist die Richardson-Brücke eingestürzt. Ich muß laufen. Es wird Tage dauern, aber ich werde hingelangen. Ich werde an der Black Point Road entlangmarschieren, bis Vallejo, dann den Weg durchs Moor nehmen. Das Land ist völlig flach, notfalls kann ich überall querfeldein wandern.

Auf jeden Fall ist das eine Art von Buße für das, was ich angerichtet habe. Es wird eine freiwillige Pilgerreise sein, ein Mittel zum Heilen der Seele.

Er machte sich auf den Weg, schenkte mit vollem Bewußtsein seine Aufmerksamkeit dem ringsum entstandenen Schaden; er malte sich die Möglichkeit aus, ihn beheben zu können, die Stadt — wenn so etwas überhaupt je wieder durchführbar sein sollte — in ihrem ursprünglichen Zustand wiederherzustellen. Wo er an einem Gebäude vorbeikam, das zusammengebrochen war, blieb er stehen und sagte in Gedanken: *Möge dies Haus wiederaufstehen*. Wo er Verletzte sah, dachte er: *Mögen diese Menschen frei von Schuld werden und so Vergebung finden*. Dabei vollführte er jedesmal mit der Hand eine Bewegung, die er sich eigens für diesen Zweck hatte einfallen lassen: sie zeigte seine Entschlossenheit an, dafür zu sorgen, daß derartige Dinge nie wieder vorkamen. Kann sein, daß die Menschen nun ihre Lektion ein für allemal gelernt haben, dachte er. Möglicherweise lassen sie mich von nun an in Frieden.

Aber womöglich, erwog er, schlugen sie den entgegengesetzten Weg ein; es mochte sein, daß sie, nachdem sie sich aus den Ruinen ihrer Häuser emporgearbeitet hatten, die noch entschiedenere Absicht entwickeln, ihn zu vernichten. Auf lange Sicht mochte ihre Feindseligkeit gegen ihn, statt nachzulassen, durch die heutigen Geschehnisse noch verstärkt werden.

Er empfand Furcht, als er an ihr Streben nach Rache dachte. Vielleicht sollte ich mich verstecken, überlegte er. Bei dem Namen ‚Mr. Tree' bleiben oder mir irgendeinen anderen erfundenen Namen zulegen, um unterzutauchen. Gegenwärtig haben sie alle Achtung vor mir... aber ich befürchte, das wird nicht anhalten.

Und doch, obwohl er darüber volle Klarheit besaß, gab er ihnen fortgesetzt seine besonderen Zeichen, während er seines Weges ging. Noch immer verwendete er Mühe darauf, für sie eine Wiedergutmachung zu bewirken. In seinen Gefühlen war kein Platz für Feindschaft; davon war er völlig frei. Ausschließlich sie hegten Haß.

Am Rande der Bucht verließ Dr. Bluthgeld das dichte Gedränge der Fahrzeuge und sah überall an der anderen Seite des Wassers die weißlichen, glasartigen Reste der vernichteten Stadt San Franzisko liegen. Nichts stand noch. Darüber wallten Rauch und gelblicher Feuerschein in einer Weise,die er nahezu nicht zu glauben vermochte. Man hatte den Eindruck, als wäre die Stadt zu einem Scheit Kaminholz geworden und vollständig zu schlackiger Asche niedergebrannt. Dennoch flohen noch Menschen aus ihr. Auf dem Wasserspiegel sah er Trümmer schaukeln; Leute hatten alle erdenklichen Gegenstände ins Wasser geworfen und klammerten sich an sie, versuchten so durch die Bucht hinüber in den Kreis West Marin zu kommen.

Dr.Bluthgeld verharrte, fühlte sich außerstande zum Weitergehen, seine Pilgerschaft war vergessen. Erst mußte er ihnen das Heil bringen, danach möglichst auch der Stadt selbst. Er ließ seine eigenen Bedürfnisse vorerst außer acht. Er konzentrierte sich auf die Stadt, benutzte beide Hände, vollführte neue Gebärden, die ihm bis dahin nie eingefallen waren; er versuchte es mit allem, was ihm in den Sinn kam, und zu guter Letzt verzog sich der Rauch. Das gab ihm Hoffnung. Doch die Menschen, die auf dem Wasser trieben, sich in Sicherheit bringen wollten, verschwanden nach und nach, ihre Zahl nahm ab; er sah immer weniger, bis zuletzt in der ganzen Bucht kein einziger dieser Flüchtlinge sich noch erspähen ließ, und nur bloße Trümmerstücke blieben zurück.

Folglich konzentrierte er sich darauf, es den Menschen zu ermöglichen, sich aus eigener Kraft zu retten. Er dachte an die Ausfallstraßen im Norden und daran, wohin die Leute sich wenden sollten, was sie brauchten. An erster Stelle Wasser, dann Lebensmittel. Er lenkte seine Gedanken auf die Armee, wie sie Nahrung lieferte, an das Rote Kreuz; er richtete seine Gedanken auf kleine Ortschaften auf dem Lande, wie sie den Flüchtlingen ihre Hilfsmittel und Vorräte zugänglich machten. Schließlich begann sich — gewissermaßen mit Widerstreben — abzuzeichnen, was er wünschte, und er blieb noch lange dort, wo er sich befand, wirkte darauf hin, daß alles entsprechend anlief. Die Lage besserte sich. Die Menschen erhielten Erste Hilfe gegen ihre Verbrennungen; dafür sorgte er. Auch kümmerte er sich um die Linderung ihrer ungeheuren Furcht; das war wichtig. Er beobachtete erste Anzeichen davon, daß sie sich — wenigstens ansatzweise — unter den veränderten Bedingungen einzurichten anfingen.

Er bemerkte, daß sich sonderbarerweise,während er an der Verbesserung ihrer Situation arbeitete, zur gleichen Zeit — und das zu seiner Überraschung und seinem Erschrecken — sein eigener Zustand ganz erheblich verschlechtert hatte. In seinem Einsatz für das Wohlergehen der Allgemeinheit hatte er alles verloren, denn nun schlotterte die Kleidung in Fetzen an ihm, als sei sie aus alten Säcken gemacht; aus seinen Schuhen ragten ihm die Zehen; von seinem Gesicht hing ein struppiger Bart herab, über seinen Mund war ein Schurrbart gewachsen, das Kopfhaar bedeckte seine Ohren bis auf den zerrissenen Kragen, und seine Zähne — die Zähne waren ihm sogar ausgefallen. Er fühlte sich alt, krank und ausgemergelt, aber es war die Anstrengung wert gewesen. Wie lange hatte er hier gestanden und gewirkt? Der Strom von Fahrzeugen war längst versiegt. Nur beschädigte, aufgegebene Wracks lagen längs der Stadtautobahn zu seiner Rechten. Waren es Wochen gewesen? Möglicherweise Monate. Er verspürte Hunger, seine Beine zitterten vor Kälte. So trat er seine Wanderung erneut an.

Ich habe alles für sie hingegeben, was ich besaß, sagte er sich, und bei diesem Gedanken empfand er einigen Unmut, mehr als nur ein Fünkchen Ärger. Was habe ich als Gegenleistung erhalten? Ich muß die Haare geschnitten bekommen, ich brauche Essen und ärztlichen Beistand. Jetzt bin ich zu erschöpft, befand er, um zu Fuß nach West Marin gehen zu können. Ich muß noch für eine Weile hier an der Bucht bleiben, bis ich mich erholt habe und wieder bei Kräften bin. Seine Mißstimmung wuchs, während er sich dahinschleppte.

Doch jedenfalls hatte er seine Pflicht getan. Nicht weit voraus erspähte er eine Erst-Hilfe-Station mit reihenweise dunkelfarbenen Zelten; er sah Frauen mit Armbinden und erkannte in ihnen Krankenschwestern. Er sah Männer mit metallenen Helmen und Gewehren. Gesetz und Ordnung am Werk, begriff er. Dank meiner Bemühungen sind sie da und dort bereits wiederhergestellt worden. Man schuldet mir eine Menge, aber natürlich ist denen das überhaupt nicht klar. Aber ich will es, beschloß er, gut sein lassen.

Als er das erste dunkle Zelt erreichte, hielt einer der mit Gewehren bewaffneten Männer ihn auf. Ein anderer Mann kam mit einem Klemmbrett näher. Woher er komme, wollte der Mann mit dem Klemmbrett wissen.

„Aus Berkeley“, gab er zur Antwort.

„Name?“

„Jack Tree.“

Der Mann schrieb den Namen auf, riß ein Kärtchen ab und händigte es ihm aus. Darauf stand eine Nummer, und die beiden Männer erläuterten ihm, er müsse die Nummer fortan immer dabei haben, denn ohne sie würde er keine Nahrungsmittelrationen zugeteilt erhalten. Danach machte man ihm klar, daß er, falls er versuchte, sich bei einer zweiten Sammelstelle Rationen zu erschleichen — oder es bereits versucht hatte —, standrechtlich erschießen werde. Dann entfernten sich die zwei Männer, ließen ihn stehen, wo er stand, in den Fingern das numerierte Kärtchen.

Soll ich ihnen sagen, daß ich all das getan habe? überlegte er. Daß ich allein die volle Verantwortung trage und für meine abscheuliche Sünde, so etwas über die Menschen gebracht zu haben, auf ewig verdammt bin? Nein, entschied er, dann würde man mir bloß das Nummernkärtchen wieder wegnehmen,und ich bekäme keine Rationen. Und er war schrecklich, schrecklich hungrig.

Eine Krankenschwester kam zu ihm. „Erbrechen, Übelkeit“, erkundigte sie sich in sachlichem Ton, „farbliche Veränderung des Stuhls?“

„Nein“, antwortete er.

„Irgendwelche oberflächlichen Verbrennungen, die nicht heilen?“ Er verneinte mit einem Kopfschütteln. „Gehen Sie dort hinüber“, sagte die Schwester und zeigte ihm die Richtung, die sie meinte.

„Geben Sie Ihre Kleider ab. Man wird Sie entlausen und Ihnen die Haare schneiden, und Sie werden dort auch geimpft. Der Typhus-Impfstoff ist ausgegangen, also fragen Sie erst gar nicht danach.“

Zu seiner Verwirrung sah er, wie ein Mann mit einem elektrischen Haarschneider, den ein Benzinmotor antrieb, Männern und Frauen die Köpfe schor; geduldig standen die Menschen an. Eine hygienische Maßnahme? fragte er sich.

Ich dachte, ich hätte das alles wieder hingekriegt, sann er. Oder habe ich die Seuchengefahr etwa vergessen? Offenbar habe ich sie übersehen. Er ging hinüber, bestürzt darüber, nicht an alles gedacht zu haben. Ich muß eine ganze Anzahl wichtiger Dinge vergessen haben, erkannte er, als er sich hinter den Leuten anstellte, die darauf warteten, daß man ihnen die Haare stutzte.

Im verwüsteten Beton-Erdgeschoß eines Hauses in der Cedar Street, oben in den Hügeln Berkeleys, erspähte Stuart McConchie ein fettes, graues Vieh, das von einem gesprungenen Mauerstein hinter einen anderen hüpfte. Er packte seinen am einen Ende abgebrochenen, spitzen Besenstiel und kroch nach vorn.

„Sie wollen die doch nicht essen?“ meinte Ken, der hagere, bläßliche Mann, der sich mit ihm in dem Haus befand und drauf und dran war, an Strahlungseinwirkung zu sterben.

„Aber sicher werd ich das“, sagte Stuart und kroch durch den Dreck, der sich in dem offenen, kaum noch geschützten Erdgeschoß angehäuft hatte, bis er dicht vor dem gespaltenen Betonbrocken lag. Die Ratte bemerkte ihn und quietschte furchtsam. Sie war aus der Kanalisation Berkeleys gekommen und wollte wieder dorthin zurück. Doch nun befand sich Stuart zwischen ihr und den Kanälen. Muß ein Weibchen sein, dachte er. Die Männchen sind magerer.

Die Ratte huschte voller Furcht hin und her, und Stuart bohrte ihr das spitze Ende seines Besenstiels in den Leib. Sie quietschte nochmals auf, langgezogen und gequält. Sie war aufgespießt, lebte aber noch; fortgesetzt quietschte sie. Also drückte er sie nieder, stemmte den Stiel an den Boden, und zertrat ihr den Kopf.

„Sie können sie ja wenigstens kochen“, sagte der Sterbende, der mit ihm in dem Keller hauste.

„Nein“, entgegnete Stuart, setzte sich hin, zückte das Taschenmesser, das er gefunden hatte — in der Hosentasche eines toten Schülers —, und machte sich daran, der Ratte das Fell abzuziehen.

Während der Todgeweihte mit Mißbilligung zuschaute, verzehrte Stuart die tote, rohe Ratte.

,,Mich wundert's, daß Sie mich nicht auch auffressen", sagte der Mann anschließend.

,,Ist nicht schlimmer, als wenn man rohe Garnelen ißt", sagte Stuart. Er fühlte sich jetzt wesentlich wohler, die Ratte war seine erste Nahrung seit Tagen gewesen.

,,Warum gehen Sie nicht los und suchen eine der Hilfestellen, von denen man gestern im Vorbeifliegen aus dem Hubschrauber gesprochen hat?" fragte ihn der Sterbende. ,,Es ist doch gesagt worden — jedenfalls hab ich's so verstanden —, daß drüben an der Hilleside-Grundschule so'ne Hilfestation ist. Das ist nur'n paar Blocks von hier. Bis dahin können Sie sich doch wohl durchschlagen."

,,Nein", sagte Stuart.

,,Weshalb nicht?"

Die Antwort, obwohl Stuart sie nicht auszusprechen wünschte, lautete ganz einfach, daß er sich zu sehr fürchtete, um sich aus dem Haus auf die Straße zu wagen. Den Grund wußte er selbst nicht recht, einmal davon abgesehen, daß sich draußen in der niedergesunkenen Asche andauernd irgendwer oder -was hin- und herbewegte, ohne daß er zu ermitteln vermocht hätte, was dort vorging. Er glaubte, daß es Amerikaner waren, aber möglicherweise handelte es sich um Chinesen oder Russen. Ihre Stimmen klangen seltsam und hallten sonderbar, sogar am hellichten Tag. Und auch in bezug auf den Hubschrauber war er sich unsicher; das konnte ein feindlicher Trick sein, um die Leute herauszulocken und dann umzulegen. Jedenfalls hörte er noch immer aus den tiefergelegenen Stadtteilen gelegentliches Gewehrfeuer; das ferne Knallen begann kurz vor Sonnenaufgang und hielt meist unregelmäßig bis zum Abend an.

,,Sie können nicht ewig hier bleiben", sagte Ken. ,,Das ist völlig unvernünftig." Er lag in Decken gehüllt, die von einem der Betten des Hauses stammten; das Bett war ins Freie geschleudert worden, als das Haus zusammenknickte, und Stuart und der Mann, der inzwischen dem Tode nahe war, hatten es im Hinterhof gefunden. Die ordentlich an den Seiten untergeschobenen Decken mitsamt den beiden mit Daunen gefüllten Kopfkissen waren noch darauf gewesen.

Was Stuart eigentlich beschäftigte, war die Tatsache, daß er innerhalb von fünf Tagen aus den Taschen von Toten, die in Hausruinen entlang der Cedar Street lagen, Tausende von Dollar in Bargeld eingesammelt hatte — aus ihren Taschen und den Häusern. Andere Plünderer waren auf Lebensmittel und diverse andere Gegenstände aus, etwa Messer und Schußwaffen, und es bereitete ihm Unbehagen, daß er, falls er eine Hilfsstation aufsuchte, eine bittere Wahrheit erfahren könnte: daß das Geld keinen Wert mehr besaß. Und wenn er in der Tat ein Idiot gewesen war und all das Geld zusammengetragen hatte und dann mit einem Kopfkissenbezug voll wertlosem Plunder in der Hilfsstation aufkreuzte, würde man ihn auslachen und verspotten, und zwar mit Recht, weil ein derartiger Idiot es nicht anders verdiente.

Und außerdem hatte es anscheinend außer ihm niemand nötig, Ratten zu verspeisen. Vielleicht gab es irgendwo eine Möglichkeit, sich mit besserer Nahrung zu versorgen, von der er nichts wußte; es kam ihm ganz so vor, als hätten alle anderen Überlebenden das Essen vollständig aufgegeben. Vielleicht warf man Notrationen aus der Luft ab; es mochte sein, daß man die Behälter schon am frühen Morgen abwarf, wenn er noch schlief, und daß andere alles aufla-sen, ehe er die Gelegenheit erhielt, sich etwas davon anzueignen. Seit Tagen marterte ihn nun eine tiefe, stets noch anwachsende Sorge, ihm könnten irgendwelche entscheidenden neuen Entwicklungen entgehen, daß man irgend etwas kostenlos austeilte — womöglich gar am hellen Tag —, an alle außer ihn. Kann sein, ich bin in Wirklichkeit vom Pech verfolgt, dachte er sich, und ihm war mißmutig und verbittert zumute, und die Ratte, die er soeben hinabgeschlungen hatte, sah er nicht länger so sehr als Gewinn an.

Im Laufe der vergangenen paar Tage hatte Stuart im verheerten Erdgeschoß dieses Hauses an der Cedar Street viel Zeit zum Nachdenken über sich selbst gehabt? Und dabei war ihm zu Bewußtsein gekommen, daß es ihm an sich schon immer schwergefallen war, die Verhaltensweisen anderer Menschen zu verstehen, stets hatte es ihn die größte Mühe gekostet, sich so wie sie zu benehmen, den Eindruck aufrechtzuerhalten, er sei genauso wie sie. Es bestand kein Zusammenhang damit, daß er Neger war, denn das Problem war mit anderen Farbigen ebenso vorhanden wie mit Weißen. Es handelte sich um keine Umgangsschwierigkeiten im herkömmlichen Sinn; das Problem saß tiefer. Zum Beispiel Ken, der ihm gegenüber und im Sterben lag. Stuart konnte ihn nicht begreifen; er fühlte sich innerlich völlig von ihm abgesondert. Vielleicht war das darauf zurückzuführen, daß Ken so gut wie tot war, er dagegen nicht. Vielleicht errichtete dieser Umstand zwischen ihnen eine Schranke; die Welt war nun unverkennbar in zwei neue Lager gespalten: in Menschen, deren Kräfte mit jedem Moment nachließen, der verstrich, die verurteilt waren zum baldigen Abtreten, und in andere, die es schaffen würden, so wie er. Es konnte keinerlei Verständigung mehr zwischen ihnen geben; ihre Welten waren zu verschieden geworden.

Doch es gab nicht nur diesen Unterschied zwischen solchen wie ihm und solchen wie Ken; noch mehr hatte es damit auf sich; das alte Problem war durch den Atomangriff nicht geschaffen, sondern lediglich an die Oberfläche gebracht, in den Vordergrund gerückt worden. Die Kluft war jetzt noch tiefer; es war offenkundig, daß er einen Großteil des Tuns und Lassens, das draußen ringsumher herrschte, gar nicht begriff... Beispielsweise hatte er tagelang wegen seines fälligen Besuchs beim Führerscheinamt zwecks alljährlicher Erneuerung seines Führerscheins vor sich hingegrübelt. Wie er nun so hier im Keller lag, war es ihm mit jedem Augenblick immer klarer vorgekommen, daß alle anderen Leute, deren Führerscheinerneuerung fällig war,bestimmt ins in der Sacramento Street gelegene Amt gingen, und zwar mit gutem Grund; dennoch hatte er sich nicht dazu entschließen können, es aufzusuchen, bloß weil sie hingingen; er war— wie ein beleidigtes Kind — in seinem Schmollwinkel geblieben. Und nun gab es weit und breit niemanden, an dessen Verhalten er sich orientieren konnte; jetzt war er allein. Und deshalb wollte ihm nicht in den Sinn kommen, was er nunmehr am besten unternehmen sollte, er vermochte keine Entscheidungen zu treffen, keinen Entschluß hinsichtlich der Planung seines weiteren Lebens zu fällen.

Folglich wartete er schlichtweg ab, und während er wartete, machte er sich Gedanken über den Hubschrauber, der ab und zu über die Ruinen hinwegflog, über die obskuren Schemen in den Straßen; mehr als über alles andere jedoch darüber, ob er wohl ein Idiot war oder nicht.

Und da fiel ihm urplötzlich etwas ein; er erinnerte sich daran, was Hoppy Harrington in Kürtchens Kulinarische Köstlichkeiten in seiner Vision gesehen hatte. Hoppy hatte ihn gesehen, Stuart McConchie gesehen, wie er eine tote Ratte verzehrte; in der Aufregung und Furcht der seither verstrichenen Zeitspanne hatte Stuart das bereits vergessen gehabt. Das hier war es also gewesen, was der Phoko vorausgesehen hatte — und nicht das Leben nach dem Tod!

Gott strafe diesen verfluchten kleinen entarteten Krüppel, dachte Stuart, während er dalag und mit einem Stückchen Draht in seinen Zähnen stocherte. So ein falscher Fuffziger, er hat das Unheil ja regelrecht heraufbeschworen.

Wahrhaftig erstaunlich, wie leicht man die Leute reinlegen kann, überlegte er. Wir haben ihm geglaubt, vielleicht weil er schon so seltsam aussieht... Irgendwie ist so was glaubwürdiger, wenn jemand so ist wie er — oder war. Wahrscheinlich ist er auch längst tot, begraben drunten in der Reparaturabteilung. Na, das ist wenigstens ein gutes Ergebnis dieses Kriegs — all diese Mißgeburten sind über den Jordan gegangen. Aber andererseits, erkannte er ganz plötzlich, werden aus ihm jede Menge neue derartige Typen hervorgehen, für die nächste Million Jahre werden an allen Ecken und Enden Mißgestalten herumlungern. Für Bluthgeld wird das ein wahres Paradies sein, wahrscheinlich fühlt er sich jetzt erst so richtig säuisch wohl, denn das hier, das war ja endlich einmal ein richtiger, ernsthafter Atomtest.

Ken regte sich. „Würden Sie sich wohl dazu überreden lassen", fragte er leise nach, „mal über die Straße zu robben? Drüben liegt 'ne Leiche, vielleicht hat sie Zigaretten dabei."

Scheiß auf Zigaretten, dachte Stuart. Wahrscheinlich hat sie die Brieftasche voller Zaster. Er spähte in die Richtung, in die der Todkranke starrte, und sah tatsächlich auf der anderen Straßenseite mitten im Schutt die Leiche einer Frau liegen. Sein Pulsschlag pochte schneller, denn er sah, daß ihre Hand noch eine pralldicke Handtasche umklammerte. „Scheren Sie sich nicht um das Geld, Stuart", ergänzte Ken mit matter Stimme. „Das ist nur 'ne fixe Idee von Ihnen, ein Symbol für Gott weiß was." Ken hob seine Stimme, um ihm nachzurufen, als Stuart zum Erdgeschoß hinauskrauchte. „Ein Symbol für die Überflußgesellschaft." Er hustete und röchelte. „Und die ist jetzt dahin", vermochte er noch hinzuzufügen.

Leck mich am Arsch, dachte Stuart, während er über die Straße zu der Handtasche kroch, die dort lag. In der Tat fand er, als er sie öffnete, eine Handvoll Geldscheine, etliche Einer, Fünfer und sogar einen Zwanziger. Ferner stak ein mit Schokolade überzogener Knusperriegel in der Tasche, den er gleichfalls an sich nahm. Doch als er zu ihrem Erdgeschoß zurückrobbte, fiel ihm ein, daß der Riegel radioaktiv verseucht sein könnte, daher warf er ihn weg.

„Zigaretten?“ fragte Ken, sobald Stuart zurück war.

„Keine.“ Stuart machte sein Bündel auf, das fast ganz von der trockenen Asche bedeckt war, die überall im Erdgeschoß zuhauf lag; er stopfte die Geldscheine zu seiner übrigen Beute und schnürte den Kissenbezug wieder zu.

„Wie wär's mit 'ner Partie Schach?“ Ken stützte sich schwächlich auf den Ellbogen und öffnete die Holzschachtel mit den Schachfiguren, die er und Stuart aus den Trümmern des Hauses geklaubt hatten. Es war ihm bereits gelungen, Stuart einige Grundregeln des Spiels beizubringen; vor dem Krieg hatte Stuart nie Schach gespielt.

„Moment mal“, sagte Stuart. Er beobachtete fern am grauen Himmel den zylinderförmigen Umriß eines Flugzeugs oder Raketenflugkörpers, der sich näherte. Herrgott, dachte er, sollte das etwa ein Geschoß sein? In bedrückter Stimmung sah er den Flugkörper immer tiefer sinken; er streckte sich nicht einmal am Untergrund aus, suchte keine Deckung, im Gegensatz zum anfänglichen Bombardement, in den ersten paar Minuten, von denen soviel abgehangen hatte — zum Beispiel, daß er jetzt noch lebte. „Was ist das bloß?“ wunderte er sich laut.

Der Todgeweihte starrte hinüber. „Das ist'n Ballon.“

„Das sind die Chinesen“, sagte Stuart, der ihm nicht glaubte.

„Nein, es ist wahrhaftig ein Ballon, ein kleiner Ballon. Was man früher ein Luftschiff nannte, wenn ich mich recht entsinne. Seit ich ein Junge war, habe ich keinen mehr gesehen.“

„Könnte es sein, daß die Chinesen den Pazifik in Ballons überquert haben?“ sann Stuart und malte sich Tausende solcher kleinen, zigarrenförmigen, grauen Luftschiffe aus, jedes mit einem Zug mongolenhafter bäurischer chinesischer Soldaten, mit tschechoslowakischen Schnellfeuergewehren bewaffnet, auf jeder Falte des Luftschiffs an Handgriffe geklammert. „So was wäre genau das, von dem man sich denken kann, daß sie es nie auf was anderes als das abgesehen hatten, sie ziehen die ganze Welt auf ihre Ebene runter, werfen sie um Jahrhunderte zurück, statt mit uns gleichzuziehen...“ Er verstummte, weil er nun sah, daß der Flugkörper an der Seite einen Schriftzug in englischer Sprache aufwies:

FLIEGERHORST HAMILTON

„Sind unsere Leute", sagte der Todgeweihte interesselos.

„Ich wüßte gerne, woher sie das Ding haben", sagte Stuart.

„Jedenfalls haben sie sich zu helfen gewußt, was?" äußerte der Sterbende. Ich nehme an, alles Benzin und aller Sprit sind inzwischen weg. Restlos aufgebraucht. Wir werden von jetzt an bestimmt allerhand sonderbare Beförderungsmittel zu sehen kriegen. Oder vielmehr, Sie werden's."

„Hören Sie bloß auf mit Ihrem Selbstmitleid", sagte Stuart.

„Mit tut's weder um mich noch um sonst irgendwen leid", erwiderte Ken gleichgültig, während er die Schachfiguren aufstellte. „Ein wirklich hübsches Spiel", sagte er. „Hergestellt in Mexiko, habe ich gesehen. Bestimmt Handarbeit ... Allerdings ziemlich zerbrechlich."

„Erklären Sie mir noch mal, wie man den Läufer zieht", sagte Stuart.

Über ihnen schwoll das Luftschiff des Fliegerhorstes Hamilton, während es näherschwebte. Die beiden Männer in dem Erdgeschoß beugten sich über das Schachbrett und schenkten ihm keine Beachtung. Möglicherweise machte man Luftaufnahmen. Oder womöglich befand es sich auf einem Aufklärungsflug, und die Männer an Bord standen per Funk in Verbindung mit den Einheiten der 6. Armee südlich von San Franzisko. Wer konnte es wissen? Wen interessierte es? Das Luftschiff trieb heran; der Todkranke eröffnete das Spiel, indem er seinen Königbauer um zwei Felder nach vorn versetzte.

„So fängt das Spiel an", sagte der Todgeweihte. „Für Sie jedenfalls, Stuart", fügte er dann mit leiser Stimme hinzu. „Vor Ihnen liegt ein seltsames, unvertrautes, völlig neues Spiel ... Sie können sogar Ihren Sack voll Geld aufs Spiel setzen, wenn Sie möchten."

Stuart stieß ein Brummen aus und betrachtete die eigenen Figuren, entschied sich dann, als seinen ersten Zug den Turmbauern vorzuschieben — und erkannte, kaum daß er ihn berührte, so ein Vorgehen war reiner Schwachsinn.

„Kann ich zurücknehmen?" fragte er hoffnungsvoll nach.

„Wenn Sie eine Figur anfassen, müssen Sie ziehen", entgegnete Ken und zog seinerseits mit einem seiner Springer.

„Das halte ich für ungerecht", sagte Stuart. „Ich meine, ich bin ja noch Anfänger." Er musterte den Todkranken, doch dessen fahle Miene blieb ungerührt. „Na schön", sagte er mit Resignation, versetzte diesmal seinen Königsbauern, wie er es von Ken gesehen hatte. Ich werde seine Züge beobachten und genau das tun, was er macht, beschloß er. Damit gehe ich auf Nummer Sicher.

Vom Luftschiff, das nun direkt über ihnen schwebte, kamen massenhaft Blätter weißen Papiers heruntergeflattert, segelten und trudelten herab. Stuart und der Todgeweihte unterbrachen ihre Partie. Eines der Blätter wehte ins Erdgeschoß und in ihrer Nähe zu Boden; Ken streckte den Arm aus und hob es auf. Er las den Text und gab das Blatt an Stuart weiter.

„Nach Burlingame?!" entfuhr es Stuart während des Lesens. Es handelte sich um einen Aufruf, man solle sich freiwillig für die Armee melden. „Sie wollen, daß wir uns von hier nach *Burlingame* durchschlagen, um uns dort erfassen zu lassen? Das sind ja siebzig oder achtzig Kilometer, an dieser Seite der Bucht entlang und dann noch ein ganzes Stück herum. Die sind ja wohl verrückt!"

„Freilich", stimmte Ken zu. „Kein Schwein wird sich melden."

„Alle Wetter, ich traue mir ja nicht mal zu, es bis zur Hilfsstation an der LeConte Street zu schaffen", sagte Stuart. Er empfand regelrechte Empörung und schaute dem Luftschiff des Fliegerhorstes Hamilton entrüstet nach, wie es vorüberschwebte. Mich werden sie bei ihrem Verein jedenfalls nicht sehen, stellte er für sich klar. Das vergeßt mal schön.

„Hier steht", sagte Ken, während er den Aufruf noch einmal las, „daß jedem, der nach Burlingame geht, Wasser, Lebensmittel, Zigaretten, Impfungen gegen die Seuchen und die Behandlung von Strahlungsverbrennungen garantiert werden. Was sagen Sie dazu? Aber keine Mädchen."

„Daran sind Sie noch interessiert?" Stuart staunte. „Herrgott, seit die erste Bombe gefallen ist, habe ich nicht den geringsten Drang nach so was verspürt. Es ist, als wäre mir das Ding vor Furcht glattweg abgefallen."

„Das kommt daher, daß das Zwischenhirnzentrum angesichts von Gefahr den Sexualtrieb unterdrückt", sagte Ken. „Er wird sich aber wieder bemerkbar machen."

„Ach was", widersprach Stuart. „Von nun an wird jedes neue Kind eine Mißgeburt sein. Es dürfte, sagen wir mal, für die nächsten zehn Jahre überhaupt keinen Geschlechtsverkehr geben. Das sollte man zum Gesetz machen. Ich kann die Vorstellung einfach nicht ertragen, daß die Welt künftig von Freaks bevölkert sein soll, ich habe mit solchen Typen nämlich schon meine persönlichen Erfahrungen sammeln können. Beim *TV modern* hat einer mit mir gearbeitet, oder vielmehr, er war in der Reparaturabteilung. Einer hat gelangt. Ich finde, man sollte Bluthgeld für das, was er angerichtet hat, an den Eiern aufhängen.“

„Was Bluthgeld in den Siebzigern angestellt hat“, erwiderte Ken, „ist im Vergleich zu dem hier gar nichts.“ Er zeigte auf die Trümmerhaufen in dem Erdgeschoß rings um sie.

„Ja, zugegeben“, sagte Stuart. „Aber das war von allem der Anfang.“

In der Höhe über ihnen entfernte sich das Luftschiff nun wieder in die Richtung, aus der es sich genähert hatte. Vielleicht waren die Flugblätter ausgegangen, so daß es zum Fliegerhorst Hamilton zurückkehrte, der auf der anderen Seite der Bay oder sonst irgendwo drüben in der Gegend lag.

„Erzählt uns doch noch ein bißchen mehr“, sagte Stuart, der ihm nachschaute.

„Geht nicht“, sagte Ken. „Mehr war nicht zu sagen. Luftschiffe sind ganz schlichte Dinger. Möchten Sie selber weiterspielen, oder soll ich für Sie ziehen? Mir ist beides gleich.“

Mit großer Umsicht zog Stuart einen Läufer — und erkannte wieder unverzüglich, daß er einen falschen Zug getan hatte; er sah es dem Gesicht des Todgeweihten an.

In einer Ecke der Erdgeschoßräume, zwischen den Betonbrocken, quietschte ein flinkes Geschöpf erschrocken auf, als es die zwei Menschen bemerkte, flitzte furchtsam davon und hüpfte in Sicherheit. Stuarts Aufmerksamkeit wandte sich vom Schachbrett der Ratte zu, und er blickte sich nach seinem Besenstiel um.

„Spielen Sie“, sagte Ken verärgert.

„Ja, ja“, sagte Stuart mürrisch und voller Mißmut. Gleichgültig machte er aufs Geratewohl einen Zug, seine Aufmerksamkeit unvermindert der Ratte gewidmet.

7

Eldon Blaine stand des Morgens um neun Uhr in Point Reyes Station vor der Apotheke und wartete. Unterm Arm hielt er fest seine verschlissene Aktenmappe, zusammengebunden mit Schnur. Unterdessen löste im Innern des Gebäudes der Apotheker Ketten und plagte sich mit den Metalltüren ab; Eldon lauschte den Geräuschen und empfand Ungeduld.

„Einen Moment", rief der Apotheker; seine Stimme klang dumpf. Er entschuldigte sich, als es ihm endlich gelungen war, die Türen zu öffnen. „Das hier war früher mal das Heck eines Lieferwagens. Man muß sich mit Händen und Füßen ins Zeug legen, um sie aufmachen zu können. Kommen Sie rein, Mister." Er stemmte einen hohen Türflügel zur Seite, und Elton erhielt Einblick ins dunkle Innere der Apotheke; eine Glühbirne, die nicht brannte, hing an einem alten Kabel unter der Decke.

„Was ich suche", sagte Eldon ziemlich schnell, „Ist ein breitspektrales Antibiotikum, eines der Art, die gegen Infektionen der Atemwege hilft." Er sorgte dafür, daß seine Stimme völlig sachlich klang; er verriet dem Apotheker nicht, wie viele Ortschaften im nördlichen Kalifornien er in den letzten Tagen aufgesucht hatte — zu Fuß und per Anhalter —, und ebensowenig erwähnte er die Schwere der Erkrankung, an der seine Tochter litt. Er wußte, damit hätte er nur den Preis in die Höhe getrieben. Und er sah hier sowieso wenig auf Lager. Wahrscheinlich hatte der Mann nicht, was er brauchte.

„Ich kann nicht sehen, daß Sie irgend was dabei hätten", sagte der Apotheker, indem er ihn musterte. „Was könnten Sie für den Fall, daß ich habe, was Sie suchen, als Gegenleistung bieten?" Mit einer nervösen Gebärde strich er sich das in Ausdünnung begriffene, graue Haar nach hinten; er war ein älterer, kleinwüchsiger Mann, und eindeutig verdächtigte er Eldon, ein Spitzbube zu sein. Vermutlich hatte er jeden in diesem Verdacht.

„Dort wo ich herkomme, nennt man mich den Brillenmann", sagte Eldon. Er öffnete den Reißverschluß seiner Aktenmappe und zeigte dem Apotheker die ordentlich aufgereihten unbeschädigten und fast unbeschädigten Brillengestelle und Brillengläser, zusammengesucht aus der gesamten Umgebung der Bucht, besonders den großen Warenlagern bei Oakland. „Ich kann so gut wie jede Fehlsichtigkeit ausgleichen", sagte er. „Ich habe ein hervorragendes Sortiment. Was ist's bei Ihnen, Weit- oder Kurz- oder Stabsichtigkeit? Das ist in zehn Minuten behoben, indem ich ein bis zwei Gläser auswechsele."

„Weitsichtigkeit", sagte der Apotheker gedehnt. „Aber ich glaube, ich habe nicht, wohinter *Sie* her sind." Er betrachtete die Reihen von Brillengläsern mit merklichem Verlangen.

„Warum haben Sie das nicht sofort gesagt, damit ich weiter kann?" meinte Eldon erbost. „Ich will heute noch nach Petaluma, dort hat's eine ganze Anzahl von Drugstores — ich muß nur 'n Heuwagen erwischen, der micht mitnimmt."

„Könnten Sie nicht eine Brille gegen irgend etwas anderes eintauschen?" erkundigte der Apotheker sich flehentlich und folgte ihm, als er Anstalten zum Gehen machte. „Ich habe ein wertvolles Herzmittel, Chininglukonat, das können Sie höchstwahrscheinlich gegen das eintauschen, was Sie suchen. Außer mir hat im ganzen Landkreis West Marin kein Mensch Chininglukonat."

„Gibt es hier in der Gegend einen Arzt?" wollte Eldon wissen, indem er am Rande der von Unkraut bewucherten Landstraße mit ihrer Ansammlung von Häusern und Läden stehenblieb.

„Ja", antwortete der Apotheker und nickte mit sichtlichem Stolz. „Dr. Stockstill. Er ist vor ein paar Jahren zugezogen. Aber Medikamente hat er keine. Nur ich habe welche."

Die Aktenmappe unterm Arm, marschierte Eldon Blaine die Landstraße entlang, lauschte hoffnungsvoll auf das Gespotze im Motor eines Holzvergaser-Lasters, das die Stille der frühmorgendlichen kalifornischen Landschaft durchdrang. Aber die Geräusche entfernten sich. Bedauerlicherweise fuhr der Laster in die andere Richtung.

Diese Gegend unmittelbar nördlich von San Franzisko hatte früher einigen wenigen Milchviehzüchtern gehört; damals pflegten hier Kühe zu weiden; aber das alles war vorbei, und Tiere, die als Fleischlieferanten dienten, wie Wild und Schafe, gab es kaum noch. Wie jeder wußte, war es viel günstiger, einen Morgen Land zum Heranziehen von Gemüse oder Getreide zu verwenden. Ringsum sah er dicht mit Mais bepflanzte Geländestreifen — dabei handelte es sich um eine Hybride, die früh reifte —, zwischen denen große, haarige Kürbisgewächse mit sonderbaren gelben Kürbissen in der Größe von Bowlingkugeln gediehen. Das war eine ungewöhnliche

Kürbisart aus dem Osten, die man mit Schale und Kernen, mit buchstäblich allem verzehren konnte; einst hatte man sie in den Tälern Kaliforniens geringgeschätzt ... aber das war jetzt Vergangenheit.

Voraus lief eine kleine Schar Kinder auf dem Weg zur Schule über die wenig befahrene Landstraße. Eldon Blaine bemerkte ihre zerfledderten Bücher, ihre Frühstücksbeutel, hörte ihre Stimmen, dachte bei sich, wie tröstlich es doch war, anderer Leute Kinder gesund und munter zu sehen, anders als das eigene Kind. Falls Gwen starb, würde es immer noch andere Kinder geben. Damit fand er sich gleichmütig ab. Man lernte so etwas heutzutage. Man mußte es.

Die Schule stand rechts von der Straße in der Mulde zwischen zwei Hügeln; zum Großteil bestand sie aus den Überbleibseln eines modernen einstöckigen Gebäudes, ohne Zweifel erst kurz vor dem Krieg von ebenso ehrgeizigen wie sozial eingestellten Bürgern gebaut worden, die sich bis in ein neues Zeitalter der Entschuldung hinein verschuldet hatten, ohne zu ahnen, daß sie nicht mehr lange genug leben sollten, um ihre Schulden begleichen zu können. Ohne es darauf angelegt zu haben, waren die Leute kostenlos an ihre Grundschule gelangt.

Die Fenster nötigten ihm ein Lachen ab. Sie waren aus Teilen aller Arten alter ländlicher Bauten zusammengezimmert worden, anfangs hatte man sie winzig gemacht, später groß und größer; Bretter hielten sie am vorgesehenen Platz, an denen man noch kunstvolle Schnitzereien sehen konnte. Natürlich waren die ursprünglichen Fenster augenblicklich hinweggefegt worden. Glas, dachte er. So selten in der heutigen Zeit ... Wer Glas in irgendeiner Form besitzt, ist reich. Beim Weitergehen faßte er seine Aktenmappe fester.

Mehrere Kinder blieben stehen, als sie einen fremden Mann sahen, um ihn anzugaffen, teils ängstlich, teils neugierig. Er grinste ihnen zu, fragte sich, was sie wohl lernten und was für Lehrer sie hatten. Eine steinalte, senile Studienrätin, die man aus dem Ruhestand zurückgeholt und wieder hinter ein Pult gesetzt hatte? Einen Einheimischen, der irgendeinen College-Abschluß vorweisen konnte? Oder höchstwahrscheinlich unterrichteten einige der Mütter selber, hatten sich zu diesem Zweck zusammengefunden, ausgestattet mit einem kostbaren Armvoll Bücher aus der örtlichen Bibliothek.

Hinter ihm rief eine Stimme etwas; sie gehörte einer Frau, und als er sich umdrehte, hörte er auch das Gequietsche eines Fahrrads. ,,Sind Sie der Brillenmann?" rief sie noch einmal; sie wirkte streng und doch attraktiv, besaß schwarzes Haar, trug ein Baumwollhemd, das wohl von einem Mann stammte, und eine Jeans; sie trat die Pedale und folgte ihm auf der Straße, und mit jeder Unebenheit tat das Fahrrad einen Hopser. ,,Warten Sie bitte. Ich habe eben mit Fred Quinn gesprochen, unserem Apotheker, und er hat mir erzählt, daß Sie vorbeigekommen sind." Sie erreichte ihn und stoppte ihr Fahrrad, schnappte nach Luft. ,,Seit Monaten war kein Brillenmann hier. Warum kommen Sie nicht häufiger?"

,,Ich bin nicht zum Verkaufen hier", antwortete Eldon Blaine. ,,Ich bin unterwegs, weil ich einige Antibiotika suche." Er empfand Gereiztheit. ,,Ich muß nach Petaluma", fügte er hinzu, und da merkte er, daß er voller Neid ihr Fahrrad anstarrte; er wußte, daß man seiner Miene den Neid ansah.

,,Wir können sie Ihnen besorgen", sagte die Frau. Sie war älter, als er auf den ersten Blick angenommen hatte; ihr Gesicht hatte Fältchen und war leicht dunkel, und er mutmaßte, daß sie fast vierzig sein mußte. ,,Ich gehöre hier in West Marin zum Planungsausschuß, der sich um die Belange der Allgemeinheit kümmert. Ich weiß, daß wir bestimmt auftreiben können, was Sie brauchen, wenn Sie bloß so freundlich wären, mitzukommen und zu warten. Lassen Sie uns zwei Stunden Zeit. Wir brauchen mehrere Brillen ... So ohne weiteres gehen Sie mir hier nicht weg." Ihre Stimme klang fest und humorlos.

,,Sie sind doch nicht etwas Mrs. Raub, oder?" erkundigte sich Eldon Blaine.

,,Doch", gab sie zur Antwort. ,,Sie kennen mich? Woher?"

,,Ich bin aus der Gegend von Bolinas", sagte Eldon. ,,Wir wissen dort alle darüber Bescheid, was Sie hier machen. Ich wünschte, wir hätten bei uns im Ausschuß jemanden wie Sie." Er fürchtete sich ein bißchen vor ihr. Mrs. Raub war dafür bekannt, daß sie sich durchzusetzen pflegte. Sie und Larry Raub waren es gewesen, die in West Marin nach der anfänglichen Phase der Stagnation wieder so etwas wie organisiertes Leben in Gang gebracht hatten; davor, in der alten Zeit, war sie ein Niemand gewesen, erst die Katastrophe hatte ihr — wie so vielen anderen Menschen — die Chance gegeben, zu zeigen, was wirklich in ihr steckte.

,,Für wen sind die Antibiotika?" fragte Mrs. Raub nach, als sie gemeinsam zu Fuß den Rückweg antraten. „Doch nicht für Sie selbst. Sie sehen für meine Begriffe völlig gesund aus."

„Meine kleine Tochter ist todkrank", sagte er.

Sie vergeudete keine Zeit mit Redensarten des Mitleids — dergleichen zählte in dieser Welt nicht mehr —, sondern nickte lediglich. „Virushepatitis?" fragte sie. „Wie steht's denn mit Ihrer Wasserversorgung? Haben Sie Chlorinisierung? Wenn nicht, dann..."

„Nein, es ist so was wie Scharlach", sagte Eldon.

„Gestern Abend haben wir über den Satelliten gehört, daß ein paar deutsche Pharmakahersteller den Betrieb wiederaufgenommen haben, mit etwas Glück werden demnächst also wieder deutsche Medikamente erhältlich sein, jedenfalls an der Ostküste."

„Sie empfangen den Satelliten?" vergewisserte Eldon sich aufgeregt. „Unser Radio ist kaputt, und unser Technikus ist gerade irgendwo südlich von San Franzisko und sucht Ersatzteile für Kühlschränke, und wahrscheinlich geht noch ein Monat rum, bis er zurück ist. Sagen Sie, was liest er jetzt? Das letzte Mal, als wir ihn empfangen haben — das ist jetzt schon verdammt lange her —, hat er Saint Simons *Erinnerungen* vorgelesen."

„Inzwischen liest Dangerfield *Der Menschen Hörigkeit*", gab Mrs. Raub Auskunft.

„Ist das nicht das Buch über den Burschen, der das Mädchen nicht mehr loswerden kann, das er mal kennengelernt hat?" wollte Eldon wissen. „Ich glaube, ich erinnere mich noch, wie er es damals gelesen hat, vor vielen Jahren. Das Mädchen tritt immer wieder in sein Leben. Hat sie ihm das Leben nicht zu guter Letzt vollends versaut?"

„Keine Ahnung. Leider haben wir die Lesung das vorherige Mal nicht empfangen können."

„Dieser Dangerfield ist wirklich ein ausgezeichneter Diskjockey", sagte Eldon, „der beste, den ich je gehörte habe, und das gilt sogar für die Zeit *vor* der Katastrophe. Ich meine, wir versäumen ihn nie, im allgemeinen kommen jeden Abend gut zweihundert Leute ins Feuerwehrhaus, um ihn zu hören. Ich glaube, einer von uns könnte das verfluchte Radio genausogut reparieren, aber unser Ausschuß hat beschlossen, daß es nicht angerührt wird, bis der Technikus wieder da ist. Falls er überhaupt jemals wiederkommt ... unser vorheriger Technikus ist auf der Ersatzteilsuche verschollen geblieben."

„Vielleicht wird man jetzt auch in Ihrer Gemeinde einsehen,

daß es richtig ist, was ich schon immer gesagt habe", meinte Mrs. Raub, „nämlich daß es größte Bedeutung hat, Ersatzteillager anzulegen."

„Könnten wir ... könnten wir nicht einmal einen Abgesandten zu Ihnen schicken, der sich von Ihnen dies und jenes erklären läßt und es dann an uns weitergibt?"

„Doch, selbstverständlich", sagte Mrs. Raub. „Allerdings..."

„Sicher, die Verhältnisse sind überall anders", gab er zu. „Es geht ja nicht darum, daß..." Er vollführte eine Geste der Ratlosigkeit. Wie verhielt es sich mit Dangerfield, der hoch droben über ihnen in seinem Satelliten saß und jeden Tag über sie hinwegflog? Verbindung zur Welt ... Dangerfield betrachtete alles von oben und sah alles, den Wiederaufbau, die guten ebenso wie die schlechten Veränderungen; er hörte jede Sendung mit, zeichnete auf und archivierte, sendete das gesammelte Material dann seinerseits, so daß die Menschen durch ihn zueinander Verbindung hatten.

Eldons Gedächtnis hatte die längst vertraut gewordene Stimme Dangerfields, die ihre Gemeinde nun schon so lange entbehren mußte, gut bewahrt; er vermochte sie sich noch jederzeit in Erinnerung zu rufen — in Gedanken das dunkle, klangvolle Lachen, den ernsten Tonfall, die vertrauliche Redeweise zu hören, der nie irgend etwas Falsches anhaftete. Niemals hatte man von Dangerfield abgedroschene Phrasen zu hören bekommen, keine deklamatorischen Redensarten, wie man sie früher an Fest- und Feiertagen zu bemühen pflegte, nichts von all jenem Gefasel, durch das sie dahin gelangt waren, wo sie sich jetzt befanden.

„Soll ich Ihnen den wahren Grund verraten, weshalb ich nicht am Krieg teilgenommen habe?" hatte Eldon ihn eines Tages äußern gehört. „Warum man mich sicherheitshalber kurz vorher ins All geschossen hat? Man war viel zu schlau, um mir eine Waffe in die Hand zu drücken — ich hätte ja sofort meinen Vorgesetzten umgelegt." Und er hatte gelacht, wie nach einem Scherz; aber es war die Wahrheit, was er sprach, alles was er sagte, war reine Wahrheit, selbst wenn er ihm den Anschein von Spaßigkeit verlieh. Dangerfield hatte als politisch unzuverlässig gegolten, und jetzt saß er dort oben und durchmaß jahraus, jahrein über ihnen seine Umlaufbahn. Und er war ein Mann, dem man Glauben schenkte.

Das Haus der Raubs stand neben einem Höhenzug, und man besaß von dort aus Überblick auf weite Teile des Kreises West Marin, auf Gemüsefelder und Bewässerungsgräben, da und dort eine an einem Pfahl festgebundene Ziege und natürlich Pferde. Durchs Wohnzimmerfenster sah Eldon Blaine weiter unten bei einem Bauernhaus ein großes Percheronpferd, das zweifellos einen Pflug zog ... und zweifelsohne auch ein motorloses Auto die Straße zum Kreis Sonoma entlang, wenn es an der Zeit war, die Vorräte zu ergänzen.

Er konnte nun auch ein Pferdegefährt auf der Landstraße erspähen; bestimmt hätte es ihn mitgenommen, wäre er nicht zuvor von Mrs. Raub zurückgeholt worden, und er könnte nun bald in Petaluma sein.

Drunten am Abhang strampelte Mrs. Raub auf ihrem Fahrrad davon, um ihm die gesuchten Antibiotika zu verschaffen; zu seiner Verblüffung hatte sie ihn in ihrem Haus allein gelassen und es ihm freigestellt, sich alles anzuschauen, und nun wandte er sich vom Fenster ab, um nachzusehen, was es hier alles gab. Stühle, Bücher, in der Küche Lebensmittel und sogar eine Flasche Wein, in den Schränken Kleidungsstücke; er streifte durchs Haus und genoß den Anblick von alldem regelrecht; es war fast genauso wie vor dem Krieg, nur hatte man naturgemäß längst sämtliche nutzlos gewordenen elektrischen Gerätschaften weggeworfen.

Durch die rückwärtigen Fenster des Hauses erblickte er die grüne, hölzerne Seite eines großen Wassertanks. Die Raubs, ersah er, verfügten über eine eigene Wasserversorgung. Draußen floß ein klarer, unverschmutzter Bach.

Neben dem Bach stand irgendein merkwürdiger Apparat, etwas wie ein Skooter auf vier Rädern. Er starrte hinüber; irgendwelche Vorrichtungen füllten geschäftig Kübel mit Wasser. In der Mitte des Fahrzeugs saß ein Mann ohne Arme und Beine. Der Mann nickte vor sich hin wie zu den Klängen von Musik, und die Vorrichtungen rund um ihn gehorchten anscheinend seinem Willen. Es handelte sich um einen Phokomelus, erkannte Eldon, der da auf seinem Phokomobil saß, einer Kombination von Fortbewegungsmittel und manuellen Handhabungsvorrichtungen, die als Ersatz seiner fehlenden Gliedmaßen diente. Was trieb er dort? Stahl er den Raubs Wasser?

„Hallo", sagte Eldon.

Sofort drehte der Phokomelus den Kopf; seine Augen funkelten Eldon aufgebracht an, dann traf irgend etwas Eldon mitten in den

Leib — er torkelte rückwärts, und während er wankte und um sein Gleichgewicht rang, merkte er, daß etwas ihm die Arme an die Seiten drückte. Ein Drahtnetz war aus dem Phokomobil geschnellt und hatte sich um ihn gewickelt. Das war wohl das Verteidigungsgerät des Phokomelus.

„Wer sind Sie?“ stammelte der Phokomelus, der aus aufgeregtem Bedürfnis, die Antwort zu erfahren, ins Stottern geriet. „Sie sind nicht in dieser Gegend zu Hause. Ich kenne Sie nicht.“

„Ich bin aus Bolinas“, sagte Eldon. Das Netz zog sich zusammen, bis ihm ein Keuchen entfuhr. „Ich bin der Brillenmann. Mrs. Raub hat gesagt, ich könne hier warten.“

Das Netz, so hatte er den Eindruck, lockerte sich wieder ein wenig. „Ich kann kein Risiko eingehen“, sagte der Phokomelus. „Ich lasse Sie nicht frei, bis June Raub zurückkommt.“ Von neuem begannen die Schöpfkübel ins Wasser zu tauchen; nach und nach füllten sie den am Phokomobil befestigten Wasserbehälter, bis der Inhalt überschwappte.

„Dürfen Sie das?“ erkundigte sich Eldon. „Hier bei den Raubs Wasser aus dem Bach holen?“

„Das ist mein gutes Recht“, entgegnete der Phokomelus. „Ich gebe allen hier rundherum mehr als ich nehme.“

„Lassen Sie mich frei“, bat Eldon. „Ich versuche bloß, Medizin zu besorgen. Für mein Kind — es liegt im Sterben.“

„Mein Kind, es liegt im Sterben“, äffte der Phokomelus ihn nach. Er traf die Tonlage von Eldons Stimme mit beachtenswerter Sicherheit. Er fuhr vom Bach näher heran zu Eldon. Das Phokomobil glänzte; sämtliche Teile sahen neu aus und waren blitzblank. Es war eine der bestgefertigtsten technischen Konstruktionen, die Eldon Blaine je gesehen hatte.

„Wenn Sie mich freilassen“, sagte Eldon, „schenke ich Ihnen eine Brille. Sie können sie sich selber aussuchen.“

„Meine Augen sind tadellos in Ordnung“, erwiderte der Phokomelus. „Alles an mir ist tadellos in Ordnung. Ein paar Teile fehlen, aber ich brauche sie nicht, ich komme sogar ohne sie besser aus. Zum Beispiel kann ich diesen Hügel schneller als Sie hinuntergelangen.“

„Wer hat Ihnen diesen Wagen gebaut?“ fragte Eldon. Im Verlauf von sieben Jahren mußte er, überlegte Eldon, doch abgenutzt worden sein und zumindest teilweise defekt, genau wie alles andere.

,,Ich selbst habe ihn gebaut", antwortete der Phokomelus.

,,Wie sollen Sie sich selber einen Wagen gebaut haben können? Das ist doch ein Widerspruch."

,,Früher hatte ich mechanische Greifer. Meine jetzigen Prothesen werden direkt vom Gehirn gesteuert. Dafür habe ich auch selber gesorgt. Ich bin hier der Technikus. Die alten Greifarme, wie die Regierung sie vor dem Krieg hergestellt hat, die waren nicht einmal so gut wie die Arme aus Fleisch, wie Sie welche haben." Der Phokomelus schnitt eine Grimasse. Er besaß ein schmales, geschmeidiges Gesicht mit einer scharfrückigen Nase und außerordentlich weißen Zähnen, ein Gesicht, das für die Gefühlsregung, die er nun Eldon Blaine gegenüber zeigte, wie geschaffen zu sein schien.

,,Dangerfield sagt, daß der sogenannte Technikus heutzutage auf der Welt die wichtigste Person ist", merkte Eldon an. ,,Einmal hat er, während wir zuhörten, eine weltweite Woche des Technikus ausgerufen, und er hat auch einige besonders bekannte Personen genannt, die dazu gehören. Wie heißen Sie? Vielleicht hat er Sie auch erwähnt."

,,Hoppy Harrington", sagte der Phokomelus. ,,Aber ich weiß, er hat mich nicht genannt, ich halte mich nämlich noch im Hintergrund, es ist noch zu früh, um meinen Namen der ganzen Welt bekannt zu machen, aber ich habe es vor. Ich lasse die Einheimischen hier im Umkreis einiges von dem merken, was ich kann, aber sie dürfen nicht darüber schwatzen."

,,Das täten sie bestimmt sowieso nicht", meinte Eldon. ,,Sie wollen Sie doch sicher nicht verlieren. Unser Technikus ist zur Zeit unterwegs, und wir vermissen ihn schwer. Könnten Sie nicht mal 'ne Zeitlang drüben in der Gegend von Bolinas arbeiten? Wir hätten als Gegenleistung allerhand zu bieten. Während der Katastrophe sind kaum Flüchtlinge über die Berge zu uns vorgedrungen, deshalb ist bei uns noch relativ viel vorhanden."

,,Ich bin schon mal in der Nähe von Bolinas gewesen", sagte Hoppy Harrington. ,,Ich bin schon ziemlich weit rumgekommen, so weit landeinwärts wie bis nach Sacramento. Niemand hat gesehen, was ich gesehen habe. Ich kann mit meinem Wagen am Tag *achtzig Kilometer* zurücklegen." Sein hageres Gesicht zuckte, und beim Weitersprechen fing er erneut an zu stottern. ,,Nach Bolinas würde ich nicht mehr gehen, dort soll es Seeungeheuer im Meer haben."

,,Wer behauptet das?" wünschte Eldon zu erfahren. ,,Das ist

doch bloß Aberglauben ... Sagen Sir mir, wer so was über unsere Gemeinde verbreitet hat."

„Ich glaube, es war Dangerfield."

„Nein, das halte ich für ausgeschlossen", sagte Eldon. „Auf ihn ist Verlaß, er würde niemals einen derartigen Humbug weiterverbreiten. Ich habe nie gehört, daß er in einer seiner Sendungen irgendwelches abergläubisches Zeug erzählt hätte. Vielleicht war's ein Witz. Ich wette, er hat einen Witz erzählt, und Sie haben ihn irrtümlich ernstgenommen."

„Die Wasserstoffbomben haben die Seeungeheuer in den Tiefen aus ihrem Schlummer geschreckt", entgegnete Hoppy. Er nickte mit nachdrücklichem Ernst.

„Kommen Sie mal vorbei und statten Sie unserer Gemeinde einen Besuch ab", schlug Eldon vor. „Bei uns herrschen anständige, recht weit entwickelte Zustände, besser als in so mancher Stadt. Bei uns brennt sogar wieder Straßenbeleuchtung, jeden Abend vier Laternen für eine Stunde. Es überrascht mich, daß ein Technikus wie Sie so einen Unfug glaubt."

Der Phokomelus wirkte betroffen. „Man weiß es eben nie genau", sagte er gedämpft. „Ich nehme an, es war nicht Dangerfield, von dem ich's gehört habe."

Auf dem steilen Weg näherte sich aus dem Tal ein Pferd; sie hörten den Hufschlag und wandten beide den Kopf. Ein hochgewachsener, fleischiger Mann mit rotem Gesicht kam angeritten, auf sie zu, blinzelte herüber. „Brillenmann", rief er, während er näherkam. „Sind Sie da?"

„Ja", antwortete Eldon, als das Pferd in die inzwischen von Gras überwucherte Zufahrt zum Haus der Raubs einbog. „Haben Sie die Antibiotika, Mister?"

„June Raub wird sie herbringen", sagte der große rotgesichtige Mann, zügelte das Pferd und brachte es zum Stehen. „Lassen Sie uns mal sehen, was Sie da haben, Brillenmann. Ich bin kurzsichtig, und mein linkes Auge leidet zusätzlich an akutem Astigmatismus. Können Sie mir helfen?" Er stieg ab und trat näher, die Augen noch immer verkniffen.

„Ich kann mich nicht mit Ihnen befassen", sagte Eldon. „Hoppy Harrington hält mich in seinem Netz fest."

„Um Himmels willen, Hoppy", sagte der große Mann mit dem roten Gesicht erregt. „Laß den Brillenmann los, damit er mir eine

Brille verpassen kann. Monatelang habe ich gewartet, und ich habe keinerlei Lust, noch länger zu warten."

„Na schön, Leory", erwiderte Hoppy Harrington mürrisch. Das Drahtnetz löste sich von Eldon und rutschte über den Erdboden zurück zu dem funkelnagelneuen, hochmodernen Phokomobil, in dessen Mitte der Phokomelus saß und ihm entgegensah.

Als der Satellit das Gebiet von Chikago überquerte, erfaßten die Antennen an seinen wie Schwingen ausgebreiteten Meßgerät-Extensoren eine schwache Funksendung, und Walter Dangerfield empfing in seinem Ohrhörer von drunten eine leise, ferne Stimme von hohlem Klang.

„... und spiel bitte ‚Waltzing Matilda', das mögen viele von uns sehr. Und vielleicht kannst du auch den ‚Woodpecker Song' spielen. Und..." Der Empfang ließ nach, und gleich darauf hörte er nur noch statisches Rauschen. Das war jedenfalls kein Laserrichtstrahl, schlußfolgerte er mit Bedauern.

„Hört her, Leute", sagte Dangerfield in sein Mikrofon, „es liegt eine Anfrage vor, ‚Waltzing Matilda' zu spielen." Er hob die Hand und drückte eine Taste des Rekorderdecks. „Ihr hört also jetzt den großartigen Baßbariton Peter Dawson — das ist übrigens zugleich der Name einer sehr guten Scotch-Marke — mit ‚Waltzing Matilda'." Anhand gut eingeprägter Erinnerung wählte er zielsicher die richtige Kassette aus, und einen Moment später lag sie auf, drehte sich die Spule.

Während die Musik lief, ließ Walt Dangerfield die Antennen kreisen, in der Hoffnung, den Sender von vorhin noch einmal empfangen zu können. Statt dessen jedoch konnte er unversehens ein Funkgespräch zwischen zwei Militäreinheiten mitanhören, die irgendwo im nördlichen Illinois eine Säuberungsaktion durchführten. Das lebhafte Gequassel interessierte ihn, und er hörte zu, bis die Musik geendet hatte.

„Viel Glück euch Jungs in Uniform", sagte er anschließend ins Mikrofon. „Gott mit euch, schnappt euch diese Notgeldfälscher." Er lachte auf, denn wenn jemals ein Mensch sicher vor jeder Strafverfolgung gewesen war, dann ganz bestimmt er. Niemand auf der Erde konnte ihm etwas anhaben; seit der Katastrophe war sechsmal versucht worden, ihn zu erreichen, doch ohne Erfolg. „Schnappt sie euch, diese schlechten Kerle ... oder soll ich lieber sagen, diese *bra-*

ven Kerle? Tja, wer sind denn heutzutage die schlechten und wer die anständigen Kerle?" Im Verlauf der letzten Wochen waren bei ihm per Funk zahlreiche Beschwerden über von der Armee begangene Brutalitäten eingegangen. „Ich will euch nun mal was sagen, Jungs", fügte er glattzüngig hinzu. „Denkt an die Kleinkaliber, ja? Das war's." Er begann im Kassettenarchiv des Satelliten nach der Aufnahme von ‚The Woodpecker Song' zu suchen. „Bis gleich, Brüder", sagte er und legte die Kassette ein.

Unter ihm lag die Erde im Dunkeln, wandte ihm ihre Nachtseite zu; doch am Rand vermochte er schon ein Streifen Helligkeit des neuen Tages zu sehen, und bald würde er erneut in die Helligkeitszone übergehen. Da und dort schimmerte Licht, als habe man Löcher in die Oberfläche dieses Planeten gestochen, den er vor nun sieben Jahren verlassen hatte — zu einem anderen Zweck, mit einem völlig anderen Ziel; einem erheblich hochgestocheneren Ziel.

Dies war nicht der einzige Satellit, der die Erde umkreiste, aber nur in diesem Satelliten gab es noch Leben. In den übrigen Raumstationen lebte längst niemand mehr. Sie hatten allerdings auch nicht eine solche Ausstattung wie Lydia und er verfügbar gehabt, ursprünglich für zehn Jahre Aufenthalt auf einer anderen Welt bestimmt gewesen. Er war richtig gut dran: außer Nahrung, Wasser und Luft standen ihm, in Länge umgerechnet, eineinhalb Millionen Kilometer an Video- und Musikkassetten zur Verfügung, die ihm zur Unterhaltung dienten. Und damit war er nun dazu imstande, *sie* zu unterhalten — die Überlebenden jener Zivilisation, die ihn in die Kreisbahn geschossen hatte. Das Vorhaben, ihn zum Mars zu befördern, war mißlungen — zu ihrem Glück. Seither hatte der Fehlschlag sich für sie auf bedeutungsvolle Weise positiv ausgezahlt.

„Huuudi-huudi-hu", sang Walt Dangerfield ins Mikrofon, in den Sender, der seine Stimme über Millionen von Kilometer hinweg zur Erde hatte ausstrahlen sollen, nicht nur diese paar Hundert Kilometer weit. „Ihr könnt nun allerlei Ratschläge hören, was sich alles mit dem Zeitschalter aus einer alten AEG-Waschmaschine anfangen läßt. Diese Hinweise stammen von einem Technikus im Gebiet von Genf — vielen Dank dafür, Georg Schilper! Ich weiß, daß alle hocherfreut sein werden, diese aktuellen Tips mit deinen eigenen Worten zu hören." Er ließ die Aufnahme mit den persönlichen Erläuterungen des Technikus anlaufen und über den Sender gehen;

nun würde die gesamte Gegend rings um die Großen Seen der Vereinigten Staaten von Georg Schilpers Erkenntnissen erfahren und sie von vornherein doppelt gut anwenden können. Die Welt hungerte nach all dem Wissen, das die verschiedensten voneinander getrennten Regionen hervorbrachten, dem Wissen, das ohne ihn — Dangerfield — auf die Umgebung seines Aufkommens begrenzt bliebe, vielleicht für immer.

Als die Aufnahme von Georg Schilpers Erfahrungsbericht zu Ende war, legte er die im voraus besprochene Kassette mit seiner Lesung des Buchs *Der Menschen Hörigkeit* ein und erhob sich ungelenk aus dem Sitz.

In seinem Brustkorb trat wiederholt ein Schmerz auf, der ihm Sorge bereitete; eines Tages hatte er ihn zum erstenmal unterhalb des Brustbeins verspürt, und nun holte er zum wohl hundertstenmal einen der Mikrofilme mit medizinischen Informationen heraus und begann nochmals den Abschnitt über das Herz zu lesen. Fühlte es sich an, als drücke mir jemand mit dem Handballen die Luft aus der Brust? überlegte er. Jemand der sich mit seinem ganzen Gewicht gegen mich stemmt? Es fiel ihm schwer, sich darauf zu besinnen, wie „Gewicht" sich überhaupt anfühlte. Oder sticht es nur? Und wenn ja, wann? Vor oder nach dem Essen?

In der vorangegangenen Woche hatte er eine Funkverbindung zu einer Klinik in Tokio hergestellt und den dortigen Ärzten die Symptome beschrieben. Die Ärzte hatten nicht recht gewußt, welche Auskunft sie ihm erteilen sollten. Was nötig wäre, hatten sie ihm übermittelt, war ein Elektrodiagramm; doch wie sollte er sich selbst hier oben einer solchen Untersuchung unterziehen? War eigentlich noch irgendwer zu so etwas in der Lage? Die japanischen Ärzte lebten anscheinend in der Vergangenheit, oder der Wiederaufbau war in Japan schon weiter vorangeschritten, als ihm klar war; als überhaupt irgend jemand ahnte.

Sowieso erstaunlich, daß ich so lange überlebt habe, dachte er. Allerdings kam die verflossene Zeitspanne ihm nicht sonderlich lang vor, denn sein Zeitgefühl hatte sich stark zersetzt. Und er war stets sehr beschäftigt; auch in diesem Moment schnitten sechs seiner Rekorder die Funktätigkeit auf sechs der meistbenutzten Frequenzen mit, und er mußte sie abhören, noch ehe die Lesung des Maugham-Buchs endete. Womöglich befand sich gar nichts auf den Bändern, vielleicht jedoch stundenlange bedeutsame Durchsagen. Man wußte es nie im voraus. Könnte ich bloß die Hochleistungssender verwenden, dachte er. Doch drunten existierten keine von den erforderlichen Dekodern mehr. Stunden hätten zu Sekunden komprimiert werden können, und umgekehrt hätte er jeder Region eine jeweils komplette Sendung bieten können. Wie die Dinge standen, mußte er alles in kleineren Informationspaketen und mit vielen Wiederholungen ausstrahlen. Auf diese Weise dauerte es Monate, einen einzigen Roman vorzulesen.

Doch zumindest war es ihm gelungen, die Frequenz des Satellitensenders so weit zu senken, daß die Menschen drunten seine Sendungen mit einem gewöhnlichen Radio auf den herkömmlichen Wellenlängen empfangen konnten. Das war seine eine große Leistung gewesen, die ihn zu dem, was er heute war, gemacht hatte.

Die Lesung von Maughams Buch endete und lief automatisch von neuem an; für die nächste Region, die drunten lag, begann sie noch einmal von vorn. Walt Dangerfield achtete nicht darauf und konsultierte weiter die medizinischen Mikrofilm-Nachschlagewerke. Ich glaube, schlußfolgerte er, es sind bloß Magenpförtnerkrämpfe. Hätte ich Phenobarbital an Bord ... Aber es war schon vor sieben Jahren aufgebraucht worden; während einer ihrer letzten schweren depressiven Anwandlungen hatte seine Frau alles genommen — es verbraucht und sich dann doch umgebracht. Seltsamerweise war es die plötzliche Funkstille der sowjetischen Raumstation gewesen, durch die ihre Depressionen ausgelöst worden waren; offenbar hatte sie bis dahin tatsächlich noch fest damit gerechnet, man werde sie alle, die noch um die Erde kreisten, bald erreichen können und auf die Erdoberfläche zurückholen. Die Russen waren verhungert, alle zehn, doch niemand hatte es geahnt, weil sie ihre auftragsgemäßen wissenschaftlichen Aufgaben praktisch bis zu den letzten Stunden weiterversehen hatten.

„Huuudi-huudi-hu", brummte Dangerfield vor sich hin, während er sich Aufschluß über den Magenpförtner und seine Krämpfe verschaffte. „Liebe Leute", murmelte er, „ich habe da diesen merkwürdigen Schmerz, den mir mein übertriebenes Wohlleben eingebracht hat ... Was ich bräuchte, ist mal 'ne Gelegenheit zu ausgedehntem Fitness-Urlaub, meint ihr nicht auch?" Er schaltete das Mikrofon an und unterbrach damit die Kassette. „Erinnert ihr euch noch an die Reklame, die man früher gemacht hat?" wandte er sich an seine unsichtbare, ins Dunkel gehüllte Zuhörerschaft unten auf der Erde. „Vor dem Krieg. Wartet mal, wie ging das doch gleich wieder...? ‚Bauen Sie mehr H-Bomben, aber mit weniger Freude?'" Er lachte auf. „‚Geht der thermonukleare Krieg Ihnen auf die Nerven?' New York, könnt ihr mich noch empfangen? Ich möchte, daß ihr alle da unten, die ihr meine Stimme hört, alle vierundsechzig Empfänger, schnell mal 'n Streichholz anzündet, damit ich sehe, daß ihr da seid."

Aus seinem Ohrhörer drang ein lautes Rufzeichen. „Dangerfield, hier ist das Hafenamt New York. Können Sie uns sagen, wie das Wetter wird?"

„Oh, es kommt *schönes* Wetter auf euch zu", sagte Dangerfield. „Ihr könnt mit euren kleinen Schiffchen raus aufs Meer fahren und viele kleine radioaktive Fischchen fangen. Kein Grund zur Beunruhigung."

Eine andere Stimme meldete sich, die leiser klang. „Mr. Dangerfield, könnten Sie wohl bitte eine von den Opernarien spielen, die Sie im Archiv haben? Ganz besonders gern mögen wir ‚Wie eiskalt ist dies Händchen' aus *La Boheme*."

„Herrje, *das* kann ich ja fast selber singen", sagte Dangerfield und streckte sich nach der Kassette, während er tenorhaft ins Mikrofon summte.

Sobald er am Abend nach Bolinas heimgekehrt war, verabreichte Eldon Blaine seinem Kind die erste Dosis Antibiotika, dann zog er seine Frau rasch beiseite. „Hör zu, drüben in West Marin haben sie einen erstklassigen Technikus, über den sie sich ausschweigen, und nur dreißig Kilometer von hier entfernt. Ich finde, wir sollten eine Abordnung hinschicken, die sich den Mann greift und herbringt. Er ist 'n Phoko, aber du müßtest mal das Fahrzeug sehen, das er sich selber gebaut hat, kein Technikus, den wir hier schon hatten, wäre dazu fähig gewesen, so 'n Ding nur halb so gut hinzukriegen." Unterwegs zur Wohnzimmertür zog er sich wieder die wollene Jacke an. „Ich werde den Ausschuß ersuchen", fügte er hinzu, „darüber abzustimmen."

„Aber unsere Gemeindeverordnung ist ausdrücklich dagegen, daß man Mißbildungen auch noch fördert", erhob Patricia Einspruch. „Und in diesem Monat ist Mrs. Wallace Vorsitzende. Du weißt, was sie davon hält, sie wird niemals einverstanden sein, daß zusätzlich Phokos daherkommen und sich hier einnisten. Ich meine, wir haben sowieso schon vier, und sie klagt ständig über sie."

„Die Verordnung bezieht sich nur auf Mißgestaltete, die für die Gemeinde eine finanzielle Last werden könnten", entgegnete Eldon. „Ich muß es ja wissen, ich habe selbst am Entwurf der Verordnung mitgearbeitet. Aber Hoppy Harrington ist keine Belastung, er ist ein Gewinn — er wird von der Verordnung nicht betroffen, und ich werde mich gegen Mrs. Wallace' Haltung entschieden wehren und mich für meinen Antrag einsetzen. Ich weiß genau, daß ich eine offizielle Genehmigung durchbringen kann, ich habe mir schon genau überlegt, wie wir uns den Burschen holen. Man hat uns eingeladen, ihnen einen Besuch abzustatten und das Satellitenprogramm zu hören, und das werden wir auch tun, wir werden sie besuchen, aber nicht nur um Dangerfield zuzuhören. Während sie beschäftigt sind, greifen wir uns Hoppy, wir legen sein Mobil lahm und schaffen ihn nach hier, und niemand dort wird je erfahren, was aus ihm geworden ist. Der Finder behält, wer verliert, schaut in die Röhre. Und notfalls wird unsere Polizeitruppe uns eben beschützen."

„Mir graust's vor Phokos", sagte Patricia. „Sie haben besondere Kräfte, die irgendwie unnatürlich sind, das weiß jeder. Wahrscheinlich hat er sein Mobil durch Magie erschaffen."

Eldon Blaine lachte verächtlich. „Um so besser. Vielleicht ist es genau das, was wir brauchen — Magie, Zaubersprüche, einen Gemeindezauberer. Von mir aus, ich bin absolut dafür."

„Ich werde mal nach Gwen schauen", sagte Patricia und ging hinüber zur abgeteilten Ecke des Nachbarraums, in der ihr Kind in seinem Bettchen lag. „Ich will mit alldem nichts zu tun haben, ich finde es scheußlich, was du vorhast."

Eldon Blaine verließ das Zimmer und trat hinaus in die abendliche Dunkelheit. Einen Moment später entfernte er sich auf dem Weg zum Haus der Familie Wallace.

Während die Einwohner des Landkreises West Marin nach und nach, einer um den anderen, den Förstersaal aufsuchten und die Plätze belegten, drehte June Raub an der verstellbaren Kondensatorantenne des Zwölf-Volt-Autoradios, und dabei fiel ihr auf, daß Hoppy Harrington wieder nicht kam, um die Satellitensendung zu hören. Was hatte er gesagt? *„Ich höre krankhaften Personen nicht gerne zu."* Eine reichlich sonderbare Äußerung, dachte sie sich.

Statikgeräusche drangen aus dem Lautsprecher des Radios, dann ertönten erste leise Piepser des Satelliten. In wenigen Augenblicken würde der Empfang deutlicher sein — es sei denn, die Feuchtelement-Batterien versagten wieder, wie sie es kürzlich schon einmal für kurze Zeit getan hatten.

Die Reihen Sitzender lauschten aufmerksam, als man durch die Statik erste Worte Dangerfields hören konnte. „... heißt es, daß von Washington bis rauf zur kanadischen Grenze durch Drecksfraß verursachter Typhus ausgebrochen sein soll", sagte Dangerfield. „Also haltet euch von dort fern, Freunde. Wenn die Meldung stimmt, ist das wirklich ein sehr schlechtes Zeichen. Außerdem liegt eine Nachricht aus Portland in Oregon vor, aber die ist erfreulicher. Aus dem Fernen Osten sind zwei Schiffe eingetroffen. Das ist doch eine gute Neuigkeit, oder nicht? Zwei große Frachter, randvoll beladen mit Waren aus kleinen Fabriken in Japan und China, soviel ich gehört habe." Durch die versammelten Zuhörer gingen Bewegungen der Aufregung. „Und jetzt ein Haushaltstip von einem Ernährungsfachmann auf Hawaii", sagte Dangerfield, doch plötzlich verklang seine Stimme, bis man sie nicht mehr hören konnte; erneut empfing die Versammlung nichts als Statik. June Raub drehte die Lautstärke auf, doch es nutzte nichts. Sämtliche Gesichter im Saal widerspiegelten eindeutige Enttäuschung.

Wäre bloß Hoppy hier, dachte sie. Er kann so ein Gerät viel besser einstellen als ich. Nervös drehte sie sich um und sah ihren Mann an, um zu schauen, ob er irgendwie helfen könne.

„Das muß an den Wetterverhältnissen liegen", sagte er von seinem Platz in der vordersten Reihe aus. „Wir müssen ganz einfach Geduld haben."

Aber einige Leute starrten sie feindselig an, als wäre es ihre Schuld, daß sie den Satelliten nicht länger empfingen. Sie vollführte eine Geste der Hilflosigkeit.

Die Tür zum Förstersaal schwang auf, und verlegen traten drei Männer ein. Zwei waren ihr fremd; in dem dritten erkannte sie den Brillenmann wieder. Unbehaglich blickten sie sich nach Sitzplätzen um, während alle Anwesenden im Saal sich ihnen zugewandt hatten und sie angafften.

„Was für Leute sind Sie denn?" fragte Mr. Spaulding, der die Futtervorräte verwaltete. „Hat jemand Ihnen erlaubt, dies Haus zu betreten?"

„Ich habe eine Einladung ausgesprochen, daß eine Abordnung aus Bolinas zu uns kommen und die Sendung mitanhören darf", sagte June Raub. „Ihr dortiges Rundfunkgerät ist defekt."

„Scht", machten etliche Anwesende, weil man die Stimme aus dem Satelliten nun wieder hören konnte.

„... jedenfalls tritt der Schmerz vorwiegend", sagte Dangerfield, „nach dem Schlafen und vor dem Essen auf. Anscheinend verschwindet er, wenn ich was esse, und deshalb habe ich den Verdacht, es ist nicht mein Herz, sondern ein Magengeschwür. Falls also irgendwelche Ärzte mich hören und irgendwie eine Möglichkeit zum Senden haben, könnten sie vielleicht mal 'n Spruch loslassen und mir dazu ihre Meinung mitteilen. Wenn's nützlich ist, kann ich noch mehr Angaben durchsagen."

Erstaunt lauschte June Raub, wie der Mann droben im Satelliten seine körperlichen Beschwerden weitschweifig und mit immer noch genaueren Einzelheiten beschrieb. War es das, was Hoppy gemeint hat? fragte sie sich. Dangerfield war zu einem Hypochonder geworden, und niemandem war die Veränderung aufgefallen, bloß Hoppy mit seinem besonders feinen Gespür. Ihr schauderte. Der arme Kerl da oben, er war dazu verdammt, immer und immerzu um die Erde zu kreisen, bis ihm zuletzt, wie den Russen, die Lebensmittel oder die Luft ausging und er sterben mußte.

Und was werden wir dann anfangen? überlegte sie. Ohne Dangerfield — wie sollen wir da zurechtkommen?

8

Orion Stroud, Vorsitzender des Schulrats von West Marin, drehte die alte Coleman-Öllampe ein wenig höher, so daß ihr weißlicher Schein den Mehrzweckraum der Schule hell ausleuchtete und alle vier übrigen Mitglieder des Schulrates den neuen Lehrer deutlich sehen konnten.

„Zum Anfang möchte ich ein paar Fragen stellen", sagte Stroud zu den anderen. „Zuerst einmal, dies ist Mr. Barnes, er kommt aus Oregon. Wie er mir gesagt hat, ist er Spezialist für Wissenschaftliches und natürliche Nahrung. Stimmt's, Mr. Barnes."

Der neue Lehrer, ein untersetzter Mann von noch jüngerem Aussehen, bekleidet mit einem Khakihemd und einer Arbeitshose, räusperte sich nervös. „Ja“, bestätigte er, „ich kenne mich mit Chemikalien, Pflanzen und Tierleben aus, vor allem solchem, was man in Wäldern findet, beispielsweise Beeren und Pilze.“

„In letzter Zeit hatten wir mit Pilzen wenig Glück“, sagte Mrs. Tallman, eine ältere Dame, die dem Schulrat sogar schon in den alten Zeiten vor der Katastrophe angehört hatte. „Inzwischen neigen wir dazu, auf sie zu verzichten. Mehrere Leute sind ums Leben gekommen, weil sie zu gierig oder zu unvorsichtig waren oder ganz einfach keine Ahnung hatten.“

„Aber Mr. Barnes hat viel Ahnung davon“, sagte Stroud. „Er hat die Universität von Davis besucht und dort gelernt, wie man eßbare von giftigen Pilzen unterscheidet. Er braucht nicht zu raten und nicht herumzuprobieren. Richtig, Mr. Barnes?“ Er schaute den neuen Lehrer um erneute Bestätigung an.

„Es gibt gewisse Arten, die nahrhaft sind und mit denen einem keine Irrtümer unterlaufen können“, sagte Mr. Barnes und nickte. „Ich habe mir hier in Ihrer Gegend die Weiden und Wälder angesehen und bin dabei auf mancherlei ausgesprochen gute Exemplare gestoßen. Sie können künftig Ihre Ernährung ergänzen, ohne Risiken einzugehen. Ich kenne sogar die lateinischen Bezeichnungen.“

Die Mitglieder des Schulrates gerieten in Bewegung und redeten gedämpft durcheinander. Das hat sie schwer beeindruckt, merkte Stroud, das mit den lateinischen Namen.

„Warum haben Sie Oregon verlassen?“ erkundigte sich unverblümt George Keller, der Schulleiter.

Die neue Lehrkraft wandte sich ihm zu. „Aus politischen Gründen“, lautete die Antwort.

„Wegen Ihrer politischen Einstellung oder der dortigen Politik?“

„Der dortigen Politik“, sagte Barnes. „Ich habe keine politische Einstellung. Ich unterrichte Kinder darin, wie man Tinte und Seife herstellt und Lämmern die Schwänze stutzt, selbst wenn die Lämmer schon fast ausgewachsen sind. Und ich habe eigene Bücher.“ Er nahm ein Buch von dem Stapel, der neben ihm lag, und zeigte dem Schulrat, in was für einem guten Zustand sich die Bände befanden. „Und ich will Ihnen noch was sagen — Sie verfügen hier in diesem Teil Kaliforniens über die Möglichkeiten zur Papierherstellung. Wußten Sie das?“

„Wir wissens’s, Mr. Barnes“, sagte Mrs. Tallman, „aber wir haben keine richtige Vorstellung, wie so etwas geht. Es hängt mit der Baumrinde zusammen, nicht wahr?"

Auf dem Gesicht des neuen Lehrers zeigte sich ein geheimnisvoller Ausdruck, eine Miene zurückhaltender Verschwiegenheit. Stroud wußte, daß Mrs. Tallman recht hatte, der Lehrer sie jedoch im unklaren lassen wollte; vorerst gedachte er seine Kenntnisse für sich zu behalten, weil die Bevollmächtigten West Marins ihn noch nicht fest angestellt hatten. Noch war sein Wissen unzugänglich; er gab nichts umsonst hin. Freilich war das ein völlig korrektes Verhalten; darüber besaß Stroud volle Klarheit, und er respektierte Barnes' Haltung. Nur ein Narr gab irgend etwas ohne Gegenleistung.

Zum erstenmal meldete das neue Mitglied des Schulrates, Miss Costigan, sich zu Wort. „Ich ... ich verstehe selbst ein bißchen von Pilzen, Mr. Barnes. Sagen Sie, auf was achten Sie zuerst, um sicher sein zu können, daß Sie keinen giftigen Fliegenpilz vor sich sehen?" Eindringlich musterte sie den Neuen, offensichtlich fest entschlossen, den Mann anhand konkreter Fakten zu prüfen.

„An erster Stelle auf den Hut", antwortete Mr. Barnes. „Dann die Volva an der Stielbasis, wie die Fliegenpilze sie aufweisen, die meisten anderen Arten dagegen nicht. Ferner die Hüllhaut. Und außerdem haben die giftigen Fliegenpilze im allgemeinen weiße Sporen ... und natürlich weiße Lamellen." Er lächelte Miss Costigan zu, die sein Lächeln erwiderte.

Mrs. Tallman schaute sich den Stapel Bücher des Neulings an. „Ich sehe, Sie haben Carl Jungs *Psychologie des Unbewußten*. Gehört Psychologie auch zu den Wissenschaften, in denen Sie sich auskennen? Es wäre ganz gut, an unserer Schule einen Lehrer zu haben, der nicht nur eßbare Pilze zu finden versteht, sondern auch ein Fachmann in bezug auf Freud und Jung ist."

„Derlei Zeug ist ohne jeden Wert", sagte Stroud gereizt. „Wir brauchen Wissenschaften, die sich praktisch anwenden lassen, keine akademische Schaumschlägerei." Er fühlte sich ein wenig persönlich hintergangen; Mr. Barnes hatte ihm nicht erzählt, daß er sich auch für bloße Theoretisiererei interessierte. „Mit Psychologie kann man keine Faulbehälter bauen."

„Ich glaube, wir sind soweit, daß wir über Mr. Barnes abstimmen können", sagte Miss Costigan. „Ich bin dafür, daß wir ihn nehmen, jedenfalls auf Probe. Ist jemand anderer Ansicht?"

„Wissen Sie, unseren letzten Lehrer haben wir beseitigt", sagte

Mrs. Tallman zu Mr. Barnes. ,,Das ist der Grund, weshalb wir eine neue Fachkraft brauchen. Darum haben wir Mr. Stroud losgeschickt, die Küste rauf und runter, bis er Sie gefunden hat."

Mr. Barnes nickte mit ausdrucksloser Miene. ,,Ich weiß Bescheid. Aber das ist für mich kein Hinderungsgrund."

,,Seine Name war Mr. Austurias, und er war auch sehr tüchtig, was Pilze betraf", sagte Mrs. Tallman. ,,Allerdings hat er sie nahezu ausschließlich für sich selbst gesammelt. Er hat uns nichts über Pilze beigebracht, und wir haben seine Einstellung geachtet und ihm daraus keinen Vorwurf gemacht — das war keineswegs der Anlaß, warum wir ihn beseitigt haben. Er ist von uns beseitigt worden, weil er uns belogen hatte. Sie müssen wissen, seine tatsächliche Absicht, weshalb er hier war, hatte nichts mit Unterrichten zu tun. Er suchte einen Mann namens Jack Tree, der in unserer Gemeinde lebt, wie sich herausstellte, und Mrs. Keller, eine angesehene Bürgerin dieser Gemeinde und Ehefrau George Kellers, unseres Schulleiters hier, ist eine gute Freundin Mr. Trees, und sie hat uns über die wahre Situation aufgeklärt, und daraufhin haben wir ganz rechtmäßig und offiziell die entsprechende Maßnahme beschlossen und unseren hiesigen Polizeichef, Mr. Earl Colvig, mit der Ausführung betraut."

,,Verstehe", sagte Mr. Barnes tonlos, nachdem er zugehört hatte, ohne sie zu unterbrechen.

Von neuem ergriff Orion Stroud das Wort. ,,Die Jury, die über die Exekution entschieden hat, bestand aus mir selbst, Cas Stone, dem größten Grundbesitzer in West Marin, sowie Mrs. Tallman und Mrs. June Raub. Ich sage ,Hinrichtung', aber der eigentliche Vollzug, das möchte ich klarstellen — das Schießen, die Erschießung —, ist von Earl erledigt worden. Dergleichen ist Earls Aufgabe, wenn die rechtmäßige Jury von West Marin eine solche Entscheidung fällt." Er musterte den neuen Lehrer.

,,Ich finde, das klingt alles vollauf nach Recht und Gesetz", sagte Mr. Barnes. ,,Genau die Verhältnisse, an denen ich interessiert bin. Und" — er lächelte in die Runde — ,,ich werde *meine* Kenntnisse der Pilze mit allen hier teilen. Ich werde mein Wissen, anders als der von Ihnen gegangene Mr. Austurias es für richtig befunden hat, nicht für mich behalten."

Alle nickten; das wußten sie zu würdigen. Die Spannung im Zimmer wich, die Anwesenden unterhielten sich leise. Eine Zigarette glomm auf — eine von Andrew Gills Spezial Deluxe Gold —, und ihr angenehmer, würziger Duft breitete sich aus, hob allgemein die Laune und weckte bei den Versammelten freundschaftlichere Gefühle gegenüber dem neuen Lehrer und füreinander.

Sobald er die Zigarette sah, nahm Mr. Barnes' Gesicht einen sonderbaren Ausdruck an. „Sie haben hier noch *Tabak?*" vergewisserte er sich mit heiserer Stimme. „Nach sieben Jahren?" Offenbar traute er seinen Augen nicht.

„Wir haben keinen Tabak, Mr. Barnes", entgegnete Mrs. Tallman, indem sie belustigt lächelte, „denn heutzutage hat in der Tat niemand noch welchen. Aber es gibt hier einen ausgezeichneten Tabakfachmann. Er stellt diese Spezial Deluxe Gold für uns so her, wie es ihm nach den noch vorhandenen Mitteln möglich ist, aus Altgemüse sowie aus Kräutern, deren Natur allerdings — und mit gutem Recht — sein persönliches Geheimnis bleibt."

„Wieviel kosten sie?" erkundigte sich Mr. Barnes.

„In kalifornischem Notgeld ungefähr hundert Dollar das Stück", sagte Orion Stroud. „In Vorkriegswährung das Stück 'n Zehner."

„Ich habe einen Zehner", sagte Mr. Barnes und langte zittrig in seine Manteltasche; er suchte darin, brachte den Zehner schließlich zum Vorschein und streckte ihn dem Mann mit der Zigarette hin, George Keller, der zurückgelehnt auf seinem Stuhl saß, die Beine bequem übereinandergeschlagen.

„Tut mir leid", sagte George. „Ich möchte keine verkaufen. Am besten wenden Sie sich an Mr. Gill. Tagsüber ist er in seinem Laden bei Point Reyes Station, aber natürlich fährt er auch regelmäßig herum. Er hat einen pferdebespannten VW-Bus."

„Ich werde dran denken", sagte Mr. Barnes. Sehr sorgsam steckte er seinen Zehner wieder weg.

„Wollen Sie an Bord der Fähre?" fragte der Beamte, der im Dienst von Oakland stand. „Falls nicht, wär's besser, Sie stellen Ihren Wagen an die Seite, Sie versperren nämlich die Zufahrt."

„Doch, klar, ich will hinüber", antwortete Stuart McConchie. Er stieg wieder ins Auto und ruckte an den Zügeln, so daß Prinz Edward von Wales, sein Pferd, zu ziehen anfing. Edward legte sich ins Zeug und zog den motorlosen 1975er Pontiac durch die Einfahrt und hinaus auf den Hafendamm.

Zu beiden Seiten lag blau und von Böen aufgewühlt die Bucht, und Stuart beobachtete durch die Windschutzscheibe, wie eine Möwe sich herabschwang und sich zwischen den Pfählen etwas Freßbares schnappte. Auch Angler waren zu sehen — etliche Männer, die hofften, ein Abendessen fangen zu können. Einige der Männer trugen die abgerissenen Reste von Armeeuniformen, wohl Veteranen, die hier unter den Landungsbrücken hausten. Stuart setzte die Fahrt fort.

Könnte er es sich nur leisten, in San Franzisko anzurufen! Aber das unterseeische Kabel war wieder einmal ausgefallen, und die Verbindung nach drüben mußte über San José und um die ganze Halbinsel zur anderen Seite vermittelt werden, und bis er mit seinem Anruf nach San Franzisko durchkam, würde das Telefonat ihn fünf Dollar in Silbergeld kosten. Derartige Telefongespräche waren heutzutage außer für stinkreiche Leute einfach nicht mehr drin; folglich mußte er die zwei Stunden bis zum Ablegen der Fähre warten ... Aber konnte er sich so eine Warterei erlauben?

Er ging einer wichtigen Angelegenheit nach.

Er hatte ein Gerücht vernommen, daß eine große sowjetische Lenkrakete gefunden worden sei, ein nicht losgegangenes Geschoß, ein Blindgänger; er sollte in der Nähe von Belmont in der Erde liegen, und es hieß, ein Bauer hätte ihn beim Pflügen entdeckt. Man hatte erzählt, der Bauer verkaufe sie stückweise, und daß allein das Lenksystem aus Tausenden von Teilen bestünde. Er verlangte einen Penny pro Teil, das man sich selber aussuchen durfte. Und Stuart benötigte für seine Tätigkeit viele solche Teile. Doch das gleiche galt für zahlreiche andere Leute. Wer zuerst kam, konnte zuerst einheimsen; und wenn er nicht ziemlich bald über die Bucht und nach Belmont gelangte, würde es zu spät und kein einziges elektronisches Teil für ihn und sein Geschäft mehr übrig sein.

Er verkaufte kleine elektronische Fallen (die ein anderer Mann anfertigte). Alles mögliche Ungeziefer war mittlerweile mutiert und hatte es gelernt, die gewöhnlichen, rein passiv konstruierten Fallen zu meiden oder gar kaputtzumachen, ganz gleichgültig, wie kompliziert sie auch beschaffen sein mochten. Vor allem die Katzen hatten sich stark verändert, und Mr. Hardy hatte eine sehr brauchbare Katzenfalle gebaut, die sogar noch besser war als seine Ratten- und Hundefallen.

Einige Leute hegten die Theorie, daß die Katzen in den Jahren nach dem Krieg eine Sprache entwickelt hätten. Des Nachts konnte man hören, wie sie einander in der Dunkelheit zumiauten, sich dabei irgendwie gekünstelt klingender, lebhafter Folgen rauher Laute bedienten, die sich von ihrem alten, früheren Geschrei merklich unterschieden. Und außerdem rotteten die Katzen sich zu kleinen Rudeln zusammen und — soviel stand immerhin fest — legten Futtervorräte an. Diese Futterverstecke, schlau für die Lagerung eingerichtet und glänzend getarnt, waren es gewesen, die die Menschen erstmals beunruhigt hatten, viel stärker als die neuartigen Laute. Auf jeden Fall waren die Katzen gefährlich, ebenso wie die Ratten und Hunde. Sie töteten und fraßen kleine Kinder, wann und wo es ihnen beliebte; wenigstens erzählte man das. Und natürlich fing man sie ihrerseits, wann immer möglich, und verzehrte sie gleichfalls. Vor allem mit Reis gefüllter Hund galt als wahre Delikatesse. Die kleine Lokalzeitung in Berkeley, die einmal wöchentlich erschien — die *Berkeley Tribune* —, veröffentlichte regelmäßigen Rezepte für Hundesuppe, Hundegulasch und sogar Hundepastete.

Beim Gedanken an Hundepastete merkte Stuart, wie hungrig er war; er hatte den Eindruck, als hätte sein Hunger, seit die erste Bombe fiel, gar nicht mehr nachgelassen; seine letzte wirklich anständige Mahlzeit war sein Mittagessen bei Kürtchens Kulinarische Köstlichkeiten an dem Tag gewesen, als er mitangesehen hatte, wie der Phoko dort seinen Auftritt mit den falschen Visionen abzog. Und wo steckt der kleine Phoko jetzt? fragte er sich unversehens. Jahrelang hatte er nicht mehr an ihn gedacht.

In der heutigen Zeit sah man natürlich viele Phokos, und so gut wie jeder von ihnen gurkte mit einem eigenen Karren durch die Gegend, so wie damals Hoppy, mit dem Körpergewicht genau in der Mitte, jeder in einer eigenen kleinen Welt, als sei er ein arm- und beinloser Gott. Der Anblick stieß Stuart nach wie vor ab, aber es gab heutzutage soviel Abstoßendes zu sehen ... Die Phokos waren nur eins von zahlreichen und zweifelsfrei nicht das schlimmste von solchen Dingen. Was ihm die heftigste Gänsehaut verursachte, so hatte er festgestellt, war der Anblick von Symbiotikern, wie sie die Straße hinabschlenderten: mehrere Personen, die an irgendeinem Bereich ihres Körpers miteinander verwachsen waren und Organe gemeinsam benutzten. Es handelte sich um etwas wie eine Bluthgeldsche Weiterentwicklung der früheren Siamesischen Zwillinge — doch waren die Symbiotiker nicht auf jeweils ein Paar beschränkt. Er hatte schon bis zu sechs in einer Traube gesehen. Und das Zusammenwachsen war nicht etwa im Mutterleib vorgegangen, sondern kurz nach der Geburt. Diese neue Vorsehung der Natur rettete das Leben unvollständiger Neugeborener, jener Kinder, denen innere Organe fehlten, die einen symbiotischen Anschluß brauchten, um zu überleben. Nun diente eine Bauchspeicheldrüse mehreren Personen — ein biologischer Triumph. Doch nach Stuarts Auffassung hätte man die Unvollständigen ganz einfach sterben lassen sollen.

Rechts von ihm begab sich ein beinloser Kriegsbeschädigter in einem Boot aufs Wasser der Bay, ruderte zu einer Ansammlung von Trümmern hinüber, die aus dem Wasserspiegel ragten, ohne Zweifel das Wrack eines gesunkenen Schiffs. Rings um den abgesackten Rumpf ließ sich eine Anzahl Angelschnüre erkennen; sie mußten dem Kriegsbeschädigten gehören, der wohl hinruderte, um nachzusehen, ob etwas angebissen hatte. Während er dem Boot nachschaute, fragte sich Stuart, ob man damit wohl die andere Seite und San Franzisko erreichen könne. Es war vertretbar, dem Mann fünfzig Cent für eine Überfahrt zu bieten. Warum nicht? Stuart stieg aus dem Wagen und ging zum Ufer.

„Heda, Sie", rief er. „Kommen Sie mal her." Er holte einen Penny aus der Tasche und warf ihn hinunter auf die Landungsbrücke; der Kriegsbeschädigte sah den Penny, hörte ihn, und sofort drehte er das Boot in Gegenrichtung und kam zurückgerudert, strengte sich mächtig an, um schnell wieder ans Ufer zu gelangen, so daß ihm Schweiß übers Gesicht rann. Er grinste zu Stuart herauf und legte eine Hand hinters Ohr.

„Fisch?" rief er. „Ich habe heute noch keinen gefangen, vielleicht später. Oder möchten Sie 'n kleinen Hai? Garantiert ungefährlich." Er hielt den verbeulten Geigerzähler in die Höhe, den er sich mit einem Stück Seil um die Hüften gebunden hatte, für den Fall, begriff Stuart, daß das Gerät aus dem Boot fallen oder jemand es ihm zu stehlen versuchen sollte.

„Nein", sagte Stuart und kauerte sich am Rande des Hafendamms nieder. „Ich möchte rüber nach San Franzisko. Ich zahle Ihnen fünfundzwanzig Cent für eine Überfahrt."

„Aber dann muß ich meine Angelschnüre unbeaufsichtigt lassen", sagte der Kriegsbeschädigte, indem sein Lächeln wich. „Ich muß sie alle einholen, oder sie werden mir geklaut."

„Fünfunddreißig Cent", bot Stuart.

Zur guter Letzt einigten sie sich auf vierzig Cent. Stuart verkettete die Beine seines Pferds, Prinz Edward von Wales, damit niemand es ihm entfernen könne, und wenig später schwamm er draußen auf der Bucht, schaukelte im Boot des Kriegsbeschädigten, der ihn nach San Franzisko hinüberruderte, auf den Wellen.

„Auf was für einem Gebiet arbeiten Sie?“ fragte ihn der Veteran. „Sie sind doch kein Steuereintreiber, oder?“ Er maß ihn mit gleichmütigem Blick.

„Ach was“, sagte Stuart. „Ich bin Einzelhändler in Fallen.“

„Hören Sie mal zu, mein Freund“, sagte der Mann. „Können Sie sich vorstellen, daß eine Ratte als Haustier mit mir unter der Landungsbrücke gewohnt hat? War 'n intelligentes Kerlchen, konnte Flöte spielen. Ich will Ihnen bestimmt nichts vormachen, es ist die reine Wahrheit. Ich habe eine kleine Flöte aus Holz geschnitzt, und mein Rattenkerlchen hat darauf gespielt, durch die Nase ... 's war praktisch 'ne asiatische Nasenflöte, wie man sie in Indien hat. Naja, wie gesagt, sie hat mit mir zusammengewohnt, vor einigen Tagen ist sie nämlich überfahren worden. Ich habe gesehen, wie's passiert ist, ich konnte nicht eingreifen, nichts. Sie lief über den Damm, um irgend was zu besorgen, wohl 'n Stück Stoff ... Ich habe ihm ja 'n Bett gebastelt, aber ihm ist's ... ihm war's trotzdem ständig zu kalt, denn als sie mutiert sind — ich meine jetzt speziell diesen Schlag, zu dem sie gehört hat —, da haben sie ihr Fell verloren.“

„Ich habe schon welche von denen zu sehen bekommen“, sagte Stuart und erinnerte sich daran, wie gerissen jene haarlose braune Ratte sogar eine von Mr. Hardys elektronischen Fallen ausgetrickst hatte. „Ich glaube Ihnen ohne weiteres, was Sie da erzählen“, fügte er hinzu. „Ich kenne mich mit Ratten ziemlich gut aus. Aber gegen diese kleinen gestreiften, grau-braun gescheckten Katzen sind sie wahrhaftig gar nichts ... Sicher mußten Sie Ihrer Ratte die Flöte machen, selber hat sie's nicht gekonnt.“

„Gewiß“, sagte der Kriegsbeschädigte. „Aber sie war ein richtiger Künstler. Sie hätten sie mal spielen hören sollen. Abends kam nach dem Fischen immer 'ne regelrechte Versammlung zu mir. Ich habe versucht, ihr die Chaconne von Bach in D-Dur beizubringen.“

„Einmal habe ich eine von den gescheckten Katzen gefangen“, erzählte Stuart, „und einen Monat lang gehabt, bis sie's dann doch geschafft hat, mir abzuhauen. Sie konnte aus den Deckeln alter Blechbüchsen kleine spitze Gegenstände fertigen. Sie hat sie gebogen oder irgend so was, ich habe nie mitgekriegt, wie sie's wirklich gemacht hat, aber das waren recht scheußliche Dinger."

„Wie sieht's denn heute südlich von San Franzisko aus?" erkundigte sich der Kriegsbeschädigte, der unermüdlich ruderte. „Ich kann nicht mehr raus ins Land." Er wies auf seinen Unterleib. „Ich bleibe vorwiegend im Boot. Es hat 'ne kleine Klappe, wenn ich mal muß. Ich müßte Glück haben und mal 'n toten Phoko finden, dann könnte ich seinen Wagen nehmen. Phokomobile nennt man sie."

„Ich habe schon den ersten Phoko gekannt, noch vor dem Krieg", sagte Stuart. „Er war ein brillantes Köpfchen, er konnte buchstäblich alles reparieren." Er entzündete sich eine Ersatztabak-Zigarette; der Veteran gaffte sie sehnsüchtig an. „Südlich von San Franzisko sind hauptsächlich Nutzflächen. Dort ist nicht mehr gebaut worden, und es gab dort sowieso fast nur solche Fertighäuser, deshalb sind kaum irgendwelche geeigneten Fundamente übriggeblieben. Man baut Erbsen, Mais und Bohnen an. Auf was ich's abgesehen habe, ist eine große Rakete, die ein Bauer erst kürzlich gefunden haben soll, ich brauche Relais und Schaltelemente und sonstiges elektronisches Gerät für Mr. Hardys Fallen." Er schwieg einen Moment lang. „Sie sollten sich auch 'ne Hardy-Falle anschaffen."

„Wozu? Ich lebe von Fisch, und weshalb sollte ich was gegen Ratten haben? Ich mag Ratten gut leiden."

„Ich mag sie auch", sagte Stuart, „aber man muß praktisch sein. Man muß an die Zukunft denken. Womöglich übernehmen eines Tages die Ratten ganz Amerika, wenn wir uns nicht rechtzeitig zur Wehr setzen. Wir sind's unserem Vaterland schuldig, Ratten zu fangen und umzubringen, vor allem die klügeren Tiere, die von Natur aus zu Anführern taugen."

Der Veteran musterte ihn. „Das ist doch nur Verkaufsgeschwätz, sonst nichts."

„Das ist mein voller Ernst."

„Das ist es ja, was mir an Geschäftsleuten so mißfällt, sie glauben ihr eigenes unwahres Gerede. Ihnen ist doch auch klar, daß selbst die gescheiteste Ratte, und könnte ihresgleichen sich noch 'ne Million Jahre lang weiterentwickeln, *nie* was anderes werden würde als bestenfalls ein kleiner Helfer des Menschen. Sie könnten Botengänge erledigen und vielleicht 'n bißchen handwerkliche Arbeit verrichten. Aber gefährlich..." Er schüttelte den Kopf. „Was kostet so eine Falle?"

„Zehn Dollar in Silber. Notgeld wird nicht genommen. Mr. Hardy ist ein alter Mann, und Sie wissen ja, wie alte Leute sind, er meint, das Notgeld ist gar kein richtiges Geld.“ Stuart lachte.

„Lassen Sie mich mal von einer Ratte erzählen, die ich kannte und die eine wahre Heldentat vollbracht hat“, begann der Kriegsbeschädigte, doch Stuart fiel ihm ins Wort.

„Ich habe meine eigene Meinung über Ratten“, sagte er. „Es hat keinen Zweck, daß wir lange darüber diskutieren.“

Daraufhin bewahrten sie beide Schweigen. Stuart genoß den Ausblick auf die Bucht, der sich ihm nach allen Seiten bot; der Veteran ruderte. Das Wetter an diesem Tag war recht heiter, und während sie nach San Franzisko hinüberschaukelten, dachte Stuart an die elektronischen Teile, die er Mr. Hardy möglicherweise mitbringen konnte, an die Werkstatt an der San Pablo Avenue, in der Nähe der Ruinen dessen, was einmal die westliche Seite der Universität von Kalifornien gewesen war.

„Was für ’ne Sorte Zigarette ist das?“ wollte schließlich der Kriegsbeschädigte wissen.

„Das?“ Stuart betrachtete die Kippe; er war schon drauf und dran, sie in die Blechbüchse in seiner Tasche zu stecken. Die Dose war voller Kippen, die Tom Frandi, der örtliche Zigarettenmann im südlichen Berkeley, demnächst aufreißen und zu neuen Zigeretten verarbeiten würde. „Das ist Import“, sagte er. „Aus dem Kreis West Marin. Eine Spezial Deluxe Gold, die von...“ Wichtigtuerisch verstummte er. „Ich nehme an, ich brauch’s Ihnen nicht zu sagen.“

„Von Andrew Gill werden sie hergestellt“, sagte der Veteran. „Hören Sie, ich würde Ihnen gern eine ganze Zigarette abkaufen. Ich zahle Ihnen ’n Zehner.“

„Sie sind pro Stück fünfzehn Cent wert“, sagte Stuart. „Sie müssen von irgendwo hinter Nicasio aus die ganze Strecke über Black Point und Sear’s Point und die Lucas Valley Road befördert werden.“

„Einmal habe ich schon eine von Andrew Gills Spezial Deluxe Gold geraucht“, sagte der Kriegsbeschädigte. „Sie war einem Mann aus der Tasche gerutscht, der an Bord der Fähre gegangen ist. Ich habe sie aus dem Wasser gefischt und getrocknet.“ Unvermittelt reichte Stuart ihm den Stummel. „Um Himmels willen“, entfuhr es dem Kriegsbeschädigten. Er schaute Stuart nicht direkt an. Er ruderte schneller, bewegte die Lippen und zwinkerte mit den Lidern.

„Ich habe noch mehr", sagte Stuart.

„Ich will Ihnen sagen, was Sie noch haben, Mister", sagte der Kriegsbeschädigte. „Sie haben wirklich noch Menschlichkeit im Leib, und so was ist heute echt selten geworden. Sehr selten."

Stuart nickte. Er spürte die Wahrheit in dieser Äußerung des Kriegsbeschädigten.

„Jack?" rief Bonny, indem sie an die Tür des kleinen Blockhauses klopfte. „Bist du da?" Sie packte den Türgriff und merkte, die Tür war verschlossen. „Wahrscheinlich ist er irgendwo draußen bei der Herde", wandte sie sich an Mr. Barnes. „Gegenwärtig ist Wurfzeit, und er hat mit allerlei Schwierigkeiten zu kämpfen, weil zahlreiche Mißbildungen zur Welt kommen, und viele davon gelangen ohne Nachhilfe nicht durch den Geburtskanal."

„Wieviel Schafe hat er denn?" fragte Barnes.

„Dreihundert. Sie weiden hier ringsherum in den Canyons, völlig frei, sie genau zu zählen, ist also unmöglich. Sie fürchten sich doch nicht vor Widdern, oder?"

„Nein", sagte Barnes.

„Na gut, dann gehen wir mal hin", sagte Bonny.

„Und er ist also der Mann, den der vorherige Lehrer umbringen wollte", sagte Barnes, während sie eine Weide überquerten, auf der überall Schafe am Gras zupften, und sich einer flachen Geländewelle näherten, die bewachsen war mit Tannen und Gesträuch. Viele Sträucher, bemerkte er, waren angefressen worden; man sah etliche kahle Zweige, die anzeigten, daß hier eine größere Zahl von Mr. Trees Schafen versammelt sein mußte.

„Ja", bestätigte die Frau, die Hände beim Gehen in die Taschen geschoben. „Aber ich habe keine Ahnung, warum", fügte sie rasch hinzu. „Jack ist ... eben ein Schafzüchter. Ich weiß, es ist verboten, Schafe auf Land zu halten, auf dem man etwas anbauen könnte ... Aber Sie sehen ja selbst, hier ließe sich nur ganz wenig anbauen, die Gegend besteht doch vorwiegend aus Canyons. Vielleicht war Mr. Austurias mißgünstig."

Das glaube ich ihr nicht, dachte Mr. Barnes. Doch sein Interesse war im Grunde genommen gering. Ihm lag allerdings daran, den Fehler seines Vorgängers zu vermeiden, wer oder was Mr. Tree auch sein mochte; wenn man von ihm sprach, hatte Barnes stets den Eindruck, als wäre dieser Mann ein Bestandteil der Umgebung geworden, nicht länger in vollem Umfang ortsveränderlich und menschlich. Diese Auffassung, die er von Mr. Tree hegte, erfüllte ihn mit Unbehagen; es war kein allzu vorteilhaftes Bild, das er sich von ihm machte.

„Schade, daß Mr. Gill nicht mitkommen konnte", sagte Barnes. Er war dem berühmten Tabakexperten, dessen Name ihm schon bekannt gewesen war, bevor er nach West Marin zog, noch immer nicht begegnet. „Hatten Sie nicht einmal erwähnt, daß es hier eine Musikgruppe gibt? Werden da irgendwelche Instrumente gespielt?" Weil er selbst einmal Cello gespielt hatte, besaß er daran erhöhtes Interesse.

„Wir spielen Bänder ab", antwortete Bonny. „Andrew Gill und Jack Tree gehören dazu. Und ich spiele Klavier. Wir hören alte Komponisten, zum Beispiel Henry Purcell und Johann Pachelbel. Ab und zu kommt auch Dr. Stockstill vorbei, aber..." Sie verstummte und schnitt eine bekümmerte Miene. „Er hat soviel zu tun. Es sind so viele Dörfer, die er besuchen muß. Abends ist er meistens einfach zu erschöpft."

„Wäre es möglich, sich dieser Gruppe anzuschließen?" fragte Barnes hoffnungsvoll.

„Was spielen Sie denn? Ich muß Sie warnen, wir befassen uns hauptsächlich mit alter und klassischer Musik. Wir sind nicht bloß irgendwelche Amateure, die drauflosmusizieren. George und ich und Jack, wir haben schon in den alten Zeiten Musik gemacht, vor der Katastrophe. Wir haben ... vor neun Jahren damit angefangen. Gill ist erst nach der Katastrophe zu uns gestoßen." Sie lächelte, und Barnes sah, was für schöne Zähne sie hatte. Viele Menschen besaßen, weil in letzter Zeit verbreiteter Vitaminmangel und Strahlungskrankheiten geherrscht hatten, keine Zähne mehr, konnten sich nur noch des weichen Gaumens bedienen. Er selbst pflegte seine Zähne nach Möglichkeit zu verbergen; es stand nicht mehr sonderlich gut um sie.

„Früher habe ich mal Cello gespielt", sagte er, sich dessen bewußt, daß es sich dabei um eine überholte, wertlose Fähigkeit handelte, und zwar aus einem ganz einfachen Grund — heutzutage gab es weit und breit kein Cello mehr. Hätte er irgendein Instrument aus Metall zu spielen gelernt...

„Was für ein Jammer", sagte Bonny.

„Gibt es überhaupt keine Streichinstrumente in dieser Gegend?"

Er war der Überzeugung, notfalls etwas anderes lernen zu können, etwa das Geigespielen; er würde es sehr gerne tun, wenn er sich dann der Musikgruppe anschließen dürfte.

„Keine", antwortete Bonny.

Vor ihnen stand ein Schaf, ein schwarzgesichtiges Suffolkschaf; es sah sie an, tat dann einen Hüpfer, machte kehrt und lief davon. Ein Muttertier, sagte Barnes, ein großes, hübsches Vieh mit viel Fleisch an den Rippen und herrlicher Wolle. Er fragte sich, ob es wohl jemals schon geschoren worden war.

Ihm lief das Wasser im Mund zusammen. Jahre war es her, daß er zuletzt Lammfleisch gegessen hatte.

„Schlachtet er", erkundigte er sich bei Bonny, „oder hält er sie bloß wegen der Wolle?"

„Nur wegen der Wolle", gab sie zur Antwort. „Er hat eine Phobie, was das Schlachten angeht, er macht's nicht, was man ihm auch bietet. Natürlich schleichen Leute hier herum und stehlen Tiere aus seiner Herde ... Falls Sie Lamm möchten, ist das der einzige Weg, um's zu bekommen, also sage ich's Ihnen lieber schon jetzt — die Herde wird gut bewacht." Sie deutete voraus, und Barnes sah auf einer Anhöhe einen Hund stehen und sie beobachten. Auf den ersten Blick erkannte er in ihm eine außergewöhnliche Mutation, eine von positiver Natur; das Gesicht des Hundes zeugte von Intelligenz, einer völlig neuen Stufe der Intelligenz.

„Ich habe nicht die Absicht, mich an den Schafen zu vergreifen", beteuerte Barnes. „Der Hund wird doch nichts gegen uns haben, oder? Kennt er Sie?"

„Deshalb begleite ich Sie ja, weil der Hund hier aufpaßt", erklärte Bonny. „Jack hat nur den einen. Aber er reicht völlig aus."

Nun kam der Hund ihnen entgegengetrottet.

Er mußte, überlegte Barnes, von den früher so vertrauten, grauen oder schwarzen Deutschen Schäferhunden abstammen; Nase und Schnauze ließen sich noch erkennen. Aber jetzt ... Verkrampft wartete Barnes ab, während der Hund näherkam. Natürlich trug er in seiner Tasche ein Messer mit, und es war bereits etliche Male seine letzte Rettung gewesen, aber in diesem Fall ... diesmal wäre es bestimmt eine unzureichende Waffe gewesen. Er blieb dicht neben der Frau, die unbesorgt weiterging.

„Hallo", sagte sie zu dem Hund.

Als der Hund vor ihnen stehenblieb, öffnete er das Maul und

stieß eine Art von Geächze aus. Der Laut klang schauerlich, und es lief Barnes eisig über den Rücken; die Töne hörten sich an, als stöhne ein Spastiker, ein schwerbehinderter Mensch, der mit Sprechwerkzeugen etwas von sich zu geben versuchte, die ihm nicht gehorchten. Barnes meinte, er könne aus dem Ächzen dies oder jenes Wort heraushören, doch sicher war er nicht. Bonny dagegen verstand den Hund allem Anschein nach sehr gut.

„Braver Terry", sagte sie zu dem Hund. „Vielen Dank, braver Terry." Der Hund wedelte mit dem Schweif. „Wenn wir den Pfad entlanggehen", sagte Bonny zu Barnes, „treffen wir ihn nach etwa einem halben Kilometer." Sie setzte den Weg dorthin fort.

„Was hat der Hund geäußert?" erkundigte er sich, sobald sie sich außerhalb der Hörweite des Tieres befanden.

Bonny lachte. Barnes ärgerte sich darüber, und verzog verdrossen das Gesicht. „Ach du lieber Gott", sagte Bonny, „er hat praktisch eine Million Jahre Evolution übersprungen — ein wahres Wunder in der Entwicklung des Lebens, kann man wohl sagen —, und Sie können nicht verstehen, was er sagt." Sie rieb sich die Augen. „Entschuldigung, aber das ist einfach zu komisch. Ich bin froh, daß Sie nicht gefragt haben, solange er uns noch hören konnte."

„Ich bin nicht allzu beeindruckt", sagte er voller Trotz. „Wirklich nicht besonders. Sie haben immer nur in dieser kleinkarierten ländlichen Gegend gelebt, und anscheinend bedeutet Ihnen das Dasein hier recht viel, aber ich bin viel herumgekommen, die Küste rauf und runter, und ich habe Dinge gesehen, die Ihnen..." Er verstummte. „Das ist gar nichts, dieser Hund. Im Vergleich zu so manchem ist er gar nichts, obwohl er, für sich betrachtet, vermute ich, schon ein ganz bemerkenswertes Exemplar ist."

Bonny, die noch immer lachte, nahm seinen Arm. „Ja, Sie kommen eben aus der Großen Welt. Sie haben alles gesehen, was überall los ist. Sie haben recht. Was gibt's dort zu sehen, Barnes? Sehen Sie, mein Mann ist Ihr Vorgesetzter, und Orion Stroud ist wiederum sein Chef. Warum sind Sie hergekommen? Ist's hier so beschaulich? So unkompliziert? Ich glaube, hier läßt's sich gut leben, jawohl. Unsere Gemeinde besteht aus einer stabilen Gemeinschaft. Aber wie Sie selbst andeuten, große Wunder gibt es hier so gut wie nicht. Wir kennen hier kaum so etwas wie all die Absonderlichkeiten und Freaks, wie man sie in den Großstädten findet, weil dort die Strahlung viel stärker gewesen ist. Ach, natürlich haben wir Hoppy."

,,Meine Güte", sagte Barnes. ,,Phokos hat's heute wie Sand am Meer. Man läuft ihnen überall über den Weg."

,,Trotzdem haben Sie hier eine Stelle angetreten", sagte Bonny und musterte ihn.

,,Den Grund habe ich Ihnen gesagt. Ich hatte politischen Ärger mit kleingeistigen Lokalgrößen der soundsovielsten Garnitur, die sich für Könige in einem eigenen Königreich hielten."

,,Mr. Austurius war auch an politischen Fragen interessiert", sagte Bonny nachdenklich. ,,Und an Psychologie, so wie Sie." Sie betrachtete ihn fortgesetzt, während sie weitergingen. ,,Er sah nicht so gut aus wie Sie. Er hatte einen kleinen, runden Kopf, fast wie ein Apfel. Und seine Beine wackelten beim Laufen. Er hätte besser gar nicht laufen sollen." Plötzlich widerspiegelte ihre Miene Ernst. ,,Er pflegte eine köstliche Pilzsuppe zu kochen, aus Pfifferlingen und Speisetäublingen ... Er kannte sie alle. Werden Sie mich einmal zum Pilzessen einladen? Es ist schon so lange her ... Wir haben's selber mit dem Sammeln versucht, aber wie Mrs. Tallman erwähnt hat, ist's nicht gutgegangen ... es ist uns schlecht bekommen."

,,Hiermit sind Sie eingeladen", sagte Barnes.

,,Finden Sie mich attraktiv?" fragte sie ihn.

,,Sicher, freilich, sicher", nuschelte er verdutzt. Er klammerte sich fest an ihren Arm, als müsse sie ihn führen. ,,Weshalb fragen Sie?" hakte er nach, sehr vorsichtig, weil er in zunehmendem Maße eine tiefe Gefühlsregung verspürte, über deren Natur er im unklaren blieb; solche Empfindungen waren ihm völlig neu. Die Anwandlung ähnelte der Erregung, zeichnete sich gleichzeitig jedoch durch eine eher sachliche, vernunftbetonte Eigentümlichkeit aus, also war es vielleicht gar kein Gefühl; möglicherweise war es eine Art gesteigerter Bewußtheit seiner selbst, eine Art von unerwarteter Intuition in bezug auf die eigene Person und diese Landschaft, sämtliche Dinge, die man ringsum sehen konnte; alle Aspekte der Realität, so hatte es den Anschein, waren davon erfaßt, am meisten jedoch die Frau, Bonny Keller.

Innerhalb eines Sekundenbruchteils erkannte er die Tatsache — ohne daß ihm irgendwelche Informationen zur Verfügung gestanden hätten —, daß Bonny Keller mit irgendwem ein Verhältnis hatte, möglicherweise mit Gill, dem Tabakfachmann, oder Mr. Tree oder gar mit Orion Stroud; jedenfalls mußte es sich so verhalten, daß die Affäre vorbei oder doch beinahe vorbei war und sie nun einen neuen Liebhaber suchte. Sie suchte auf instinktive, praktisch gesonnene Art und Weise, nicht im kuhäugig-romantischen Stil eines Schulmädchens. Zweifelsfrei hatte sie schon etliche Verhältnisse gehabt; sie wirkte wie eine Expertin im Aushorchen von Männern darauf, ob sie zu ihr paßten.

Und ich? dachte er. Das ist die Frage, ob ich zu ihr passe? Ist diese Sache nicht gefährlich? Mein Gott, ihr Mann ist mein Vorgesetzter, der Schulleiter, sie hat selber davon gesprochen.

Doch vielleicht bildete er es sich nur ein, denn an sich kam es ihm nicht sehr wahrscheinlich vor, daß diese gutaussehende Frau, die in dieser Gemeinde etwas zu sagen hatte und ihn kaum kannte, ihn auf diese Weise anmachte ... So jedoch konnte man es auch wieder nicht sehen, sie machte ihn nicht an, sie verschaffte sich lediglich einen Eindruck von ihm; sie klopfte ihn gewissermaßen ab, und bis jetzt war noch keine Rede davon, daß er die Prüfung mit Erfolg bestanden hätte. Auf diese Einsicht hin machte sich sein Stolz bemerkbar, eine echte gefühlsmäßige Regung, und vermengte sich mit der sachlichen, rationalen Erkenntnis von vorhin; augenblicklich spürte er die Verzerrung seines Empfindens, die der Stolz verursachte: urplötzlich war ihm sehr daran gelegen, Erfolg zu haben, wollte er von Bonny Keller zum Liebhaber auserwählt werden, ganz gleich, welches Risiko damit einhergehen mochte. Dabei bewegten ihn nicht einmal Liebe oder sexuelles Verlangen; für so etwas war es noch viel zu früh. Nur sein Ehrgeiz regte sich in ihm, der Wunsch, auf gar keinen Fall übergangen zu werden.

Merkwürdig, dachte er. Er wunderte sich über sich selbst, über die Schlichtheit seines Innenlebens. Die Prozesse seines Inneren liefen kaum anders ab als bei irgendeiner niedrigen Lebensform, irgend etwas in der Rangordnung eines Seesterns; ein bis zwei Reflexe waren vorhanden, mehr nicht.

„Hören Sie mal", fragte er, „wo steckt dieser Mann namens Tree denn nun?" Inzwischen lief er vor ihr und spähte voraus, richtete seine Aufmerksamkeit auf die Anhöhe mit ihren Tannen und Blütengewächsen, die vor ihnen lag. In einer dunklen Mulde bemerkte er einen Pilz und näherte sich ihm ohne Zögern. „Schauen Sie", sagte er. „Den nennt man Austernpilz. Sehr wohlschmeckend. Und man findet ihn selten."

Bonny Keller kam heran, um sich den Pilz anzusehen, und beugte sich über ihn. Er sah flüchtig ihre bloßen, hellhäutigen Knie, als sie sich neben dem Pilz ins Gras setzte. „Wollen Sie ihn pflücken?“ fragte sie. „Und als Trophäe mitnehmen?“

„Mitnehmen werde ich ihn“, antwortete er, „aber nicht als Trophäe. Vielmehr werde ich ihn mit ein bißchen Bratfett in eine Pfanne tun.“

Ihre dunklen, anziehenden Augen hefteten den Blick ernst auf ihn; sie saß da und strich sich das Haar zurück, wirkte einen Moment lang, als gedenke sie irgend etwas zu sagen. Doch sie schwieg. Schließlich verspürte er Unbehagen; anscheinend wartete sie auf etwas seinerseits, und es kam ihm — mit einem Frösteln — in den Sinn, daß es wohl nicht nur darum ging, etwas zu sagen; offenbar erwartete sie, daß er *handelte*.

Sie schauten einander an, und auch Bonny erregte nun den Eindruck banger Verunsichertheit, als sei ihr genauso wie ihm zumute. Doch keiner von ihnen beiden tat etwas; jeder saß nur da und wartete darauf, daß der andere etwas unternähme. Er hegte jedoch den plötzlichen Verdacht, daß sie, falls er die Hand nach ihr ausstreckte, ihm eine runterhauen oder davonlaufen würde ... und dann könnten sich unerfreuliche Folgen ergeben. Sie könnte ... Guter Gott, diese Leute hatten den vorherigen Lehrer der Gemeinde kaltblütig umgebracht! *Ob es mit ihm genauso gewesen ist?* kam ihm auf einmal mit äußerstem Nachdruck ein neuer Gedanke. War es möglich, daß sie mit ihm ein Verhältnis gehabt hatte, und der Lehrer war so dumm gewesen, ihrem Mann davon zu erzählen, oder etwas ähnliches? Ist das Dasein als Lehrer hier so verdammt gefährlich? Wenn es sich so verhält, dann zur Hölle mit meinem Stolz. Ich möchte leben.

„Da kommt Jack Tree“, sagte Bonny Keller.

Über den Geländekamm kehrte der Hund zurück, die Mutation mit der angeblichen Fähigkeit des Sprechens, und ein wenig hinter ihm folgte ein gebeugter Mann mit rundlichen Hängeschultern und ausgemergeltem Gesicht. Er trug einen schäbigen Mantel, einen früheren feinen Städtermantel, und eine schmutzige, blaugraue Hose. Er sah ganz und gar nicht wie ein Landbewohner aus. Statt dessen glich er, befand Mr. Barnes, einem Versicherungsagenten mittleren Alters, der sich für gut einen Monat im Wald verirrt hatte. Der Mann besaß ein schwärzliches Kinn, das in unangenehmem Gegensatz zu seiner unnatürlich bleichen Haut stand. Auf den ersten Blick hegte Mr. Barnes gegen ihn Abneigung. Aber lediglich aufgrund von Mr. Trees Äußerem? Weiß Gott, er hatte im Laufe der vergangenen Jahre eine Menge verstümmelte, verbrannte, schwerbeschädigte und sonstwie beeinträchtigte Menschen zu sehen bekommen ... Nein, sein spontaner Widerwille gegen Mr. Tree mußte auf dessen sonderbarem Schlurf- und Schaukelgang beruhen. Er befleißigte sich nicht der Gangart eines gesunden, sondern eines sehr schwer erkrankten Menschen. Eines auf eine Weise kranken Mannes, wie Barnes noch nie einen gesehen hatte.

„Hallo", sagte Bonny, indem sie aufstand.

Der Hund legte Lebhaftigkeit an den Tag, verhielt sich nun ganz natürlich.

„Ich bin Barnes, der neue Schullehrer", sage Barnes, erhob sich ebenfalls und streckte die Hand aus.

„Ich bin Tree", sagte der Leidende und reichte ihm seinerseits die Hand. Als Barnes sie drückte, merkte er, daß sie in unerklärlichem Maße feucht war; es war schwierig, sogar nahezu unmöglich, sie festzuhalten, und er ließ sie sofort wieder los.

„Jack", sagte Bonny, „Mr. Barnes versteht etwas vom Schwanzstutzen bei schon ausgewachsenen Lämmern, wenn das Risiko des Wundstarrkrampfs nicht mehr so hoch ist."

„Verstehe", sagte Tree und nickte. Doch er wirkte, als vollzöge er nur mit Kopf und Mund die entsprechenden Bewegungen, während er in Wahrheit nichts darum gab, möglicherweise nicht einmal verstand. Er langte mit der Hand hinab und tätschelte den Hund. „Barnes", sagte er laut und deutlich zu ihm, wie um ihm den Namen beizubringen.

„Brrnz", knurrte der Hund. Er bellte und schaute aus Augen, die hoffnungsvoll glänzten, zu seinem Herrn auf.

„Richtig, gut so", sagte Mr. Tree und lächelte. Sein Mund wies so gut wie gar keine Zähne mehr auf, bestand fast nur aus zahnlosem Gaumen. Noch schlimmer als bei mir, dachte Barnes. Der Mann muß unten in San Franzisko gewesen sein, als der große Knall kam. Das ist eine mögliche Erklärung. Oder es liegt, wie bei mir, an mangelhafter Ernährung. Er vermied es, näher hinzuschauen; er schlenderte beiseite, die Hände in den Taschen.

„Sie haben hier ziemlich viel Land", sagte er über die Schulter. „Über welchen Makler haben Sie's erworben? Oder haben Sie's dem Landkreis abgekauft?"

„Es hat kein Kauf stattgefunden", gab Mr. Tree zur Antwort.

„Ich habe ganz einfach das Nutzungsrecht. Dank Bonny, die sich sehr dafür eingesetzt hat, ist es mir durch die Bürgerversammlung von West Marin und den Planungsausschuß zugestanden worden."

„Der Hund ist wirklich faszinierend", sagte Barnes, indem er sich umdrehte. „Er kann wahrhaftig sprechen. Er hat ganz deutlich meinen Namen wiederholt."

„Sag ‚Guten Tag' zu Mr. Barnes", forderte Mr. Tree den Hund auf.

Der Hund kläffte. „Gnntg, Mrrr Brrrnz", röchelte er dann hervor. Er kläffte nochmals und musterte nun Barnes, um zu sehen, was er davon halten mochte.

Insgeheim seufzte Barnes. „Wirklich prächtig", sagte er zu dem Hund. Das Tier winselte und tat hocherfreut einige Luftsprünge.

Daraufhin empfand Mr. Barnes eine gewisse aufrichtige Sympathie für den Hund. Doch, immerhin, es war eine Leistung. Und trotzdem — der Hund stieß ihn ebenso ab wie Mr. Tree selbst; beiden war eine Art von Abseitigkeit zu eigen, etwas wie Entartung, als habe das einsame Leben hier draußen im Wald sie irgendwie von der normalen Realität abgeschnitten. Sie waren nicht verwildert; nicht zu etwas heruntergekommen, das man als Barbarei hätte bezeichnen können. Sie waren schlichtweg unnatürlich. Er mochte die beiden ganz einfach nicht.

Bonny dagegen mochte er sehr gern, und er fragte sich voller Mißmut, wie sie wohl an die Bekanntschaft eines solchen Freaks wie Mr. Tree gelangt sein konnte. Verlieh der Besitz so vieler Schafe dem Mann in dieser kleinen Gemeinde großen Einfluß? Lag es daran? Oder stand es mit etwas anderem im Zusammenhang, irgend etwas, wodurch das Verhalten des ehemaligen — nun toten — Lehrers sich begreifen ließe, seine Absicht, Mr. Tree zu ermorden?

Seine Neugier war geweckt; vielleicht war es der gleiche instinktive Wissensdurst, der hier zum Tragen kam, den er verspürte, wenn er eine neue Abart von Pilz entdeckte, in ihm das dringende Bedürfnis entstand, sie einzuordnen, genau herauszufinden, um was für einen Pilz es sich handelte. Nicht besonders schmeichelhaft für Mr. Tree, dachte Barnes mit sarkastischem Humor, mit einem Pilz verglichen zu werden. Doch es ließ sich nicht ändern; er empfand nun einmal so und nicht anders, was Mr. Tree und seinen absonderlichen Hund betraf.

„Du hast deine Kleine heute nicht dabei", sagte Mr. Tree zu Bonny.

„Nein", sagte Bonny. „Edie fühlte sich nicht wohl."

„Etwas Ernstes?" forschte Mr. Tree nach. Er wirkte besorgt.

„Bauchschmerzen, sonst nichts. Sie treten ab und zu bei ihr auf. Sie hat sie schon, solange ich mich erinnern kann. Ihr Bauch ist dann geschwollen und hart. Kann sein, es ist eine Blinddarmentzündung, aber Operationen sind heutzutage ja so gefährlich..." Bonny verstummte und wandte sich an Barnes. „Wir sprechen von meiner Tochter, Sie haben sie noch nicht gesehen ... Sie hängt sehr an diesem Hund, an Terry. Sie sind richtig miteinander befreundet, wenn wir hier draußen sind, unterhalten die zwei sich stundenlang."

„Sie und ihr Bruder", fügte Mr. Tree hinzu.

„Hör mal", sagte Bonny, „diese Geschichte bin ich endgültig und ein für allemal satt. Ich habe Edie gesagt, daß sie endlich damit aufhören soll. Das ist auch der Grund, warum es mir so recht ist, wenn sie hier mit Terry spielt. Sie sollte echte Spielgefährten haben, statt so nach innen gekehrt zu sein und sich mit Hirngespinsten zu befassen. Sind Sie nicht auch dieser Meinung, Mr. Barnes? Sie sind doch Lehrer. Ein Kind soll sich mit der Wirklichkeit beschäftigen, nicht mit Spinnereien, habe ich recht?"

„In der heutigen Zeit habe ich volles Verständnis für ein Kind, das sich in seine Phantasien zurückzieht", sagte Barnes nachdenklich. „Man kann's ihm kaum zum Vorwurf machen. Vielleicht sollten wir alle das tun." Er lächelte, aber Bonny erwiderte sein Lächeln nicht; ebensowenig Mr. Tree.

Bruno Bluthgeld hatte seinen Blick nicht einen Moment lang von dem neuen jungen Lehrer genommen — falls er wirklich einer war; falls dieser stämmige junge Mann, gekleidet in einer Khakihose und ein Baumwollhemd, tatsächlich nichts anderes war als ein Lehrer, wie Bonny berichtet hatte.

Ist er auch hinter mir her? fragte sich Bluthgeld. Wie der vorherige Lehrer? Vermutlich. Und Bonny hat ihn hergebracht. Bedeutet das, daß nun zu guter Letzt auch sie auf der anderen Seite steht? Gegen mich ist?

Doch daran vermochte er nicht zu glauben. Nicht nach so vielen Jahren. Und es war ja Bonny gewesen, die aufgedeckt hatte, in welcher Absicht Mr. Austurius wirklich nach West Marin gekommen war. Bonny hatte ihn vor Mr. Austurius gerettet, und dafür war er ihr dankbar; ohne sie wäre er jetzt nicht mehr am Leben, und das würde er niemals vergessen; möglicherweise war dieser Mr. Barnes also in der Tat das, was er zu sein behauptete, und es bestand kein Anlaß zur Unruhe. Bluthgeld atmete etwas entkrampfter, nachdem er diese Überlegungen angestellt hatte; er beruhigte sich und beschloß, Barnes seine neugeborenen Suffolkschaf-Lämmer zu zeigen.

Aber früher oder später, sagte er sich, wird irgend jemand mich hier aufspüren und töten. Das ist bloß eine Frage der Zeit. Allesamt verabscheuen sie mich, und sie werden nicht nachlassen, mir nach dem Leben zu trachten. Noch immer sucht die Welt den Mann, der für all das, was geschehen ist, die Verantwortung trägt, und ich kann es den Menschen nicht einmal verübeln. Immerhin trage ich auf meinen Schultern die Verantwortung für den Tod von Millionen, den Untergang von drei Vierteln der Welt, und das können wir nicht vergessen, sie nicht und ich nicht. Nur Gott hat genug Kraft, um ein so ungeheuerliches Verbrechen an der Menschheit zu vergeben und zu vergessen.

Ich hätte Mr. Austurius nicht umgebracht, dachte er. Ich hätte es hingenommen, daß er mich tötet. Aber Bonny und die anderen — sie haben eine andere Entscheidung getroffen. Sie lag nicht bei mir, denn ich kann keine Entscheidungen fällen. Gott erlaubt es mir nicht mehr. Es wäre wahrhaftig ungehörig. Meine Aufgabe besteht daraus, hier zu warten und meine Schafe zu weiden, *auf ihn zu warten, der da kommen soll*, der Mann, der auserwählt ist zum Vollzug der letztendlichen Gerechtigkeit. Den Rächer der Welt.

Wann wird er kommen? fragte Bluthgeld sich. Bald? Ich warte nun schon seit Jahren. Ich bin müde ... Ich hoffe, es wird nicht mehr allzu lange dauern.

„Was haben Sie gemacht, Mr. Tree“, erkundigte sich Mr. Barnes, „bevor Sie Schafzüchter geworden sind?“

„Ich war Atomwissenschaftler“, antwortete Bluthgeld.

„Jack war Dozent“, mischte Bonny sich hastig ein. „Er hat Physik gegeben. Physik an der Universität. Aber natürlich nicht hier in dieser Gegend.“

„So, Dozent“, sagte Mr. Barnes. „Dann haben wir ja gewisse Gemeinsamkeiten.“ Er lächelte Dr. Bluthgeld zu, und Bluthgeld lächelte unwillkürlich zurück. Nervös beobachtete Bonny die beiden, die Hände ineinander verklammert, als befürchte sie, es werde irgend etwas sich ereignen, etwas Furchtbares.

„Wir sollten uns häufiger sehen“, sagte Bluthgeld und nickte schwermütig. „Wir müssen uns unterhalten.“

9

Als Stuart McConchie von seiner Fahrt zur südlich von San Franzisko gelegenen Halbinsel in den Osten der Bucht zurückkehrte, mußte er feststellen, daß irgendwer — wahrscheinlich eine Ratte jener Veteranen, die unter den Landungsbrücken lebten — sein Pferd Prinz Edward von Wales geschlachtet und verzehrt hatte. Geblieben waren nur das Skelett, die Beine und der Kopf, ein Haufen Abfall, der weder für ihn noch sonst irgendwen noch einen Wert besaß. Er stand daneben und dachte nach. Tja, dachte er, das ist ein kostspieliger Ausflug gewesen. Zudem war er nämlich zu spät gekommen; der Bauer hatte bereits sämtliche elektronischen Bestandteile der sowjetischen Rakete verkauft gehabt, das Stück für einen Penny.

Mr. Hardy würde zweifellos ein anderes Pferd besorgen können, aber er hatte Prinz Edward von Wales gerne gehabt. Und es war auf jeden Fall falsch, Pferde um der Ernährung willen zu töten, denn man brauchte sie dringend für vielerlei andere wichtige Zwecke. Sie waren das Rückgrat des gesamten heutigen Beförderungswesens, nachdem die Holzvergaser-Fahrzeuge — und die Menschen, die in Kellern wohnten und im Winter Brennmaterial haben mußten — mittlerweile alles Holz verbrannt hatten; Pferde waren ebenso unentbehrlich beim Wiederaufbau, denn ohne jede Elektrizität waren sie der hauptsächliche Kraftquell. Die Stumpfsinnigkeit, die man darin sehen mußte, daß man Edward als Schlachtvieh mißbraucht hatte, erbitterte Stuart aufs äußerste. Genau das war Barbarei, befand er, die eine große Gefahr, die heute alle fürchteten. Das war Anarchie, betrieben inmitten der Stadt, mitten im Zentrum von Oakland, am hellichten Tag. So etwas würde man normalerweise nur Rotchinesen zutrauen.

So wanderte er nun zu Fuß langsam zur San Pablo Avenue. Die Sonne hatte in den verschwenderisch prunkvollen, ausgedehnten Sonnenuntergang überzugehen begonnen, den zu sehen Stuart sich in den Jahren seit der Katastrophe regelrecht gewöhnt hatte. Er achtete kaum noch darauf. Vielleicht sollte ich auf irgendein anderes Gewerbe umsteigen, überlegte er. Tierfallen mögen ja für ein Auskommen hinreichen, aber in diesem Geschäft stecken keine Entwicklungsmöglichkeiten mehr. Wie sollte jemand sich in so einem Gewerbe denn noch entfalten können?

Der Verlust des Pferds hatte ihn mit Niedergeschlagenheit erfüllt; er hielt den Blick auf den rissigen, mit Gras durchsetzten Bürgersteig gesenkt, während er sich einen Weg zwischen dem Schutt bahnte, den Überbleibseln einstiger Fabriken. Aus einem Loch auf einem verlassenen Parkplatz beobachteten wachsame Augen ihn beim Vorübergehen. Sie mußten einem Vieh gehören, dachte er in düsterer Stimmung, das längst ohne Fell an den Hinterbeinen aufgehängt sein sollte.

Das hier erklärt, wieso Hoppy mit einigem Recht davon überzeugt gewesen sein mag, tatsächlich Ausblick in ein Leben nach dem Tode zu haben. Diese Ruinen, der rauchige, verhangene, entflammte Himmel ... Die wachsamen Augen verfolgten ihn, während das Geschöpf abwog, ob es ihn ohne größere Schwierigkeiten angreifen könne. Er bückte sich, hob einen scharfkantigen Brocken Beton auf und schleuderte ihn hinüber zu dem Bau — einer dicken, dichtgepreßten Schicht aus organischen und anorganischen Materialien, zusammengepappt mit einer Art von weißem Schleim. Das Tier hatte anscheinend einiges von den Trümmern, die ringsherum lagen, damit aufgeweicht und zu so etwas wie einer zum Baustoff geeigneten Knete verformt. Das muß ein verdammt gerissenes Biest sein, dachte Stuart. Doch es war ihm gleichgültig. Die Welt konnte gut ohne all die gewieften und mißgebildeten Erscheinungen von Leben auskommen, die sich im Laufe der vergangenen Jahre unter der Sonne gezeigt hatten.

Ich habe mich auch weiterentwickelt, sagte er sich, indem er sich ein letztes Mal nach der Kreatur in ihrem Bau umdrehte, für den Fall, daß sie versuchen sollte, sich hinterrücks an ihn heranzumachen. Mein Verstand ist heute viel klarer als früher. Euch bin ich noch immer jederzeit gewachsen, also gebt ruhig gleich auf.

Anscheinend war das Tier ebenfalls dieser Meinung; jedenfalls blieb es in seinem Loch sitzen.

Weiterentwickelt habe ich mich, dachte er, aber trotzdem bin ich sentimental. Er vermißte das Pferd aufrichtig. Diese verdammten kriminellen Elemente von Veteranen, dachte er. Wahrscheinlich haben sie sich alle Mann im gleichen Moment auf Edward gestürzt, als wir abgelegt haben. Ich wollte, ich könnte die Stadt verlassen, ich würde gerne raus aufs flache Land ziehen, wo man so eine rücksichtslose Roheit und dies Lumpentum nicht kennt. Genau das hat sofort nach der Katastrophe der Psychiater gemacht. Stockstill hat gleich der östlichen Bay den Rücken gekehrt. Ich habe ihn abhauen gesehen. Er war gescheiter. Er hat gar nicht erst versucht, wieder mit dem alten Trott Schritt zu fassen, er hat nicht dort wieder angefangen, wo er aufgehört hatte, wie ich es gemacht habe.

Mir ist doch selbst klar, dachte er, daß ich heute nicht besser dastehe als vor der gottverdammten Katastrophe. Damals habe ich Fernsehapparate verkauft, heute sind es elektronische Fallen gegen alles mögliche Viehzeug. Wo ist denn da ein Unterschied? Das eine ist so mies wie das andere. Wahrhaftig, es geht sogar bergab mit mir.

Um seine Laune ein wenig zu heben, holte er eine von Andrew Gills Spezial Deluxe Gold heraus und zündete sie an.

Der ganze Tag verplempert, erkannte er, vergeudet mit dem fruchtlosen Unterfangen drüben auf der anderen Seite der Bucht. In zwei Stunden würde es dunkel sein, und dann streckte er sich drunten in dem mit Katzenfell ausgelegten Kellerraum, den Mr. Hardy ihm für monatlich einen Dollar in Silber vermietete, zum Schlafen aus. Natürlich konnte er sich sein Öllämpchen anzünden, es noch für ein Weilchen brennen lassen und in einem Buch beziehungsweise dem Teil eines Buchs lesen — der größte Teil seiner Sammlung setzte sich aus Bücherresten zusammen, die übrigen Bestandteile waren vernichtet worden oder verlorengegangen. Oder er konnte Mr. und Mrs. Hardy, dem alten Ehepaar, einen Besuch abstatten und das Spätprogramm des Satelliten hören.

Erst vor wenigen Tagen hatte er selbst über den Sender draußen im Sumpfland in West Richmond eine Anfrage an Dangerfield gerichtet. Er hatte gefragt, ob er ‚Starken Rock heut abend' spielen könne, einen Lieblingsheuler aus Stuarts Jugend. Allerdings war unbekannt, ob Dangerfield auf seinen vielen Kilometer Band auch ausgerechnet dies Lied hatte; vielleicht wartete er vergeblich.

Beim Weitergehen sang er vor sich hin.

„Mensch äh ich hab 'ne dufte Neuigkeit:
's gibt richtig starken Rock heut abend.
Mann äh ich hab 'ne dufte Neuigkeit:

's gibt richtig starken Rock heut abend!
Heut abend bin ich ein mächtig starker Mann
und drück meine Ische so fest wie ich kann."

Tränen quollen ihm in die Augen, als er sich an die alten Hits erinnerte, die Songs einer Welt, die es nicht mehr gab. Alles dahin, sagte er sich. Nicht einmal Bluthgeld ist noch unter uns, heißt es ... und was haben wir heute statt all dessen, eine Ratte, die Nasenflöte spielen kann, ach was, auch nicht, sie ist ja überfahren worden.

Er hatte noch eine andere Lieblingsplatte gehabt, ein Lied über irgendeinen Mann mit einem Messer; er versuchte, sich darauf zu besinnen, wie der Text gelautet hatte. Irgendwie war es auch um einen Haifisch gegangen, der Zähne oder sogar irgendwelche besonderen Zähne besessen hatte. Doch seine Erinnerung war zu schwach; er vermochte sich nicht daran zu entsinnen. Seine Mutter hatte ihm die Platte zum erstenmal vorgespielt; ein Mannn mit harscher Stimme hatte das Lied gesungen, und es war wunderschön gewesen.

Ich würde wetten, das Lied hätte die Ratte nicht auf der Flöte spielen können, dachte er. In einer Million Jahre nicht. Ich finde, daß ist doch praktisch heilige Musik geworden. Musik aus unserer Vergangenheit, unserer heiligen Vergangenheit, an der kein noch so schlaues Tier und kein Freak jemals Anteil haben kann. Die Vergangenheit gehört allein uns richtiggehend echten Menschen. Ich wünschte (dieser Gedanke brachte ihn in eine gewisse innere Erregung), ich wäre zu so etwas imstande, was damals Hoppy getrieben hat, ich wollte, ich könnte mich in eine Trance versetzen, aber ich würde nicht in die Zukunft schauen, wie er es gemacht hat — ich würde in die *Vergangenheit* Ausschau halten.

Ist Hoppy zu so etwas fähig, falls er noch lebt? Ob er es versucht hat? Wo er wohl steckt, dieser Hellseher. Das war er nämlich, ein Hellseher. Der erste Phoko. Fast bin ich sicher, daß er mit dem Leben davongekommen ist. Wahrscheinlich ist er zu den Chinesen übergelaufen, die oben im Norden gelandet sein sollen.

Ich würde in meinem Rückblick zu dem Zeitpunkt zurückkehren, überlegte er, als ich Jim Fergesson kennengelernt habe, als ich Arbeit suchte und es für einen Schwarzen noch schwierig war, eine Stelle zu bekommen, in der er Umgang mit Kunden pflegen mußte. Das war positiv an Fergesson gewesen, er hatte keine Vorurteile gehegt. Ich erinnere mich noch genau an den Tag. Ich hatte die Klinkenputzerei mit den Aluminiumbratpfannen hinter mir und den Job bei der Encyclopaedia Britannica erhalten, aber das war auch nur Klinkenputzerei. Mein Gott, sah Stuart plötzlich ein, meine erste richtig anständige Tätigkeit, die habe ich bei Jim Fergesson ausgeübt, denn die Klinkenputzerei zählt ja wirklich nicht.

Während er an Jim Fergesson dachte — der nun schon all die Jahre seit dem Tag X tot und dahin war —, erreichte er die San Pablo Avenue, auf der es da und dort kleine Läden gab, kaum mehr als aus Altmaterial gebaute Buden, in denen man alles erdenkliche verkaufte von Kleiderbügeln bis Heu. An einer von ihnen hing ein Schild mit der Aufschrift HARDYS HOMÖOSTATISCHE SCHÄDLINGSFALLEN, und er ging in ihre Richtung.

Als er eintrat, blickte Mr. Hardy von seinem hinten befindlichen Werkpult auf; er arbeitete unterm weißlichen Licht einer Bogenlampe, und ringsherum lagen haufenweise elektronische Bauteile, zusammengesucht aus allen Ecken und Enden des nördlichen Kaliforniens. Viele stammten aus den Ruinen draußen in Livermore; Mr. Hardy besaß Beziehungen zu höheren Beamten und hatte von ihnen die Erlaubnis erhalten, sich dort auf den nichtöffentlichen staatlichen Schrottplätzen zu bedienen.

Früher war Dean Hardy Techniker in einer Rundfunkredaktion in der Innenstadt von Oakland gewesen; er war ein schlanker, älterer Mann mit ruhiger Sprechweise, der eine grüne Strickjacke und sogar in der heutigen Zeit einen Schlips trug — heutzutage war ein Schlips ein wahrhaftig einzigartiger Anblick. Sein Haar war grau und kraus, und er erinnerte Stuart an einen Weihnachtsmann ohne Bart: er hatte ein drolliges Gesicht, das ständig einen grimmigen Ausdruck zeigte, und besaß eine derbe Art von Humor. Rein körperlich war er eine wenig bedeutende Erscheinung; er wog knapp sechzig Kilo. Aber er war launisch bis an den Rand der Gewalttätigkeit, und Stuart hatte vor ihm gehörigen Respekt. Hardy war fast sechzig und für Stuart in mancherlei Hinsicht zu einer Vatergestalt geworden. Stuarts Vater, bereits in den 70er Jahren verstorben, war Versicherungsagent gewesen und gleichfalls ein stiller Mann, der stets in Strickjacke und mit Schlips herumlief, aber er hatte nichts von Hardys Heftigkeit gehabt, keine solche Neigung zu urplötzlichen Ausbrüchen; oder falls doch, so hatte Stuart nie welche miterlebt oder die Erinnerung daran völlig verdrängt.

Und überdies wies Dean Hardy gewisse Ähnlichkeiten mit Jim Fergesson auf.

Dieser Umstand hatte Stuart mehr als alles andere vor über drei Jahren angezogen. Er war sich dessen bewußt; er leugnete es nicht und mochte es auch gar nicht leugnen. Jim Fergesson fehlte ihm, und er fühlte sich von jedem angezogen, der ihm ähnelte.

„Das Pferd ist aufgefressen worden“, sagte er zu Mr. Hardy. Er nahm auf einem Stuhl im Vorderteil des Ladens Platz.

Sofort kam Ella Hardy, die Frau seines Chefs, aus den Wohnräumen hinter der Bude zum Vorschein; sie war dabei gewesen, das Essen zu bereiten. „Sie haben es irgendwo *allein* stehenlassen?“

„Ja“, gestand er. Ella Hardy, eine stattliche Frau, musterte ihn entrüstet und in wachsendem Maße vorwurfsvoll. „Ich bin davon ausgegangen, daß es an der öffentlichen Anlegestelle des städtischen Fährbetriebs sicher ist, dort hält sich ja dauernd ein Beamter auf, der...“

„So was kommt ständig vor“, sagte Hardy voller Überdruß. „Diese Halunken. Das müssen diese Ex-Soldaten gewesen sein, die unter den Landungsbrücken hausen. Man sollte mal eine Zyanidbombe da hinunterschmeißen, sie lungern da unten zu Hunderten herum. Was ist mit dem Wagen? Vermutlich haben sie ihn am Hafen lassen müssen.“

„Es tut mir alles schrecklich leid“, sagte Stuart.

„Edward war fünfundachtzig Dollar in Silber wert“, sagte Mrs. Hardy mit ätzender Schärfe des Tonfalls. „Das ist der Gewinn einer vollen Woche.“

„Ich werd's bezahlen“, sagte Stuart mit gepreßter Stimme.

„Lassen Sie nur“, sagte Hardy. „In unserem Laden in Orinda haben wir noch Pferde. Wie steht's mit den Teilen von der Rakete?“

„Kein Glück“, antwortete Stuart. „War schon alles weg, als ich ankam. Bis auf das hier.“ Er zeigte eine Handvoll Transistoren vor. „Der Bauer hatte sie nicht gesehen. Ich habe sie unbemerkt eingesteckt und nichts dafür gezahlt. Aber ich weiß nicht, ob sie noch zu gebrauchen sind.“ Er brachte sie zum Werkpult und legte sie zu den verschiedenartigen anderen Bauteilen. „Keine große Ausbeute für eine ganztägige Fahrt.“ Er fühlte sich noch trübsinniger als zuvor.

Wortlos kehrte Ella Hardy in die Küche zurück und schloß hinter sich den Vorhang.

„Möchten Sie mit uns zu Abend essen?“ fragte Hardy, löschte die Lampe und nahm die Brille ab.

„Ich weiß nicht“, sagte Stuart. „Mir ist so seltsam zumute. Es hat mich wirklich außer Fassung gebracht, als ich zurückgekommen bin und habe Edward aufgefressen vorgefunden.“ Er schlenderte durch den kleinen Laden. Unser Verhältnis zu den Tieren, dachte er, hat sich irgendwie gewandelt. Es ist enger geworden. Die Kluft, die früher so deutlich war, hat sich vermindert. „Drüben auf der anderen Seite der Bucht habe ich was gesehen, was mir vorher noch nie unter die Augen gekommen war“, sagte er. „Ein Flugtier, so ähnlich wie eine Fledermaus, aber eine Fledermaus war's nicht. Es sah eher wie ein Wiesel aus, es war sehr sehnig und lang und hatte 'n großen Kopf. Die Leute nennen sie Pelzbrummer, weil sie 'n Fell haben, aber wie Nachtfalter immer an den Fenstern herumschwirren und reingaffen.“

„Das sind Eichhörnchen“, sagte Hardy. „Ich habe sie schon gesehen.“ Er lehnte sich auf dem Stuhl zurück und lockerte seinen Schlips. „Sie haben sich aus den Eichhörnchen im Golden Gate Park entwickelt.“ Er gähnte. „Sie hatten mich mal auf einen Einfall gebracht ... Ich dachte mir, sie könnten als Boten nützlich sein. In der Theorie ist das ja auch gut vorstellbar. Sie können rund eineinhalb Kilometer weit fliegen beziehungsweise segeln. Aber sie sind zu bissig. Nachdem ich eines gefangen hatte, bin ich wieder davon abgekommen.“ Er hob seine rechte Hand. „Schauen Sie sich die Narbe hier am Daumen an. Die stammt von so einem Pelzbrummer.“

„Der Mann, mit dem ich gesprochen habe, hat mir erzählt, sie würden gut schmecken. Wie früher die Hähnchen. Im San Franziskoer Zentrum werden sie in Ställen gehalten und verkauft. Man sieht auch alte Damen sie gebacken für fünfundzwanzig Cent das Stück anbieten, ganz frisch und noch warm.“

„Verzichten Sie lieber darauf“, riet Hardy. „Meistens sind sie voller Giftstoffe. Hängt mit ihrer Ernährung zusammen.“

„Hardy“, sagte Stuart unvermittelt, „ich möchte fort aus der Stadt und aufs Land.“ Sein Chef sah ihn an. „Hier geht's mir zu brutal zu“, sagte Stuart.

„Es geht überall brutal zu.“

„Um so weniger, je weiter man sich von der Stadt entfernt, sagen wir mal zweihundert Kilometer oder so.“

„Aber auf dem platten Land ist es viel schwerer, sich einen Lebensunterhalt zu verdienen."

„Verkaufen wir auf dem Land keine Fallen?" wollte Stuart erfahren.

„Nein", antwortete Hardy.

„Wieso nicht?"

„Das schädliche Viehzeug läuft in den Städten herum, wo es Ruinen gibt. Das wissen Sie doch selbst. Sie sind ein Träumer, Stuart. Das Land ist geistlos. Dort würden Sie das fortwährende Aufkommen neuer Ideen vermissen, das hier in der Stadt herrscht. Auf dem Land geschieht überhaupt nichts. Dort bebaut man die Felder und hört das Satellitenprogramm. Und außerdem würden Sie wieder auf die alten Rassenvorurteile gegen Neger stoßen. Die Landbevölkerung ist zu den alten Mißständen zurückgekehrt." Er setzte sich wieder die Brille auf, schaltete die Bogenlampe ein und machte sich erneut an den Zusammenbau der Falle, mit deren Herstellung er sich gerade befaßte. „Die Vorteilhaftigkeit des Landlebens ist einer der größten und unsinnigsten Mythen, die es je gegeben hat. Binnen einer Woche wären Sie wieder hier, das weiß ich genau."

„Ich würde gerne versuchen, einige Fallen, sagen wir mal, in der Gegend von Napa loszuwerden", beharrte Stuart. „Vielleicht sogar oben beim St. Helena Valley. Unter Umständen kann ich sie gegen Wein einhandeln. Soviel mir zu Ohren gekommen ist, gibt es dort Weinanbau, genau wie früher."

„Aber der Wein schmeckt nicht wie früher", sagte Hardy. „Der Boden hat sich verändert. Der Wein ist..." Er winkte ab. „Sie müssen ihn selber kosten, ich kann's nicht in Worte fassen, jedenfalls ist er wirklich scheußlich. Ekelhaft."

Beide schwiegen für ein Weilchen.

„Aber er wird trotzdem getrunken", sagte Stuart schließlich. „Ich habe ihn hier in der Stadt gesehen, er wird mit solchen alten Holzvergaser-Lastern geliefert."

„Natürlich, in der heutigen Zeit trinken die Leute alles, was sie kriegen könen. Das gleiche gilt für Sie und für mich." Mr. Hardy hob den Kopf unnd schaute Stuart an. „Wissen Sie, wer noch anständige Getränke anbietet? Ich meine, tatsächlich richtige Getränke — man kann nicht unterscheiden, ob sie neueren Datums sind oder aus der Vorkriegszeit stammen."

„In der Umgebung der Bucht jedenfalls niemand."

„Andrew Gill, der Tabakexperte“, sagte Hardy.

Stuart holte geräuschvoll Atem, schlagartig in äußerste Aufmerksamkeit versetzt. „Das kann ich überhaupt nicht glauben.“

„Oh, viel liefert er nicht, ich habe nur ein einziges Mal eine Flasche gesehen, einen Viertelliter Brandy. Einen Drink habe ich davon abbekommen.“ Hardy lächelte verschmitzt, seine Lippen zuckten. „Hätte Ihnen sicher geschmeckt.“

„Wieviel verlangt er dafür?“ Stuart bemühte sich, seiner Stimme einen gleichgültigen Klang zu geben.

„Mehr als Sie zahlen können.“

„Und ... schmeckt's wie echt? Wie *vor dem Krieg?*“

Hardy lachte und widmete sich erneut dem Zusammenbau der Fallen. „Genau.“

Was für eine Art von Mensch Andrew Gill wohl sein mag? wunderte sich Stuart. Vielleicht ist er ein hünenhafter Mann mit Bart ud vornehmer Weste ... Geht an einem Stock mit silbernem Knauf. Ein Hüne von einem Mann mit schlohweißem Haar, das ihm ums Haupt wallt, einem Monokel, das seiner Wichtigkeit äußeren Ausdruck verleiht. Ich kann ihn mir richtig vorstellen. Wahrscheinlich fährt er einen Jaguar, selbstverständlich inzwischen auf Holzvergaser umgestellt, aber nichtsdestotrotz einen großen, leistungsfähigen Mark XVI Saloon.

Hardy sah Stuarts Miene und beugte sich vor. „Ich kann Ihnen sogar sagen, was er noch verkauft.“

„Englische Bruyèrepfeifen?“

„Ja, die auch.“ Hardy senkte seine Stimme. „Mädchenfotos. Sie wissen schon ... in artistischen Posen.“

„Ach was“, sagte Stuart entgeistert, während seine Vorstellungskraft zu brodeln anfing. Das war einfach zuviel. „Das kann ich nicht glauben.“

„Bei Gott, es ist die reine Wahrheit. Richtige Kalender mit Mädchenbildern aus der Zeit vorm Krieg, bis zurück ins Jahr neunzehnhundertfünfzig. Natürlich sind sie heute ein Vermögen wert. Ich habe gehört, für den *Playboy*-Kalender von neunzehnhundertzweiundsechzig sollen tausend Dollar in Silber hingelegt worden sein, das soll irgendwo weiter östlich gewesen sein, in Nevada oder so einer Gegend.“ Nun war Hardy versonnen geworden, hatte die unfertige Falle vergessen und starrte vor sich hin ins Nichts.

„Wo ich gearbeitet habe, als es geknallt hat“, erzählte Stuart,

„im *TV modern*, dort hatten wir in der Kundendienstabteilung stapelweise Kalender mit Mädchen herumliegen. Natürlich dürften sie alle verbrannt sein." Bis jetzt hatte er das jedenfalls immer angenommen. Hardy nickte auf ergebene Art und Weise. „Nehmen Sie mal an", fügte Stuart hinzu, „jemand buddelt irgendwo in den Ruinen und stößt auf ein ganzes Lager voller Mädchenkalender. Können Sie sich das vorstellen?" Seine Gedanken wirbelten. „Wieviel könnte er damit wohl verdienen? Millionen? Dafür ließe sich wieder wirklicher Besitz erhandeln. So jemand könnte sich einen ganzen Landkreis unter den Nagel reißen!"

„Stimmt", sagte Hardy und nickte.

„Ich meine, er wäre ein für allemal reich. Es werden ja einige im Fernen Osten fabriziert, in Japan, aber sie taugen nichts."

„Ich habe sie gesehen, es sind elende Fetzen", bestätigte Hardy. „Das entsprechende Fachwissen ist verkümmert, die Spezialkenntnisse sind in Vergessenheit geraten. Das Drucken ist ein ausgestorbenes Gewerbe. Vielleicht bleibt's für immer so."

„Glauben Sie nicht, es liegt eher daran, daß es heute keine Mädchen mehr gibt, die so wie damals aussehen?" äußerte Stuart. „Heute sehen die meisten Menschen doch wie räudig aus und haben keine Zähne. Die Mädchen haben fast alle Brandnarben von der Strahlung und zahnlose Mäuler, und was könnte man mit solchen Gestalten denn für einen Mädchenkalender machen?"

„Ich vermute, es gibt noch solche Mädchen wie früher", sagte Hardy mit heftigem Nachdruck. „Wo, das weiß ich auch nicht, kann sein, in Schweden oder Norwegen, oder vielleicht in irgendwelchen ganz entlegenen Teilen der Welt, auf den Salomonen oder so was. Nach dem, was die Leute erzählen, die mit Schiffen kommen, bin ich davon überzeugt. Nicht in den Vereinigten Staaten, Europa, der Sowjetunion oder China, also nirgends, wo Atomwaffen eingesetzt worden sind — darin stimme ich mit Ihnen überein."

„Könnten wir nicht versuchen, welche zu finden", schlug Stuart vor, „und dann ins Geschäft einsteigen?"

Für eine Weile dachte Hardy nach. „Es gibt keine Filme", sagte er schließlich. „Keine Chemikalien zum Entwickeln von Filmen. Die meisten guten Kameras sind zerstört worden oder verschwunden. Es gibt keine Möglichkeit, so einen Kalender in ausreichend hoher Auflage zu drucken. Wenn Sie sie gedruckt haben wollen, dann..."

„Aber wenn man ein Mädchen ohne Verbrennungen und mit guten Zähnen auftreiben könnte, so wie sie vor dem Krieg ausgesehen haben…"

„Ich will Ihnen verraten, was ein gutes Geschäft wäre", sagte Hardy. „Ich habe schon oft daran gedacht." Mit tiefsinnigem Gebaren wandte er sich Stuart zu. „Nadeln für Nähmaschinen. Dafür könnte man selbst denn Preis bestimmen. Dafür würden Sie kriegen, was Sie wollen."

Stuart vollführte eine fahrige Geste und stand auf, stapfte in dem Laden hin und her. „Hören Sie, was ich im Auge habe, ist das große Geschäft. Ich bin die Verkauferei satt, ich möchte nichts mehr damit zu tun habe. Ich habe Töpfe ud Pfannen aus Aluminium verkauft, Lexika und Fernsehapparate verkauft, und jetzt sind es diese Schädlingsfallen. Es sind gute Fallen, und die Leute kaufen sie, aber ich werde ganz einfach nicht das Gefühl los, daß es für mich noch etwas anderes geben muß, das mehr ist." Hardy brummte und machte eine Miene der Mißgestimmtheit. „Ich habe nicht die Absicht, Sie irgendwie zu kränken", ergänzte Stuart. „Aber ich möchte mich aufwärts entwickeln. Ich *muß* es einfach. Man muß wachsen oder zurückfallen, und wenn man zurückbleibt, geht mal letzten Endes kaputt. Der Krieg hat mich um Jahre zurückgeworfen, wir sind alle dadurch zurückgeworfen worden. Ich bin jetzt genau da, wo ich schon vor zehn Jahren gewesen bin, und das ich mir eindeutig zuwenig."

„Und was haben Sie vor?" fragte Hardy, indem er sich an der Nase schabte.

„Vielleicht entdecke ich irgendwo eine mutierte Kartoffel, die die ganze Welt ernähren kann."

„Eine einzige Kartoffel?"

„Ich meine natürlich eine Sorte Kartoffel. Möglicherweise kann ich Pflanzenzüchter werden, wie Luther Burbank. Auf dem Land müssen inzwischen Millionen verschiedene Arten von mutierten Pflanzen wachsen, so ähnlich wie es hier in der Stadt alle möglichen freakigen Leute und abgewandelte Tiere gibt."

„Vielleicht entdecken Sie eine intelligente Kletterbohne", sagte Hardy.

„Ich spreche völlig im Ernst", erwiderte Stuart gelassen.

Sie sahen einander an und schwiegen.

„Es ist ein Dienst an der Menschheit, homöostatische Schädlingsfallen herzustellen, die zur Ausmerzung mutierter Katzen, Hunde, Ratten und Eichhörnchen beitragen", sagte Hardy zu guter Letzt. „Ich finde, Sie verhalten sich kindisch. Weil man Ihnen das Pferd aufgefressen hat, während Sie drüben im Süden von San Franzisko waren, sind Sie vielleicht..."

Ella Hardy kam herein. „Das Essen ist fertig, und ich möchte es auftragen, solang's noch warm ist", sagte sie. „Es gibt gebackenen Fischkopf vom Kabeljau mit Reis, und für den Fischkopf habe ich drunten am Eastshore Freeway drei Stunden lang anstehen müssen."

Die zwei Männer standen auf. „Essen Sie mit uns?" erkundigte Hardy sich nochmals bei Stuart.

Beim Gedanken an gebackenen Fischkopf bekam Stuart gehörigen Appetit. Er vermochte nicht zu widerstehen und nickte, folgte Mrs. Hardy in die kleine Wohnküche an der Rückseite des Hauses. Einen Monat war es bereits her, daß er das letzte Mal Fisch gegessen hatte; in der Bucht waren fast keine mehr übrig, die meisten Schwärme waren ausgerottet, und es kamen keine neuen. Und die Fische, die man heute noch fing, waren häufig radioaktiv. Doch das spielte keine Rolle; die Leute hatten es sich angewöhnt, sie trotzdem zu essen. Die Menschen konnten so gut wie alles essen; ihr Leben hing davon ab.

Das kleine Mädchen der Kellers saß auf dem Untersuchungstisch und zitterte, und während Dr. Stockstill den mageren, bleichen Körper in Begutachtung nahm, dachte er an einen Gag, den er vor Jahren, lange vor dem Krieg, einmal im Fernsehen gesehen hatte. Ein spanischer Bauchredner hatte durch ein Huhn gesprochen; das Huhn hatte ein Ei gelegt gehabt.

„Mein Sohn...!" hatte das Huhn zu dem Ei gesagt.

„Bist du sicher?" fragte der Bauchredner. „Kann es nicht eine Tochter sein?"

„Ich verstehe mich auf meine Sache", hatte das Huhn selbstbewußt entgegnet.

Das Kind war Bonny Kellers Tochter. Aber George Kellers Tochter ist es nicht, dachte Dr. Stockstill. Ich bin ganz sicher. Ich verstehe mich auf meine Sache. Mit wem kann Bonny vor sieben Jahren wohl ein Verhältnis gehabt haben? Die Zeugung mußte irgendwann dicht um den Tag X erfolgt sein, auf keinen Fall jedoch vor dem

Kriegsausbruch; soviel stand fest. Vielleicht war es genau an dem Tag selbst, überlegte er. Das sähe Bonny ähnlich, an so einem Tag einfach hinauszurennen, während es Atomsprengköpfe hagelt und die Welt untergeht, und sich ebenso flüchtig wie wild mit irgendeinem Mann in gemeinsame Lust zu stürzen, mit irgendwem womöglich, den sie gar nicht kannte, dem ersten Mann, der ihr über den Weg gelaufen ist ... Und nun das.

Das Kind lächelte ihn an, und er erwiderte das Lächeln. Bei oberflächlicher Betrachtung wirkte Edie Keller völlig normal; sie schien kein irgendwie in Mitleidenschaft gezogenes Kind zu sein. Gottverdammt! Wie sehr er sich wünschte, einen Röntgenapparat zu haben. Denn er hatte den Eindruck...

„Erzähl mir mal ein bißchen mehr über deinen Bruder", sagte er.

„Naja", sagte Edie Keller mit ihrer sanften, schwachen Stimme, „ich spreche immer mit meinem Bruder, und ab zu antwortet er auch, aber meistens schläft er. Er schläft beinahe die ganze Zeit."

„Schläft er auch jetzt in diesem Moment?"

Das Kind schwieg einen Augenblick lang. „Nein, er ist wach."

Dr. Stockstill erhob sich und trat näher. „Bitte zeig mir doch einmal ganz genau, wo er ist."

Das Kind deutete auf seine linke Seite, den Unterleib. Bereich des Wurmfortsatzes, dachte Stockstill. Dort saß auch der Schmerz. Deshalb war das Kind ihm vorgeführt worden; Bonny und George hatten sich ernsthafte Sorgen zu machen begonnen. Sie wußten zwar von Edies Bruder, nahmen jedoch an, er sei nur imaginär, ein ersponnener Spielkammerad, mit dem ihre kleine Tochter sich Unterhaltung verschaffte. Zunächst hatte er das gleiche gemutmaßt; wenngleich Edie ständig von einem sprach, war in den Unterlagen über die Entbindung von einem Bruder keine Rede. Bill sei genau so alt wie sie, behauptete Edie. Er sei natürlich, hatte Edie den Doktor in Kenntnis gesetzt, zur gleichen Zeit wie sie geboren.

„Wieso ‚natürlich'?" hatte er gefragt und mit der Untersuchung angefangen; dann hatte er die Eltern ins Nebenzimmer geschickt, weil das Kind in ihrer Gegenwart zuviel Zurückhaltung an den Tag legte.

„Weil er mein Zwillingsbruder ist", hatte Edie anschließend in ihrer ruhigen, ernsten Weise erklärt. „Wie könnte er denn sonst in mir drin sein?" Und wie das Huhn jenes spanischen Bauchredners hatte sie voller Selbstbewußtsein ud Sachverständigkeit gesprochen; auch sie wußte, wovon sie redete.

In den Jahren nach dem Krieg hatte Dr. Stockstill viele hundert recht merkwürdig geratene Menschlein untersucht, zahlreiche sonderbare und fremdartige Abarten der menschlichen Lebensform, die nun allesamt unter einem Himmel im Rahmen ihrer Möglichkeiten gedeihen durften, unter dem — obwohl er so rauchig verschleiert war — weit mehr Toleranz als in früheren Zeiten herrschte. Ihm konnte nichts dergleichen noch Schrecken einjagen. Und doch, mit diesem Kind hatte es wahrhaftig etwas ganz außerordentlich besonderes auf sich — ein Mädchen, dessen Bruder bei ihm im Körper lebte, unten in der Leistengegend. Seit sieben Jahren lebte Bill Keller nun schon darin. Dr. Stockstill glaubte dem Mädchen aufs Wort; er wußte, so etwas war möglich. Der erste Fall dieser Art war es keineswegs. Hätte er einen Röntgenapparat zur Verfügung gehabt, wäre er dazu imstande gewesen, die winzige, verhutzelte Gestalt, wahrscheinlich nicht größer als ein junges Kaninchen, zu sehen. Tatsächlich konnte er mit der Hand sogar die Umrisse spüren ... Er betastete die Seite des Mädchens, befühlte vorsichtig den festen, einer Cyste nicht unähnlichen Beutel im Innern. Der Kopf befand sich in normaler Position, der Körper saß mit den Gliedern und allem anderen in den Hohlräumen des Unterleibs. Wenn das Mädchen eines Tages starb und man ihm den Leib öffnete, eine Autopsie durchführte, würde man darin eine winzige, schrumplige männliche Gestalt finden, vielleicht mit schneeweißem Bart und blinden Augen... den Bruder, noch immer kaum größer als ein junges Kaninchen.

Bis dahin jedoch schlief Bill überwiegend, doch dann und wann unterhielten er und seine Schwester sich. Was hatte Bill zu sagen? Was konnte er denn überhaupt wissen?

Edie hatte auf diese Fragen Antworten. „Na, viel Ahnung von irgend was hat er nicht. Er sieht nichts, aber er kann denken. Und ich erzähle ihm, was so alles los ist, also entgeht ihm nichts."

„Was hat er denn für Interessen?" forschte Stockstill nach. Die Untersuchung war abgeschlossen; mehr konnte er mit den wenigen Instrumenten und Tests, die er anzuwenden vermochte, nicht tun. Er hatte sich von der Richtigkeit der Darstellung überzeugt, die das Kind gab, und das war immerhin etwas, doch konnte er das Embryo nicht sehen und ebensowenig in Erwägung ziehen, ihn zu entfernen; letzteres stand vollkommen außer Frage, wie wünschenswert es auch sein mochte.

Edie überlegte. „Na“, sagte sie, „am liebsten läßt er sich ... äh ... was über Essen erzählen.“

„Essen!“ wiederholte Stockstill in äußerster Faszination.

„Ja. Wissen Sie, er selbst ißt ja nichts. Er läßt sich gern immer wieder erzählen, was ich zu essen bekommen habe, denn nach einer Weile kriegt er ja auch was davon ab ... Glaube ich jedenfalls. Muß doch so sein, sonst könnte er gar nicht leben, oder?“

„Ja, richtig“, pflichtete Stockstill ihr bei.

„Er bekommt's also von mir“, bekräftigte Edie, während sie ihre Bluse anzog und sie langsam zuknöpfte. „Und er will wissen, was drin ist. Er hat's besonders gerne, wenn Äpfel oder Apfelsinen dabei sind. Und ... er hört gerne Geschichten. Er möchte immer was von anderen Gegenden hören. Vor allem solchen, die weit weg sind, zum Beispiel New York. Meine Mutter erzählt mir manchmal was von New York, und ich erzähl's ihm weiter. Er möchte eines Tages mal hin und sich anschauen, wie's dort aussieht.“

„Aber er kann doch nichts sehen.“

„Ich kann's aber“, betonte Edie. „Das ist fast genauso gut.“

„Du sorgst gut für ihn, was?“ meinte Stockstill mit tiefer Rührung. Für das Mädchen war das alles völlig normal; es hatte sein ganzes bisheriges Leben hinduch so gelebt — von einem andersartigen Dasein wußte sie nichts. Es gibt nichts, begriff er wieder einmal, das ‚außerhalb‘ der Natur stünde. So was ist eine logische Unmöglichkeit. In gewisser Hinsicht gibt es keine Mißbildungen, keine Anomalien, es sei denn in statistischem Sinne. Die Situation ist ungewöhnlich, aber nichts, was uns Entsetzen einflößen müßte. Vielmehr sollten wir uns darüber freuen. Das Leben als solches ist gut, und dies ist lediglich eine der zahllosen Formen, die es annimmt. Es liegt hier keine besondere Art von Quälerei vor, keine Grausamkeit, kein Leid. Vielmehr Fürsorge und Zärtlichkeit.

„Ich mache mir Sorgen“, sagte das Mädchen plötzlich, „daß er einmal sterben könnte.“

„Ich glaube nicht, daß es dazu kommt“, sagte Stockstill. „Viel wahrscheinlicher ist, daß er größer wird. Und dann könnte die Sache problematisch werden. Es könnte für dich sehr schwierig werden, ihn in deinem Köper zu behalten.“

„Was würde denn passieren?“ Edie betrachtete ihn aus großen dunklen Augen. „Würde er dann geboren?

„Nein“, sagte Stockstill. „Er sitzt nicht an der richtigen Stelle. Er müßte durch eine Operation entfernt werden. Aber dann ... wäre er nicht zum Weiterleben imstande. Die einzige Möglichkeit zu leben ist für ihn die, wie er jetzt lebt, nämlich in dir." Als Parasit, dachte er, sprach diese Feststellung jedoch nicht aus. „Aber damit werden wir uns beschäftigen, wenn die Zeit da ist", ergänzte er und tätschelte das Mädchen am Kopf. „Falls es soweit kommt."

„Meine Mamma und mein Vater wissen nicht Bescheid", sagte Edie.

„Das ist mir klar", sagte Stockstill.

„Ich habe ihnen öfters von ihm erzählt", sagte Edie, „aber..." sie lachte.

„Mach dir keine Gedanken. Verhalte dich ganz einfach so wie immer. Es regelt sich alles von selber."

„Ich bin froh, daß ich einen Bruder habe", sagte Edie. „Dadurch bin ich nie allein. Auch wenn er schläft, kann ich ihn immer spüren, ich weiß immer, daß er da ist. Es ist genauso, als ob ich ein Kind in mir hätte. Ich kann ihn nicht in 'nem Kinderwagen spazierenfahren oder so was, ihn nicht anziehen, aber sich mit ihm zu unterhalten, macht auch schon viel Spaß. Zum Beispiel erzähle ich ihm auch von Mildred."

„Mildred?!" Stockstill war ratlos.

„Sie wissen doch." Das Kind belächelte seine Unkenntnis. „Das Mädchen, das immer wieder zu Philipp zurückkehrt. Das sein ganzes Leben kaputtmacht. Wir hören jeden Abend zu. Dem Satelliten"

„Natürlich." Sie sprach von Dangerfields Lesung des Maugham-Buchs. Wahrhaftig unheimlich, dachte Dr. Stockstill, dieser Parasit, der in Edies Leib wächst, in unveränderlicher Feuchtigkeit und Dunkelheit, ernährt durch ihr Blut, hört sich auf irgendeine unausdenkliche Weise von ihr eine Wiedergabe eines weltberühmten Romans aus zweiter Hand an ... er wird dadurch in unsere Kultur einbezogen. Er führt durchaus eine groteske Art von gesellschaftlichem Dasein. Weiß Gott, was er sich bei der Geschichte denkt. Ob er sich Fantastereien darüber hingibt, über unser Leben? Ob er von uns *träumt?*

Dr. Stockstill beugte sich vor und gab dem Mädchen einen Kuß auf die Stirn. „So, alles klar", sagte er und geleitete es zur Tür. „Du kannst jetzt gehen. Ich werde mich mit deinen Eltern ein bißchen unterhalten. Vorn im Wartezimmer liegen ein paar ganz alte Zeitschriften, echte Blättchen aus der Vorkriegszeit. Du darfst sie lesen, wenn du vorsichtig damit umgehst."

„Und dann können wir nach Hause gehen und zu Abend essen", sagte Edie freudig und öffnete die Tür zum Wartezimmer. George und Bonny erhoben sich, die Gesichter unverkennbar von Sorge gezeichnet.

„Kommen Sie bitte rein", sagte Stockstill zu den beiden. Er schloß hinter ihnen die Tür. „Kein Krebs", sagte er, vornehmlich an Bonny gewandt, die er besser kannte. „Freilich ist's eine Wucherung, daran besteht kein Zweifel. Wie groß sie werden kann, läßt sich jetzt noch nicht absehen. Aber ich würde sagen, es ist kein Anlaß zu Befürchtungen gegeben. Bis die Wucherung groß genug ist, um ernsthafte Beschwerden zu verursachen, sind die Operationstechniken vielleicht wieder soweit fortgeschritten, daß man damit fertig werden kann." Die Kellers seufzten erleichtert auf; sie waren sichtlich ins Zittern geraten. „Gegebenenfalls kann man mit Edie in die Allgemeine Klinik in San Franzisko gehen, dort werden kleinere chirurgische Eingriffe durchgeführt", sagte Stockstill. „Aber offen gestanden, an Ihrer Stelle würde ich keinen gesteigerten Wert darauf legen." Es ist besser, ihr wißt nichts, dachte er. Es fiele euch verdammt schwer, euch damit abzufinden ... Vor allem dir, Bonny. Wegen der Umstände der Empfängnis. Es wäre allzu leicht möglich, daß du nachträglich Schuldgefühle entwickelst. „Sie ist ein gesundes Kind und hat Freude am Leben", fügte er hinzu. „Sehen Sie zu, daß es so bleibt. Sie hat die Geschwulst schon seit ihrer Geburt."

„Tatsächlich?" fragte Bonny. „Davon habe ich gar nichts bemerkt. Vermutlich bin ich keine gute Mutter. Ich bin so mit meinen Aktivitäten für die Gemeinde beschäftigt, daß ich..."

„Dr. Stockstill", unterbrach George Keller sie, „ich möchte folgende Frage stellen. Ist Edie irgendwie ein ... absonderliches Kind?"

„Absonderlich?" Stockstill musterte ihn ausdruckslos.

„Ich glaube, Sie wissen, was ich meine."

„Sie meinen, ob sie eine Mißgeburt ist?" George erbleichte, aber seine eindringlich-grimmige Miene blieb; er erwartete eine Antwort. Stockstill sah es ihm an; der Mann würde sich nicht mit ein paar Floskeln abspeisen lassen. „Ich nehme an, daß das es ist, was Sie meinen", sagte Stockstill. „Warum fragen Sie? Kommt sie Ihnen in irgendeiner Hinsicht absonderlich vor? Sieht sie wie eine Mißgeburt aus?"

„Natürlich sieht sie nicht so aus", sagte Bonny in nervöser Beunruhigung; sie hielt sich krampfhaft am Arm ihres Mannes fest, klammerte sich an ihn. „Herrje, man sieht's doch mit bloßem Auge, daß ihr Aussehen völlig normal ist. Also wirklich, George, was ist bloß in dich gefahren? Wie kannst du derartig abartige Äußerungen über dein eigenes Kind von dir geben? Langweilst du dich, oder wie kommst du auf so unsinnige Ideen?"

„Es gibt Abweichungen, denen man's äußerlich nicht ansieht", sagte George Keller. „Immerhin bekomme ich ja viele Kinder zu sehen, ich sehe ständig alle hiesigen Kinder. Ich habe so was wie einen Blick dafür entwickelt, Abweichungen zu bemerken. Diese oder jene Anzeichen machen mich darauf aufmerksam, und in den meisten Fällen behalte ich recht. Wir Verantwortlichen an den Schulen sind verpflichtet, das wissen Sie ja, alle Kinder mit irgendwelchen Abweichungen von der Norm dem Bundesland Kalifornien zwecks Sonderunterricht zu überstellen. Deshalb..."

„Ich gehe heim", sagte Bonny. Sie drehte sich um und eilte zur Tür des Wartezimmers. „Wiedersehen, Doktor."

„Warten Sie, Bonny", rief Stockstill.

„Diese Unterhaltung mißfällt mir", sagte Bonny. „Das ist krankhaftes Gerede. Sie und mein Mann reden hier abwegiges Zeug. Doktor, falls Sie auf irgendeine Weise andeuten sollten, Edie sei nicht normal, werde ich nie wieder ein Wort mit Ihnen sprechen. Und auch mit dir nicht, George. Das ist mein voller Ernst."

„Ihre Aufregung ist vollkommen überflüssig, Bonny", erklärte Stockstill nach kurzem Schweigen. „Ich habe keineswegs die Absicht, mich in irgendwelchen Andeutungen zu ergehen, weil's hier nichts anzudeuten gibt. Edie hat einen gutartigen Tumor im Unterleib, sonst nichts." Er verspürte Zorn. Er neigte auf einmal sogar dazu, ihr die Wahrheit mitzuteilen und sie vor vollendete Tatsachen zu stellen. Sie hätte es verdient.

Aber wenn sie erst einmal Gewissensbisse empfunden hat, dachte er, wenn sie es sich erst einmal zum Vorwurf erhoben hat, hingegangen und ein Verhältnis mit irgendeinem Mann angefangen und dann ein anomales Kind geboren zu haben, dann wird sie ihre Aufmerksamkeit wieder Edie widmen, sie wird sie zu hassen beginnen. Sie wird alles an dem Kind auslassen. So läuft es immer. Das Kind ist auf unklare Weise ein Vorwurf an seine Eltern, eine schuldhafte Mahnung an das, was sie früher getan haben, oder in den ersten Augenblicken des Krieges, als jeder auf seine Art verrückt geworden ist, irgendein seinem Charakter gemäßes, ganz persönliches Unheil angerichtet hat, als er sah, was auf einmal vorging. Einige von uns haben getötet, um das eigene Leben zu retten, manche sind blindlings geflohen, andere haben sich zu Narren gemacht ... Bonny hat ohne Zweifel durchgedreht. Sie hat sich gehenlassen. Und sie ist heute dieselbe Person wie damals. Sie würde so etwas wieder tun, hat es womöglich längst wieder getan. Und sie ist sich dessen vollauf bewußt.

Erneut fragte er sich, wer wohl der Vater sein konnte.

Eines Tages werde ich sie rundheraus fragen, beschloß er. Vielleicht weiß sie es selbst nicht. Möglicherweise ist jene Zeit des Einschnitts in unser aller Dasein in ihrer Erinnerung nur ein verschwommenes Durcheinander. Jene entsetzlichen Tage. Aber waren sie für sie überhaupt entsetzlich? Vielleicht fand sie es alles richtig herrlich, sie konnte alle Konventionen abstreifen, alles tun, was sie wollte, weil sie glaubte — so wie wir alle —, *niemand von uns würde überleben*.

Bonny hat auch damals aus dem Ganzen das Beste herausgeholt, erkannte er, so wie immer. Sie versteht es, in jeder Beziehung aus ihrem Leben das Beste zu machen. Ich wollte, ich wäre auch so ... Er empfand Neid, als er sie hinaus und zu ihrem Kind gehen sah. Eine schöne, gepflegte Frau, heute genauso attraktiv wie vor zehn Jahren — das Unheil, die unpersönlichen Wandlungen, die die Menschen und ihr Leben heimgesucht hatten, waren allem Anschein nach an ihr spurlos vorübergegangen.

Ein Grashüpfer, der tagaus, tagein vor sich hinzirpte, das war Bonny. In der finsteren Zeit des Krieges mit seinen Verheerungen, seiner unendlichen Erzeugung neuer Arten von Leben, zirpte Bonny unverdrossen weiter, geigte sich ihr Liedchen der Lebensfreude, Begeisterungsfähigkeit und Sorglosigkeit; sie ließ sich nicht davon überzeugen — nicht einmal von der Realität —, daß es an der Zeit sei, vernünftig zu werden. Das waren die wirklich glücklichen Menschen: Leute wie Bonny, die stärker waren als die Kräfte der Veränderung und des Niedergangs. Das ist es, dachte Stockstill, dem sie sich entzogen hat — den Kräften des Verfalls, der eingesetzt hat. Uns ist das Dach auf den Kopf gefallen, aber Bonny nicht.

Er entsann sich an einen Cartoon in der Zeitschrift *Punch*...

„Doktor", wandte sich Bonny an ihn und unterbrach seine Gedanken, „haben Sie schon den neuen Lehrer kennengelernt. Hal Barnes?"

„Nein, noch nicht“, antwortete er. „Ich habe ihn nur mal von weitem gesehen.“

„Er wird Ihnen sicher sympathisch sein. Er würde gerne Cello spielen, aber natürlich hat er keins.“ Sie lachte belustigt auf, in ihren Augen leuchtete pures Vergnügen. „Ist das nicht bemitleidenswert?“

„Doch, sehr“, stimmte er ihr zu.

„Ist es nicht bei uns allen so?“ meinte sie. „Unsere Cellos sind dahin. Und was ist uns geblieben? Sagen Sie's mir.“

„O Gott“, sagte Stockstill, „ich weiß es nicht. Ich habe nicht die entfernteste Ahnung.“

Bonny lachte. „Ach“, sagte sie, „Sie sind so ernst.“

„Das sagt sie zu mir auch immer“, sagte George Keller mit mattem Lächeln. „Meine Frau betrachtet die Menschheit als eine Gattung von Mistkäfern, die sich fortwährend im Dreck abplagt. Sich selbst nimmt sie natürlich davon aus.“

„Damit hat sie auch recht“, sagte Stockstill. „Ich hoffe, Sie wird diese Einstellung nie ändern.“

George schaute ihn mißmutig an, dann zuckte er mit den Schultern.

Kann sein, daß sie sich ändert, dachte Stockstill, falls ihr das mit ihrer Tochter klar wird. Das könnte dazu führen. So etwas wäre dazu erforderlich, ein völlig ungeahnter, unvorhersehbarer, wirklich schwerer Schock. Ihre Daseinsfreude, ihre Lebenskraft, alles würde sich ins Gegenteil verkehren. Es könnte sogar sein, daß sie sich das Leben nimmt.

„Sie müssen mich dem neuen Lehrer demnächst einmal vorstellen“, sagte er zu den beiden Kellers. „Einen ehemaligen Cellospieler möchte ich gerne kennenlernen. Vielleicht können wir für ihn aus einem Waschzuber und Packdraht ein Instrument basteln. Spielen könnte er es mit...“

„Mit Haaren vom Pferdeschweif“, sagte Bonny in ihrer praktischen Art. „Den Bogen können wir ohne weiteres herstellen, das wird nicht schwer sein. Was wir brauchen, ist ein großer Klangkörper, damit sich die tiefen Töne hervorbringen lassen. Ob sich wohl irgendwo eine alte Truhe aus Zedernholz auftreiben läßt? Damit wär's möglich. Auf jeden Fall muß es Holz sein.“

„Ein halbiertes Faß käme in Frage“, sagte George.

Sie lachten gemeinsam über diesen Einfall; Edie Keller, die gerade dazukam, lachte auch, obwohl ihr entgangen war, was ihr Vater —

oder der Mann ihrer Mutter, wie Stockstill annahm — gesagt hatte. „Vielleicht finden wir so was am Strand", sagte George. „Mir ist aufgefallen, daß sehr viel an hölzernen Trümmern angespült wird, besonders wenn Sturm war. Das Zeug muß bestimmt von alten Wracks chinesischer Schiffe stammen, die vor Jahren untergegangen sind."

Die Kellers verabschiedeten sich und verließen Dr. Stockstills Praxis in bester Laune; er schaute ihnen nach, wie sie sich auf den Heimweg machten, das kleine Mädchen in der Mitte. Das sind mir drei, dachte er. Oder vielmehr vier, wenn man die unsichtbare, aber nichtsdestotrotz vorhandene Person im Leib des Mädchens mitzählte.

Er schloß die Tür, tief in Gedanken versunken.

Es könnte mein Kind sein, dachte er. Es ist nicht meins, denn vor sieben Jahren hat Bonny sich hier oben in West Marin aufgehalten, während ich in meiner Praxis in Berkeley war. Aber wäre ich an dem bewußten Tag in ihrer Nähe gewesen...

Wer kann bloß hier in der Gegend gewesen sein, als die Sprengköpfe hochgingen? fragte er sich. Wer von uns kann an dem Tag bei ihr gewesen sein? Er verspürte eine besondere Verbundenheit mit dem Mann, wer er auch sein mochte. Wie ihm wohl zumute wäre, überlegte Stockstill, wüßte er von seinem Kind ... beziehungsweise seinen *Kindern*. Vielleicht komme ich irgendwann dahinter, wer es ist. Ich bringe es nicht fertig, Bonny etwas zu sagen, aber vielleicht verrate ich es ihm.

10

Die Einwohner West Marins saßen im Förstersaal und diskutierten die Erkrankung des Mannes droben im Satelliten. In ihrem Eifer, sich dazu zu äußern, fielen sie einander aufgeregt ins Wort. Die Lesung von *Der Menschen Hörigkeit* hatte bereits angefangen, aber niemand im Saal mochte zuhören; alle redeten mit grimmigen Mienen durcheinander, allesamt äußerst beunruhigt — June Raub nicht ausgenommen —, weil sie begriffen hatten, was es für sie bedeuten müßte, falls der Diskjockey starb.

„So krank kann er doch nun wirklich nicht sein", rief Cas Stone, der größte Grundbesitzer in West Marin. „Aber hören Sie mal zu, ich will Ihnen was sagen, was ich noch keinem erzählt habe — ich kenne einen ganz tüchtigen Arzt unten in San Rafael, einen Herzspezialisten. Ich werde ihn zu irgendeinem Sender bringen, dann kann er Dangerfield darüber Auskunft geben, was mit ihm los ist. Und er kann ihm helfen, wieder gesund zu werden."

„Aber er hat dort oben doch keine Medizin", sagte die alte Mrs. Lully, die älteste Person der ganzen Gemeinde. „Ich habe doch selber gehört, wie er einmal gesagt hat, seine verstorbene Frau habe alles aufgebraucht."

„Ich habe Chinidin", gab der Apotheker bekannt. „Wahrscheinlich ist das genau das, was er benötigt. Aber es gibt keine Möglichkeit, um's ihm raufzuschicken."

„Soviel mir bekannt ist", sagte Earl Colvig, der Leiter der Polizeitruppe von West Marin, „will die Armee bei Cheyenne im Laufe des Jahres noch einen Versuch unternehmen, ihn zu erreichen."

„Bringen Sie Ihr Chinidin nach Cheyenne", sagte Cas Stone zum Apotheker.

„Nach Cheyenne?" greinte der Apotheker. „Es führen kaum noch Straßen durch die Sierras. Ich würde niemals dort ankommen."

„Vielleicht ist er gar nicht richtig krank", sagte June Raub mit möglichst ruhiger Stimme. „Kann sein, er ist durch die Isolation und das Alleinsein während der vielen Jahre dort oben bloß hypochondrisch geworden. Die Art und Weise, wie er jedes einzelne Symptom so ausführlich beschreibt, bringt mich auf diesen Verdacht." Doch kaum jemand hörte sie. Die drei Abgesandten aus Bolinas, bemerkte sie, waren ungerührt zum Radio hinübergegangen und standen vornübergebeugt daneben, um der Lesung zu lauschen. „Möglicherweise stirbt er nicht", sagte sie, halb an sich selbst gewandt.

Daraufhin hob der Brillenmann seinen Blick und starrte sie an. Sie sah in seinem Gesicht einen Ausdruck von Schrecken und Fassungslosigkeit, als sei die Vorstellung, der Mann im Satelliten sei krank und könne sterben, schlichtweg zuviel für ihn. Nicht einmal die Erkrankung seiner Tochter, fand sie, hatte ihn derartig mitgenommen.

Unter den Leuten am anderen Ende des Saals breitete sich Schweigen aus, und June Raub, die wissen wollte, was los war, spähte hinüber.

Durch den Eingang war ein blitzblanker, flacher Apparat hereingerollt. Hoppy Harrington war gekommen.

„Weißt du was, Hoppy?" rief Cas Stone. „Dangerfield sagt, 's stimmt was nicht mit ihm, 's sei vielleicht das Herz."

Sämtliche Anwesenden verstummten und warteten darauf, daß der Phokomelus sich dazu äußere.

Hoppy fuhr zwischen die Leute, an ihnen vorbei und zum Radio; er stoppte sein Mobil und streckte ein Greifwerkzeug aus, drehte feinfühlig am Einstellknopf. Die drei Delegierten aus Bolinas traten respektvoll beiseite. Statikgeräusche schwollen an und dann ab, und von neuem ertönte laut und deutlich Walt Dangerfields Stimme. Es lief noch die Lesung, und Hoppy, mitten auf seinem Fahrzeug, hörte mit eindringlicher Aufmerksamkeit zu. Er und alle anderen Personen im Saal lauschten, ohne ein Wort zu sprechen, bis die Qualität in dem Maße nachließ, wie sich der Satellit aus dem Empfangsbereich entfernte. Danach hörte man wieder nur Statik.

„Na, meine lieben Freunde", sagte der Phokomelus urplötzlich mit einer Stimme, die der Dangerfields genau glich, „was haben wir hier denn noch zu unserer Unterhaltung?"

Die Nachahmung war so vollkommen, daß mehreren Anwesenden ein Keuchen entfuhr. Andere klatschten, und Hoppy lächelte. „Hast du noch mehr solche Späße auf Lager?" rief der Apotheker. „Gefällt mir."

„Noch mehr Späße auf Lager?" wiederholte der Phokomelus, diesmal mit der weinerlich-zimperlichen Stimme des Apothekers. „Gefällt mir."

„Nein, ich möchte ihn Dangerfield nachmachen hören", sagte Cas Stone. „Los, Hoppy, bring noch ein bißchen mehr davon, komm."

Der Phokomelus wendete sein Mobil und wandte sich seinem Publikum zu. „Huuudi-huudi-hu", machte er in dem gedämpften, wohlgemuten Tonfall, den alle so gut kannten. June Raub stockte der Atem; sie war unheimlich, diese Begabung des Phokos zum Nachahmen. Sie flößte ihr stets Beunruhigung ein. Wenn sie die Augen schloß, konnte sie sich tatsächlich mühelos vorstellen, es sei der echte Dangerfield, der da redete, als könnten sie ihn noch empfangen. Sie machte die Augen zu, ließ sich absichtlich auf die Täuschung ein. Er ist nicht krank, sagte sie sich, er muß nicht sterben. Hör ihm zu. „Ich habe hier 'n schwachen Schmerz in der Brust", raunte die Stimme, wie um auf ihre Gedanken einzugehen, „aber er ist eigentlich nicht so schlimm. Sorgt euch nicht, Freunde. Wahrscheinlich nur gereizter Magen. Zu gut gegessen. Und was nehmen wir dagegen? Kann sich einer von euch noch erinnern?"

„Ich weiß es", rief jemand unter den Zuhörern. „Dagegen nimmt man Alka Seltzer."

„Huuudi-huudi-hu", sang die Stimme herzhaft. „Völlig richtig. Ein Pluspunkt für euch. Und nun will ich euch 'n heißen Tip geben, wie man Gladiolenknollen den ganzen Winter hindurch aufbewahren kann, ohne befürchten zu müssen, daß sich irgendwelches widerwärtiges Ungeziefer daran vergreift. Man wickelt sie ganz einfach fest in Alufolie."

Etliche Anwesende im Saal klatschten Beifall. „Das ist genau das, was Dangerfield auch gesagt hätte", hörte June Raub jemanden in ihrer Nähe dazu anmerken; es war der Brillenmann aus Bolinas. Sie schlug die Augen auf und sah seine Miene. So muß ich auch dreingeschaut haben, dachte sie, als ich eines Abends zum erstenmal gehört habe, wie Hoppy Dangerfield imitiert.

„Und jetzt möchte ich ein paar Kunststückchen vorführen, die ich mir ausgedacht habe", sagte Hoppy nunmehr, noch immer mit Dangerfields Stimme. „Ich glaube echt, liebe Freunde, daß ihr daran mächtig Spaß haben werdet. Schaut her!"

Eldon Blaine, der Brillenmann aus Bolinas, sah zu, wie der Phokomelus eine Münze ein ganzes Stück von seinem Mobil entfernt auf den Fußboden legte und seine Greifwerkzeuge zurückzog. Hoppy konzentrierte sich auf die Münze, murmelte währenddessen nach wie vor in Dangerfields Tonfall daher, und auf einmal rutschte sie mit einem Scharren über den Boden auf ihn zu. Die Leute im Saal klatschten. Der Phokomelus nickte ihnen zu, indem er vor Freude errötete, dann legte er die Münze zurück auf den Fußboden, diesmal noch weiter weg.

Magie, dachte Eldon. Wie Pat angenommen hat. Die Phokos beherrschen sie zum Ausgleich dafür, daß sie ohne Arme und Beine geboren worden sind, auf diese Weise verhilft die Natur ihnen zum Überleben. Erneut glitt die Münze auf das Mobil zu, und wiederum applaudierten die im Förstersaal Versammelten.

„Führt er so was jeden Abend vor?" erkundigte Eldon sich bei Mrs. Raub.

„Nein", gab sie zur Antwort. „Er betreibt verschiedenerlei Kunststückchen. Diese Darbietung habe ich noch nie gesehen, aber natürlich bin ich keineswegs immer hier, ich habe allerhand zu tun, ich leiste meinen Beitrag, um in unserer Gemeinde alles am Laufen zu halten. Bemerkenswert, nicht wahr?"

Bewegung von Gegenständen aus der Ferne, begriff Eldon. Ja, das ist wahrhaftig bemerkenswert. *Diesen Burschen müssen wir haben,* sagte er sich. Darin kann es nun erst recht keinen Zweifel mehr geben. Wenn Dangerfield gestorben ist — und es ist offensichtlich, daß dieser Fall bald eintreten wird —, werden wir in diesem Phoko eine Erinnerung an ihn haben, eine Wiederverkörperung in Gestalt dieses Phokomelus. Eine lebende Dangerfield-Schallplatte, die wir immer wieder hören können.

„Graust's Ihnen vor ihm?" fragte June Raub nach.

„Nein", erwiderte Eldon. „Sollte es denn so sein?"

„Ich weiß es nicht", sagte sie in versonnenem Tonfall.

„Hat er jemals mit dem Satelliten in Funkkontakt gestanden?" wollte Eldon wissen. „So mancher andere Technikus macht's regelmäßig. Sonderbar, wenn jemand mit seiner Begabung es nicht getan haben sollte."

„Die Absicht hatte er", entgegnete June Raub. „Vergangenes Jahr hat er einen Sender zu bauen angefangen, ab und zu hat er daran gearbeitet, aber offenbar ist nichts daraus geworden. Er gibt sich mit allen möglichen Projekten ab ... Immer ist er mit irgend was beschäftigt. Man kann von hier aus seinen Funkturm sehen. Kommen Sie mal für 'n Moment mit raus, dann zeige ich ihn Ihnen."

Er folgte ihr zum Ausgang des Förstersaals. Draußen warteten sie zusammen ein Weilchen lang ab, bis ihre Augen sich auf die Dunkelheit eingestellt hatten. Ja, dort stand er, ein seltsamer, ziemlich krummer Mast, ragte in den Nachthimmel empor und endete wie abgesägt irgendwo in der Höhe. „Dort drüben steht sein Haus", erklärte June Raub. „Er hat ihn auf dem Dach errichtet. Und er hat's ohne jede Unterstützung unsererseits geschafft. Er kann die Impulse aus seinem Gehirn verstärken, wenn sie in seine Prothesen übergehen — seine Servos, so nennt er sie —, und dadurch ist er ziemlich stark, erheblich stärker als jeder normale Mensch." Sie schwieg für einen Augenblick. „Wir bewundern ihn alle. Er hat viel für uns getan."

„Tja", bemerkte Eldon dazu.

„Sie sind gekommen, um ihn uns wegzuschnappen", sagte June Raub gelassen. „Stimmt's?"

„Nein, Mrs. Raub", widersprach Eldon entgeistert. „Ehrlich, wir sind nur hier, um das Satellitenprogramm zu hören, das wissen Sie doch selbst."

„Es ist schon mehrmals versucht worden", sagte Mrs. Raub. „Sie können ihn uns nicht wegschnappen, weil er's nicht zuläßt. Ihre Gemeinde gefällt ihm nicht. Er weiß über Ihre Gemeindeverordnung Bescheid. Wir hier kennen keine derartigen Diskriminierungen, und daß weiß er zu würdigen. Verständlicherweise ist er in bezug auf die eigene Person sehr empfindlich." Bestürzt kehrte Eldon Blaine der Frau den Rücken zu und strebte wieder zum Eingang des Förstersaals. „Warten Sie", ergänzte Mrs. Raub. „Sie brauchen sich keine Sorgen zu machen. Ich werde niemandem etwas verraten. Ich kann es Ihnen nicht verübeln, daß Sie ihn, sobald Sie ihn kennengelernt hatten, für Ihre Gemeinde haben wollten. Wissen Sie, er ist nicht hier in West Marin geboren. Eines Tages, vor ungefähr drei Jahren, kam er auf seinem Mobil in die Ortschaft gefahren — nicht auf diesem, es war noch der alte Karren, den ihm vor dem Tag X die Regierung gestellt hatte. Er hat erzählt, daß er die ganze Strecke von San Franzisko bis hier mit seinem alten Wagen zurückgelegt hat. Er wollte einen Ort finden, wo er sich niederlassen konnte, und bis dahin hatte ihm außer uns keiner diese Gelegenheit gegeben."

„Na schön", sagte Eldon unterdrückt. „Ich habe kapiert."

„Heutzutage kann man sich so gut wie alles unter den Nagel reißen", sagte Mrs. Raub. „Man braucht dazu nicht mehr als ausreichende Machtmittel. Ich habe Ihren Polizeiwagen weiter unten an der Landstraße stehen gesehen, und ich weiß, daß die beiden Männer, die darin sitzen, Ihrer Polizeitruppe angehören. Aber Hoppy macht, was er will. Ich bin mir sicher, daß er Sie, falls Sie ihn zu irgend etwas zu zwingen versuchten, umbringen würde. Es fiele ihm nicht schwer, und er hätte keine Bedenken."

„Ich ... ich weiß Ihre Offenheit zu schätzen", sagte Eldon nach kurzem Schweigen.

Gemeinsam suchten sie wortlos wieder den Förstersaal auf.

Alle Augen waren auf Hoppy Harrington gerichtet, der seine Nachahmung Dangerfields noch weiter ausbaute. „,... verschwindet er, wenn ich was esse", sagte er gerade. „Deshalb habe ich den Verdacht, es ist nicht mein Herz, sondern ein Magengeschwür. Falls also irgendwelche Ärzte mich hören und irgendwie eine Möglichkeit zum Senden haben..."

„Ich werde meinem Arzt in San Rafael Bescheid sagen", redete ein Mann im Publikum dazwischen. „Das ist mein voller Ernst, wenn ich so was schon sage. Wir können's uns nicht leisten, noch 'ne Leiche um die Erde kreisen zu haben." Es war derselbe Mann, der sich schon eben über den Arzt in San Rafael geäußert hatte; er redete nun noch ernster. „Oder wenn er's bloß im Kopf hat, wie's Mrs. Raubs Ansicht ist, könnten wir dann nicht veranlassen, daß Dr. Stockstill ihm zu helfen versucht?"

Aber Hoppy war doch gar nicht hier im Saal, als Dangerfield diese Äußerungen getan hat, dachte unterdessen Eldon Blaine. Wieso kann er jetzt etwas nachäffen, das er gar nicht gehört hat?

Und dann begriff er. Die Lösung lag auf der Hand. Der Phokomelus hatte ein Radio in seinem Haus; ehe er ins Forsthaus kam, hatte er drüben im Haus für sich am Radio gesessen und der Satellitensendung zugehört. Das hieß, es gab in West Marin *zwei* funktionstüchtige Radios, während in ganz Bolinas kein einziges zur Verfügung stand. Eldon empfand Empörung und Verzweiflung. Wir haben nichts, sagte er sich. Und diese Leute hier haben alles, sogar ein zusätzliches, privates Radio, ausschließlich für eine Person allein.

Das ist ja wie vor dem Krieg, dachte er fassungslos. Hier leben sie genauso gut wie damals. *So was ist einfach ungerecht.*

Er wandte sich ab und verließ den Saal, eilte hinaus in die abendliche Dunkelheit. Niemand achtete auf ihn; niemand schenkte ihm Aufmerksamkeit. Alle waren viel zu sehr davon beansprucht, Dangerfield und seinen Gesundheitszustand zu erörtern, um auf irgend etwas anderes zu achten.

Drei Gestalten, die eine Kerosinlaterne mittrugen, kamen die Straße entlang auf ihn zu: ein hochgewachsener, magerer Mann, eine junge Frau mit dunkelrotem Haar, zwischen ihnen ein kleines Mädchen.

„Ist die Lesung schon vorbei?" forschte die Frau nach. „Kommen wir zu spät?"

„Keine Ahnung", sagte Eldon und stapfte vorüber.

„Oh, wir haben die Lesung versäumt", jammerte das kleine Mädchen. „Ich hab's euch gleich gesagt, wir hätten uns beeilen sollten!"

„Na, jetzt laß uns auf jeden Fall erst mal reingehen", sagte der Mann zu dem Mädchen; dann verklangen die Stimmen der drei, während Eldon Blaine in verzweifelter Gemütsverfassung seinen Weg hinaus in die Finsternis fortsetzte, die Geräusche, die Gegenwart der anderen Leute floh, dieser wohlhabenden Einwohner von West Marin, die soviel besaßen.

Hoppy Harrington hob den Blick, nach wie vor ganz in seiner Imitation Dangerfields aufgegangen, und sah das Ehepaar Keller mitsamt der kleinen Tochter hereinkommen und im Hintergrund des Saals

Plätze einnehmen. War aber auch Zeit, dachte er, darüber erfreut, daß seine Zuschauerschaft sich vergrößerte. Doch dann empfand er auf einmal Nervosität, weil das Mädchen ihn mit solcher Aufmerksamkeit musterte. Irgend etwas an ihrer Art, ihn anzuschauen, brachte ihn aus der Ruhe; so war es immer mit Edie. Das verdroß ihn, und er hörte mißmutig mit der Vorstellung auf.

„Mach weiter, Hoppy", rief Cas Stone.

„Ja, los, weiter", erschollen mehrere andere Stimmen.

„Bring mal das mit dem Cola-Eis", rief eine Frau. „Sing uns mal das Liedchen, das Cola-Eis-Zwillinge singen, du weißt doch."

„Auf meinen Cola-Eis-Hammer, den harten, mag ich nicht warten", sang Hoppy, verstummte aber gleich wieder. „Ich glaube", sagte er, „für heute reicht's."

Schweigen entstand.

„Mein Bruder sagt", meldete sich plötzlich die kleine Tochter der Kellers zu Wort, „daß Mr. Dangerfield hier irgendwo im Saal ist."

Hoppy lachte. „Stimmt", sagte er erregt.

„Ist die Lesung aus?" fragte Edie Keller nach.

„O ja, die Lesung ist vorbei", sagte Earl Colvig, „aber diesmal haben wir gar nicht zugehört. Wir haben Hoppy zugehört und zugeschaut. Er hat uns heute allerlei lustige Sachen gezeigt, nicht wahr, Hoppy?"

„Zeig der Kleinen mal das mit der Münze", sagte June Raub. „Das wird ihr sicher gefallen."

„Ja, laß uns das noch mal sehen", rief der Apotheker von seinem Platz herüber. „Das war echt gut. Ich glaube, das würden wir bestimmt alle gerne noch einmal sehen." In seinem Eifer stand er auf, um besser sehen zu können, dachte nicht an die Leute, die hinter ihm saßen.

„Mein Bruder möchte die Lesung hören", sagte Edie gelassen. „Deshalb ist er hier. Für irgendwelche Späße mit Münzen interessiert er sich nicht."

„Sei still", sagte Bonny zu ihr.

Bruder, dachte Hoppy. Sie hat gar keinen Bruder. Er lachte laut heraus, und mehrere Leute unter den Zuschauern lächelten unwillkürlich. „Dein Bruder?" meinte er, drehte sein Mobil bei und fuhr auf das Kind zu. „Dein *Bruder?*" Er bremste das Mobil unmittelbar vor Edie, lachte sie offen aus. „Ich kann die Lesung bringen", sagte er. „Ich kann Philipp sein, ich kann Mildred machen, ich kann jeden darstellen, der in dem Buch vorkommt. Ich kann Dangerfield sein, und manchmal bin ich Dangerfield. Heute abend war ich Dangerfield, das ist der Grund, warum dein Bruder denkt, Dangerfield wäre hier im Saal. Ich bin's, das ist es.“ Er schaute rundum. „Habe ich nicht recht, Leute? War's nicht in Wirklichkeit euer Hoppy?“

„Du hast vollkommen recht, Hoppy“, pflichtete Cas Stone ihm bei, indem er nickte. Die übrigen Anwesenden nickten allesamt auch; oder wenigstens fast alle.

„Um Himmels willen, Hoppy“, sagte Bonny Keller streng, „reg dich ab, sonst fällst du womöglich kopfüber von deinem Wagen.“ Sie betrachtete ihn auf ihre ernste, überlegene Art, die ihren Eindruck nicht verfehlte; widerwillig wich er zurück. „Was war denn hier eigentlich los?“ erkundigte sich Bonny.

„Also, Hoppy hat Walt Dangerfield so hervorragend nachgemacht“, erklärte Fred Quinn, der Apotheker, „man hätte wirklich meinen können, er wär's gewesen.“

Andere Anwesende nickten, bekräftigten in kurzem Stimmengewirr diese Äußerung.

„Du hast gar keinen Bruder, Edie“, sagte Hoppy zu dem kleinen Mädchen. „Warum behauptest du, dein Bruder wolle die Lesung hören, wenn du doch keinen Bruder hast?“ Er lachte und lachte. Das Mädchen blieb ruhig. „Kann ich ihn mal sehen?“ fragte Hoppy. „Laß ihn mal sprechen, sobald ich ihn gehört habe, kann ich ihn imitieren.“ Nun schüttelte er sich dermaßen vor Lachen, daß er kaum noch aus den Augen gucken konnte; Tränen standen ihm in den Augen, und er wischte sie sich mit einem seiner Greifwerkzeuge ab.

„Das wäre wirklich 'ne gelungene Imitation“, merkte Cas Stone an.

„Das würde ich auch zu gerne hören“, sagte Earl Colvig. „Na los, Hoppy.“

„Ich könnt's ohne weiteres bringen, wenn er nur endlich was zu mir sagen täte“, beteuerte Hoppy. Er saß mitten auf seinem Mobil und wartete. „Ich warte“, sagte er.

„Jetzt ist's aber genug“, griff Bonny Keller ein. „Laß gefälligst mein Kind zufrieden.“ Ihre Wangen hatten sich vor Wut gerötet.

„Wo steckt er denn?“ wandte sich Hoppy erneut an das Mädchen, ohne auf dessen Mutter zu achten. „Heraus mit der Sprache, wo ist er — ist er da?“

„Beug dich vor“, forderte Edie ihn auf. „Zu mir rüber. Dann wird er dir was sagen.“ Ihr Gesicht widerspiegelte Erbitterung, so wie die Miene ihrer Mutter.

Hoppy beugte sich vor und neigte in spöttisch gekünstelter Geste ernster Aufmerksamkeit den Kopf zu Seite.

„Wie hast du eigentlich den Plattenwechsler repariert?“ ertönte in seinem Innern eine Stimme, als sei sie ein Bestandteil seiner inneren Welt. „Ich meine, wie hast du's *wirklich* gemacht?“

Hoppy schrie auf.

Alle Versammelten starrten ihn aus plötzlich bleichen Gesichtern an; alle waren aufgesprungen, standen in verkrampfter Haltung da.

„Ich habe Jim Fergessons Stimme gehört“, stammelte der Phoko.

Das Mädchen maß ihn mit ruhigem Blick. „Soll mein Bruder noch was sagen, Mr. Harrington? Sag noch mehr zu ihm, Bill, er möchte noch was von dir hören.“

„Es sah so aus, als hättest du den Bruch *behoben*“, sagte die Stimme in Hoppys Innenwelt. „Es sah ganz so aus, als hättest du die gebrochene Feder nicht ausgetauscht, sondern...“

Wild riß Hoppy sein Fahrzeug herum, sauste durch den Mittelgang ans andere Ende des Saals und drehte dort erneut, rang um Atem, von der Tochter des Ehepaars Keller auf gehörigen Abstand gegangen. Sein Herz hämmerte; er starrte das Mädchen an. Stumm hielt es seinem Blick stand, nun jedoch mit der schwachen Andeutung eines Lächelns auf den Lippen.

„Du hast meinen Bruder gehört, stimmt's“ fragte Edie ihn.

„Ja“, gab Hoppy zu. „Ich — es stimmt.“

„Und du weißt, wo er ist.“

„Ja.“ Er nickte. „Laß es sein. Bitte. Ich werde nicht mehr imitieren, wenn du's nicht möchtest. Einverstanden?“ Er sah sie flehentlich an, doch sie ging nicht darauf ein, versprach ihm nichts. „Es tut mir leid“, sagte er. „Jetzt glaube ich dir.“

„Guter Gott“, sagte Bonny gedämpft. Sie schaute ihren Mann an, als wolle sie ihn mit Fragen bestürmen. George schüttelte den Kopf und schwieg.

„Sie können ihn auch sehen, wenn Sie wollen, Mr. Harrington“, sagte das Mädchen bedächtig und mit fester Stimme. „Möchten Sie wissen, wie er aussieht?“

„Nein“, erwiderte Hoppy. „Daran liegt mir nichts.“

„Hat er Ihnen etwa einen Schrecken eingejagt?“ Nun belächelte das Mädchen ihn unverhohlen, doch das Lächeln war freudlos und kalt. „Er hat's Ihnen heimgezahlt, daß Sie mich aufgezogen haben. Das hat ihn geärgert, deshalb hat er's getan.“

George Keller trat zu Hoppy. „Was ist denn überhaupt geschehen, Hop?“ wünschte er zu erfahren.

„Nichts“, entgegnete Hoppy knapp.

Er hat mir wahrhaftig einen Schrecken eingejagt, dachte er. Mich zum Narren gehalten, indem er Jim Fergesson nachgeahmt hat. Ich bin wirklich total geschockt worden, im ersten Moment habe ich geglaubt, es sei tatsächlich Jim Fergesson. Edie ist genau an dem Tag gezeugt worden, als Jim Fergesson umkam, ich weiß es, Bonny hat es mir selbst erzählt, und ich glaube, Edies Bruder ist zur gleichen Zeit gezeugt worden. Aber ... er ist es nicht. Es war nicht Jim, es war eine ... *Imitation*.

„Da sehen Sie's, Bill kann auch Imitationen machen“, sagte das Kind.

„Ja.“ Hoppy nickte; er zitterte noch immer wie Espenlaub. „Ja, wahrhaftig.“

„Er macht sie gut.“ Edies dunkle Augen glommen.

„Ja, sehr gut“, bestätigte Hoppy. So gut wie ich, dachte er. Vielleicht sogar besser als ich. Ich werde mich lieber vor ihm hüten, vor ihrem Bruder Bill, überlegte er. Ich lege mich besser nicht mit ihm an. Das soll mir wirklich eine Lehre sein. Möglicherweise hätte das dort in ihr Fergesson sein können, dachte er sich. Wiedergeboren. Reinkarnation nennt man das. Die Atombomben könnten das auf irgendeine Weise, die ich nicht verstehe, bewirkt haben. Dann wäre es doch keine Imitation, und mein erster Eindruck wäre richtig gewesen. Aber wie könnte ich Klarheit erlangen? Er wird mir nichts verraten. Er kann mich nicht ausstehen, weil ich mich über seine Schwester lustig gemacht habe. Das war ein Fehler. Das hätte ich nicht tun sollen.

„Huuudi-huudi-hu“, sang er, und einige Anwesende schauten zu ihm herüber; da und dort im Saal brachte man ihm wieder Aufmerksamkeit entgegen. „So, Leutchen, hier ist wieder euer alter Kumpel Walt“, sagte er; doch er war innerlich nicht bei der Sache, und seine Stimme bebte. Er grinste den Versammelten zu, doch niemand grinste zurück. „Vielleicht bekommen wir die Lesung noch einmal für 'n Weilchen rein“, sagte er. „Edies Bruder möchte sie gerne hören.“ Er streckte einen Servo aus und schaltete das Radio auf volle Lautstärke, drehte am Einstellknopf.

Du kannst haben, was du willst, dachte er. Die Lesung oder was auch immer. Wie lange steckst du schon da drin? Erst seit sieben Jahren? Schon immer, möchte man eher meinen. Als hätte es dich ... schon seit jeher gegeben. Ein schrecklich altes, schrumpeliges, weißes Etwas war es gewesen, das zu ihm gesprochen hatte. Mit Lippen, die überwachsen waren von flaumigen, langen Haaren, ganzen Strähnen solchen Haars, büschelig und rauh. Ich wette, es ist Fergesson, sagte er sich. Ich hatte das *Gefühl*, daß er es ist. Er steckt da drin, in dem Kind. Ob er wohl heraus kann? überlegte Hoppy.

„Was hast du bloß gemacht, daß es dir gelungen ist, ihn so zu erschrecken?" fragte Edie Keller ihren Bruder. „Er war wirklich völlig aus dem Häuschen."

„Ich habe jemanden nachgemacht, den er früher mal, vor langer Zeit, gekannt hat", erwiderte die vertraute Stimme in ihr. „Jemanden, der tot ist."

„Ach", sagte sie, „so war das. So was habe ich mir schon gedacht." Sie empfand Heiterkeit. „Wirst du es ihm nochmal so zeigen?"

„Falls ich merke, daß ich ihn nicht ausstehen kann", antwortete Bill, „werde ich ihm noch mehr in dieser Art zu spüren geben, vielleicht noch eine Menge verschiedener anderer Sachen."

„Woher hast du denn von der toten Person gewußt?"

„Ach", meinte Bill, „weil ich ... Du weißt, woher. Weil ich auch tot bin." Er lachte tief drunten in ihrem Leib; sie spürte, wie er wackelte.

„Nein, das bist du nicht", sagte sie. „Du bist genauso lebendig wie ich. Rede nicht so was, das ist nicht richtig." Sie schauderte zusammen.

„Ich hab's nur so gesagt", antwortete Bill. „Entschuldige. Ich wünschte, ich hätte sein Gesicht sehen können. Wie sah's aus?"

„Als du das zu ihm gesagt hast?" entgegnete Edie. „Abscheulich. Es war ganz verkniffen, wie bei einem Frosch. Aber du weißt ja nicht, wie ein Frosch aussieht, du weißt nicht, wie überhaupt irgend etwas aussieht, also hat's auch keinen Zweck, es dir zu erzählen."

„Ich würde zu gerne nach draußen", sagte Bill kläglich. „Ich wollte, ich könnte geboren werden, so wie jeder andere. Kann ich nicht später geboren werden?"

„Dr. Stockstill sagt, es geht nicht."

„Kann er denn nicht irgendwie dafür sorgen, daß es doch geht? Ich dachte, du hättest gesagt, da..."

„Ich habe mich geirrt", sagte Edie. „Ich habe gedacht, es würde genügen, wenn er ein kleines, rundes Loch in meinen Bauch schneidet, aber er hat gesagt, es geht nicht." Ihr Bruder tief in ihrem Innern schwieg daraufhin. „Sei deswegen nicht traurig", sagte Edie. „Ich werde dir immer erzählen, wie die Dinge sind." Ihr lag daran, ihn zu trösten. „Ich werd's nie wieder so machen wie das eine Mal, als ich dir böse war und dir zu erzählen aufgehört habe, wie's draußen aussieht", sagte sie. „Das verspreche ich dir."

„Vielleicht könnte ich Dr. Stockstill dazu bringen, daß er mich rausholt", meinte Bill.

„Kannst du das? Nein, das kannst du nicht."

„Wenn ich will, kann ich's."

„Nein", widersprach sie. „Du lügst. Du kannst nichts außer schlafen und mit den Toten reden und vielleicht noch solche Imitationen wie vorhin machen. Das ist ziemlich wenig. Das kann ich praktisch auch alles, und dazu noch viel mehr." Aus ihrem Innern kam keine Antwort. „Bill, weißt du was?" fügte sie hinzu. „Jetzt wissen schon zwei Leute über dich Bescheid. Hoppy Harrington und Dr. Stockstill. Dabei hast du früher immer behauptet, nie würde jemand was von dir erfahren. So schlau bist du gar nicht. Ich glaube nicht, daß du besonders schlau bist." Anscheinend war Bill eingeschlafen. „Wenn du irgend was anstellst, was böse ist", sagte Edie, „kann ich was schlucken, das dich vergiftet. Habe ich nicht recht? Also ist es besser, du benimmst dich."

Sie fürchtete sich immer mehr vor Bill; sie redete eigentlich mit sich selbst, um ihr Selbstvertrauen zu stärken. Vielleicht wäre es ganz gut, wenn du stirbst, dachte sie. Bloß müßte ich dich dann noch immer mit mir herumtragen, und das ... das wäre mir nicht lieb. Das würde mir nicht gefallen.

Erneut schauderte es ihr.

„Mach dir wegen mir keine Gedanken", sagte Bill unerwartet. Er war wieder aufgewacht, oder womöglich war er gar nicht eingeschlafen gewesen; vielleicht hatte er nur so getan. „Ich kenn mich mit so manchem aus. Ich kann mich selber um mich kümmern. Dich kann ich auch beschützen. Du solltest froh sein, daß du mich hast, weil ich ... Ach, du würdest es doch nicht verstehen. Du weißt ja, ich kann jeden sehen, der tot ist, so wie den Mann, den ich nachgemacht habe. Tja, es gibt eine Riesenmenge von ihnen, Billionen über Billionen, und sie sind alle verschieden. Wenn ich schlafe, kann ich sie raunen hören. Sie sind allesamt noch da."

„Rings um uns?“ wollte Edie wissen.

„Unter uns“, sagte Bill. „Unten in der Erde.“

„Brrr“, machte Edie.

Bill lachte. „Es ist wahr. Und wir werden einmal auch dort sein. Und Mammi und Papi und alle anderen auch. Jeder und alle sind dort, auch die Tiere. Dieser Hund wird bald dort sein, ich meine den, der sprechen kann. Noch ist er nicht weg, aber schon so gut wie dort, es ist schon fast das gleiche. Du wirst sehen.“

„Ich möchte nichts sehen“, sagte Edie. „Ich will die Lesung hören. Sei jetzt endlich still, damit ich zuhören kann. Möchtest du sie denn nicht hören? Du hast immer gesagt, daß du gerne zuhörst.“

„Er wird demnächst auch dort sein“, sagte Bill. „Der Mann, der oben im Satelliten sitzt und vorliest.“

„Nein, das kann ich nicht glauben“, sagte Edie. „Bist du sicher?“

„Ja“, antwortete ihr Bruder. „Sehr sicher. Aber vor ihm ... Weißt du, wer der ‚Brillenmann‘ ist? Du weißt es nicht, aber er wird sehr bald dort sein, es dauert nur noch ein paar Minuten. Und später...“ Er verstummte. „Ich werde nichts mehr sagen.“

„Ja, gut“, bestärkte Edie ihn. „Sag bitte nichts. Ich will's gar nicht hören.“

Indem er sich an Hoppys Sendemast orientierte, näherte sich Eldon Blaine dem Haus des Phokomelus. Jetzt oder nie, das war ihm klar. Ich habe nur wenig Zeit. Niemand hielt ihn auf; alle befanden sich im Forsthaus, auch der Phokomelus selbst. Ich werde mir sein Radio krallen und damit abhauen, sagte sich Eldon. Wenn ich ihn nicht mitnehmen kann, will ich bei der Rückkehr in Bolinas wenigstens etwas vorweisen können. Der Sender war nicht mehr weit — er konnte die Nähe von Hoppys Bauwerk regelrecht spüren —, da stolperte er unvermutet über irgend etwas. Er stürzte, fiel mit ausgebreiteten Armen der Länge nach auf den Erdboden. Dicht am Untergrund befanden sich die Reste eines Zauns.

Nun sah er auch das Haus selbst beziehungsweise die vom Haus übriggebliebene Ruine. Die Grundmauern und eine Wand standen noch, und in der Mitte war eine aus allem möglichen zusammengezimmerte Behausung, eine aus Trümmern gebaute Hütte, errichtet worden, gegen Regen durch Teerpappe geschützt. Der Mast, gesichert mit dicken Spanndrähten, ragte unmittelbar hinter einem kleinen metallenen Schornstein in die Höhe.

Der Sender war in Betrieb.

Er hörte das Summen, noch bevor er das gasige blaue Leuchten der Röhren sah. Und aus dem Spalt unter der Tür der mit Teerpappe beschlagenen Bude drang ebenfalls Licht. Er ertastete den Türknauf, verharrte, drehte ihn ruckartig; ohne irgendwelche Widerstände schwang die Tür auf, ganz als ob ihn drinnen jemand erwarte.

Das Gemurmel einer freundlichen, von Gutmütigkeit gekennzeichneten Stimmte ertönte, und Eldon Blaine fuhr in eisigem Entsetzen herum, davon überzeugt — so unglaublich es auch wäre —, den Phokomelus zu sehen. Doch die Stimme kam aus einem Radio, das auf einem Arbeitstisch stand, auf dem ferner Werkzeuge, Meßgeräte und Ersatzteile in völligem Durcheinander lagen. Noch immer Dangerfield, obwohl der Satellit ohne Zweifel inzwischen den normalen Empfangsbereich verlassen hatte. Kontakt mit dem Satelliten, begriff Eldon Blaine, wie sonst niemand ihn so zustandebringt. Sogar so was haben sie hier in West Marin. Aber weshalb ist dieser starke Sender in Betrieb? Welchem Zweck dient er? Hastig begann er sich umzusehen...

Die gedämpfte, freundschaftliche Stimme aus dem Radio änderte sich plötzlich; unvermittelt klang sie herber, ihr Tonfall nahm merkliche Schärfe an. „Brillenmann", fragte sie, „was machen Sie in meinem Haus?" Die Stimme gehörte Hoppy Harrington, und Eldon stand restlos verwirrt da, kratzte sich wie benommen am Kopf, versuchte zu begreifen und war sich doch darüber im klaren — auf tiefsitzende, instinktive Weise —, er würde das alles nie richtig verstehen.

„Hoppy", vermochte er hervorzubringen, „wo sind Sie?"

„Ich bin hier", sagte die Stimme aus dem Radio. „Ich bin unterwegs. Bleiben Sie, wo Sie sind, Brillenmann." Die Tür flog auf, und Hoppy Harrington, dessen Augen wütend funkelten, fuhr mit seinem Phokomobil auf Eldon zu. „Willkommen in meinem Heim", sagte er sarkastisch, und seine Stimme kam nun sowohl aus seinem Mund wie auch aus dem Lautsprecher. „Dachten Sie, was Sie da aus dem Apparat hören, ist der Satellit?" Er streckte einen seiner Servos aus und schaltete das Radio ab. „Vielleicht war er's, oder vielleicht wird's erst später einmal dahin kommen. Also, Brillenmann, machen Sie's Maul auf. Was suchen Sie hier?"

„Lassen Sie mich gehen", bat Eldon. „Ich suche überhaupt nichts. Ich habe mich nur mal hier drin umgeschaut."

„Sie wollen das Radio haben, nicht wahr?“ meinte Hoppy mit ausdrucksloser Stimme. Er wirkte, als sei ihm das gleich und überrasche ihn nicht im geringsten.

„Weshalb läuft Ihr Sender?“ forschte Eldon nach.

„Weil ich dem Satelliten sende.“

„Wenn Sie mich gehen lassen“, sagte Eldon, „gebe ich Ihnen alle Brillen und Brillengläser, die ich habe. Es hat monatelang gedauert, sie in ganz Nordkalifornien zusammenzusuchen.“

„Sie haben diesmal gar keine Brillen dabei“, stellte der Phokomelus fest. „Jedenfalls sehe ich Ihre Aktenmappe nicht. Aber von mir aus können Sie sowieso gehen. Sie haben hier nichts Ungehöriges getan, weil ich Ihnen gar keine Gelegenheit gelassen habe.“ Er lachte in seiner lebhaften, abgehackten Art.

„Versuchen Sie“, erkundigte sich Eldon, „den Satelliten herunterzuholen?“ Der Phokomelus musterte ihn. „Das ist Ihre Absicht“, sagte Eldon. „Mit diesem Sender wollen Sie die letzte Raketenstufe zünden, deren Zündung damals nicht mehr eingeleitet werden konnte. Sie haben vor, den Satelliten mit der letzten Stufe zur Erde zurückzulenken, dann wird er wieder in die Atmosphäre eintauchen und schließlich herunterkommen.“

„Dazu bin ich nicht imstande“, widersprach Hoppy schließlich. „Selbst wenn ich's wollte, könnte ich's nicht.“

„Sie können über Entfernung hinweg Gegenstände beeinflussen.“

„Ich will Ihnen verraten, woran ich hier arbeite, Brillenmann.“ Der Phokomelus steuerte sein Mobil an Eldon vorüber und nahm mit einem Servo etwas vom Arbeitstisch. „Wissen Sie, was das ist? Das ist eine Tonbandspule. Ihr Inhalt wird mit ungeheuer hoher Geschwindigkeit dem Satelliten übermittelt, so schnell, daß Stunden an Informationen innerhalb weniger Sekunden weitergegeben werden. Und gleichzeitig werden sämtliche Mitteilungen, die der Satellit während seines Durchgangs erhalten hat, auf die gleiche Weise, nämlich mit ultrahoher Geschwindigkeit, mir übermittelt. So hatte die Verbindung ursprünglich beschaffen sein sollen, Brillenmann, vor der Katastrophe, bevor hier auf der Erde alle entsprechenden technischen Ausstattungen in Verlust geraten sind.“ Eldon Blaine betrachtete das Radio, das auf dem Arbeitstisch stand, dann warf er einen verstohlenen Blick zur Tür. Der Phoko versperrte nicht mehr mit seinem Phokomobil den Ausgang. Eldon überlegte, ob er es schaffen könnte, den Phoko abzuhängen, ob er eine Chance besaß.

„Ich kann über eine Entfernung von vierhundertfünfzig Kilometer hinweg senden", sagte Hoppy. „Ich könnte Empfänger im gesamten nördlichen Kalifornien erreichen, aber das ist bei Direktsendung dann auch schon alles. Aber indem ich dem Satelliten sende und ihn alles aufzeichnen und dann immer wieder abspielen lasse, während er um die Erde kreist..."

„So können Sie die ganze Welt bestreichen", sagte Eldon.

„Völlig richtig", bestätigte Hoppy. „Die erforderlichen Apparaturen sind an Bord, der Satellit ist darauf eingerichtet, alle möglichen von unten kommenden Anweisungen auszuführen."

„Und dann werden Sie Dangerfield sein", sagte Eldon.

Der Phokomelus lächelte. „Und niemand wird 'n Unterschied bemerken", stotterte er. „Ich kann's durchziehen, ich habe mir alles genau überlegt. Was wäre denn die Alternative? Großes Schweigen. Der Satellit kann jetzt praktisch jeden Tag sein Programm einstellen. Und dann wäre die eine Stimme dahin, die die gesammte Welt vereint, und die Welt würde zerfallen. Ich bin inzwischen darauf vorbereitet, Dangerfield vom einen auf den anderen Moment abzuschalten, und ich werd's tun, sobald ich mich endgültig davon überzeugt habe, daß er in Kürze den Löffel abgibt."

„Weiß er über Ihr Vorhaben Bescheid?"

„Nein", antwortete Hoppy.

„Ich will Ihnen sagen, was ich glaube", äußerte Eldon. „Ich glaube, Dangerfield ist schon seit langem tot, und in Wirklichkeit waren die ganze seitherige Zeit Sie es, dem wir zugehört haben." Während er sprach, näherte er sich dem Radio auf dem Arbeitstisch.

„Sie irren sich", widersprach der Phoko mit fester Stimme. „Es wird aber nicht mehr lange dauern, bis es sich tatsächlich so verhält", ergänzte er. „Es ist erstaunlich, daß er solche Lebensbedingungen überhaupt so lange durchgestanden hat. Die Leute vom Militär haben damals, als sie ihn aussuchten, gute Arbeit geleistet."

Eldon Blaine riß das Radio an sich und rannte zur Tür.

Verblüfft glotzte der Phoko ihm nach; Eldon sah noch den Ausdruck von Hoppys Gesicht, dann war er auch schon draußen, flüchtete durch die Dunkelheit zum Polizeifahrzeug, das an der Landstraße geparkt stand. Ich habe ihn überrumpelt, sagte sich Eldon. Der arme Kerl von einem verfluchten Phoko hatte keinen blassen Schimmer von meiner wahren Absicht. All das Geschwätz — hatte es irgend etwas zu bedeuten? Nichts. Größenwahn. Er will hier unten sitzen und zur ganzen Welt sprechen, die ganze Welt empfangen, die gesamte Menschheit zu seiner Zuhörerschaft machen ... Aber außer Dangerfield ist niemand dazu in der Lage. Man kann die Anlagen in dem Satelliten nicht von der Erde aus steuern. Der Phoko müßte im Satelliten sein, dort oben, und es ist ausgeschlossen, daß er...

Etwas packte ihn im Nacken.

Wie das? fragte sich Eldon Blaine, als er vornüber auf den Erdboden sackte, sich unterdessen krampfhaft an das Radio klammerte. Er ist drüben im Haus, ich bin hier im Freien. Fernbeeinflussung ... Er hat mich erwischt. Habe ich mich getäuscht? Ist er wirklich über größeren Abstand hinweg dazu imstande?

Was ihn im Genick gepackt hatte, drückte nun zu.

11

Paul Dietz nahm die erste hektografierte Seite der West Mariner *Apokalyptischen Nachrichten* zur Hand, der kleinen Zeitung, die er mit vierzehntäglichem Erscheinen herausgab, und las kritisch den von ihm selbst verfaßten Aufmacher.

TYP AUS BOLINAS HALS UMGEDREHT.

Vor vier Tagen ist Eldon Blaine, Brillenmann aus Bolinas, Kalifornien, der sich geschäftlich in diesem Landesteil aufhielt, an der Landstraße mit gebrochenem Genick und anderen Blessuren, die auf Gewaltanwendung durch Unbekannt hinweisen, aufgefunden worden. Earl Colvig, Chef der Polizei West Marins, hat sich enorm ins Zeug gelegt und eine umfangreiche Untersuchung angefangen und vernimmt jede Menge Leute, die Blaine an dem fraglichen Abend gesehen haben.

So lautete der vollständige Text der Meldung, und Dietz verspürte, während er ihn las, tiefe Zufriedenheit; das war endlich einmal ein wirklich guter Aufmacher, den er da für diese Ausgabe hatte — viele Leute würden sich dafür interessieren, und vielleicht bekam er für die folgende Ausgabe einige Anzeigen mehr. Die hauptsächliche Quelle seiner Einnahmen waren Andy Gill, der jedesmal für seinen Tabak und die Getränke in dem Blatt warb, und Fred Quinn, der Apotheker; dazu fielen immer ein paar Kleinanzeigen an. Aber wie früher lief das alles nicht.

Ausgelassen hatte er in seiner Meldung selbstverständlich die Tatsache, daß der Brillenmann aus Bolinas mit üblen Absichten in West Marin gewesen war; doch das wußte hier sowieso jeder. Gewisse Mutmaßungen gingen sogar dahin, daß er nur gekommen sei, um den hiesigen Technikus zu entführen. Aber weil es sich dabei lediglich um einen Verdacht handelte, konnte man es nicht drucken. Er widmete seine Aufmerksamkeit dem nächsten wichtigen Beitrag.

DANGERFIELD SCHWER ELEND?

Hörer des abendlichen Satellitenprogramms wissen zu berichten, Walt Dangerfield habe kürzlich bekanntgegeben, er sei „krank, wahrscheinlich ein Magengeschwür oder eine Herzerkrankung", und brauche ärztlichen Beistand. Den Berichten zufolge sollen die im Förstersaal des Forstamtes versammelten Rundfunkhörer darüber große Besorgnis geäußert haben. Mr. Cas Stone, der den *Apokalyptischen Nachrichten* Näheres geplaudert hat, ließ durchblicken, daß man als letzte Rettung einen Herzspezialisten in San Rafael konsultieren werde, und ferner sei diskutiert worden, daß Fred Quinn, Inhaber der Apotheke bei Point Reyes, zum Armee-HQ bei Cheyenne reisen solle, um dort für Dangerfield Medikamente abzuliefern, ohne daß eine entsprechende Entscheidung zustandegekommen wäre.

Der übrige Inhalt der Zeitung umfaßte verschiedene lokale Meldungen von minderrangiger Bedeutung: wer mit wem gegessen, wer welchen Nachbarort besucht hatte ... Er las den Rest nur flüchtig durch, vergewisserte sich vor allem, daß die Anzeigen einwandfrei gedruckt waren, dann machte er sich an die weitere Vervielfältigung der Ausgabe.

Und selbstverständlich fehlten in der Zeitung noch andere Vorfälle, bestimmte Vorkommnisse, die man einfach nicht drucken konnte. Hoppy Harrington von Siebenjähriger geschockt, zum Beispiel. Dietz lachte vor sich hin, als er an die Schilderungen dachte, die man ihm gegeben hatte: wie es dem Phoko angst und bange geworden war, er in aller Öffentlichkeit Mordsschiß bekommen hatte. Mrs. Bonny

Keller hatte wieder einmal ein neues Verhältnis angeleiert, diesmal mit dem neuen Lehrer an der Schule, Hal Barnes ... Das hätte eine Schlagzeile geben können! Jack Tree, der Schafzüchter des Landkreises, beschuldigte Unbekannte (zum wieviel millionstenmal?), ihm Schafe zu stehlen. Was noch? Mal sehen, dachte er. Der berühmte Tabakexperte Andrew Gill erhielt dieser Tage den Besuch einer unbekannten Person aus der Stadt, wahrscheinlich im Zusammenhang mit einer Fusion von Gills Tabak- und Getränkevertrieb mit einer noch nicht genannten großen städtischen Genossenschaft. Kaum hatte er den Gedanken beendet, schnitt er eine finstere Miene. Falls Gill aus dieser Gegend wegzog, verloren die *Apokalyptischen Nachrichten* ihren regelmäßigen Anzeigenkunden; und das war alles andere als eine erfreuliche Aussicht.

Vielleicht sollte ich das doch veröffentlichen, überlegte er, um hier ein bißchen die Stimmung der Einheimischen gegen das anzuheizen, was Gill da möglicherweise im Sinn hat. Fremde Einflüsse im heimischen Tabakgeschäft spürbar ... So könnte man es mal vorsichtig ausdrücken. Fremdling zweifelhafter Herkunft im Landkreis gesehen. Auf diese Art. Solche Sprüche könnten Gill zur Besonnenheit veranlassen. Immerhin ist er ja ein Zugezogener ... Er achtet auf die hiesige Stimmungslage. Er ist erst seit dem Tag X hier. An sich ist er keiner von uns.

Wer war diese düstere Gestalt, die man mit Gill sprechen gesehen hatte? Alle im Ort waren neugierig. Gefallen hatte es niemandem. Einige behaupteten, es sei ein Neger; andere sagten, der Mann wäre nur infolge von Strahlenverbrennungen so dunkelhäutig — ein Strahli, wie man solche Personen nannte.

Kann sein, daß ihm was zustößt, überlegte Dietz, so wie dem Brillenmann aus Bolinas etwas zugestoßen ist. Schließlich gibt es hier recht viele Leute, die gegen Einflüsse von außen was haben. Es ist gefährlich, hier aufzukreuzen und sich in etwas einzumischen.

Das Ableben Eldon Blaines erinnerte ihn natürlich an den Tod Austurias' ... Letzterer war allerdings durch die Bürgervertretung und eine ordnungsgemäße Jury völlig rechtmäßig und öffentlich in die Wege geleitet worden. Nichtsdestotrotz bestand im wesentlichen kaum ein Unterschied; beide Fälle waren legitimer Ausdruck der Einstellung, die man im Ort hegte. Und genauso wäre das plötzliche Verschwinden eines Negers oder Strahlis — oder was immer der Typ sein mochte, der gegenwärtig bei Gill herumlungerte — aus dieser Welt zu bewerten; und zudem mußte man durchaus damit rechnen, daß irgendwer sich dazu entschloß, auch Gill einen Denkzettel zu verpassen.

Aber Gill hatte einflußreiche Freunde; zum Beispiel die Kellers. Und viele Menschen hingen von ihm ab, was die Einkaufsmöglichkeiten von Tabakwaren und Getränken betraf; sowohl Orion Stroud wie auch Cas Stone kauften bei ihm in größeren Mengen. Infolgedessen konnte Gill wahrscheinlich nichts passieren.

Mit dem Strahli verhält es sich aber ganz anders, befand Dietz. In seiner Haut möchte ich nicht stecken. Er kommt aus der Stadt und hat keine Ahnung, wie tief in einer so kleinen Gemeinde wie hier die Gefühle sitzen. Wir achten hier auf unsere Integrität, und daran lassen wir nicht kratzen. Vielleicht muß er das erst auf die harte Tour begreifen lernen. Vielleicht wird hier noch ein Todesfall vorkommen. Einen Strahli-Todesfall. Und in gewisser Hinsicht sind solche Fälle am besten.

Während er die Hauptstraße von Point Reyes entlangfuhr, richtete Hoppy Harrington, der wie stets mitten auf seinem Mobil saß, sich plötzlich ruckartig kerzengerade auf, als er einen dunkelhäutigen Mann erblickte, der ihm bekannt vorkam. Er glaubte, einen Mann zu sehen, den er einmal vor vielen Jahren gekannt hatte, als er im Rundfunk- und Fernsehgeschäft *TV modern* arbeitete; er sah aus wie Stuart McConchie.

Doch da fiel dem Phoko ein, daß er es mit einem von Bill Keller erzeugten Trugbild zu tun haben mußte.

Grauen packte ihn, als er sich die Macht dieses Geschöpfes im Innern Edie Kellers ausmalte; zu so etwas war es imstande, hier am hellen Tag, und was konnte er dagegen aufbieten? Auch diesmal, so wie an jenem Abend mit der Stimme Jim Fergessons, war er völlig überrascht worden; trotz seiner eigenen enormen Fähigkeiten war die Kreatur dazu in der Lage, ihn jederzeit zum Narren zu halten. Ich weiß nicht, was ich tun soll, dachte er und fühlte sich wie gehetzt. Er fuhr weiter, auf die dunkle Gestalt zu. Sie verschwand nicht.

Womöglich weiß Bill, dachte er, was ich mit dem Brillenmann gemacht habe. Vielleicht will er mich bestrafen. Kinder sind so.

Er lenkte das Mobil in eine Seitenstraße und erhöhte die Geschwindigkeit, um der Gegenwart dieses Trugbilds, das Stuart McConchie darstellte, zu entfliehen.

„Holla", sagte eine Stimme im Tonfall einer Warnung.

Hoppy wandte den Kopf und merkte, daß er beinahe Dr. Stockstill angefahren hätte. Betroffen brachte er sein Mobil zum Stehen. „Entschuldigen Sie." Dan musterte er den Arzt aus schmalen Lidern, sich dessen bewußt, daß dies ein Mann war, der ihm bereits in den alten Zeiten bekannt gewesen war, vor dem Tag X; Stockstill war Psychiater mit einer Praxis in Berkeley gewesen, und Hoppy hatte ihn ab und zu auf der Shattuck Avenue gesehen. Warum war er hier? Weshalb hatte er beschlossen, sich in West Marin niederzulassen, genau wie er, Hoppy? War das reiner Zufall?

Vielleicht ist Stockstill ein permanentes Trugbild, dachte der Phokomelus, hervorgerufen an dem Tag, als auf die Bucht von San Franzisko die ersten Atomsprengköpfe niedergingen. Das war doch auch der Tag, an dem Bills Zeugung stattgefunden hat, oder nicht? Diese Bonny Keller, dachte er, alles geht von ihr aus. Aller Ärger in der ganzen Gemeinde ... Der Fall Austurias, an dem fast alles vor die Hunde gegangen wäre, hat uns in zwei kleine feindliche Parteien gespalten. Sie hat dafür gesorgt, daß man Austurias umbrachte, während man statt dessen diesen Entarteten da oben mit seinen Schafen, diesen Jack Tree, hätte kaltmachen sollen. Er ist derjenige, den man hätte umlegen sollen, nicht der vorherige Lehrer. Das war ein guter Mensch, entsann sich der Phoko, als er an Mr. Austurias dachte, immer war er so nett und freundlich gewesen. Und dann hat ihn außer mir kaum jemand offen bei der sogenannten Verhandlung gegen ihn unterstützt.

„Seien Sie ein bißchen vorsichtiger mit Ihrem Mobil, Hoppy", sagte Dr. Stockstill gereizt zu dem Phoko. „Und wenn's nur aus persönlicher Rücksichtnahme auf mich ist."

„Ich habe micht entschuldigt", antwortete Hoppy.

„Wovor fürchten Sie sich?" wollte der Arzt wissen.

„Vor nichts" entgegnete Hoppy. „Ich fürchte mich vor nichts in der ganzen Welt." Da erinnerte er sich an den Zwischenfall im Förstersaal und daran, wie er sich bei der Gelegenheit verhalten hatte. Der gesamte Ort wußte davon, und zweifellos auch Dr. Stockstill, obwohl er an dem Abend gar nicht dort gewesen war. „Ich habe eine Phobie", machte er auf eine Eingebung hin eine Einlassung. „Fällt so was auch in Ihre Zuständigkeit, oder haben Sie diese Sachen aufgegeben? Es muß damit zusammenhängen, daß ich verschüttet gewesen bin. Ich war an dem Tag, als die ersten Sprengköpfe explodiert sind, in einem Keller verschüttet. Ich bin mit dem Leben davongekommen, aber ..." Er hob die Schultern.

„Verstehe", sagte Stockstill.

„Haben Sie jemals die kleine Tochter der Kellers untersucht?" forschte Hoppy nach.

„Ja", antwortete Stockstill.

„Dann wissen Sie ja Bescheid", sagte Hoppy mit einer gewissen Schärfe. „Es ist nicht bloß ein Kind, es sind zwei Kinder. Irgendwie ist das eine ins andere gewachsen, Sie wissen wahrscheinlich, wie's gekommen ist, aber ich nicht ... und es interessiert mich auch gar nicht. Es ist'ne Mißbildung, das Kind, oder vielmehr, Edie und ihr Bruder, meine ich. Habe ich nicht recht?" Seine Verbitterung machte sich bemerkbar. „Bloß sehen sie nicht mißgebildet aus. Deshalb läßt man sie als normal durchgehen. Die Leute richten sich nur nach dem Äußeren, stimmt's? Haben Sie das während Ihrer ärztlichen Praxis nicht auch festgestellt?"

„Mit der Zeit bin ich dahintergekommen, ja", sagte Stockstill.

„Ich habe gehört", sagte Hoppy, „daß nach dem Gesetz alle mißgebildeten Minderjährigen, alle Kinder, die irgendwie mißgebildet sind, ob sie wild leben oder nicht, nach Sakramento zu den Behörden gebracht werden müssen." Der Arzt äußerte sich nicht dazu; Stockstill sah ihn nur wortlos an. „Sie begünstigen die Kellers bei einem Verstoß gegen das Gesetz", sagte Hoppy.

„Worauf haben Sie's abgesehen, Hoppy?" fragte Stockstill nach kurzem Schweigen. Seine Stimme klang dunkel und gleichmäßig.

„Ni-nichts", stammelte Hoppy. „Ich meine, ich denke bloß ans Recht. Ich möchte, daß man sich nach dem Gesetz richtet. Ist das etwa verkehrt? Ich halte mich jedenfalls ans Gesetz. Ich bin beim Eugenik-Amt der Vereinigten Staaten gemeldet, und zwar als ..." Das Wort blieb ihm im Halse stecken. „Als biologische Besonderheit eben. Das ist alles andere als schön, so was, aber ich hab's getan. Ich befolge das Gesetz."

„Hoppy", erkundigte der Arzt sich ruhig, „was haben Sie mit dem Brillenmann aus Bolinas angestellt?"

Hoppy wendete sein Mobil und fuhr zügig davon, ließ den Doktor einfach stehen.

Was ich mit ihm angestellt habe? dachte Hoppy. Ich habe ihn getötet. Das weißt du genau. Wozu also die Frage? Weshalb scherst du dich überhaupt darum? Der Mann war nicht aus dieser Gegend. Er zählte hier nicht, wir alle wußten es. Und June Raub hat ausgesagt, daß er mich entführen wollte, und das ist für die meisten Leute Grund genug — genug für Earl Colvig, Orion Stroud und Cas Stone, und das sind hier die maßgeblichen Personen, sie haben in der Gemeinde das Sagen, zusammen mit Mrs. Tallman, den Kellers und June Raub. Er weiß, daß ich Blaine getötet habe, vergegenwärtigte Hoppy sich mit aller Deutlichkeit. Er weiß allerhand über mich, obwohl ich mich nie körperlich von ihm habe untersuchen lassen. Ihm ist klar, daß ich Dinge von weitem bewegen kann ... Aber im Grunde genommen ist das hier jedem klar. Allerdings ist er möglicherweise die einzige Person weit und breit, die in vollem Umfang begreift, was das eigentlich bedeutet. Schließlich ist er ein sehr gebildeter Mann.

Wenn ich diese Imitation Stuart McConchies noch einmal sehe, werde ich zupacken und sie kurzerhand zerquetschen, zu Tode quetschen, dachte er unvermittelt. Ich werde gar nicht anders können. Aber ich hoffe, daß ich sie nicht noch einmal sehe, dachte er. Ich kann Tote nicht ausstehen. Das ist es, dem meine Phobie gilt: dem *Grab*. Ich bin dort unter den Trümmern mit dem nicht zermalmten Überrest Jim Fergessons begraben gewesen, und das war ein abscheuliches Erlebnis. Zwei Wochen lang in einem unterirdischen Loch mit der Hälfte eines Mannes, der sich Gedanken um mich gemacht hatte, vielleicht mehr als jeder andere. Was würdest du dazu sagen, Stockstill, läge ich zwecks Analyse auf deiner Couch? Hättest du an dieser Art von traumatischem Erlebnis Interesse, oder hast du im Laufe der letzten sieben Jahre schon zu viele derartige Fälle kennengelernt?

Das Geschöpf namens Bill in Edie Kellers Leib lebte irgendwie im Kontakt mit den Toten, soviel hatte Hoppy gemerkt. Halb in unserer Welt, dachte er, in der er gemeint hatte, er selbst könne mit dem Jenseits Verbindung aufnehmen ... Das war wahrhaftig ein Witz, den ich mit mir gerissen habe, dachte er. Ich habe mich selbst mehr als alle anderen in die Irre geführt. Und sie haben nichts geahnt. Stuart McConchie und die Ratte, wie Stuart dahockte und begeistert die Ratte hinabfraß ...

Und auf einmal begriff er. Das hieß, Stuart McConchie mußte überlebt haben; er war nicht während der Katastrophe umgekommen, jedenfalls — im Gegensatz zu Fergesson — nicht sofort. Also war es womöglich doch kein Trugbild gewesen, als er vorhin Stuart McConchie gesehen hatte.

Er zitterte, als er sein Mobil stoppte, um überstürzt nachzudenken.

Weiß er irgend etwas über mich? fragte er sich. Kann er mich in Schwierigkeiten bringen? Nein, schlußfolgerte er, denn was war ich denn damals, in den alten Zeiten? Nur ein hilfloses Etwas auf einem von der Regierung gestifteten Karren, dankbar für jeden Job, den man mir gab, für jeden Mist, den man mir überließ. Es hat sich vieles geändert. Heute bin ich für das ganze Gebiet von West Marin ein unentbehrlicher Mann, dachte er sich. Ich bin ein erstklassiger Technikus.

Er fuhr die Strecke zurück, die er gekommen war, und gelangte wieder auf die Hauptstraße, hielt dort nach Stuart McConchie Ausschau. Und in der Tat war er noch da, ging in die Richtung von Andrew Gills Tabak- und Getränkevertrieb, zur dazugehörigen Fabrik. Der Phoko machte Anstalten, ihm zu folgen, doch da hatte er eine Idee.

Er brachte McConchie zum Stolpern.

Er grinste auf seinem Mobil vor sich hin, als er den Schwarzen straucheln, fast fallen und mit knapper Not das Gleichgewicht wiedergewinnen sah. Aus verdrossener Miene betrachtete McConchie das Straßenpflaster. Dann setzte er den Weg fort, allerdings langsamer, achtete sorgfältiger auf die Risse im Beton, das aufgeschossene Unkraut.

Der Phoko fuhr ihm nach. „Sieh mal an", sagte er laut, als nur noch ein Abstand von etwa einem Schritt ihn von ihm trennte, „Stuart McConchie, der TV-Verkäufer, der tote Ratten roh auffrißt." Der Farbige wankte wie vom Blitz getroffen. Er drehte sich nicht um; er stand nur da, die Arme erhoben, die Finger gespreizt. „Wie gefällt Ihnen das Leben nach dem Tode?" fragte Hoppy.

„Gut", antwortete der Neger nach kurzem Schweigen mit heiserer Stimme. Nun wandte er sich um. „Du bist also durchgekommen." Er musterte den Phoko und sein Mobil von oben bis unten.

„Ja", bekräftigte der Phoko. „Wahrhaftig. Und nicht durchs Auffressen von Ratten."

„Ich nehme an, du bist hier der Technikus", sagte Stuart.

„Jawohl, bin ich", bestätigte Hoppy. „Technikus Hoppy Ohnehand, das bin ich. Und was machen Sie?„

„Ich ... ich betreibe Geschäfte mit homöostatischen Schädlingsfallen", gab Stuart Auskunft. Der Phoko lachte auf. „Ist das vielleicht dermaßen gottverdammt komisch?" fügte Stuart hinzu.

„Nein", sagte der Phoko. „Entschuldigung. Freut mich, daß Sie überlebt haben. Wer ist schon sonst noch davongekommen? Der Psychiater, der gegenüber vom *TV modern* seine Praxis hatte ... er lebt jetzt hier. Stockstill. Fergesson ist ums Leben gekommen."

Beide schwiegen für ein Weilchen.

„Lightheiser ist tot", sagte Stuart. „Bob Rubenstein auch. Ebenso Connie, die Kellnerin, und Tony. Erinnerst du dich an sie?"

„Ja", sagte der Phoko und nickte.

„Hast du Mr. Crody gekannt, den Juwelier?"

„Nein", sagte der Phoko, „leider nicht."

„Er ist verstümmelt worden. Hat beide Arme und das Augenlicht verloren. Aber er lebt, er befindet sich in einer staatlichen Klinik in Hayward."

„Warum sind Sie hier in der Gegend?" erkundigte sich der Phoko.

„Geschäftlich."

„Haben Sie vor, Andrew Gills Rezept für seine Zigaretten Marke Spezial Deluxe Gold zu klauen?" Wieder kicherte der Phoko. Es ist wahr, dachte er sich dabei jedoch, jeder der von außerhalb zu uns geschlichen kommt, hat die Absicht, zu morden oder zu stehlen. Man denke nur an Eldon Blaine, den Brillenmann, und der kam aus Bolinas, also nicht mal von so weit her.

„Meine Geschäfte sind mit Reisen verbunden", entgegnete Stuart ausdruckslos. „Ich komme in ganz Nordkalifornien herum." Er schwieg einen Moment lang. „Es ging besser, als ich noch das vorherige Pferd hatte, Prinz Edward von Wales", ergänzte er. „Jetzt steht mir nur ein Pferd zweiter Garnitur zum Ziehen meines Wagens zur Verfügung, und es dauert viel länger, irgendwo hinzugelangen."

„Hören Sie zu", sagte Hoppy, „erzählen Sie niemandem, daß Sie mich schon vor dem Krieg gekannt haben, sonst werde ich nämlich stinksauer, haben Sie verstanden? Ich bin in dieser Gemeinde seit vielen Jahren ein angesehener Mitbürger, und ich wünsche nicht, daß irgendwer daherkommt und mir dazwischenpfuscht. Vielleicht kann ich Ihnen bei Ihren Geschäften behilflich sein, dann können Sie um so schneller weiterreisen. Was halten Sie davon?"

„Einverstanden", sagte Stuart. „Ich werde so bald wie möglich abreisen." Er musterte den Phoko mit solcher Eindringlichkeit, daß Hoppy sich nahezu vor Verlegenheit wand. „Also hast Du hier 'ne richtige Heimat gefunden", sagte Stuart. „Gut für Dich."

„Ich werde Sie Gill vorstellen", sagte Hoppy. „Soviel kann ich auf jeden Fall für Sie tun. Ich bin natürlich gut mit ihm bekannt."

„Schön", sagte Stuart und nickte. „Das weiß ich zu schätzen."

„Und stellen Sie hier nichts an, klar?" Der Phoko hörte, wie seine Stimme jetzt schriller klang; er vermochte es nicht zu verhindern. „Klauen Sie hier nicht und begehen Sie keine sonstigen Verbrechen, oder Ihnen wird's dreckig ergehen — kapiert?!"

Der Farbige nickte ernst. Doch allem Anschein nach fürchtete er sich nicht; er schrak nicht zurück, und der Phoko fühlte sich immer stärker beunruhigt. Ich wollte, du würdest abhauen, dachte der Phoko. Verschwinde von hier. Mach mir bloß keinen Ärger. Ich wünschte, ich würde dich überhaupt nicht kennen. Es wäre mir lieber, ich würde niemanden von außerhalb kennen, aus der Zeit vor dem Tag X. Am liebsten täte ich mich nicht einmal in Gedanken mit solchen Leuten beschäftigen.

„Wir haben in einem Kellerraum Schutz gesucht, als die ersten schweren Sprengköpfe losgingen", sagte Stuart plötzlich. „Ich bin durch die Luke im Gehsteig hinuntergesprungen. Wir waren da unten wirklich gut geschützt."

„Weshalb fangen Sie davon an?" quengelte der Phoko.

„Ich weiß nicht. Ich dachte, es würde dich interessieren."

„Es interessiert mich nicht", kreischte der Phoko; er legte sich seine Servos über die Ohren. „Ich will von den vergangenen Zeiten nichts mehr hören und nicht mehr daran denken."

„Na gut", sagte Stuart und zupfte versonnen an seiner Unterlippe. „Dann wollen wir also diesen Andrew Gill aufsuchen."

„Wenn Sie wüßten, wozu ich fähig bin, würden Sie sich gehörig vor mir fürchten", sagte der Phoko. Ich kann..." Er unterbrach sich; um ein Haar wäre er auf Eldon Blaine, den Brillenmann, zu sprechen gekommen. „Ich kann Gegenstände aus der Ferne bewegen", sagte er. „Das ist keine Magie", erhob Stuart Einspruch. Seine Stimme klang ausdruckslos. „Wir nennen das *Freakeffekt*." Er lächelte.

„Na-Nein", stotterte Hoppy. „Was soll das heißen? ‚Freakeffekt'? Das Wort habe ich noch nie gehört. So was wie Ferneffekt?"

„Ja, eine Fernwirkung, ausgeübt von Freaks. Von Mißgestalteten."

Er fürchtet sich nicht vor mir, sah Hoppy ein. Es muß daran liegen, daß er mich schon früher gekannt hat, in den alten Zeiten, als ich noch ein Nichts und Niemand war. Es war aussichtslos; dieser Neger war zu dumm, um begreifen zu können, daß sich alles gewandelt hatte; er selbst war fast genauso wie damals, vor sieben Jahren, als er und Hoppy sich das letzte Mal gesehen hatten. Wie ein Felsklotz war er allem völlig unzugänglich.

Hoppy dachte an den Satelliten. „Warten Sie's nur ab", sagte er zu Stuart, schier außer Atem. „Es dauert nicht mehr lange, dann werden auch diese eingebildeten Städter von mir erfahren. Die ganze Welt wird von mir wissen, so wie's jetzt hier in der Umgebung ist. Es wird nicht mehr lange dauern. Ich bin fast soweit!"

Stuart grinste nachsichtig. „Am besten beeindruckst du mich erst einmal damit", sagte er, „daß du mich dem Tabakexperten vorstellst."

„Wissen Sie, was ich könnte?" schnob Hoppy. „Ich könnte Ihnen Andrew Gills Tabakrezept aus seinem Tresor holen — oder wo er's halt aufbewahrt — und Ihnen einfach in die Hand drücken. Was sagen Sie dazu?" Er lachte.

„Es genügt mir, wenn du mich mit ihm bekanntmachst", wiederholte Stuart. „Mehr will ich nicht. An dem Rezept habe ich kein Interesse." Er wirkte angeödet.

Der Phoko wendete sein Mobil, indem er vor Unmut und Zorn zitterte, in Richtung der kleinen Fabrik Andrew Gills und fuhr voraus.

Andrew Gill schaute von seiner Tätigkeit auf, dem Zigarettendrehen, und sah Hoppy Harrington — den er nicht leiden mochte — mit einem Farbigen, den er nicht kannte, in die Fabrik kommen. Mit einem Schlag verspürte Gill Unbehagen. Er legte das Zigarettenpapier hin und stand auf. Die anderen Zigarettendreher neben ihm auf der langen Bank, seine Mitarbeiter, arbeiteten weiter.

Er beschäftigte allein hier in der Tabakabteilung insgesamt acht Personen; in der Brennerei, die Brandy herstellte, waren es zusätzliche zwölf Mann, doch sie stand oben im Norden, im Landkreis Sonoma, und die dortigen Arbeiter zählten natürlich nicht zu den hiesigen Einheimischen. Er besaß den größten Gewerbebetrieb in West Marin, zählte man einmal landwirtschaftliche Gewerbe nicht mit, so wie Orion Stroud eines hatte, oder Jack Tree mit seiner Schafzucht, und er verkaufte seine Erzeugnisse im gesamten nördlichen Kalifornien; langsame Transporte beförderten seine Zigaretten von Ort zu

Ort, und ein paar waren, soviel er gehört hatte, sogar bis zur Ostküste gelangt und hatten dort Aufsehen erregt.

„Ja?“ wandte er sich an Hoppy. Er blieb vor dem Mobil des Phokos stehen und versperrte ihm den Weg, hielt ihn in ausreichendem Abstand vom hinten gelegenen Arbeitsbereich. Das Gebäude war einmal die Bäckerei der Ortschaft gewesen; aus Beton erbaut, hatte es die Druckwellen überstanden und gab nunmehr für seinen Betrieb ideale Räumlichkeiten ab. Und natürlich zahlte er seinen Mitarbeitern so gut wie nichts; sie waren froh, eine Arbeit für überhaupt irgendeinen Lohn gefunden zu haben.

„Die-dieser Ma-mann ist aus Berkeley und möchte zu Ihnen, Mr. Gill“, stammelte Hoppy. „Er sagt, er ist ’n wichtiger Geschäftsmann. Habe ich recht?“ Der Phoko drehte sich dem Schwarzen zu. „Das haben Sie zu mir gesagt, nicht wahr?“

„Ich bin Bevollmächtigter der Hardy Herstellungswerke für Homöostatische Schädlingsfallen in Berkeley, Kalifornien“, sagte der Schwarze, indem er die Hand ausstreckte, zu Gill. „Ich bin gekommen, um Ihnen einen ganz erstaunlichen Vorschlag zu unterbreiten, durch den Sie Ihren Gewinn innerhalb von sechs Monaten durchaus verdreifachen könnten.“ Seine dunklen Augen leuchteten.

Schweigen herrschte.

Gill unterdrückte den Drang, laut herauszulachen. „Aha, verstehe“, sagte er, nickte und schob seine Hände in die Taschen. Er bemühte sich um ein ernsthaft geschäftsmäßiges Gebaren. „Sehr interessant, Mr. . . .“ Er sah den Schwarzen in stummer Fragestellung an.

„Stuart McConchie“, sagte der Farbige. Sie schüttelten sich die Hände. „Mein Chef, Mr. Hardy, hat mich bevollmächtigt“, erklärte Stuart, „Ihnen den Entwurf einer vollautomatischen Zigarettenherstellungsmaschine in allen Einzelheiten zu erläutern. Wir bei den Hardy-Werken sind sehr wohl darüber im Bilde, daß Ihre Zigaretten noch auf die altmodische Weise gedreht werden, nämlich per Hand.“ Er wies hinüber zu Gills Mitarbeitern, die im Hintergrund der Fabrik bei der Arbeit saßen. „Diese Methode ist seit hundert Jahren überholt, Mr. Gill. Ihre Zigaretten der Marke Spezial Deluxe Gold zeichnet sich durch außerordentliche Qualität aus . . .“

„Und die beabsichtige ich beizubehalten“, sagte Gill ganz gelassen.

„Unsere automatische elektronische Anlage wird keineswegs die Qualität der Qantität opfern“, versicherte Mr. McConchie. „Vielmehr . . .“

„Warten Sie“, sagte Gill. „Ich möchte das nicht jetzt besprechen.“ Er schaute den Phoko an, der nahebei geparkt stand und zuhörte. Der Phoko errötete und wendete sofort sein Mobil.

„Ich verabschiede mich“, sagte Hoppy. „Solche Angelegenheiten interessieren mich nicht. Auf Wiedersehen.“ Er fuhr durch den offenen Zugang der Fabrik hinaus auf die Straße. Die beiden sahen ihm nach, bis er außer Sicht geriet.

„Unser Technikus“, sagt Gill.

McConchie machte Anstalten, etwas zu sagen, überlegte es sich anscheinend jedoch anders, räusperte sich und schlenderte ein paar Schritte weit zur Seite, betrachtete das Innere der Fabrik, die beim Zigarettendrehen befindlichen Arbeiter. „Sie haben hier eine wirklich gelungene Einrichtung, Gill. Ich möchte keinen Hehl daraus machen, daß ich ein großer Freund Ihres Produkts bin. Es ist der absolute Renner, daran gibt's keinen Zweifel.“

Solche Reden, dachte Gill, habe ich schon lange nicht mehr gehört, seit sieben Jahren nicht. Es fiel bisher ziemlich schwer, sich vorzustellen, daß es irgendwo in der Welt so was noch geben könnte. Soviel hat sich geändert, aber hier in diesem Mann, diesem Stuart McConchie, war es erhalten geblieben. Gill verspürte eine Aufwallung von Vergnügen. Diese Redensarten, dies Vertretergeschwätz, waren eine Erinnerung an schönere Zeiten. Er fühlte sich durchaus von dem Mann angetan.

„Vielen Dank“, sagte er, und zwar aus ganzem Herzen. Vielleicht begann die Welt nun endlich etwas von ihrem alten Format zurückzugewinnen, die Umgangsformen, die Bräuche und alle Arten von Handel und Wandel, all das, was sie früher zu dem gemacht hatte, was sie damals gewesen war. Diese Sprüche, die dieser McConchie klopft, sie sind ernst gemeint, sie haben in ihm überdauert, er spielt mir hier nichts vor. Irgendwie ist es diesem Mann gelungen, seinen ursprünglichen Standpunkt zu bewahren, seine geschäftliche Begeisterungsfähigkeit, trotz allem, was sich zugetragen hat — heute wie damals schmiedet er Pläne, er stellt neue Überlegungen an, macht diesen und jenen Quatsch ... und nichts kann und wird ihn aufhalten. Er ist ganz einfach, erkannte Gill, ein sehr guter Verkäufer. Nicht einmal ein mit Wasserstoffbomben geführter Krieg und der Zusammenbruch der Gesellschaft haben ihn beirren können. „Wie wär's mit 'ner Tasse Kaffee?“ schlug Gill vor. „Ich lege für zehn bis fünfzehn Minuten 'ne Pause ein, und Sie erzählen mir mehr über diese automatische Maschine oder was Sie sich da ausgedacht haben.“

„Richtigen Kaffee?“ fragte Stuart McConchie nach, und seine angenehme, optimistische Miene entgleiste für einen Moment; er starrte Gill in heftiger, unverhohlener Begierde an.

„Leider nicht“, sagte Gill. „Es ist Ersatzkaffee, aber nicht übel. Ich glaube, er dürfte Ihnen schmecken. Besser als das, was man in den Städten an den sogenannten Kaffeebuden anbietet.“ Er ging den Wasserkessel holen.

„Ihr Betrieb hier ist wirklich was wert“, sagte Stuart McConchie, während sie darauf warteten, daß das Wasser kochte. „Sehr beeindruckend und effizient.“

„Vielen Dank“, sagte Gill.

„Mit meinem Besuch bei Ihnen habe ich mir einen langgehegten Traum erfüllt“, gestand McConchie. „Die Fahrt hat eine Woche gedauert, und ich habe ständig daran gedacht, Sie zu besuchen, seit ich meine erste Spezial Deluxe Gold geraucht habe. Hier ist...“ Er suchte nach Worten. „Eine richtige Insel der Zivilisation in diesen barbarischen Zeiten.“

„Was halten Sie vom hiesigen Landkreis als solchem?“ wollte Gill wissen. „Eine kleine Ortschaft wie diese, verglichen mit dem Leben in der Stadt ... Sicher ein erheblicher Unterschied.“

„An erster Stelle wollte ich zu Ihnen“, sagte McConchie. „Ich bin geradewegs zu Ihnen gekommen. Ich habe mir nicht die Zeit nehmen können, mir die Umgebung anzuschauen. Mein Pferd braucht vorn rechts ein neues Hufeisen, und ich habe es im ersten Stall gelassen, den ich hier in der Nähe gesehen habe, gleich hinter der kleinen eisernen Brücke.“

„Ach, ja“, sagte Gill, „der gehört Stroud. Ich weiß, welchen Sie meinen. Sein dortiger Schmied ist tüchtig, er wird Sie zufriedenstellend bedienen.“

„Ich habe den Eindruck, daß das Leben auf dem Land viel friedlicher abläuft“, sagte Stuart McConchie. „Wenn Sie in der Stadt irgendwo Ihr Pferd allein lassen ... Na, vor einiger Zeit habe ich mal mein Pferd im Hafengelände warten lassen, weil ich zur anderen Seite der Bay übersetzen mußte, und als ich zurückkam, da hatte man's mir an Ort und Stelle aufgefressen ... Solche Vorfälle sind's, durch die einen die Stadt mit der Zeit ankotzt, so daß man weggehen möchte.“

„Ich weiß“, sagte Bill und nickte verständnisvoll. „Das Leben in der Stadt ist brutal, weil's dort noch so viele obdachlose und heruntergekommene Menschen gibt.“

„Und ich hatte das Pferd richtig gern", sagte McConchie mit kummervoller Miene.

„Tja, andererseits wird man auf dem Land ständig mit dem Tod von Tieren konfrontiert", sagte Gill. „Das war schon immer eine der weniger erfreulichen Seiten des Landlebens. Als die Bomben fielen, sind hier oben Tausende von Tieren schrecklich verwundet worden, Schafe, Rinder ... Natürlich kann man das nicht mit der Schädigung und Vernichtung menschlichen Lebens vergleichen, wie's dort unten stattgefunden hat, woher Sie kommen. Sie müssen seit dem Tag X sehr viel menschliches Leid gesehen haben."

Der Neger nickte. „Das und zahllose Entartungen. Ungeheuer viele Mißbildungen, sowohl bei Tieren wie auch Menschen. Wie dieser Hoppy..."

„Hoppy stammt nicht aus dieser Gegend", sagte Gill. „Er ist erst nach dem Krieg hier aufgekreuzt, er hat sich gemeldet, als wir einen Technikus gesucht haben. Ich bin auch nicht von hier. An dem Tag, als der Krieg ausbrach, war ich auf der Durchreise, und ich hab's vorgezogen, hier zu bleiben." Der Kaffee war fertig, und die beiden Männer begannen zu trinken; für eine Weile sprachen sie nicht. „Was für 'ne Art von Schädlingsfallen stellt Ihre Firma her?" fragte Gill zu guter Letzt nach.

„Es ist kein herkömmlicher passiver Typ", antwortete McConchie. „Die Fallen sind homöostatisch, das heißt, sie werden von sich aus aktiv, zum Beispiel verfolgen sie eine Ratte — beziehungsweise eine Katze oder einen Hund — bis hinunter in die Löcher und Bauten, wie sie sich heute unter ganz Berkeley erstrecken ... So eine Falle folgt einer Ratte nach der anderen, wenn sie eine getötet hat, nimmt sie sich die nächste vor, bis ihr der Betriebsstoff ausgeht oder es einer Ratte zufällig gelingt, sie kaputtzumachen. Es gibt einige sehr gescheite Ratten — Sie wissen ja, solche Mutationen, die in der Evolution einen großen Sprung getan haben —, die sich sogar darauf verstehen, eine homöostatische Schädlingsfalle der Firma Hardy lahmzulegen. Aber 's sind wenige."

„Wirklich beeindruckend", sagte Gill leise.

„Um nun auf die von uns vorgeschlagene Apparatur zum Zigarettendrehen zu kommen..."

„Mein Freund", sagte Gill, „Sie sind mir sympathisch, aber... Da ist ein Problem. Ich habe kein Geld, um Ihre Maschine zu kaufen, und ebensowenig irgend was, das ich dagegen eintauschen könnte.

Und ich habe nicht die Absicht, Teilhaber in meinen Betrieb aufzuzehmen. Wie sollten wir unter diesen Umständen ins Geschäft kommen können?" Er lächelte. „Ich muß wie bisher weitermachen."

„Warten Sie", sagte Stuart McConchie augenblicklich. „Es muß sich eine Lösung finden lassen. Vielleicht können wir Ihnen ein Hardy-Zigarettenherstellungsgerät im Rahmen eines Mietkaufs überlassen, bei dem Ihre Gegenleistung aus einer gewissen Anzahl von Ihnen wöchentlich für soundsoviel Wochen zu liefernder Zigaretten besteht, natürlich Ihrer Marke Spezial Deluxe Gold." Sein Gesicht widerspiegelte äußerste Lebhaftigkeit. „Beispielsweise könnte die Firma Hardy Ihr Vertragspartner für den Alleinvertrieb Ihrer Zigaretten werden. Wir können Sie überall vertreten, ein Vertriebssystem aufbauen, mit Verkaufsstellen landauf, landab in ganz Nordkalifornien, und dadurch den anfälligen, unsystematischen Vertrieb ablösen, wie Sie ihn anscheinend zur Zeit durchführen. Was sagen Sie dazu?"

„Hmmm", machte Gil. „Ich muß zugeben, das klingt interessant. Ich gestehe, daß der Vertrieb nicht unbedingt meine Stärke ist ... In der Tat mache ich mir schon seit Jahren selber meine Gedanken über die Notwendigkeit einer funktionierenden Vertriebsorganisation, vor allem, weil meine Fabrik ja einen so ländlichen Standort hat. Ich habe sogar daran gedacht, den Betrieb in die Stadt zu verlegen, aber letzten Endes waren mir die Räuberei und der Vandalismus dort doch zu gefährlich. Und ich selbst möchte auch nie wieder in die Stadt. Hier das, das ist mein Zuhause." Er äußerte sich nicht über Bonny Keller. Sie war der wahre Grund, weshalb er in West Marin geblieben war; seine Affäre mit ihr war bereits vor Jahren zu Ende gegangen, aber er liebte sie heute mehr als je zuvor. Er hatte beobachtet, wie sie sich von einem dem nächsten Mann zuwandte, wie mit jedem ihre Unzufriedenheit wuchs, und insgeheim glaubte Gill fest daran, sie würde eines Tages zu ihm zurückkehren. Und Bonny war die Mutter seiner Tochter; daß Edie Keller sein Kind war, darüber hatte er volle Klarheit. „Sind Sie sicher", fragte er unvermittelt, „daß Sie nicht hier sind, um das Rezept meiner Zigaretten zu rauben?" McConchie lachte. „Sie lachen", sagte Gill, „aber Sie geben mir keine Antwort."

„Nein, das ist nicht der Grund, aus dem ich Sie aufgesucht habe", sagte der Schwarze. „Unser Gewerbe gilt der Herstellung elektronischer Geräte, nicht der von Zigaretten." Doch Gill konnte sich nicht des Eindrucks erwehren, auf McConchies Gesicht eine gewisse Verlegenheit, wie infolge eines Ertapptseins, zu erkennen, und die Stimme klang zu stark nach Selbstvertrauen, zu nonchalant. Plötzlich empfand Gill wieder Mißbehagen.

Oder ist das nur argwöhnische ländliche Mentalität? fragte er sich. Womöglich gibt mir nur die Isolation des Landlebens so was ein. Mißtrauen gegen Fremde ... gegen alles, was irgendwie fremd sein mochte.

Nichtsdestoweniger sollte ich besser auf der Hut sein, entschied er. Ich darf mich nicht zur Voreiligkeit hinreißen lassen, nur weil dieser Mann mich an die guten, alten Zeiten vor dem Krieg erinnert. Ich muß mir diese Maschine mit aller gebotenen Vorsicht ansehen. Immerhin könnte ich genausogut Hoppy damit beauftragen, sich einen derartigen Apparat auszudenken und zu bauen. Er ist doch offensichtlich in dieser Hinsicht sehr fähig. Ich hätte all das, was mir jetzt hier vorgeschlagen wird, schon längst *von mir aus* in die Wege leiten können. Vielleicht bin ich einsam, dachte er. Daran könnte es liegen. Mir fehlen die Stadtbewohner und ihre Art des Denkens. Das Land macht mich mürbe, dieses Kaff Point Reyes mit seinen *Apokalyptischen Nachrichten*, randvoll mit kleinkariertem Klatsch, und das hektografiert!

„Da Sie geradewegs aus der Stadt kommen", sagte er zu Stuart McConchie, „würde es mich interessieren ... sind in letzter Zeit aus den Vereinigten Staaten oder aus anderen Ländern irgendwelche Neuigkeiten eingetroffen, die ich noch nicht gehört habe? Wir können natürlich den Satelliten empfangen, aber um ehrlich zu sein, ich bin das Diskjockey-Gewäsch und die Musik satt und auch die endlosen Lesungen."

Sie lachten beide. „Ich weiß, was Sie meinen", sagte McConchie, trank vom Kaffee und nickte. „Tscha, warten Sie mal. Soviel ich gehört habe, befaßt man sich gegenwärtig damit, wieder so was wie eine Autoproduktion anzuleiern, irgendwo bei den Ruinen von Detroit. Das Modell soll vorwiegend aus Sperrholz bestehen, aber mit richtigem Sprit laufen."

„Ich kann mir nicht vorstellen, woher der Sprit kommen soll", sagte Gill. „Ehe man mit der Produktion von Autos anfängt, sollte man lieber ein paar Raffinerien wiederaufbauen. Und einige wichtige Straßen reparieren."

„Ach, noch etwas. Die Regierung hat vor, im Laufe des Jahres wieder eine der Straßen über die Rocky Mountains zu eröffnen. Erstmals seit dem Krieg."

„Das ist wahrhaftig eine gute Neuigkeit", sagte Gill erfreut. „Das wußte ich noch nicht."

„Und die Telefongesellschaften..."

„Moment mal", unterbrach Gill und stand auf. „Möchten Sie 'n kleinen Brandy in Ihren Kaffee? Wie lange ist's her, seit Sie zuletzt 'n Kaffee mit Schuß getrunken haben?"

„Jahre", antwortete Stuart McConchie.

„Hier ist Gills Five Star. Meine eigene Marke. Aus dem Sonoma Valley." Er goß aus der kantigen Flasche etwas in McConchies Tasse.

„Es gibt noch etwas, das Sie interessieren dürfte." McConchie langte in seine Manteltasche und holte etwas hervor, das flach war und zusammengefaltet. Er entfaltete es, breitete es aus, und Gill erkannte einen Briefumschlag.

„Was ist das?" Gill nahm den Umschlag und betrachtete ihn, ohne irgendeine Besonderheit feststellen zu können. Es handelte sich um einen ganz gewöhnlichen Briefumschlag mit einer Anschrift darauf, einer abgestempelten Briefmarke ... Und da begriff er, konnte kaum seinen Augen trauen. *Post*. Ein Brief aus New York.

„Genau", sagte McConchie „Meinem Chef zugestellt, Mr. Hardy. Über die ganze Strecke von der Ostküste herüber. Und es hat bloß vier Wochen gedauert. Die Regierung in Cheyenne ist dafür verantwortlich, das Militär. Die Beförderung erfolgt teils mit dem Luftschiff, teils durch Lieferwagen und zum Teil per Pferd. Ausgetragen wird die Post am Ende zu Fuß."

„Guter Gott", sagte Gill. Und er schüttete etwas von Gills Five Star auch in den *eigenen* Kaffee.

12

„Hoppy war's, der den Brillenmann aus Bolinas umgebracht hat", sagte Bill zu seiner Schwester. „Und nun will er noch jemanden umbringen, und für später hat er nochmals etwas ähnliches vor, aber was genaues kann ich noch nicht feststellen."

Seine Schwester hatte mit drei anderen Kindern Stein, Schere, Papier gespielt; nun machte sie damit Schluß, sprag auf und lief schnell an den Rand des Schulgrundstücks, wo sie allein sein und sich mit Bill in aller Ruhe verständigen konnte. „Woher weißt du das?" fragte sie ihn aufgeregt.

„Weil ich mit Mr. Blaine gesprochen habe", gab Bill zur Antwort. „Er ist jetzt unten, und bald werden andere folgen. Ich würde zu gerne raus und es Hoppy zeigen. Mr. Blaine ist auch dafür. Frage doch nochmal Dr. Stockstill, ob ich wirklich nicht geboren werden kann." Die Stimme ihres Bruders klang wieder einmal kläglich. „Wenn ich bloß für ein kurzes Weilchen geboren werden könnte, dann..."

„Vielleicht ist es möglich, daß ich's Hoppy gebe", sagte Edie Keller nachdenklich. „Frage mal Mr. Blaine, was man machen sollte. Mir ist ziemlich bange vor Hoppy."

„Ich könnte Imitationen erschaffen, die ihn umbringen", sagte Bill, „wäre ich nur draußen. Ich denke da an ein paar echt starke Dinger. Du müßtest mal seinen Vater hören, den kann ich richtig gut nachahmen. Möchtest du mal hören?" Er sprach in der tiefen Stimme eines erwachsenen Mannes weiter. „Ich sehe hier, was für 'ne Steuersenkung Kennedy wieder ausgeheckt hat. Wenn er meint, auf diese Weise kann er die Wirtschaft wieder in Schwung bringen, muß er noch verrückter sein, als ich glaube, und ich halte ihn sowieso schon für verdammt verrückt."

„Nimm mal mich", sagte Edie. „Mach doch mal mich nach."

„Wie soll ich das denn können?" entgegnete Bill. „Du bist ja noch nicht tot."

„Wie ist das überhaupt", wollte Edie erfahren, „das Totsein? Eines Tages werde ich auch tot sein, deshalb möchte ich's wissen."

„Es ist ganz merkwürdig. Man liegt unten in einem Loch und schaut nach oben. Und man ist völlig flach, wie ... Naja, man ist wie leer. Und weißt du was? Nach einiger Zeit kommt man zurück. Man wird fortgeweht, und wenn man fortgeweht wird, kommt man zurück. Hast du das gewußt? Ich meine, man kommt dorthin zurück, wo du jetzt bist. Man wird wieder dick und lebendig."

„Nein, das habe ich noch gar nicht gewußt", sagte Edie. Sie langweilte sich; sie hätte lieber mehr darüber gehört, wie Hoppy Mr. Blaine umgebracht hatte. Von einem gewissen Punkt an waren all die Toten drunten nicht mehr so sonderlich interessant, weil sie nie irgend etwas unternahmen, sie lagen nur herum und warteten ab. Einige von ihnen, wie Mr. Blaine, dachten ständig nur ans Töten, und andere dösten vor sich hin wie blöde alte Strünke; Bill hatte es ihr oft genug erzählt, weil er sich dafür so sehr interessierte. Er meinte, es sei irgendwie wichtig.

„Hör zu, Edie“, sagte Bill, „laß uns nochmals das Tierexperiment durchführen, ja? Du fängst ein kleines Tier und hältst es an deinen Bauch, und ich versuche nochmal, ob ich raus und in es hinein kann. Einverstanden?“

„Wir haben's doch schon versucht“, erwiderte sie in ihrer praktisch gesonnenen Art.

„Laß es uns noch einmal versuchen! Nimm ein ganz kleines Tier. Was sind das gleich wieder für Dinger ... du weißt schon. Sie haben eine harte Schale und hinterlassen Schleim.“

„Käfer.“

„Nein.“

„Schnecken.“

„Ja, die meine ich. Such uns eine Schnecke und halt sie so dicht an mich wie du kannst. Halt sie neben meinen Kopf, so daß sie mich und ich sie hören kann. Machst du das?“ Bills Stimme nahm einen unheilvollen Tonfall an. „Wenn nicht, schlafe ich ein ganzes Jahr lang.“ Danach schwieg er.

„Dann schlaf“, sagte Edie. „Mir ist's egal. Ich habe noch eine Masse Leute mehr, mit denen ich mich unterhalten kann, aber du nicht.“

„Dann werde ich eben sterben, und das wirst du nicht mitmachen, weil du von da an immer einen toten Klumpen in dir herumtragen müßest, oder ... Ich will dir sagen, was ich tun werde. Wenn du kein Tier besorgst und es gegen mich hältst, werde ich dafür sorgen, daß ich wachse, und bald werde ich so groß sein, daß du aufplatzt wie ein alter ... Du weißt schon.“

„Wie ein alter Sack“, sagte Edie.

„Genau. Und auf die Weise werde ich dann doch noch nach draußen gelangen.“

„So könntest du rausgelangen“, stimmte sie zu, „aber du würdest bloß auf die Erde fallen und müßtest selber sterben. Du kannst allein nicht weiterleben.“

„Ich kann dich nicht leiden“, sagte Bill.

„Ich kann dich noch viel weniger leiden“, sagte Edie. „Ich konnte dich schon früher nicht ausstehen, damals schon nicht, als ich dich zum erstenmal bemerkt habe.“

„Das ist deine Sache“, entgegnete Bill mürrisch. „Da pfeif ich drauf. Ich bin Gummi, und du bist Klebe.“

Edie schwieg; sie kehrte zu den anderen Mädchen zurück und spielte weiter mit ihnen Stein, Schere, Papier. Das war viel interessanter als alles, was ihr Bruder daherredete; er wußte so wenig, tat nichts, sah nichts, während er da unten in ihr saß. Aber eines war interessant, diese Geschichte, wie Hoppy Mr. Blaines Genick zusammengedrückt hatte, bis es brach. Sie fragte sich, wen Hoppy sich wohl als nächsten vorknöpfen werde, und überlegte, ob sie ihrer Mutter davon erzählen solle, oder Mr. Colvig, dem Oberpolizisten.

„Kann ich auch mitspielen?" meldete sich plötzlich Bill wieder.

Edie schaute verstohlen in die Runde und vergewisserte sich, daß die anderen Mädchen ihn nicht gehört hatten. „Darf mein Bruder auch mitspielen?" gab sie die Frage weiter.

„Du hast gar keinen Bruder", erwiderte Wilma Stone geringschätzig.

„Er ist ausgedacht", rief Rose Quinn ihr in Erinnerung. „Also darf er mitspielen." Sie wandte sich an Edie. „Er darf mitspielen."

„Eins, zwei, drei", sagten die Mädchen im Chor, und jedes streckte eine Hand aus, zeigte entweder keine, zwei oder alle Finger vor.

„Bill hat Schere", sagte Edie. „Er schlägt dich ab, Wilma, weil Schere Papier schneidet, und du schlägst ihn ab, Rose, weil Stein Schere bricht, und er ist ja mit mir zusammen."

„Wie soll ich ihn den abschlagen?" erkundigte sich Rose.

Edie überlegte. „Poch mal sachte hier hin." Sie wies auf ihre Seite, auf eine Stelle unmittelbar unterhalb des Gürtels, der ihren Rock hielt. „Nur mit der Seite der Hand, und vorsichtig, er ist nämlich ganz zierlich gebaut."

Behutsam klopfte Rose an die gezeigte Stelle. „Alles klar", sagte Bill. „Nächstes Mal krieg ich sie dran."

Edies Vater, der Schulleiter, näherte sich über den Spielplatz der Schule, und mit ihm kam Mr. Barnes, der neue Lehrer. Die beiden Männer blieben für einen Moment bei den drei Mädchen stehen und lächelten.

„Bill spielt auch mit", eröffnete Edie ihrem Vater. „Er ist gerade abgeschlagen worden."

Georg Keller lachte. „Das hat man davon, wenn man bloß eine imaginäre Existenz führt", sagte er zu Mr. Barnes. „Immer ist man der Sündenbock und bekommt sämtliche Kopfnüsse ab."

„Und wie will Bill mich abschlagen?" fragte Wilma mit merklicher Neugier. Sie trat beiseite und schaute zu dem Schulleiter und dem neuen Lehrer auf. „Er muß nämlich mich abschlagen", erklärte sie. „Aber nicht zu fest", sagte sie in Edies Richtung. „Ist das klar?"

„Er kann nicht fest hauen, nicht mal, wenn er's wollte", sagte Edie. Ein leichter Ruck durchfuhr Wilma. „Siehst du?" fügte Edie hinzu. „Das ist alles, was er kann, und wenn er sich noch so anstrengt."

„Er hat mich gar nicht getroffen", sagte Wilma. „Ich bin bloß ein bißchen erschrocken. Er kann wohl nicht besonders gut zielen."

„Das kommt daher, daß er nichts sehen kann", erläuterte Edie. „Vielleicht mach' ich das lieber für ihn, so ist es sicher gerechter." Sie beugte sich vor und versetzte Wilma einen Klaps aufs Handgelenk. „So, und jetzt nochmals von vorn. Eins, zwei, drei!"

„Warum kann er nichts sehen, Edie?" forschte Mr. Barnes nach.

„Weil er keine Augen hat", erteilte sie ihm Auskunft.

„Na, das ist doch eine wirklich einleuchtende Antwort", sagte Mr. Barnes zu ihrem Vater. Beide lachten und schlenderten weiter.

„Wenn du eine Schnecke findest und ich für eine Weile in ihr sein kann", sagte in Edies Innerem ihr Bruder, „wär's vielleicht möglich, daß ich umherkrieche und etwas sehe. Schnecken können doch sehen, oder? Du hast mir mal erzählt, sie hätten Augen an Stengeln."

„An Stielen", berichtigte Edie. „Sie haben Stielaugen."

„Bitte", sagte Bill.

Ich weiß, was ich mache, dachte sie. Ich halte einen Wurm an meinen Bauch, und wenn er in den Wurm schlüpft, wird er genauso dran sein wie jetzt. Ein Wurm kann nichts sehen und nichts tun, außer graben. Da wird er vielleicht platt sein!

„Na gut", sagte sie und sprang von neuem auf. „Ich suche ein Tier, und wir probieren's noch einmal. Aber du mußt warten, bis ich eins gefunden habe. Erst muß ich eins finden, also mußt du Geduld haben."

„Mensch, vielen Dank", sagte Bill mit einer Stimme voller Nervosität und sehnsüchtigem Verlangen. „Ich werde dir auch mal 'n großen Gefallen tun. Mein Ehrenwort."

„Was kannst du denn für mich tun?" hielt Edie ihm entgegen und begann im Gras am Rande des Schulhofs nach einem Wurm zu suchen. Weil in der vorangegangenen Nacht soviel Regen gefallen war, hatte sie heute schon viele gesehen. „Was kann so jemand wie du schon für irgendwen tun?" Sie suchte mit echtem Eifer, zerteilte mit flinken Fingern zügig das Gras.

Ihr Bruder gab keine Antwort. Sie spürte seine stumme Traurigkeit und lachte sich insgeheim ins Fäustchen.

„Hast du was verloren?“ ertönte über ihr eine Männerstimme. Sie blinzelte aufwärts; Mr. Barnes stand neben ihr und lächelte ihr zu.

„Ich sehe mich nach einem Wurm um“, sagte sie schüchtern.

„Du bist aber ein sehr wackeres Mädchen“, sagte er.

„Mit wem redest du?“ fragte Bill verwirrt. „Wer ist da?“

„Mr. Barnes“, gab sie ihm Aufschluß.

„Ja?“ fragte Mr. Barnes.

„Ich habe meinen Bruder gemeint, nicht Sie“, erklärte Edie. „Er wollte wissen, mit wem ich rede. Mr. Barnes “ — diese Bemerkung galt wieder Bill — „ist der neue Lehrer.“

„Ich habe verstanden“, sagte Bill. „Ich kann ihn hören, er ist so nah, daß ich zu ihm durchkomme. Er ist mit Mama gut befreundet.“

„Unserer Mama?“ vergewisserte Edie sich verdutzt.

„Ja“, antwortete Bill in einem Tonfall, der Verwunderung ausdrückte. „Ich verstehe es nicht so richtig, aber er kennt sie gut und trifft sich ständig mit ihr, wenn kein anderer sie beide sehen kann. Er und sie...“ Er verstummte. „Das ist ja wohl das letzte. Das...“ Er verstummte, als habe er sich verschluckt. „Ich kann's nicht sagen.“ Edie starrte ihren Lehrer offenen Mundes an. „Da siehst du's“, sagte Bill hoffnungsvoll. „Habe ich dir jetzt nicht einen großen Gefallen getan? Ich habe dir ein Geheimnis verraten, hinter das du ohne mich niemals gekommen wärst. Ist das nicht toll?“

„Doch“, sagte Edie und nickte wie benommen vor sich hin. „Ich würde sagen, doch.“

„Heute bin ich vor der Schule deiner Tochter über den Weg gelaufen“, sagte Hal Barnes zu Bonny. „Und ich hatte deutlich den Eindruck, daß sie über uns Bescheid weiß.“

„Du lieber Himmel, woher sollte sie denn?“ entgegnete Bonny. „Das ist völlig ausgeschlossen.“ Sie streckte die Hand aus und verstärkte den Lichtschein der Öllampe. Das Wohnzimmer nahm ein weit handfesteres Aussehen an, als man wieder die Stühle, den Tisch und an den Wänden die Bilder erkennen konnte. „Außerdem spielt's ohnehin keine Rolle. Es wäre ihr gleich.“

Aber sie könnte es George erzählen, dachte Barnes.

Der Gedanke an Bonnys Ehemann veranlaßte ihn dazu, durch den Umriß des Fensters hinaus auf die vom Mondschein erhellte Straße zu spähen. Nichts regte sich; die Straße lag verlassen da, und es waren nur Laub, wie Wellen angeordnete Hügel und weiter unten das flache Weideland zu sehen. Ein friedlicher, ein idyllischer Anblick, dachte er. George nahm in seiner Eigenschaft als Schulleiter an der heutigen Sitzung des Planungsausschusses teil und würde erst in einigen Stunden nach Hause kommen. Edie lag natürlich schon im Bett; es war zwanzig Uhr.

Und Bill? dachte Barnes. Wo ist Bill, wie Edie ihn nennt? Lauert er irgendwo im Haus, beobachtet er uns? Er empfand Unbehagen und löste sich von der Frau neben ihm auf der Couch.

„Was ist los?" fragte Bonny mit plötzlicher Wachheit. „Hast du irgend was gehört?"

„Nein. Aber..." Er winkte ab.

Bonny langte zu, packte ihn und zog ihn an sich. „Herrje, sei doch nicht so memmenhaft. Hat der Krieg dich in bezug auf das Leben denn überhaupt nichts gelehrt?"

„Er hat mich gelehrt", sagte er, „mein Leben sehr hoch zu schätzen und darauf zu achten, daß ich's nicht leichtfertig wegwerfe. Er hat mich gelehrt, immer sicherzugehen."

Bonny stöhnte auf und setzte sich; sie glättete ihre Kleidung und knöpfte sich die Bluse wieder zu. In was für einem Gegensatz stand dieser Mann doch zu Andrew Gill, der sich nie scheute, gleich unterm freien Himmel mit ihr zu bumsen, am hellichten Tag, neben den von Eichen gesäumten Landschaften von West Marin, während jederzeit irgendwer oder irgend was vorüberkommen konnte. Er hatte sie bis jetzt noch jedesmal genauso genommen wie damals beim erstenmal, sich kurzerhand in sie gebohrt, nie lange gefackelt, gefummelt oder gefaselt ... Vielleicht sollte ich zu ihm zurück, dachte sie. Möglicherweise wäre es am besten, dachte sie, ich könnte ihnen allesamt einfach Ade sagen, Barnes und George, meiner verrückten Tochter. Ich sollte irgendwo ganz offen mit Andrew zusammenleben, der ganzen Gemeinde zum Trotz, und zur Abwechslung einmal richtig glücklich und zufrieden sein dürfen.

„Naja, wenn wir nicht bumsen wollen", sagte sie, „dann laß uns wenigstens rüber ins Forstamt gehen und das Satellitenprogramm hören."

„Ist das dein Ernst?" wollte Barnes wissen.

„Natürlich." Sie ging zum Schrank, um ihren Mantel zu holen.

„Dann liegt dir also nur am Bumsen", sagte er bedächtig. „Das ist alles, was dich an einer Beziehung interessiert."

,,Für was interessierst du dich denn? Fürs *Quatschen?*" Er sah sie auf melancholische Weise an, gab jedoch keine Antwort. ,,Du Schlaffi", sagte sie und schüttelte den Kopf. ,,Du Schlappschwanz. Wozu bist du bloß nach West Marin gekommen? Nur um kleine Kinder zu unterrichten und zum Pilzesammeln durch die Gegend zu latschen?" Sie hatte die Nase gestrichen voll.

,,Das Erlebnis, das ich heute auf dem Spielplatz vor der Schule gehabt habe...", begann Barnes.

,,Du hast kein Erlebnis gehabt", fiel sie ihm ins Wort. ,,Das waren nur deine gottverdammten beschissenen Schuldgefühle, die sich da wieder bemerkbar gemacht haben. Komm, laß uns gehen. Ich will Dangerfield hören. Wenn er redet, macht das Zuhören wenigstens Spaß." Sie zog den Mantel an, eilte zur Haustür und öffnete sie.

,,Wird mit Edie alles in Ordnung sein?" fragte er, während sie zusammen den Weg beschritten.

,,Sicher", sagte sie, im Moment völlig dazu außerstande, sich mit solchen Sorgen zu befassen. Mißgestimmt betrat sie die Landstraße, die Hände tief in die Manteltaschen gesenkt. Barnes trottete ihr nach, darum bemüht, mit ihr Schritt zu halten.

Voraus tauchten zwei Gestalten auf, durchmaßen eine Biegung und kamen in nähere Sicht; Bonny blieb beklommen stehen, weil sie annahm, eine davon sei George. Doch da erkannte sie, daß der kleinere, stämmigere Mann Jack Tree war, und der andere ... Sie strengte ihre Augen an, ging weiter, als läge nichts irgendwie Ungewöhnliches vor. Der andere Mann war Dr. Stockstill.

,,Komm", sagte sie gelassen über die Schulter zu Barnes. Er kam, aber widerwillig, drauf und dran, auf dem Absatz kehrtzumachen und das Weite zu suchen. ,,Hallo", rief sie Stockstill und Bluthgeld zu; beziehungsweise Jack Tree, sie mußte daran denken, ihn so zu nennen. ,,Was ist denn das, Psychoanalyse hier draußen im Dunkel der Nacht? Wird sie dadurch effektiver? Sollte mich jedenfalls nicht wundern."

,,Bonny", keuchte Tree mit seiner heiseren, rauhen Stimme, ,,*ich habe ihn wiedergesehen*. Den Neger, der alles über mich verstanden hat, an dem Tag, als der Krieg ausbrach, als ich zu Dr. Stockstills Praxis unterwegs war. Du hast mich zu ihm geschickt, entsinnst du dich?"

,,Sie sehen doch alle gleich aus, sagt man", bemerkte dazu Stockstill, als gedenke er einen Scherz zu machen. ,,Und außerdem..."

,,Nein, es ist derselbe Mann", widersprach Tree. ,,Er hat mich bis hier verfolgt. Wißt ihr, was das bedeutet?" Er schaute von Bonny zu Stockstill und dann zu Barnes, die Augen dermaßen geweitet, als wären sie aus Gummi, und voller Entsetzen. „Das heißt, es wird wieder losgehen."

„Was wird wieder losgehen?" fragte Bonny ihn.

„Der Krieg", antwortete Tree. „Deswegen hat er ja ursprünglich angefangen, der Neger hat mich gesehen und erkannt, was ich getan hatte, er wußte, wer ich bin, und er weiß es heute noch genauso. Sobald er mich sieht..." Er verstummte, winselte, röchelte und hustete in seiner Gequältheit. „Verzeihung", nuschelte er.

„Es ist ein Neger im Ort, das stimmt", sagte Bonny zu Stockstill. „Ich habe ihn gesehen. Anscheinend hat er Andrew Gill aufgesucht, um mit ihm über den Vertrieb seiner Zigaretten zu verhandeln."

„Es kann gar nicht dieselbe Person sein", sagte Stockstill. Er und Bonny traten etwas zur Seite und besprachen sich untereinander.

„Selbstverständlich ist es möglich, daß es dieselbe Person ist", meinte Bonny. „Aber das spielt keine Rolle, im Vordergrund stehen so oder so seine Wahnvorstellungen. Ich habe ihn schon unzählige Male davon reden hören. Ein Neger hat damals auf dem Gehweg gestanden und gekehrt und gesehen, wie er in Ihre Praxis gegangen ist, und an dem Tag ist der Krieg ausgebrochen, und er bildet sich ein, dazwischen bestünde ein Zusammenhang. Und nun wird er voraussichtlich den Verstand völlig verlieren, oder was haben Sie für einen Eindruck?" Sie empfand Resignation; immer hatte sie damit gerechnet, daß es einmal so kam. „Die Frist seines Zustands immerhin stabiler Nichtangepaßtheit ist also zu Ende", sagte sie. Und vielleicht, dachte sie, für uns alle. Einfach für uns allesamt. Wahrscheinlich war es von vornherein ausgeschlossen, daß es immer so weitergeht. Bluthgeld mit seinen Schafen, ich mit George ... Sie seufzte. „Was sagen Sie dazu?"

„Ich wünschte", äußerte Stockstill, „ich hätte ein wenig Stelasin, aber so was gibt's seit dem Tag X nicht mehr. Damit könnte man ihm helfen. Ich kann nichts für ihn tun. Ich habe die Psychiatrie aufgegeben, das wissen Sie doch, Bonny." Auch seine Stimme klang nach Resignation.

„Er wird's jedem erzählen", sagte Bonny und schaute hinüber zu Bluthgeld, der nun Barnes gegenüber wiederholte, was er eben ihr und Stockstill vorgetragen hatte. „Dann wird rauskommen, wer er ist, und man wird ihn umbringen, genau wie er's befürchtet. So gesehen, hat er recht."

„Ich kann ihn nicht hindern", sagte Stockstill matt.

„Anscheinend sind die Folgen Ihnen im großen und ganzen gleichgültig", sagte sie. Er zuckte mit den Achseln. „Hör zu, Jack", sagte sie, indem sie wieder zu Bluthgeld trat, „laß uns alle zu Gill gehen, wir sprechen mit diesem Neger, und ich würde wetten, dabei stellt sich heraus, daß er dich an dem bewußten Tag überhaupt nicht bemerkt hat. Möchtest du mit mir wetten? Ich würde fünfundzwanzig Cent in Silber wetten."

„Wieso behaupten Sie, Sie hätten den Krieg verursacht?" erkundigte sich Barnes bei Bluthgeld. Mit einer Miene der Verwunderung wandte er sich an Bonny. „Was ist das, etwa eine Kriegspsychose? Er besteht darauf, der Krieg ginge jetzt noch einmal los." Er widmete seine Aufmerksamkeit von neuem Bluthgeld. „Es ist unmöglich, daß sich so was wiederholt. Dafür kann ich Ihnen fünfzig verschiedene Gründe nennen. Zuerst einmal sind keine Wasserstoffbomben mehr übrig. Zweitens..."

„Sei still", sagte Bonny, indem sie eine Hand auf Barnes' Schulter legte. „Komm, wir wollen alle zusammen das Satellitenprogramm hören gehen", sagte sie zu Bluthgeld. „Einverstanden?"

„Was ist das Satellitenprogramm?" munkelte Bluthgeld.

„Du lieber Gott", sagte Barnes. „Er hat gar keine Ahnung, wovon du sprichst. Er ist geistesgestört." Er rief hinüber zu Stockstill. „Hören Sie mal, Doktor, liegt Schizophrenie nicht vor, wenn eine Person den Kontakt zur Kultur und ihren Werten verliert? Na, der Mann hier hat zu alldem keine Verbindung mehr. Hören Sie sich nur an, was er daherredet."

„Ich hör's", antwortete Stockstill im Tonfall der Zerstreutheit.

„Doktor", sagte Bonny zu ihm, „Jack Tree liegt mir sehr am Herzen. Er ist in der Vergangenheit fast etwas wie ein Vater für mich gewesen. Um Himmels willen, tun Sie doch etwas für ihn. Ich kann es nicht mitansehen, wie er sich in diesem Zustand befindet. Ich kann's nicht ertragen."

Stockstill bereitete in einer Gebärde der Ratlosigkeit die Arme aus. „Bonny, Sie denken wie ein Kind", erwiderte er. „Sie glauben, daß sich alles erreichen läßt, wenn Sie's nur nachdrücklich genug wollen. Das ist Wunschdenken. Ich kann ... Jack Tree nicht helfen." Er drehte sich um und lief ein paar Schritte in die Richtung zur Ortschaft. „Kommen Sie", rief er über die Schulter. „Wir tun, was Mrs. Keller vorgeschlagen hat, wir setzen uns in den Förstersaal und hören uns zwanzig Minuten lang den Satelliten an, und danach wird uns allen wohler zumute sein.“

„Lassen Sie mich aufzeigen“, sagte Barnes außerordentlich ernsthaft zu Jack Tree, „wo in Ihrer Logik der Fehler steckt. Sie haben am Tag X eine bestimmte Person gesehen, einen Neger. Na schön. Und heute, sieben Jahre später...“

„Halt den Mund“, sagte Bonny und drückte ihre Finger in seinen Arm. „Um Gottes willen...“ Sie ging weiter und holte Dr. Stockstill ein. „Ich kann's nicht aushalten“, sagte sie. „Ich weiß, daß es jetzt mit ihm zu Ende geht ... Dies Wiedersehen mit dem Neger wird er nicht durchstehen.“ Tränen quollen ihr in die Augen; sie spürte, wie sie hinabrannen, ihr vom Gesicht tropften. „Gottverdammt“, sagte sie und lief so schnell wie möglich, eilte den anderen in der Richtung der Ortschaft und des Forstamtes voraus. Nicht einmal was vom Satelliten zu wissen. Derartig von allem abgeschnitten zu sein, so heruntergekommen ... Ich war mir gar nicht in vollem Umfang über seine Verfassung im klaren. Wie soll ich das bloß ertragen können? Wie ist so etwas überhaupt möglich? Und früher war er einmal ein so brillanter Mann. Ein Prominenter, der im Fernsehen aufgetreten ist und Artikel geschrieben, der doziert und an Debatten teilgenommen hat...“

„Ich weiß genau, daß es derselbe Mann ist, Stockstill“, faselte hinter ihr Bluthgeld. „Ich bin ihm auf der Straße begegnet. Ich habe im Lebensmittelgeschäft Nahrungsmittel gekauft. Er hat mir den gleichen sonderbaren Blick zugeworfen, als wolle er mich verhöhnen, aber diesmal wußte er, daß es von vorn losgeht, wenn er mich verspottet, diesmal hat er Furcht gehabt. Er hat's ja einmal erlebt, und er weiß Bescheid. Ist das etwa keine *Tatsache*, Stockstill? Jetzt muß er doch Bescheid wissen. Habe ich recht?“

„Ich bezweifle“, entgegnete Stockstill, „daß er weiß, Sie haben überlebt.“

„Aber es liegt doch unmißverständlich auf der Hand, daß ich überlebt haben muß“, antwortete Bluthgeld. „Sonst wäre die Welt doch...“ Seine Stimme ging in ein unverständliches Brabbeln über, und Bonny bekam den Rest seiner Äußerungen nicht mehr mit. Sie hörte nur noch das Geräusch ihrer Absätze auf den von Unkraut bewucherten Überbleibseln des Straßenbelags.

Und wir anderen, wir sind alle genauso verrückt wie er, sagte sie sich. Mein Kind mit ihrem ausgedachten Bruder, Hoppy bewegt Pennys von weitem und äfft Dangerfield nach, Andrew Gill dreht Jahr für Jahr bloß immer per Hand eine Zigarette nach der anderen ... nur der Tod kann uns aus diesem Schlamassel helfen, und vielleicht nicht einmal der Tod. Kann sein, daß es zu spät ist. Möglicherweise werden wir diese Verkommenheit mit ins nächste Leben hinübernehmen. Es wäre besser gewesen, dachte sie, wir wären am Tag X alle ums Leben gekommen. Dann hätten wir nicht das Entstehen all dieser Mißgeburten und Abartigkeiten, der Strahlis und intelligenten Tiere miterleben müssen ... Die Leute, die den Krieg angezettelt haben, waren nicht gründlich genug. Ich bin alles leid und will meine Ruhe. Ich möchte all das hier abstreifen und mich irgendwo ausstrecken, wo es dunkel ist und niemand spricht. In alle Ewigkeit.

Was mit mir wirklich los ist, dachte sie jedoch auf einmal — wieder mehr praktisch —, ist vielleicht, daß ich schlichtweg noch nicht den richtigen Mann gefunden habe. Aber es ist noch nicht zu spät. Noch bin ich jung und nicht fett geworden, und jeder sagt, daß ich makellose Zähne habe. Noch ist alles drin, und ich muß die Augen offenhalten.

Vor ihnen stand das Forstamt, ein altmodisches, weißes Gebäude aus Holz, die Fensterläden geschlossen, und zwar für immer; das Glas war nie ersetzt worden und würde auch niemals ersetzt werden. Vielleicht könnte Dangerfield, falls er nicht schon an einem blutenden Magengeschwür gestorben ist, überlegte sie, für mich eine Durchsage machen. Wie würde man das wohl hier in der Gemeinde aufnehmen? Oder ich könnte eine Kleinanzeige in den *Apokalyptischen Nachrichten* aufgeben, den abgeschlafften Schluckspecht Paul Dietz ein halbes Jahr lang oder so für mich eine Annonce bringen lassen.

Als sie die Tür zum Förstersaal öffnete, hörte sie die vertraute, gutmütige Stimme Walt Dangerfields seine im voraus aufgezeichnete Lesung vortragen; sie sah die Reihen von Gesichtern, die Menschen, die ihm lauschten, manche aufgeregt, manche locker und mit Vergnügen ... Und in einer Ecke sah sie unauffällig zwei Männer sitzen, Andrew Gill und einen hochgewachsenen, schlanken, jüngeren Neger von vorteilhaftem Aussehen. Letzterer mußte der Mann sein, der Bruno Bluthgelds wackliges Bauwerk der Unangepaßtheit ins Wanken gebracht hatte, und nun stand Bonny hier unter der Tür und wußte nicht, was sie tun sollte.

Hinter ihr drängten Barnes und Stockstill nach, und mit ihnen Bruno; die drei Männer schoben sich an ihr vorbei, Stockstill und Barnes hielten gewohnheitsmäßig nach leeren Plätzen in dem nahezu vollen Saal Ausschau. Bruno, der nie zuvor hier gewesen war, um das Satellitenprogramm zu hören, verharrte fassungslos, als könne er nicht begreifen, was die Leute da taten, als wären ihm die Worte unbegreiflich, die aus dem kleinen, batteriebetriebenen Radio drangen.

Entgeistert stand Bruno neben Bonny, rieb sich die Stirn und musterte die im Saal versammelten Menschen; benommen warf er Bonny einen Blick stummer Fragestellung zu, dann machte er Anstalten, sich Barnes und Stockstill anzuschließen. In diesem Moment sah er den Farbigen. Er blieb stehen. Er wandte sich ihr wieder zu, und sein Gesichtsausdruck hatte sich schlagartig verändert: sie blickte in eine Miene zersetzenden, fürchterlichen Verdachts — der Überzeugung, nun plötzlich alles, was er hier sah, zu verstehen.

„Bonny", raunte er, „du mußt dafür sorgen, daß er verschwindet."

„Das kann ich nicht", erwiderte sie unumwunden.

„Wenn du nicht dafür sorgst, daß er verschwindet", sagte Bruno, „werde ich bewirken, daß wieder Bomben explodieren."

Sie starrte ihn an. „Tatsächlich?" hörte sie sich dann mit spröder, brüchiger Stimme entgegnen. „Das ist es, was du tun möchtest, Bruno?"

„Ich muß", murmelte er auf seine tonlose Art und Weise, stierte sie unterdessen blicklos an. Seine eigenen Vorstellungen beherrschten ihn vollständig, die wechselhaften Gedankengänge seines umnachteten Verstandes nahmen ihn vollauf in Anspruch. „So leid's mir tut, aber ich werde als erstes versuchsweise wieder die Bomben in der Stratosphäre zünden, so wie's früher angefangen hat, und wenn das nicht genügen sollte, werde ich es noch einmal Bomben hageln lassen, sie werden auf jeden hier unten fallen. Bitte verzeih mir, Bonny, aber ich muß mich doch schützen, mein Gott." Er versuchte zu lächeln, doch sein zahnloser Mund brachte nicht mehr als ein verzerrtes Zukken zustande.

„Kannst du so was *wirklich* bewirken, Bruno?" fragte Bonny. „Bist du sicher?"

„Ja", bestätigte er und nickte. Und er war sich seiner Sache vollkommen sicher; er war hinsichtlich seiner Gabe immer sicher gewesen. Er hatte den Krieg einmal über die Menschheit gebracht, und er konnte es, falls sie ihn zu sehr drangsalierten, nochmals tun.

Bonny sah in seinen Augen keine Spur von Zweifel, keinerlei Zögern. „Das ist eine schreckliche, ungeheuer große Macht für einen einzelnen Menschen", sagte sie zu ihm. „Ist das nicht seltsam, daß ein Einzelner soviel Macht besitzen soll?"

„Ja", sagte er. „Es ist alle Macht der Welt zusammengeballt. Und ich stehe in ihrem Mittelpunkt. Gott hat es so gewollt."

„Was für einen Fehler Gott da begangen hat", sagte sie.

Bruno glotzte sie trostlos an. „Du also auch", sagte er. „Ich hatte gedacht, daß du dich nie gegen mich stellen würdest, Bonny."

Sie gab keine Antwort; sie ging zu einem freien Platz und setzte sich hin. Sie beachtete Bruno nicht mehr. Dazu war sie schlichtweg nicht länger imstande; im Verlauf der Jahre hatte sie sich für ihn bis zum äußersten Verschleiß verwendet, und nun konnte sie nichts mehr für ihn tun.

Stockstill, der in ihrer Nähe saß, beugte sich zu ihr herüber. „Wissen Sie was?" flüsterte er. „Der Farbige ist hier im Saal."

„Ja." Sie nickte. „Ich weiß." Sie saß aufrecht und steif da, richtete ihre Aufmerksamkeit ganz auf die Worte aus dem Radio, lauschte Dangerfield, darum bemüht, jeden und alles rings um sich zu vergessen.

Mir ist von nun an alles aus den Händen genommen, sagte sie sich. Was er auch macht, was auch aus ihm wird, es ist nicht meine Schuld. Was auch geschehen sollte ... mit ihm und uns allen. Ich kann die Verantwortung nicht mehr übernehmen. Diese Bürde hat zu lange auf mir gelastet, und ich bin froh, sie endlich abgeschüttelt zu haben. Was für eine Erleichterung, dachte sie. Gott sei Dank.

Jetzt muß er erneut ausbrechen, der Krieg, dachte Bruno Bluthgeld. Weil es keine Wahl gibt. Es wird mir so aufgezwungen. Es ist bedauerlich wegen der Menschen. Sie werden alle zu leiden haben, aber vielleicht gehen sie diesmal endlich geläutert daraus hervor. Womöglich ist das auf lange Sicht die beste Lösung.

Er setzte sich auf einen Stuhl, faltete die Hände, schloß die Augen und konzentrierte sich auf die Aufgabe, seine Kräfte zu sammeln. Ballt euch zusammen, sagte er zu ihnen, den Kräften, die ihm rund um die ganze Welt zur Verfügung standen. Vereint euch, zieht eure volle Gewalt zusammen, so wie früher. Ihr werdet wieder gebraucht, ihr Kräfte der Läuterung.

Die Stimme aus dem Lautsprecher des Radios jedoch störte ihn und erschwerte ihm die Konzentration. Ich darf nicht abgelenkt werden, dachte er, indem er seine Bemühungen unterbrach. Das ist wider den Plan. Wer ist das, der da redet? Alle hören sie zu ... Erhalten sie von ihm ihre Anweisungen? Ist es das?

„Wer ist das, dem wir hier zuhören?" wandte er sich an den Mann, der neben ihm saß.

Der ältere Mann drehte sich ihm gereizt zu und betrachtete ihn. „Na, das ist Walt Dangerfield", antwortete er im Tonfall restloser Ungläubigkeit.

„Ich habe noch nie von ihm gehört", sagte Bruno. Er hatte nie von so jemandem etwas hören wollen. „Von wo aus spricht er?"

„Vom Satelliten", sagte der ältere Mann barsch und widmete sich wieder dem Zuhören.

Jetzt entsinne ich mich, dachte Bruno. Deshalb sind wir hier. Um dem Satelliten zuzuhören. Dem Mann, der aus dem Satelliten dort oben zu uns spricht. Es habe nun ein Ende mit dir, dachte er zum Himmel hinauf. Schluß mit deiner Existenz, weil du mich absichtlich belästigst und mich in meinem Wirken behinderst. Bruno wartete, aber die Stimme redete weiter.

„Warum hört er nicht auf?" fragte er den Mann, der auf seiner anderen Seite saß. „Wieso kann er noch weitermachen?"

„Sie meinen, wegen seiner Krankheit?" fragte der Mann ziemlich verdutzt zurück. „Er hat die Lesungen schon vorher aufgezeichnet, lange vor seiner Erkrankung."

„Krankheit", wiederholte Bruno. „Verstehe." Er hatte den Mann im Satelliten krank gemacht, und das war immerhin etwas, doch zuwenig. Es war nur ein Anfang. Stirb, dachte er zu dem Satelliten hoch am Himmel hinauf. Doch die Stimme redete unbeeinträchtigt weiter.

Hat er einen Abwehrschirm gegen mich aufgebaut? fragte sich Bruno. Haben die hier unten dich damit ausgestattet? Ich werde ihn zerschmettern. Offenbar bist du schon seit längerem darauf eingerichtet, dich meinem Angriff zu widersetzen, aber es wird dir so gut wie gar nichts nutzen. Da sei eine Wasserstoffbombe, dachte er. Nah genug am Satelliten dieses Mannes soll sie explodieren, ihm die Möglichkeit nehmen, mir zu widerstehen. Er soll sterben und wissen, wer es ist, mit dem er sich angelegt hat. Bruno Bluthgeld konzentrierte sich mit aller Willenskraft, preßte die Hände zusammen, drückte seine Kräfte aus den Tiefen seines Innern hervor wie aus einer Tube.

Doch die Lesung ging weiter.

Du bist sehr stark, gestand Bruno zu. Er mußte den Mann aufrichtig bewundern. Tatsächlich lächelte er sogar ein wenig, als er an seine Stärke dachte. Eine ganze Anzahl von Wasserstoffbomben möge dort oben in seiner Nähe explodieren, gebot er. Sein Satellit soll ihm um die Ohren fliegen. Soll er die Wahrheit erkennen.

Die Stimme aus dem Lautsprecher verstummte.

Na, das war aber auch höchste Zeit, sagte sich Bruno. Er ließ in seiner Konzentration nach, vorerst vom Kräftezusammenballen ab; er seufzte, schlug die Beine übereinander, strich sich übers Haar, um es zu glätten, sah den Mann zu seiner Linken an.

„Es ist vorbei", bemerkte Bruno zu ihm.

„Ja", sagte der Mann. „Tscha, jetzt wird er wahrscheinlich Nachrichten durchgeben — falls er sich wohl genug fühlt."

„Aber er ist doch jetzt tot", meinte Bruno erstaunt.

„Er kann nicht tot sein", widersprach der Mann aufgebracht. „Ich glaub's nicht. Hören Sie auf ... Sie sind ja verrückt."

„Es ist wahr", beharrte Bruno. „Sein Satellit ist total vernichtet worden, nichts ist übriggeblieben." Wußte der Mann das denn nicht? War die Neuigkeit noch nicht zur Welt vorgedrungen?

„Verflixt nochmal", sagte der Mann. „Ich weiß nicht, wer Sie sind oder weshalb Sie solches Zeug daherquatschen, aber anscheinend sind Sie ein ganz übler Miesmacher. Warten Sie mal 'n Moment, dann können wir ihn wieder hören. Darauf würde ich sogar fünf Original-Metall-Cent der US-Regierung wetten."

Das Radio blieb stumm. Überall im Saal fingen Leute sich zu regen an, angespanntes Gemurmel der Besorgnis breitete sich aus.

Ja, es hat wieder angefangen, sagte sich Bruno. Erst Explosionen in der Stratosphäre, genau wie damals. Und bald ... bald geht das gleich auf euch hier unten nieder. Die ganze Welt wird ausgelöscht, so wie damals, um dem ständigen Umsichgreifen von Grausamkeit und Rachsucht abermals Einhalt zu gebieten. Erneut muß etwas geschehen, bevor es zu spät ist. Er schaute hinüber zu dem Neger und lächelte. Der Neger tat so, als sähe er ihn nicht; er gab vor, mit dem Mann neben ihm in ein Gespräch verwickelt zu sein.

Du weißt Bescheid, dachte Bruno, ich seh es dir an. Mich kannst du nicht täuschen. Du weißt besser als jeder andere, was jetzt seinen Lauf nimmt.

Irgend etwas stimmt da nicht, dachte Dr. Stockstill. Warum macht Dangerfield nicht weiter? Kann er eine Embolie erlitten haben, oder dergleichen?

Und da bemerkte er das verzerrte Grinsen des Triumphs auf Bruno Gluthgelds zahnlosem Gesicht. Er führt das auf sich zurück, erkannte Stockstill sofort, er bildet sich ein, er habe das getan. Paranoide Wahnvorstellungen im Zusammenhang mit Omnipotenzbesessenheit. Er meint, alles was geschieht, fände nur durch ihn statt. Angewidert wandte er sich ab, rückte seinen Stuhl ein Stück weit zur Seite, so daß er Bluthgeld nicht länger im Blickfeld hatte.

Er schenkte seine Aufmerksamkeit dem jungen Schwarzen. Ja, dachte er, das könnte sehr wohl der farbige TV-Verkäufer sein, der damals, vor vielen Jahren, in Berkeley immer morgens das Rundfunk- und Fernsehfachgeschäft gegenüber von meiner Praxis zu öffnen pflegte. Ich glaube, ich gehe einfach mal hin und frage ihn.

Er stand auf und ging hinüber zu Andrew Gill und dem Farbigen. „Entschuldigen Sie", sagte er, indem er sich über die beiden beugte. „Haben Sie früher mal auf der Shatttuck Avenue in Berkeley Fernsehapparate verkauft?"

„Dr. Stockstill", sagte der Neger. Er streckte die Hand aus, und Stockstill drückte sie. „Die Welt ist tatsächlich klein", sagte der Farbige.

„Was ist nur mit Dangerfield los?" äußerte Andrew Gill sorgenvoll. Man sah nun June Raub am Radio, an den Knöpfen drehen; andere Personen begannen sich um sie zu scharen, erteilten diesen oder jenen Rat; in kleinen Grüppchen murmelten sie ernst zueinander. „Ich glaube, jetzt ist's vorbei. Was meinen Sie, Doktor?"

Im Hintergrund des Saals erhob sich Bruno Bluthgeld von seinem Platz. „Die Austilgung alles Seins hat begonnen", verkündete er mit lauter, harscher Stimme. „Infolge besonderer Gnadenumstände werden alle Anwesenden lange genug verschont, um ihre Sünden zu bekennen und zu bereuen, im Falle es ihnen damit ernst ist."

Im Saal entstand Schweigen. Einer nach dem anderen drehten die Versammelten sich ihm zu.

„Sie haben hier 'n Prediger?" fragte der Schwarze Stockstill.

„Er ist krank, Andy", sagte Stockstill hastig zu Gill. „Wir müssen ihn rausschaffen. Helfen Sie mir."

„Klar", sagte Gill und folgte ihm. Sie näherten sich Bluthgeld, der hochaufgerichtet an seinem Platz stand.

„Die von mir im Jahre neunzehnhundertzweiundsiebzig gezündeten Stratosphären-Atombomben finden durch den gegenwärtig von mir vollzogenen Akt, gebilligt durch Gott den Allmächtigen selbst, dessen Weisheit die Welt als Ganzes umfaßt, eine nachdrückliche Bekräftigung", erklärte Bluthgeld. „Zur Bestätigung schlage man in der Offenbarung nach." Er sah Stockstill und Gill kommen. „Habt ihr euch von allem Sündhaften reingewaschen?" fragte er sie. „Seid ihr bereit für das Gericht, das bevorsteht?"

Urplötzlich drang aus dem Lautsprecher des Radios eine vertraute Stimme; sie klang zittrig und gedämpft, aber alle erkannten sie im selben Augenblick. „Entschuldigt die kurze Unterbrechung, liebe Leute", sagte Dangerfield. „Mir war doch wahrhaftig für ein Momentchen etwas mulmig zumute, so daß ich mich ein bißchen hingelegt habe, und dabei ist mir entgangen, wie das Band zu Ende lief. Aber jetzt jedenfalls..." Er lachte sein altbekanntes Lachen. „Jetzt bin ich wieder voll da. Auf jeden Fall für eine Weile. So, was hatte ich eigentlich vor? Erinnert sich noch jemand? Sekunde, hier leuchtet 'n rotes Lämpchen, das heißt, jemand ruft mich von unten. Einen Moment."

Die Menschen im Saal lärmten vor Freude und Erleichterung wild durcheinander; sie widmeten ihre Aufmerksamkeit von neuem dem Radio, und im Handumdrehen war Bluthgeld vergessen. Auch Stockstill ging hinüber zum Radio, ebenso Gill und der Neger, der ehemalige TV-Verkäufer; sie gesellten sich zum Kreis der Leute, die warteten und sich zulächelten.

„Ich hab 'ne Anfrage nach ‚Bei mir bist du schön' erhalten", sagte Dangerfield. „Könnt ihr euch das vorstellen? Entsinnt sich irgend jemand noch an die Andrews Sisters? Na, und glaubt's oder nicht, aber die Regierung der Vereinigten Staaten hat doch wirklich und wahrhaftig die Freundlichkeit besessen, mich mit einer Aufnahme der Andrews Sisters zu versehen, wie sie diese schmalzige, aber vielgeliebte Nummer singen ... Ich vermute, man hat sich gedacht, ich werde dort oben auf dem Mars in einer Art von Zeitabkapslung leben." Er lachte. „Also, nun auf besonderen Wunsch eines alten Kauzes in der Umgebung der Großen Seen: ‚Bei mir bist du schön'. Auf geht's!" Eine blecherne, altertümliche Musik setzte ein, und die Anwesenden im Saal kehrten froh und dankbar zurück an ihre Plätze.

Nicht zu fassen, dachte Bruno Bluthgeld, der wie versteinert hinter seinem Stuhl stand und der Musik lauschte. Der Mann da oben ist doch ausgemerzt. Ich selbst habe seine Vernichtung veranlaßt. *Das hier muß irgendein Täuschungsmanöver sein. Ein Blendwerk. Ich weiß, daß es keine Realität ist.*

Auf jeden Fall, erkannte er, muß ich mehr Kräfte aufbieten. Ich muß noch einmal von vorn anfangen und mich diesmal bis zum äußersten anstrengen. Niemand beachtete ihn noch — alle hatten sie ihre Aufmerksamkeit wieder auf das Radio gerichtet —, also verließ er seinen Platz und dann unauffällig den Saal, strebte nach draußen in die Dunkelheit.

Eine Strecke weiter die Landstraße hinab glitzerte, pulste und summte die Antenne auf dem Dach von Hoppy Harringtons Haus. Verwundert bemerkte Bruno Bluthgeld es, während er zu seinem Pferd unterwegs war, zu der Stelle, wo er das Tier angebunden hatte. Was trieb der Phokomelus? Hinter den Fenstern der mit Teerpappe verkleideten Hütte leuchteten helle Lichter. Hoppy befand sich geschäftig bei irgendwelchen Arbeiten.

Ich muß auch ihn miteinbeziehen, sagte sich Bluthgeld. Sein Dasein muß ein Ende haben, genau wie das aller anderen, denn er ist ebenso schlecht wie sie. Womöglich sogar noch schlechter.

Während er an Hoppys Haus vorüberging, sandte er beiläufig einen flüchtigen Gedanken der Vernichtung in Hoppys Richtung. Die Lichter jedoch blieben an, und auch die Antenne summte weiter. Es wird mehr geistige Kraft erforderlich sein, begriff Bluthgeld, und ich habe jetzt keine Zeit. Ein Weilchen später.

Er setzte seinen Weg fort, unterdessen in tiefgründige Grübeleien verstrickt.

13

Bill Keller hörte das kleine Tier, die Schnecke oder sonstiges Weichtier, in seiner unmittelbaren Nähe und schlüpfte sofort hinein. Doch er war getäuscht worden; ihm fehlte jedes Augenlicht. Er war draußen, aber er konnte weder sehen noch hören, vermochte sich nur zu bewegen.

„Laß mich zurück“, rief er voller Panik seiner Schwester zu. „Schau nur, was du gemacht hast, du hast mich in ein ganz falsches

Tier gesteckt." Das hast du absichtlich getan, dachte er während seiner ziellosen Bewegungen. Er bewegte sich immer weiter, suchte sie.

Könnte ich bloß greifen, dachte er. Greifen ... nach oben. Aber er besaß nichts, womit er hätte greifen können, er hatte keinerlei Gliedmaßen. Was bin ich jetzt, nachdem ich endlich draußen bin? fragte er sich, während er versuchte, sich irgendwie aufwärtszutasten. Wie heißen diese Dinger ganz oben, die leuchten? Diese Lichter am Himmel? Kann ich sie sehen, ohne Augen zu haben? Nein, dachte er, unmöglich.

Er bewegte sich fortwährend, bäumte sich ab und zu so weit auf, wie es sich machen ließ, sank dann wieder zurück, um von neuem umherzukriechen, das einzige, was ihm in seinem neuen Leben möglich war, seinem wie neugeborenen Leben draußen.

Droben in seinem Satelliten versah Walt Dangerfield seine Aufgaben, hatte zumeist jedoch matt den Kopf in die Hände gestützt. Der Schmerz in seinem Innern schwoll an, wechselte seine Natur, überwältigte ihn, bis er — wie schon etliche Male vorher — an nichts anderes mehr denken konnte.

Und da meinte er plötzlich, unten etwas zu sehen. Jenseits der Sichtfläche des Satelliten — ein entferntes Aufblitzen am Rande des dunklen Teils der Erdkugel. Was war denn das? fragte er sich. Eine Explosion, eine wie jene, die ich damals mitangesehen habe, die ich vor Jahren zu meinem Entsetzen mitansehen mußte ... wie die Stichflammen, die das ganze Antlitz der Erde erhellten. Fing alles noch einmal von vorn an?

Er stand aufrecht an der Scheibe und spähte hinunter, wagte kaum zu atmen. Sekunden verstrichen, und keine weiteren Explosionen folgten. Und die eine, die er bemerkt hatte: sie hatte absonderlich vage gewirkt, schemenhaft, sich durch eine Diffusität ausgezeichnet, die ihr einen unwirklichen Charakter verlieh, als habe er sie sich lediglich eingebildet.

Als wäre sie nur die Erinnerung an eine Tatsache gewesen, nicht selbst Tatsache, dachte er. Es muß sich um irgendeine Art von siderischer Spiegelung gehandelt haben, schlußfolgerte er. Ein Restphänomen, das seit dem Tag X im Weltraum hin- und herblinkt ... aber inzwischen harmlos. Mit der Zeit immer harmloser.

Und doch flößte es ihm Grauen ein. Wie der Schmerz in seinem Innern war diese Erscheinung zu merkwürdig, um sie ohne weiteres abtun zu können. Sie kam ihm irgendwie bedrohlich vor, und er konnte sie nicht vergessen.

Ich fühle mich ganz einfach scheußlich krank, wiederholte er bei sich zum x-tenmal, verfiel erneut in die Litanei seines so starken Unwohlseins. Können sie mich denn nicht endlich runterholen? Muß ich hier oben bleiben, immer und immer wieder um die Erde kreisen, für alle Ewigkeit?

Aus persönlichem Bedürfnis legte er eine Aufnahme von Bachs H-Moll-Messe auf; der gewaltige Choral erfüllte den ganzen Satelliten, verhalf ihm zum Vergessen. Der Schmerz in ihm, der trübe, überalterte Widerschein längst vergangener Explosionen, der sich jenseits der Sichtfläche flüchtig abgezeichnet hatte — beides begann aus seinen Gedankengängen zu weichen.

„Kyrie eleison", murmelte er vor sich hin. Griechische Wörter in einem ansonsten lateinischen Text. Seltsam. Überlieferungen aus der Vergangenheit, noch immer lebendig ... wenigstens für ihn. Ich werde die H-Moll-Messe mal für das Gebiet New York spielen, beschloß er. Könnte sein, denen dort gefällt sie ... dort muß es noch viele Intellektuelle geben. Weshalb soll ich überhaupt nur immer das spielen, was verlangt wird? Ich sollte den Menschen einiges vermitteln, mich nicht immer bloß nach ihrem Geschmack richten. Und das gilt um so mehr, dachte er, falls ich nicht mehr viel länger mache ... Ich bereite mich lieber darauf vor, am Ende noch ein sensationelles Abschlußprogramm bieten zu können.

Urplötzlich durchlief den Satelliten ein Zittern. Dangerfield torkelte und verschaffte sich Halt an der nächstbesten Wand; eine Erschütterung, die eine ganze Reihe von Stoßwellen umfaßte, ging durch den Satelliten. Gegenstände fielen, prallten auf, barsten; verblüfft starrte er umher.

Ein Meteor? überlegte er.

Es kam ihm beinahe so vor, als ob jemand ihn angriffe.

Er schaltete die H-Moll-Messe aus, stand nur da und wartete, lauschte. In der Weite außerhalb der Sichtfläche sah er eine zweite düstere Explosion. Vielleicht erwischen sie mich, dachte er. Aber wozu der Aufwand? Es wird sowieso nicht mehr lange dauern, bis ich hinüber bin ... Warum können sie nicht noch ein bißchen warten? Ja, verdammt nochmal, dachte er dann plötzlich, aber noch lebe ich, noch bin ich nicht abgekratzt, und solange ich lebe, kann ich etwas tun.

Er schaltete den Sender an. „Entschuldigt die kurze Unterbrechung, liebe Leute", sagte er ins Mikrofon. „Mir war doch wahrhaftig für ein Momentchen etwas mulmig zumute, so daß ich mich ein bißchen hingelegt habe, und dabei ist mir entgangen, wie das Band zu Ende lief. Aber jetzt jedenfalls..." Er lachte sein publikumswirksames Lachen, während er durch die Sichtfläche auf etwaige weitere dieser sonderbaren Explosionen achtete. Dort war eine, sehr fern und schwach ... Er verspürte eine gewisse Erleichterung. Vielleicht erwischten sie ihn doch nicht; es hatte den Anschein, als werde ihre Zielerfassung immer noch schlechter, so als ob seine Position ihnen ein Rätsel bliebe.

Zum Trotz werde ich jetzt die schmalzigste Platte spielen, die ich finden kann. „Bei mir bist du schön", das war genau die richtige Schnulze. Als würde ich im stockfinsteren Wald allein vor mich hinpfeifen. Und er lachte erneut, während er darüber nachdachte. Was für eine trotzige Tat das ist, mein Gott. Aber zweifellos eine Überraschung für die Leute, die ihn auszulöschen versuchten, wer sie auch sein mochten; falls es wirklich das war, auf was man es abgesehen hatte.

Vielleicht hängen ihnen meine schmalzigen Redensarten und meine schmalzigen Lesungen schlichtweg zum Hals heraus, überlegte Dangerfield. Na, falls es sich so verhält — damit werde ich ihnen den Rest geben.

„Jetzt bin ich wieder voll da", sagte er ins Mikrofon. „Auf jeden Fall für eine Weile. So, was hatte ich eigentlich vor? Erinnert sich noch jemand?" Keine weiteren Erschütterungen traten auf. Er hatte den Eindruck, daß er vorerst mit keinen weiteren Belästigungen zu rechnen brauchte. „Sekunde", ergänzte er, „hier leuchtet 'n rotes Lämpchen, das heißt, jemand ruft mich von unten. Einen Moment." Er suchte die entsprechende Kassette aus seinem Archiv, brachte sie zum Gerät und legte sie ein. „Ich habe 'ne Anfrage nach ‚Bei mir bist du schön' erhalten", sagte er und grinste vor diebischem Vergnügen, als er an das Grausen dachte, das er drunten damit auslösen mußte. „Könnt ihr euch das vorstellen?" Nein, das könnt ihr nicht, dachte er. Und obendrein ist es von den Andrew Sisters. Dangerfield schlägt zurück. Er grinste erneut, als er das Band anlaufen ließ.

Mit köstlichem Schaudern der Erregung beobachtete Edie Keller, wie der Regenwurm langsam über den Erdboden kroch; sie wußte mit Sicherheit, daß nun ihr Bruder darin stak.

Denn in ihr, in ihrem Unterleib, hauste nun das schwache Geistlein des Wurms; sie hörte seine monotone Stimme. „Humm, humm, humm", machte er immerzu, ein Echo seiner undurchschaubaren biologischen Prozesse.

„Hau ab, Wurm", sagte sie und kicherte. Was hielt der Wurm wohl von seinem neuen Dasein? Fühlte er sich so verdutzt, wie wahrscheinlich Bill es war? Ich muß ihn im Auge behalten, begriff sie, meinte das Geschöpf, das sich am Untergrund dahinwand. Sonst geht er womöglich verloren. „Bill", sagte sie und beugte sich über ihn, „du siehst vielleicht komisch aus. Du bist ganz lang und rot. Hast du das schon gemerkt?" Ich hätte ihn in den Körper einer anderen Person stecken sollen, dachte sie auf einmal, das ist es, was ich hätte tun müssen. Warum habe ich das nicht gleich getan? Dann wäre es, wie es sein müßte, dann hätte ich einen richtigen Bruder außerhalb von mir, mit dem ich spielen könnte.

Aber andererseits hätte sie dann eine neue, eine fremde Person in ihrem Körper. Und das kam ihr nicht besonders erstrebenswert vor.

Wer wäre wohl geeignet? fragte sie sich. Eines der anderen Schulkinder? Ein Erwachsener? Ich würde wetten, er wäre gern ein Erwachsener. Vielleicht Mr. Barnes. Oder Hoppy Harrington, der sich vor Bill gefürchtet hat. Oder — sie quietschte vergnügt auf — etwa Mama! Das ließe sich leicht machen; ich könnte mich an sie kuscheln, an sie drücken ... und Bill könnte hinüber, und dann hätte ich meine eigene Mama in mir — und wäre das nicht eine ganz tolle Sache?! Sie müßte alles tun, was ich will. Und sie könnte mir überhaupt nicht mehr sagen, was ich tun soll. Und sie würde auch keine von diesen unaussprechlichen Sachen mehr mit Mr. Barnes treiben, dachte Edie weiter, und auch mit keinem anderen. Dafür wäre dann gesorgt. Ich weiß, daß Bill so was nicht machen würde, er war ja genauso sauer wie ich.

„Bill", sagte sie und kniete nieder, hob den Regenwurm behutsam auf, hielt ihn in ihrer Handfläche, „warte nur, bis du hörst, was für einen Einfall ich gehabt habe ... Weißt du nämlich was? Wir werden Mama für die bösen Sachen bestrafen, die sie macht." Sie legte den Wurm an ihre Seite, die Stelle, wo in ihrem Leib der feste Klumpen saß. „Geh wieder rein. Du willst ja doch kein Wurm sein. Es ist ja nicht so schön."

Die Stimme ihres Bruders erreichte sie wieder. „Du blödes Weib, du kotzt mich an, ich werde dir niemals verzeihen. Du hast mich in ein blindes Vieh ohne Beine und ohne alles gesteckt, ich konnte überhaupt nichts tun als mich an der Erde dahinschleppen!"

„Ich weiß", sagte Edie, schaukelte hin und her, den nutzlos gewordenen Wurm noch in der Hand. „Hör zu, hast du verstanden, was ich dir erklärt habe? Möchtest du das tun, was mir eingefallen ist? Soll ich dafür sorgen, daß Mama und ich uns drücken, damit du...? Du weißt schon. Dann hättest du Augen und Ohren. Du wärst ein erwachsener Mensch."

„Ich weiß nicht recht", erwiderte Bill nervös. „Ich glaube, ich möchte nicht als Mama herumlaufen. Wenn ich daran denke, wird mir irgendwie bang."

„Feigling", sagte Edie. „Wenn du nicht mitmachst, laß ich dich nie wieder raus. Ja, wenn du nicht Mama sein möchtest, wer willst du dann sein? Sag's mir, und ich sehe zu, daß es klappt. Ich versprech's dir, sonst will ich auf der Stelle schwarz werden und tot umfallen."

„Mal sehen", antwortete Bill. „Ich werde mit den Toten reden und hören, was sie dazu sagen. Ich weiß sowieso nicht, ob's gehen wird. Ich hatte schon ziemliche Mühe, in den kleinen Wurm zu gelangen."

„Du hast bloß Schiß davor, 's zu versuchen." Edie lachte und warf den Regenwurm in die Sträucher neben dem Schulhof. „Feigling! Mein Bruder ist ein großer kleiner Feigling!"

Bill gab keine Antwort; er hatte seine Gedanken von ihr und ihrer Welt genommen, sie in jene Bereiche gerichtet, in die nur er vordringen konnte. Rede nur mit deinen blöden alten Strünken von Toten, dachte Edie. Den doofen Toten, die nur platt und angegammelt rumliegen und nie irgendeinen Spaß oder sonst was vom Leben haben.

Und dann hatte sie eine wirklich umwerfend gute Idee. Ich mach es so, daß er, wenn er nach draußen geht, in den Irren kann, diesen Mr. Tree, über den sie jetzt alle reden, beschloß sie. Mr. Tree ist gestern abend im Förstersaal aufgestanden und hat allerhand Blödsinn übers Bereuen und was nicht alles gequasselt, und falls sich Bill komisch verhalten oder mal nicht wissen sollte, was er sagen soll, *wird niemand sich darum kümmern.*

Allerdings stellte dieser Einfall sie vor das greuliche Problem, es anschließend mit einem Irren in ihrem Innern zu tun zu haben. Vielleicht kann ich wirklich Gift nehmen, wie ich immer sage, sann sie. Ich könnte einen Haufen Oleanderblätter oder Pfefferkörner oder irgend so was schlucken und ihn auf diese Weise bald wieder loswerden. Er wäre je hilflos, er könnte dagegen nichts unternehmen.

Trotzdem sah sie darin ein ernstes Problem; die Vorstellung, Mr. Tree in sich zu haben — sie hatte ihn oft genug gesehen, um ihn ganz und gar nicht zu mögen —, war ihr keineswegs angenehm. Er hatte einen netten Hund, aber das war auch schon so gut wie alles, was an ihm nett war...

Terry, der Hund! Das war eine Möglichkeit. Sie konnte sich an Terry lehnen, so daß es Bill möglich war, in den Hund zu schlüpfen, und dann wäre alles in bester Ordnung.

Aber das Leben von Hunden war kurz. Und Terry war schon sieben Jahre alt; soviel wußte sie von ihren Eltern. Ihnen zufolge mußte Terry um die gleiche Zeit geboren worden sein wie Edi und Bill.

Verflixt, dachte sie, so eine Geschichte zu entscheiden, fällt echt schwer, was soll ich nur machen, wenn Bill unbedingt nach draußen und Dinge sehen und hören möchte? Und dann stellte sie sich die Frage: Wen von allen Leuten, die ich kenne, hätte ich am liebsten in meinem Bauch sitzen? Und die Antwort lautete: ihren Vater.

„Möchtest du als Papi rumlaufen?" fragte sie Bill; aber Bill antwortete noch immer nicht. Er war noch von ihr abgewandt und beriet sich mit der schweigenden Mehrheit unter der Erde.

Ich glaube, überlegte sie, Mr. Tree wäre doch die beste Lösung, weil er auf dem freien Land bloß mit Schafen lebt und nur wenig Leute sieht, so wäre es nämlich leichter für Bill, dann bräuchte er nicht soviel darüber zu wissen, wie und über was man sich mit anderen Leuten unterhält. Er wäre bloß immer mit Terry und den vielen Schafen zusammen, und weil Mr. Tree jetzt sowieso verrückt ist, könnte es gar nicht besser kommen. Bill könnte jetzt mit Mr. Trees Körper viel mehr anfangen als Mr. Tree selbst, würde ich wetten, und das einzige, worüber ich mir wirklich Gedanken machen muß, ist die richtige Anzahl giftiger Oleanderblätter, die ich zu kauen habe — gerade genug, um ihn umzubringen, aber mich nicht. Kann sein, zwei Stück wären schon genug. Höchstens drei, nehme ich an.

Mr. Tree hat genau zur richtigen Zeit den Verstand verloren, befand sie. Er weiß es bloß noch nicht. Aber warten wir mal ab, bis er es merkt, dann wird er wohl gewaltig erstaunt sein. Vielleicht laß ich ihn noch für eine Weile in mir leben, bis er richtig kapiert hat, was mit ihm passiert ist. Ich glaube, das wäre ganz lustig. Ich habe ihn noch nie leiden können, auch wenn Mami viel von ihm hält, oder das sagt sie jedenfalls. Er ist schauderhaft. Edie bekam eine Gänsehaut.

Armer, armer Mr. Tree, dachte sie voller Vorfreude. Du wirst keine Versammlungen im Förstersaal mehr stören, denn du wirst nicht mehr dazu in der Lage sein, irgendwem was zu predigen, außer vielleicht mir, und ich höre dir nicht zu.

Wo kann ich das nur abziehen? fragte sie sich. Ich mach es heute noch. Ich werde Mami fragen, ob sie nach der Schule mit uns raus zu ihm geht. Und wenn sie nein sagt, sehe ich zu, wie ich selber hingelange, dieser oder der wird mich sicherlich ein Stück weit mitnehmen.

Die Glocke läutete zur Fortsetzung des Unterrichts, und gemeinsam mit den anderen Schulkindern kehrte Edie ins Gebäude zurück. An der Tür des Klassenzimmers, des einzigen Unterrichtsraums für alle Schüler von der ersten bis zur sechsten Klasse, wartete Mr. Barnes. „Warum so in Gedanken, Edie?“ fragte er sie, als sie in zerstreuter Gemütsverfassung an ihm vorbeiging. „Was für bedeutsame Einfälle hast du heute?“

„Naja, erst habe ich an Sie gedacht“, antwortete sie gedehnt. „Aber jetzt ist's Mr. Tree“.

„Aha, ja“, sagte Mr. Barnes und nickte. „Du hast also davon gehört.“

Die anderen Kinder waren bereits ins Klassenzimmer gegangen, so daß die beiden nun allein an der Tür standen. „Mr. Barnes“, sagte daher Edie, „finden Sie nicht auch, Sie sollten mit dem aufhören, was Sie da immer mit meiner Mama machen? Es ist nicht richtig. Das sagt Bill, und er weiß Bescheid.“

Das Gesicht des Schullehrers wechselte die Färbung, aber er sagte nichts. Statt dessen kehrte er ihr den Rücken zu, betrat das Klassenzimmer und ging hinter sein Pult, noch immer dunkelrot im Gesicht. Habe ich mich etwa falsch ausgedrückt? fragte sich Edie. Ob er jetzt böse auf mich ist? Vielleicht muß ich später zur Strafe nachsitzen, und er wird womöglich auch Mami davon erzählen, und sie verhaut mir den Hintern.

Entmutigt setzte sie sich an ihren Platz und schlug das zerfledderte, brüchige, umschlaglose, so kostbare Buch mit dem Märchen *Schneewittchen und die sieben Zwerge* auf; das war der heutige Lesestoff der Klasse.

Bonny Keller lag auf dem feuchten, fauligen Laub im Schatten unter den alten Eichen und umarmte Hal Barnes, dachte dabei, daß dies voraussichtlich das letzte Mal war; sie war ihn leid, und Hal stak voller Furcht, und das — soviel hatte sie aus langer Erfahrung gelernt — war ein unglückliches Zusammenfallen.

„Na schön", sagte sie leise. „Dann weiß sie also über uns Bescheid. Aber sie weiß davon nur soviel, wie man von so was als kleines Kind eben wissen kann. Sie versteht es nicht."

„Sie sagte, es sei nicht richtig", berichtete Barnes. Bonny seufzte.

„Wo steckt sie jetzt?" erkundigte sich Barnes.

„Dort hinter dem dicken Baum, um uns zu beobachten."

Wie von der Tarantel gestochen sprang Barnes auf die Füße; er fuhr herum, die Augen weit aufgerissen, dann erschlaffte seine Haltung, als er die Wahrheit begriff. „Du und dein bösartiger Humor", sagte er unterdrückt. Doch er kehrte nicht an ihre Seite zurück; er blieb stehen, ein paar Schritte entfernt, wirkte niedergeschlagen und mißbehaglich. „Wo ist sie wirklich?"

„Sie ist raus zu Jack Trees Ranch getrampt."

„Aber..." Er fuchtelte. „Der Mann ist doch geisteskrank! Wird er nicht ... Na, ich meine, ist das nicht gefährlich?"

„Sie ist bloß hingegangen, um mit Terry zu spielen, dem sprechenden Hund." Bonny setzte sich auf und begann Fetzen von Humus aus ihrem Haar zu zupfen. „Ich bezweifle, daß er überhaupt da ist. Das letzte Mal, als jemand Bruno gesehen hat, war er..."

„Bruno?" wiederholte Barnes. Er widmete ihr einen scheelen Blick.

„Jack, meine ich." Bonnys Herz fing an zu wummern.

„Gestern abend hat er behauptet, er sei für die Fallout-Katastrophe von neunzehnhundertzweiundsiebzig verantwortlich gewesen." Barnes musterte sie unausgesetzt; sie wartete, während ihr das Herz im Halse pochte. Nun, früher oder später hatte es wohl herauskommen müssen.

„Er ist verrückt", entgegnete sie. „Oder nicht? Er glaubt..."

„Er glaubt", sagte Hal Barnes, „er sei Bruno Bluthgeld. Habe ich recht?"

„Unter anderem glaubt er auch das." Bonny zuckte mit den Achseln.

„Und er ist's auch, nicht wahr? Stockstill weiß es, du weißt es auch ... und der Neger weiß auch Bescheid."

„Nein", widersprach sie, „der Neger weiß nichts, und hör endlich auf, immer ‚der Neger' zu sagen. Sein Name ist Stuart McConchie. Ich habe mich mit Andrew über ihn unterhalten, und er sagt, dieser

McConchie ist ein feiner Kerl, intelligent, lebenstüchtig und voller Schwung.“

„Also ist Dr. Bluthgeld am Tag X nicht ums Leben gekommen“, sagte Barnes. „Er hat sich hier eingenistet. Hier hat er die ganze Zeit hindurch gesteckt, mitten unter uns gelebt. Der Mann, der für all das, was geschehen ist, die meiste Verantwortung trägt.“

„Geh hin und mach ihn kalt“, sagte Bonny. Barnes stieß ein Brummen aus. „Ich mein's im Ernst“, versicherte Bonny. „Ich schere mich nicht mehr darum. Offen gestanden, ich wünschte, du würdest's tun.“ Das wäre mal eine anständige, mannhafte Tat von dir, dachte sie. Mit so was könntest du nur deutlich gewinnen.

„Warum hast du versucht, einen solchen Menschen zu schützen?“

„Keine Ahnung.“ Sie hatte keine Lust, darüber zu diskutieren. „Laß uns zurück ins Dorf gehen“, sagte sie. Seine Gesellschaft ödete sie an, und ihre Gedanken waren von neuem zu Stuart McConchie abgeschweift. „Mir sind die Zigaretten ausgegangen“, sagte sie. „Du kannst mich an der Zigarettenfabrik absetzen.“ Sie schlenderte zu Barnes' Pferd, das anspruchslos — an einem Baum festgemacht — langes Gras rupfte.

„Ein Strahli“, sagte Barnes mit Bitterkeit. „Nun willst du dich mit so einem einlassen. Na, darauf kann ich mir ja wirklich was einbilden.“

„Du Laffe“, sagte sie. „Du hast sowieso Manschetten vorm Weitermachen, du möchtest mich doch ohnehin loswerden. Wenn du Edie das nächste Mal siehst, kannst du mit gutem Gewissen zu ihr sagen: ‚Ich treibe nichts Schändliches und Schlechtes mit deiner Mama, mein Ehrenwort als Pfadfinder.‘ Stimmt's?“ Sie stieg auf das Pferd, nahm die Zügel und wartete. „Nun komm schon, Hal.“

Eine Explosion erhellte den Himmel.

Das Pferd scheute und bäumte sich auf, und Bonny sprang ab, ließ sich seitwärts ins Gesträuch unter den Eichen fallen und rutschen. Bruno? dachte sie. Kann das tatsächlich er sein? Sie lag da und hielt sich den Kopf, schluchzte vor Schmerzen; ein Zweig hatte ihr die Kopfhaut aufgerissen, Blut rann ihr zwischen den Fingern und an den Handgelenken hinab. Barnes beugte sich über sie; er zog sie hoch, drehte sie um. „Bruno“, sagte sie. „Gottverdammt soll er sein. Irgend jemand *muß* ihn töten. Man hätte es schon längst tun sollen ... schon neunzehnhundertsiebzig hätte man ihn umbringen sollen, denn er war schon damals wahnsinnig.“ Sie holte ihr Taschentuch hervor und betupfte sich damit den Schädel. „O mein Gott", sagte sie. „Ich bin richtiggehend verletzt. Ich bin irgendwie ganz übel aufgeprallt."

„Und das Pferd ist auch noch fortgelaufen", sagte Barnes.

„Das muß ein schlechter Gott sein", sagte Bonny, „der ihm diese Macht gegeben hat, um was es sich dabei auch drehen mag. Ich weiß, daß er's ist, Hal. Im Laufe der Jahre haben wir viele sonderbare Dinge erlebt, warum soll nicht auch so was möglich sein? Die Fähigkeit, den Krieg von neuem heraufzubeschwören, ihn zurückzuholen, meine ich, so wie er sie gestern abend angedeutet hat. Vielleicht hat er uns irgendwie in eine Zeitschleife versetzt. Wäre das nicht denkbar? Wir stecken fest. Er..." Sie verstummte, als in der Höhe über ihnen für Sekundenbruchteile grellweiße Helligkeit aufblitzte, mit enormer Geschwindigkeit verflackerte; die Bäume ringsum wankten, beugten sich, und sie hörten da und dort alte Eichen splittern.

„Wenn ich nur wüßte, wohin das Pferd gerannt ist", sagte Barnes gepreßt, erhob sich vorsichtig und spähte nach allen Seiten.

„Vergiß das Pferd", sagte sie. „Wir müssen zurücklaufen, soviel ist ja wohl klar. Hör mal, Hal, vielleicht kann Hoppy etwas tun, er hat doch auch irgendwelche sonderbaren Kräfte. Ich glaube, wir sollten zu ihm gehen und ihm alles erzählen. Bist du nicht auch dieser Meinung? Mir fällt in der augenblicklichen Lage nichts anderes ein, was wir unternehmen könnten."

„Das ist eine gute Idee", sagte Barnes, aber er hielt noch immer nach dem Pferd Umschau; allem Anschein nach hörte er ihr nicht allzu aufmerksam zu.

„Unsere Strafe", sagte Bonny.

„Was?" munkelte Barnes.

„Du weißt schon. Für das, was Eddie ‚nicht richtig' findet. Erst gestern habe ich mir gedacht ... vielleicht hätten wir damals mit all den anderen sterben sollen. Kann sein, es ist ganz gut, daß es jetzt noch einmal zu so einem Unheil kommt."

„Da ist das Pferd ja", sagte Barnes und entfernte sich eilends. Das Pferd hing fest; die Zügel hatten sich in Lorbeergeäst verfangen.

Der Himmel hatte sich mit rußigem Schwarz bezogen. Bonny entsann sich noch genau an diese Verfärbung; ohnehin war sie nie völlig verschwunden; sie hatte lediglich nachgelassen.

Unsere kleine zerbrechliche Welt, dachte Bonny, die wir uns nach dem Tag X so mühselig aufgebaut haben ... diese winzige Gemeinschaft mit unseren zerfledderten Schulbüchern, unseren „Deluxe"-

Zigaretten, den Holzvergaser-Lastern ... sie kann keinen weiteren Heimsuchungen standhalten, sie kann nicht mehr durchstehen, was Bruno jetzt anstellt, allem Anschein nach anstellt. Ein schwerer Schlag gegen uns, und wir werden hin sein, die intelligenten Tiere werden verrecken, all diese neuen, seltsamen Arten werden so plötzlich den Bach hinabgehen, wie sie aufgetaucht sind. Wie schade, dachte sie kummervoll. Das ist doch wirklich eine Ungerechtigkeit. Auch Terry, der Hund, der sprechen kann. Vielleicht waren wir zu ehrgeizig. Vielleicht hätten wir es erst gar nicht mit dem Wiederaufbau und Neuanfangen versuchen dürfen.

Aber ich glaube, wir haben unsere Sache, alles in allem betrachtet, ziemlich gut gemacht, dachte sie. Wir haben gelebt. Wir haben geliebt und Gills Five Star getrunken, unseren Kindern in einer Schule mit den merkwürdigsten Fenstern Unterricht ermöglicht, die *Apokalyptischen Nachrichten* herausgegeben, ein altes Autoradio aufgestellt und jeden Abend der Lesung eines Buchs von William Somerset Maugham zugehört. Was hätte man mehr von uns verlangen können? Herrgott, was jetzt geschieht, dachte sie, *das ist einfach eine Ungerechtigkeit.* Es geht ganz und gar nicht in Ordnung. Wir alle haben Pferde, Ernten und ein Leben, das alles ist uns etwas wert und verdient es, geschützt zu werden...

Eine weitere Explosion fand statt, diesmal in größerer Entfernung. Im Süden, beobachtete sie. Genau in der Gegend wie damals. San Franzisko.

Ausgelaugt schloß sie die Lider. Und ausgerechnet jetzt, da dieser McConchie hier aufgekreuzt ist, dachte sie. Was für ein elendes, jämmerliches Pech.

Der Hund stand mitten auf dem Pfad, versperrte Edie Keller den Weg; mit seiner mühevollen Stimme röchelte er etwas hervor. „Trrr brrräschrrräftrrigt. Hrrrallt." Zur Warnung bellte er einmal auf. Er wollte nicht, daß sie den Weg zur Blockhütte fortsetzte.

Ja, ich weiß, daß er beschäftigt ist, dachte Edie. Sie hatte die Explosionen am Himmel bemerkt. „He, weißt du was?" wandte sie sich an den Hund.

„Wrrraß?" fragte der Hund sofort, merklich von Neugier gepackt; wie sie genau wußte, besaß er ein einfältiges Gemüt; er ließ sich leicht ablenken.

„Ich kann einen Stock so weit wegwerfen, daß niemand ihn finden kann, sagte sie, bückte sich und hob ein Stück Ast auf, das in der Nähe lag. „Soll ich's dir zeigen?"

„Mit wem redest du?" erkundigte sich in ihrem Innern Bill. Da der bedeutsame Zeitpunkt nun heranrückte, war er aufgeregt. „Ist das Mr. Tree?"

„Nein", antwortete sie, „nur der Hund." Sie winkte mit dem Ast. „Ich wette zehn Papier-Dollar, daß du ihn nicht findest, wenn ich ihn werfe."

„Drrroch, krann ich", antwortete der Hund. Vor Eifer winselte er vor sich hin. Solche Betätigungen waren ihm das liebste Vergnügen. „Arrrberrr ich krann nichd wrrretten", sagte er. „Ich hrrrabe krrrain Grrreld."

Aus der Blockhütte kam unerwartet Mr. Tree; sowohl Edie wie auch der Hund hielten überrascht ein. Mr. Tree schenkte ihnen keine Beachtung; er erklomm eine kleine Anhöhe und verschwand auf der anderen Seite außer Sicht.

„Mr. Tree", rief Edie. „Vielleicht ist er jetzt nicht mehr beschäftigt", meinte sie zu dem Hund. „Nun geh zu ihm und frag ihn, ja? Sag ihm, ich möchte bloß mal ganz kurz mit ihm sprechen."

„Er ist nicht weit weg, oder?" äußerte sich ruhelos Bill. „Ich weiß, er ist in der Nähe. Ich bin bereit. Diesmal werde ich mich echt schwer anstrengen. Er kann so gut wie alles, wie? Sehen, laufen, hören und riechen — habe ich recht? Er ist anders als der Wurm."

„Er hat keine Zähne", sagte Edie, „aber alles andere, was Menschen so haben, hat er." Während der Hund willig davonsprang, um Mr. Tree einzuholen, schlenderte sie auf dem Trampelpfad weiter. „Jetzt dauert's nicht mehr lang", sagte sie. „Ich werde ihm erzählen..." Sie hatte sich alles genau zurechtgelegt. „Ich werde zu ihm sagen: ‚Mr. Tree, wissen Sie was? Ich habe eine von den Entenpfeifen verschluckt, wie die Jäger sie benutzen, wenn Sie an meinem Bauch ganz genau lauschen, können Sie sie hören.' Wie findest du das?"

„Ich weiß nicht", erwiderte Bill verstört. „Was ist eine ‚Entenpfeife'? Was ist eine Ente, Edie? Ist sie lebendig?" Seine Stimme zeugte zusehends von Verwirrung, als ob die Situation ihn erheblich überforderde.

„Du Feigling", fauchte Edie. „Sei jetzt still." Der Hund hatte Tree erreicht, und der Mann kam nun zurück; er näherte sich Edie mit finsterer Miene.

„Ich habe viel zu tun, Edie", rief Mr. Tree. „Später ... wir können uns später unterhalten. Ich kann jetzt keine Störung gebrauchen." Er hob die Arme und vollführte in Edies Richtung irgendeine irre Gebärde, als dirigiere er die Musik eines Orchesters; er schnitt Grimassen und schwankte, und Edie war zum Lachen zumute; er sah wahrhaftig total bescheuert aus.

„Ich möchte Ihnen nur mal was zeigen", rief sie ihm zu.

„Später!" Er machte Anstalten, sich wieder zu entfernen, sagte etwas zu dem Hund.

„Jrrrah, grrrutt", sagte der Hund geknurrt, dann kehrte er zu dem Mädchen zurück. „Nrrrain", sagte der Hund zu Edie. „Hrrrallt."

Verflixt, dachte Edie. Sieht so aus, als könnten wir es heute nicht machen. Wahrscheinlich müssen wir morgen wiederkommen.

„Grrreh nrrrach Hrrrauße", sagte der Hund und fletschte die Zähne; offenbar hatte er völlig eindeutige Anweisungen erhalten.

„Hören Sie doch mal zu, Mr. Tree...", rief Edie. Da verstummte sie, weil sie Mr. Tree nirgends mehr sehen konnte. Der Hund fuhr herum und winselte, und in ihrem Innern stöhnte Bill auf.

„Edie", rief Bill, „er ist fort. Ich kann's spüren. Wo soll ich denn nun hin, wenn ich nach draußen gehe?! Was soll ich tun?"

Hoch droben in der Luft schwebte und kreiselte ein winziger schwarzer Punkt; das Mädchen beobachtete ihn, wie er dahintrieb, als habe eine kräftige Bö ihn erfaßt. Das war Mr. Tree, er fuchtelte mit den Armen, während er dahintrudelte, auf- und niedertanzte wie ein Drache am Seil. Was ist denn jetzt bloß los mit ihm? wunderte sich Edie beklommen, sich dessen bewußt, daß Bill recht hatte. Ihr Plan war mißlungen, die Chance für immer dahin.

Irgend etwas hatte Mr. Tree gepackt und brachte ihn um. Es erhob ihn in immer größerer Höhe, und dann kreischte Edie auf: Mr. Tree fiel. Wie ein Stein stürzte er senkrecht auf die Erde; Edie schloß die Augen, und Terry, der Hund, stieß ein Geheul des äußersten Jammers aus.

„Was ist los?" zeterte Bill verzweifelt. „Wer hat das gemacht? Jemand hat ihn weggeholt, nicht wahr?"

„Ja", antwortete sie und schlug die Augen auf.

Mr. Tree lag verkrümmt und zerschmettert am Erdboden, die Arme und Beine standen in allen erdenklichen Winkeln von ihm ab. Er war tot; soviel war ihr klar, und dem Hund auch. Der Hund trottete zu ihm hinüber, blieb stehen, drehte sich nach Edie um und warf ihr einen Blick voller Betroffenheit und Fassungslosigkeit zu. Sie sagte nichts; auch sie verharrte in einigem Abstand. Es war einfach schrecklich, was man — wer auch dahinter stecken mochte — mit Mr. Tree gemacht hatte. Wie beim Brillenmann aus Bolinas, dachte sie. Ein regelrechter Mord.

„Hoppy hat's getan", stöhnte Bill. „Hoppy hat Mr. Tree von weitem umgebracht, weil er sich vor ihm gefürchtet hat. Mr. Tree ist jetzt unten bei den Toten, ich kann ihn reden hören. Er sagt das. Er sagt, daß Hoppy ihn aus der Ferne gepackt hat, von seinem Haus aus, in dem er wohnt, daß er ihn in die Höhe gehoben und durch die Luft geworfen hat!"

„Eijeijeijei", sagte Edie. Warum Hoppy das wohl getan hat? überlegte sie. Wegen der Explosionen, die Mr. Tree am Himmel hervorgerufen hat? Haben sie Hoppy einen Schrecken eingejagt? War er deswegen sauer?

Ihr war bange zumute. Dieser Hoppy, dachte sie, er kann aus solcher Entfernung töten, so was kann sonst niemand. Wir sollten lieber vorsichtig sein. Ganz vorsichtig. Denn er könnte uns allesamt ermorden. Er könnte uns durch die Gegend schmeißen oder einfach zerquetschen.

„Ich glaube, das werden die *Apokalyptischen Nachrichten* auf der ersten Seite bringen", sagte sie halb zu sich selbst, halb zu Bill.

„Was sind die *Apokalyptischen Nachrichten*?" meldete sich verärgert und mißgestimmt Bill. „Ich verstehe nicht, was eigentlich los ist. Kannst du mir nicht erklären, was Sache ist? *Bitte*."

„Wir gehen jetzt besser zurück ins Dorf", sagte Edie. Langsam entfernte sie sich, ließ den Hund allein neben den entstellten Überresten Mr. Trees sitzen. Vermutlich ist es bloß gut, dachte sie, daß du nicht in ihn übergewechselt bist, wenn nämlich du in Mr. Tree gewesen wärst, hätte Hoppy jetzt dich ermordet. Und Mr. Tree würde nun unwiderruflich in mir leben. Jedenfalls bis ich die Oleanderblätter gekaut und geschluckt hätte. Und womöglich hätte er doch irgendeine Möglichkeit gefunden, um mich daran zu hindern. Er hatte ja irgendwelche komischen Kräfte, er konnte solche Explosionen verursachen, und vielleicht hätte er welche in mir drin machen können.

„Wir werden's mit jemand anderem versuchen", sagte Bill hoffnungsvoll. „Das können wir doch, oder? Wollen wir's mal mit dem ... Wie nennt man das? Den Hund? Wollen wir es mit dem Hund versuchen? Ich glaube, ich wäre gerne so ein Hund. Er kann schnell laufen, er kann etwas fangen und sehr weit sehen, nicht wahr?"

„Jetzt nicht", entgegnete Edie, noch immer voller Furcht; sie wollte nichts als schnellstens fort. „Ein andermal. Es ist besser, du wartest noch." Sie rannte auf dem Trampelpfad den Weg zurück, den sie gekommen war, in die Richtung zur Ortschaft.

14

Orion Stroud, der in der Mitte des Förstersaals saß, damit jeder ihn deutlich verstehen konnte, pochte auf die Tischplatte, um Ruhe zu schaffen. „Mrs. Keller und Dr. Stockstill", sagte er dann laut, „haben die Zusammenkunft der offiziellen Jury von West Marin sowie der West Mariner Bürgerversammlung beantragt, damit wesentliche neue Erkenntnisse in bezug auf den heute eingetretenen Todesfall bekanntgegeben werden können." Zu seinen Seiten saßen Mrs. Tallman, Cas Stone, Fred Quinn, Mrs. Lully, Andrew Gill, Earl Colvig und Miss Costigan; er ließ seinen Blick der Reihe nach über sie schweifen, sehr befriedigt über die vollständige Anwesenheit. Sie alle beobachteten ihrerseits in angespannter Aufmerksamkeit ihn, sich ausnahmslos vollauf darüber im klaren, daß diesmal eine wirklich wichtige Angelegenheit vorlag. So etwas wie heute war noch nie in der Gemeinde geschehen. Das war etwas völlig anderes als die Hinrichtung Mr. Austurias' oder der Tod des Brillenmanns. „Wie mir mitgeteilt worden ist", fügte Stroud hinzu, „hat man entdeckt, daß Mr. Tree, der lange unter uns gelebt hat..."

„Er war Bluthgeld", sagte eine Stimme mitten aus der Versammlung.

„Richtig", bestätigte Stroud und nickte. „Aber jetzt ist er tot, und wir brauchen uns keine Sorgen zu machen. Das muß von nun an ein für allemal klar sein. Und Hoppy ist es gewesen. Ich meine, Hoppy hat es getan." Mit einer Miene der Entschuldigung sah er Paul Dietz an. „Ich muß mich unmißverständlich ausdrücken, weil ja alles in die *Apokalyptischen Nachrichten* kommt", sagte er. „Nicht wahr, Paul?"

„In eine Sonderausgabe", sagte Paul und nickte zur zusätzlichen Bestätigung.

„Um keine Irrtümer aufkommen zu lassen, möchte ich gleich klarstellen, daß wir nicht etwa hier sind, um zu beraten, ob oder wie

Hoppy für das, was er gemacht hat, bestraft werden sollte. In dieser Hinsicht ergibt sich gar kein Problem, weil Bluthgeld ein bekannter Kriegsverbrecher war und außerdem drauf und dran, hier seine magischen Gaben zu benutzen, um den vergangenen Krieg irgendwie noch einmal stattfinden zu lassen. Ich gehe davon aus, daß alle Anwesenden darüber schon Bescheid wissen, es haben ja alle die Explosionen sehen können. Und nun..." Er schaute Gill an. „Es befindet sich ein Neuling hier, ein Farbiger namens Stuart McConchie, und obwohl ich keine Zweifel daran lassen möchte, daß uns Strahlis und andere Dunkelhäuter in West Marin gewöhnlich nicht so besonders willkommen sind, aber wenn ich's recht verstanden habe, befand sich McConchie auf der Verfolgung Bluthgelds, also wollen wir ihm erlauben, sich bei uns in West Marin niederzulassen, falls das sein Wunsch ist." Die Zuhörer bekundeten ihre Zustimmung. „Hauptsächlich sind wir jedoch versammelt", sprach Stroud weiter, „um uns über irgendeine Belohnung für Hoppy zu einigen, mit der wir ihm unsere Dankbarkeit zeigen wollen. Wahrscheinlich hätte Bluthgeld uns mit seinen magischen Kräften allesamt abgemurkst. Also stehen wir ganz beträchtlich in Hoppys Schuld und müssen ihm außerordentlich dankbar sein. Ich weiß, er ist nicht hier, er arbeitet drüben in seinem Haus an irgendwelchen Sachen, immerhin ist er ja auch unser Technikus, und damit trägt er eine große Verantwortung. Auf jeden Fall, ich möchte jetzt mal an alle die Frage stellen, ob jemand eine Idee hat, auf welche Weise wir Bürger von West Marin uns bei Hoppy dafür erkenntlich zeigen könnten, daß er Dr. Bluthgeld gerade noch rechtzeitig unschädlich gemacht hat?" Mit einem Blick der Herausforderung schaute Stroud in die Runde.

Andrew Gill stand auf und gab ein Räuspern von sich. „Ich glaube", sagte er, „es steht mir zu, in dieser Sache auch etwas zu äußern. Zuerst möchte ich Mr. Stroud und der ganzen Gemeinde dafür danken, daß mein neuer Geschäftspartner, Mr. McConchie, so freundlich aufgenommen worden ist. Zweitens möchte ich meinerseits eine Belohnung für Hoppy zur Verfügung stellen, die dem großen Dienst, den er dieser Gemeinde und darüber hinaus der gesamten Welt erwiesen hat, angemessen sein könnte. Ich gebe hundert Zigaretten der Marke Spezial Deluxe Gold." Er verstummte und wirkte, als wolle er sich setzen. „Und eine Kiste Gills Five Star", fügte er dann jedoch noch hinzu, ehe er wieder Platz nahm.

Die Versammlung applaudierte, pfiff und stampfte zum Zeichen des Beifalls mit den Füßen.

„Na, das ist ja wahrhaftig etwas", sagte Stroud und lächelte. „Ich denke, man kann zurecht sagen, Mr. Gill ist sich dessen bewußt, was Hoppys beherztes Eingreifen uns allen erspart hat. Bereits durch die Explosionen, die Bluthgeld bis zu seiner Unschädlichmachung noch auslösen konnte, ist eine ganze Reihe von Eichen gefällt worden. Außerdem war er, wie mir berichtet worden ist, schon dabei, seine Maßnahmen auf den Süden auszudehnen, nach San Franzisko..."

„Das stimmt", meldete sich Bonny Keller.

„Also kann ich mir vorstellen, die Leute da unten würden gern auch etwas zur Belohnung Hoppys beitragen. Ich nehme an, es ist am besten — und es ist sicherlich gut so, aber ich wünschte mir einfach, wir könnten mehr tun —, wir überreichen ihm Mr. Gills Geschenke, die hundert Spezial Deluxe Gold und die Kiste Brandy ... Bestimmt weiß Hoppy sie zu schätzen, aber eigentlich dachte ich eher an so etwas wie ein Denkmal, also ein Standbild, einen nach ihm benannten Park oder zumindest irgendeine Gedenktafel. Und ... und ich wäre durchaus bereit, für so einen Zweck ein Stück Land verfügbar zu machen, und das gleiche gilt, das weiß ich, für Cas Stone."

„Völlig richtig", bekräftigte Cas Stone mit gehörigem Nachdruck.

„Hat noch jemand eine Idee?" fragte Stroud nach. „Aha, Sie, Mrs. Tallman. Ihre Vorschläge sind immer willkommen."

„Es wäre angebracht", sagte Mrs. Tallman, „Mr. Harrington in ein öffentliches Ehrenamt zu wählen, zum Beispiel zum Ehrenvorsitzenden der West Mariner Bürgerversammlung oder zum Protokollführer des Schulrates. Davon abgesehen, versteht sich, daß man einen Park anlegt und nach ihm benennt oder ihm ein Denkmal errichtet und ihm Brandy und Zigaretten überreicht."

„Ein hervorragender Einfall", sagte Stroud. „Und? Hat noch jemand irgendeine Anregung? Leute, wir wollen uns doch nichts vormachen — Hoppy hat uns allen das Leben gerettet. Bluthgeld hatte nun vollends den Verstand verloren, jeder hat es gestern abend während der Lesung miterleben können ... Er hätte uns wieder dahin gebracht, wo wir vor sieben Jahren standen, und all unsere harte Arbeit am Wiederaufbau wäre umsonst gewesen. Vollkommen umsonst." Gemurmel unter den Zuhörern deutete auf allgemeine Zustimmung hin. „Wenn man solche magischen Fähigkeiten und dazu all das Wissen hat", unterstrich Stroud seine vorherigen Ausführungen, „das Bluthgeld in seiner Eigenschaft als Physiker besaß ... ja, dann kann man tatsächlich mit vollem Recht sagen, noch nie hat die Welt in solcher Gefahr geschwebt. Stimmt's oder nicht? Es ist reines Glück, daß Hoppy Gegenstände von weitem bewegen kann und sich die ganzen Jahre hindurch darin geübt hat, denn keiner außer ihm hätte so zupacken können, über so eine Entfernung hinweg, und Bluthgeld so gründlich erledigen, wie's geschehen ist."

Fred Quinn meldete sich zu Wort. „Ich habe mit Edie Keller gesprochen, die alles beobachtet hat, und sie sagt, daß Bluthgeld hoch in die Luft emporgeflogen ist, ehe Hoppy ihn zerschmettert hat. Er flog regelrecht in der Luft herum."

„Ich weiß", sagte Stroud. „Ich habe mich auch von Edie informieren lassen." Er ließ seinen Blick über die Reihen der Anwesenden gleiten. „Wenn jemand Einzelheiten hören möchte, ich bin sicher, Edie wird gerne noch einmal Genaueres berichten. Nicht wahr, Mrs. Keller?" Bonny, die steif und mit bleichem Gesicht an ihrem Platz saß, nickte zur Antwort. „Sitzt Ihnen der Schreck noch in den Gliedern?" erkundigte sich Stroud.

„Es war gräßlich", sagte Bonny beherrscht.

„Ohne Zweifel", sagte Stone. „Aber Hoppy hat ihn noch rechtzeitig erwischt." Dadurch wird Hoppy eine richtige Berühmtheit, oder nicht? dachte er plötzlich. Vielleicht ist es das, woran Bonny denkt. Vielleicht ist Bonny deshalb so still.

„Ich glaube, es ist am günstigsten", sagte Cas Stone, „wir gehen ohne alles Drumherum zu Hoppy und fragen, Hoppy, was können wir zum Dank für dich tun? Wir fragen ihn ganz einfach. Es kann ja sein, er benötigt irgend etwas ganz dringend, und wir wissen's bloß nicht."

Ja, dachte Stroud. Das hat was für sich, Cas. Womöglich hat er allerlei Wünsche, von denen wir nichts wissen, und vielleicht will er sie sich eines Tages — eines gar nicht mehr so fernen Tages — erfüllen, und dann täte er es unter Umständen, ohne daß wir vorher eine Abordnung zu ihm geschickt haben, um ihn nach seinen Wünschen zu fragen.

„Bonny", wandte er sich an Mrs. Keller. „Es wäre mir eigentlich ganz recht, würden Sie sich auch einmal zu diesen Vorgängen äußern. Sie sitzen nur da und halten den Mund."

„Ich bin einfach müde", sagte Bonny Keller leise.

„Haben Sie gewußt, daß Jack Tree in Wahrheit Bluthgeld ist?" Wortlos nickte Bonny. „Waren Sie es denn", fragte Stroud weiter, „der es Hoppy gesagt hat?"

„Nein", antwortete sie. „Ich hatte die Absicht. Ich war schon unterwegs zu ihm. Aber da war's bereits geschehen. Er wußte Bescheid."

Und ich wüßte gerne, woher, dachte Stroud.

„Dieser Hoppy besitzt anscheinend selbst die Fähigkeit zu so gut wie allem", sagte mit fast weinerlicher Stimme Mrs. Lully. „Ja, offenbar ist er sogar noch machtvoller, als Bluthgeld es gewesen ist."

„Genau", pflichtete Stroud bei.

Unter den Anwesenden ergab sich nervöses Gemurmel.

„Aber er hat seine gesamten Fähigkeiten voll in den Dienst an unserer Gemeinschaft gestellt", sagte Andrew Gill. „Das muß man berücksichtigen. Man muß bedenken, er ist unser Technikus, er sieht zu, daß wir Dangerfield richtig hereinkriegen, wenn der Empfang schwach ist, er führt uns Tricks vor, er imitiert sogar Dangerfield für uns, wenn wir ihn mal überhaupt nicht empfangen können ... Er tut viel für uns, und nun hat er uns auch noch vor neuen atomaren Verwüstungen bewahrt und uns das Leben gerettet. Deshalb sage ich, Gott segne Hoppy und seine Begabung. Ich glaube, wir sollten Gott dafür dankbar sein, daß wir unter uns eine Besonderheit wie ihn haben."

„Richtig", stimmte Cas Stone zu.

„Ich bin auch dieser Meinung", sagte Stroud bedächtig. „Aber ich bin nichtsdestotrotz der Auffassung, wir sollten Hoppy zu verstehen geben, daß von nun an..." Er zögerte. „Ich bin der Ansicht, wenn wir jemanden umbringen müssen, dann sollte es wie im Fall Austurius geschehen, nämlich im rechtmäßigen Rahmen und auf Beschluß unserer Jury. Ich meine, Hoppy war selbstverständlich im Recht, er mußte auch schnell handeln, und all das ... Aber die Jury ist das rechtmäßige Gremium, das solche Entscheidungen zu fällen hat. Und bei unserem Earl hier liegt dann gegebenenfalls die Vollstreckung. Ich finde, in Zukunft sollten wir darauf achten, daß alles seine Ordnung hat. Bluthgeld muß man natürlich davon ausnehmen, weil er diese Magie und so was anwenden konnte, dadurch war alles anders." Einen Mann, der so eine Macht zur Verfügung hat, kann man mit herkömmlichen Mitteln nicht zur Strecke bringen, erkannte er. Man nehme beispielsweise einmal Hoppy ... man stelle sich vor, jemand wollte ihn umbringen. Das wäre nahezu unmöglich.

Ihm schauderte.

„Was ist los, Orion?“ fragte Cas Stone in scharfem Ton.

„Nichts“, entgegnete Orion Stroud. „Ich denke nur darüber nach, durch was für eine Art von Belohnung wir Hoppy unsere Dankbarkeit am deutlichsten beweisen könnten. Das ist ein wirklich großes Problem, weil wir so sehr in seiner Schuld stehen.“

Die Versammlung verfiel in allgemeines Gemurmel, als die Anwesenden untereinander zu diskutieren anfingen, wie man Hoppy am besten belohnen könnte.

„Fühlst du dich wohl?“ fragte George Keller, der ihr fahles, verkrampftes Gesicht bemerkt hatte, seine Frau. Er legte seine Hand auf ihre Schulter, aber sie entzog sich ihm.

„Nur müde“, antwortete sie. „Als die Explosionen losgingen, bin ich zwei Kilometer oder so nur gerannt, glaube ich. Ich wollte schnell zu Hoppys Haus.“

„Woher wußtest du denn“, fragte er nach, „daß Hoppy dazu in der Lage war, etwas zu unternehmen?“

„Ach, das wissen wir doch alle seit jeher“, sagte sie. „Alle hier wissen doch, daß nur er irgendwelche Gaben hat, die annähernd den Kräften ähneln, die Bluthgeld hatte. Daher kamen wir sofort auf den...“ Sie berichtigte sich. „Ich dachte sofort an ihn, sobald die Explosionen auftraten.“ Sie blickte ihren Mann an.

„Wer war denn bei dir?“ wollte er wissen.

„Barnes. Wir haben unter den Eichen an der Landstraße zur Bear Valley Ranch Pfifferlinge gesucht.“

„Ich muß zugeben, ich persönlich fürchte mich vor Hoppy“, sagte George Keller. „Sieh nur, er ist nicht mal anwesend. Er bringt uns ziemlich viel Geringschätzung entgegen. Er kommt jeden Abend zu spät. Verstehst du, was ich meine? Spürst du's nicht auch? Und man merkt's immer deutlicher, vielleicht in dem Maße, wie er seine Fähigkeiten vervollkommnet.“

„Kann sein“, sagte Bonny gedämpft.

„Was glaubst du, was nun wird“, fragte George, „nachdem wir Bluthgeld umgebracht haben? Wir sind jetzt besser dran, viel sicherer. Damit ist jedem eine Last von der Seele genommen. Man sollte es Dangerfield mitteilen, dann kann er die ganze Welt davon unterrichten.“

„Das könnte Hoppy erledigen“, sagte Bonny in geistesabwesendem Tonfall. „Er kann alles. So gut wie alles.“

An seinem Platz, von dem aus er den Vorsitz ausübte, hämmerte Orion Stroud erneut auf die Tischplatte, um für Ruhe zu sorgen. „Wer möchte der Abordnung angehören, die Hoppy in seinem Haus besucht und mit ihm über die Belohnung verhandelt und ihn von den beabsichtigten Ehrungen in Kenntnis setzt?" Er schaute rundum. „Freiwillige vor!"

„Ich gehe", gab Andrew Gill bekannt.

„Ich auch", rief Fred Quinn.

„Ich komme auch mit", sagte Bonny.

„Bist du wohlauf genug für so was?" fragte George sie.

„Sicher." Sie nickte teilnahmslos. „Es geht mir wieder recht gut. Abgesehen von dem Kratzer an meinem Kopf, bin ich in Ordnung." Unwillkürlich berührte sie den Verband.

„Wie wär's mit Ihnen, Mrs. Tallman?" erkundigte sich Stroud.

„Ja, gut, ich gehe mit", gab Mrs. Tallman ihr Einverständnis, aber ihre Stimme zitterte.

„Sind Sie beunruhigt?" fragte Stroud.

„Ja", bekannte sie.

„Weshalb?"

Mrs. Tallmann zögerte. „Ich ... ich weiß nicht, Orion."

„Ich selbst werde ebenfalls mitgehen", verkündetete Orion Stroud. „Das macht fünf Personen, drei Männer und zwei Frauen. So dürfte es richtig sein. Wir nehmen den Brandy und die Zigaretten mit und erklären ihm in einer offiziellen Danksagung, was wir außerdem vorhaben — das mit der Gedenktafel, daß er Ehrenvorsitzender der Bürgerversammlung und Protokollführer im Schulrat werden soll, und so weiter."

„Vielleicht sollten wir eine Abordnung hinschicken", meinte Bonny leise zu George, „die ihn zu Tode steinigt."

George Keller schnappte nach Luft. „Um Himmels willen, Bonny!" entfuhr es ihm.

„Ich mein's ernst", betonte sie.

„Du benimmst dich unmöglich", sagte er verdutzt und voller Zorn. Er konnte sie nicht begreifen. „Was ist in dich gefahren?"

„Freilich würde es gar nicht dazu kommen", sagte sie. „Er könnte uns zerschmettern, noch bevor wir sein Haus erreichen. Kann sein, er wird mich ohnehin gleich zerschmettern." Sie lächelte. „Weil ich das gesagt habe."

„Dann rede so was nicht daher!" Er starrte sie ziemlich furchtsam an.

„Na schön", sagte sie. „Dann halte ich den Mund. Schließlich möchte ich ja auch nicht in die Luft emporgehoben und dann aus der Höhe auf die Erde fallengelassen werden, so wie's Bruno ergangen ist."

„Das will ich wohl meinen." Er bebte regelrecht.

„Du bist ein Feigling", sagte sie nachsichtig. „Stimmt's? Es wundert mich, wieso ich das in all den Jahren nicht schon längst bemerkt habe. Vielleicht liegt's daran, wie feige du bist, daß ich so für dich empfinde."

„Und wie empfindest du für mich?"

Bonny lächelte. Und gab keine Antwort. Ihr Lächeln war hart, voller Ablehnung, ein strenges, gefühlloses Lächeln, das er nicht zu durchschauen vermochte; er blickte fort, fragte sich abermals, ob doch etwas an all den Gerüchten sein könne, die er im Laufe der Jahre bezüglich seiner Frau vernommen hatte. Sie wirkte so kalt, so unabhängig von allem. George Keller war kläglich zumute.

„Herrgott", sagte er, „du schimpfst mich einen Feigling, bloß weil ich nicht will, daß meine Frau an der Erde zerschmettert wird."

„Es ist mein Leben, mein Körper", sagte Bonny. „Ich fange damit an, was mir paßt. Ich fürchte mich nicht vor Hoppy. Das heißt, ich fürchte mich sehr wohl, aber ich habe nicht die Absicht, meine Furcht mein Handeln bestimmen zu lassen, falls du dazu imstande bist, den Unterschied zu verstehen. Ich werde zu ihm hinüber in seine Teerpappebude gehen und völlig offen mit ihm reden. Ich werde ihm danken, aber ich gedenke ihm ebenso klipp und klar zu sagen, daß er in Zukunft mehr Umsicht walten lassen muß. Daß wir darauf bestehen müssen."

Er konnte nicht anders, er bewunderte sie. „Das solltest du tatsächlich tun", empfahl er. „Das wäre eine gute Sache, Liebste. Er müßte doch kapieren können, daß wir so darüber denken."

„Danke", sagte sie zerstreut. „Vielen Dank für den Mut, den du mir zusprichst, George." Sie wandte sich ab und lauschte von neuem Orion Strouds Worten.

George Keller fühlte sich noch jämmerlicher als zuvor.

Zuerst war es erforderlich, Andrew Gills Fabrik aufzusuchen und die Zigaretten Marke Spezial Deluxe Gold sowie die Kiste Five Star-Brandy zu holen; mit Orion Stroud und Gill verließ Bonny das Forstamt und ging mit ihnen die Landstraße entlang; sie alle waren sich vollauf dessen bewußt, wie ernst die Aufgabe war, die vor ihnen lag.

,,Was ist das für eine Geschäftsbeziehung, die du mit McConchie eingehen willst?" wandte sich Bonny an Andrew Gill.

,,Stuart wird für die Automatisierung meiner Firma sorgen", antwortete Gill.

,,Und dann wirst du vermutlich über den Satelliten Reklame senden lassen", sagte sie, weil sie ihm nicht glaubte. ,,Gesungene Werbe-Spots, ganz wie in alten Zeiten. Wie sollen sie denn sein? Vielleicht kann ich einen für dich komponieren."

,,Sicher, wenn's dem Geschäft zuträglich ist", erwiderte er.

,,Ist das dein Ernst, das mit der Automation?" Soeben war ihr eingefallen, daß er es womöglich tatsächlich ernst meinte.

,,Ich werde klarer sehen, sobald ich meinen Besuch bei Stuarts Chef in Berkeley gemacht habe", erklärte Gill. ,,Stuart und ich werden die Reise binnen kurzem gemeinsam antreten. In Berkeley bin ich seit vielen Jahren nicht gewesen. Stuart sagt, mit der Zeit wird es richtig wiederaufgebaut ... natürlich nicht so wie früher. Aber vielleicht wird eines Tages sogar das wieder möglich sein."

,,Ich bezweifle es", meinte Bonny. ,,Aber 's ist mir sowieso gleich. Damals war keineswegs alles so sonderlich gut. Es genügt, wenn überhaupt irgend etwas gebaut wird."

,,Bonny", fragte Gill, indem er sich umschaute, um sich dessen zu vergewissern, daß Orion sie nicht belauschen konnte, ,,warum begleitest du Stuart und mich nicht?"

,,Wozu?" fragte sie erstaunt zurück.

,,Es täte dir gut, endlich mit George zu brechen. Und zwar am besten endgültig. Du solltest das für ihn und genauso für dich tun."

Sie nickte. ,,Aber..." Nichtsdestoweniger schien ihr so etwas schlichtweg nicht in Frage zu kommen. Irgendwie schien es zu weit zu gehen. Der äußere Anschein bliebe nicht gewahrt. ,,Dann wüßte jeder über uns Bescheid", sagte sie. ,,Meinst du nicht auch?"

,,Bonny, das weiß doch ohnehin längst jeder", sagte Gil.

,,Oh." Ernüchtert nickte sie ergeben vor sich hin. ,,Ach, was für eine Überraschung. Offenbar habe ich bisher ein Leben des Selbstbetrugs geführt."

,,Komm mit uns nach Berkeley", riet Gill, ,,und mach einen neuen Anfang. In gewissem Sinn ist's genau das, was ich auch zu tun beabsichtige, die Reise nach Berkeley ist symbolisch für das Ende des Zigarettendrehens per Hand, Stück um Stück auf einem Tuch und mit einem Dreher. Sie bedeutet, daß ich künftig eine wahrhaftige Fabrik im alten Sinne haben werde, so eine, wie's sie vor dem Krieg gab."

„Der alte Sinn, den die Dinge vor dem Krieg hatten, war der überhaupt so gut?" sann Bonny.

„Ja", behauptete Gill. „Ich bin's verflucht leid, ganz einfach satt, Zigaretten mit der Hand zu drehen. Jahrelang habe ich schon versucht, das zu ändern, und nun hat Stuart mir einen Weg gewiesen. Ich hoff's jedenfalls." Er drückte den Daumen.

Sie gelangten zu seiner Fabrik, und dort befanden sich hinten seine Arbeiter bei ihrer Tätigkeit, drehten unablässig Zigaretten. Mit diesem Bestandteil unseres Lebens wird also bald für immer Schluß sein, dachte Bonny. Ich muß wohl sentimental sein, denn irgendwie traure ich ihm nach. Aber Gill hat recht. Das ist keine vernünftige Methode zum Herstellen von Waren, so geht es zu umständlich, zu langsam. Wenn man es genau nimmt, werden damit viel zu wenig Zigaretten hergestellt. Mit richtigen Maschinen könnte Andrew den gesamten Landkreis beliefern — vorausgesetzt, daß auch die Beförderungsmittel vorhanden sind, Möglichkeiten zum Vertrieb.

Stuart McConchie hockte zwischen den Arbeitern vor einem Faß mit Gills Feinschnitt-Ersatztabak und begutachtete ihn. Na, entweder hat er inzwischen Andrews spezielles Deluxe-Rezept, dachte Bonny, oder er ist tatsächlich nicht daran interessiert. „Hallo", sprach sie ihn an. „Können Sie all die vielen Zigaretten auch verkaufen, sobald die Massenproduktion angelaufen ist? Haben Sie diesen Teil des Geschäfts auch durchdacht?"

„Jawohl", versicherte McConchie. „Wir haben Pläne für einen auf Massenproduktion beruhenden Vertrieb ausgearbeitet. Mein Chef, Mr. Hardy..."

„Sie brauchen sich nicht in Einzelheiten über den Großumsatz zu ergehen", unterbracht sie ihn. „Ich glaub's Ihnen auch so. Ich war bloß neugierig." Sie musterte ihn mit prüfendem Blick. „Andy möchte, daß ich nach Berkeley mitkomme. Was halten Sie davon?"

„Sicher, warum nicht?" lautete seine vage Entgegnung.

„Ich könnte ja bei Ihnen als Empfangsdame anfangen", sagte Bonny. „In Ihrer Hauptverwaltung. Direkt im Stadtzentrum. Stimmt's?"

Sie lachte, aber weder Stuart McConchie noch Gill schloß sich ihrer Erheiterung an. „Ist das ein heiliges Thema?" fragte sie. „Mache ich etwa Scherze mit geheiligten Angelegenheiten? Falls ja, Entschuldigung."

„Schon gut", sagte McConchie. „Wir sind nur noch ein bißchen sorgenvoll. Einige kleinere Fragen müssen noch geklärt werden."

„Kann sein, ich komme wirklich mit", sagte Bonny. „Vielleicht könnte ich so wenigstens meine finanziellen Probleme lösen."

Nun war es an McConchie, sie aufmerksam zu betrachten. „Was haben Sie denn für Probleme? Das hier ist doch eine nette Gegend, in der Ihre Tochter aufwachsen darf, und Ihr Mann ist Leiter der..."

„Bitte ersparen Sie mir eine Aufzählung all dessen, mit was ich gesegnet bin", fiel sie ihm ins Wort. „Bloß das nicht." Sie entfernte sich und gesellte sich zu Gill, der gerade Zigaretten in eine Blechdose packte, um daraus ein Präsent für den Phokomelus zu machen.

Wie unschuldig die Welt doch ist, dachte sie. Selbst jetzt noch, nach alldem, was uns widerfahren ist. Gill möchte mich von meiner ... Unbeständigkeit kurieren. Stuart McConchie kann sich nicht vorstellen, was mir zu wünschen bleibt, das ich hier nicht schon habe. Aber es mag sogar sein, sie haben recht, und ich bin im Unrecht. Vielleicht mache ich mir das Leben überflüssig schwer ... Möglicherweise gibt es in Berkeley irgendeine Maschine, die auch mich meiner Schwierigkeiten entheben kann. Vielleicht läßt mein Problem sich durch Automatisierung aus der Welt schaffen.

In einer Ecke entwarf Orion Stroud eine kurze Ansprache, die er vor Hoppy zu halten beabsichtigte. Bonny lächelte beim Gedanken daran, wie wichtig und ernst man hier jede Kleinigkeit nahm. Ob Hoppy sich überhaupt von alldem beeindrucken ließ? Würde er sich darüber belustigen oder womöglich bittere Verachtung empfinden? Nein, dachte sie, es wird ihm gefallen — das sagt mir mein Gefühl. Das ist genau die Art von Anbiederung, die er zu gerne sehen möchte. Anerkennung seiner Person, daran wird er unerhörte Freude haben.

Ob Hoppy sich schon darauf vorbereitet, uns zu empfangen? fragte sie sich. Hat er sich das Gesicht gewaschen, sich rasiert, ein besonders sauberes Hemd angezogen...? Sieht er unserer Ankunft erwartungsvoll entgegen? Ist dies der größte Tag seines Lebens, der Höhepunkt seines Wirkens?

Sie versuchte, sich den Phokomelus in just diesem Moment vorzustellen. Vor Stunden erst hatte Hoppy einen Menschen getötet, und dem zufolge, was sie von Edie wußte, nahmen sämtliche Bürger durchaus an, daß er auch den Brillenmann aus Bolinas umgebracht hatte. Der Gemeinde-Rattenfänger, dachte sie, und es schauderte ihr. Wer wird der nächste sein? Und wie wird er das nächste Mal wieder Geschenke bekommen — vielleicht von nun an für jeden, den er zur Strecke bringt?

Mag sein, wir werden künftig immer wieder zu ihm gehen und ihm Geschenke überreichen müssen, dachte sie. *Ich werde nach Berkeley ziehen*, dachte sie weiter. *Ich möchte möglichst weit fort von allem hier.*

Und so bald wie möglich, dachte sie. Heute, wenn es sich machen läßt. Sofort. Die Hände in den Manteltaschen, gesellte sie sich wieder zu Stuart McConchie und Gill; die beiden besprachen sich soeben, und sie blieb in ihrer unmittelbaren Nähe stehen, hörte ihnen mit gänzlich ungeteilter Aufmerksamkeit zu.

„Sind Sie sicher, daß er mich hören kann?" fragte Dr. Stockstill den Phokomelus mit merklichem Zweifel. „Kann Ihr Sender den Satelliten wirklich erreichen?" Erneut drückte er versuchsweise die Taste des Mikrofons.

„Ich kann Ihnen keine Garantie dafür geben, daß er Sie hören kann", antwortete Hoppy mit einem Aufkichern. „Ich kann Ihnen nur soviel sagen, daß dies ein Fünfhundert-Watt-Sender ist, nach früherem Standard nicht besonders stark, aber stark genug, um ihn damit erreichen zu können. Ich habe einigemal mit ihm Verbindung gehabt." Er grinste sein gerissenes, wachsames Grinsen, und in seinen intelligenten grauen Augen glitzerte es wie von Splittern aus Licht. „Nur zu. Hat er da oben 'ne Couch, oder kann man darauf verzichten?" Der Phokomelus lachte.

„Die Couch kann ruhig wegfallen", sagte Dr. Stockstill. Er betätigte die Taste am Mikrofon. „Mr. Dangerfield", sagte er, „hier spricht ein in West Marin ... ansässiger Arzt. Ich mache mir um Ihre gesundheitliche Verfassung Sorgen. Das versteht sich ja fast von selbst. Jeder hier unten macht sich Sorgen um Sie. Ich ... äh ... dachte mir, vielleicht kann ich Ihnen helfen."

„Sagen Sie ihm die Wahrheit", mischte sich Hoppy ein. „Sagen Sie ihm, daß Sie Psychoanalytiker sind."

„Früher war ich als Psychoanalytiker tätig, als Psychiater", sprach Stockstill eine vorsichtige Mitteilung ins Mikrofon. „Heute bin ich natürlich nur noch Praktischer Arzt. Können Sie mich hören, Mr.

Dangerfield?" Er lauschte auf den in der Ecke montierten Lautsprecher, aber nur statische Geräusche ließen sich vernehmen. „Er empfängt mich nicht", sagte er mit einem Gefühl der Mutlosigkeit zu Hoppy.

„Es braucht seine Zeit, um eine Verbindung zustandezubringen", sagte Hoppy. „Versuchen Sie's weiter." Er kicherte wieder. „Sie denken also, er hat's bloß im Kopf. Daß er 'n Hypochonder ist. Sind Sie Ihrer Sache sicher? Naja, vielleicht ist's sogar besser, einfach davon auszugehen, denn falls es sich doch anders verhält, gibt's ja praktisch nichts, was Sie für ihn tun könnten."

Dr. Stockstill drückte von neuem die Taste des Mikrofons. „Mr. Dangerfield", sagte er hinein, „hier spricht Stockstill im Landkreis West Marin, Kalifornien. Ich bin Arzt." Er empfand seine Bemühungen als völlig aussichtslos. Warum sollte er sich hier noch länger herumärgern? Doch andererseits...

„Erzählen Sie ihm von Bluthgeld", sagte Hoppy plötzlich.

„Na schön", sagte Stockstill. „Wird gemacht."

„Nennen Sie meinen Namen", verlangte Hoppy. „Erzählen Sie ihm, daß ich Bluthgeld aus dem Weg geräumt habe. Hören Sie her, Doktor, so wird's sich anhören, wenn er die Meldung durchgibt." Der Phokomelus warf sich in eine sonderbare Positur, dann drang, wie schon bei anderer Gelegenheit,die Stimme Walt Dangerfields aus seinem Mund. „Also, liebe Leute, jetzt habe ich für alle eine wirklich ganz, ganz großartige Neuigkeit — ich glaube, ihr werdet alle einen Grund zur Freude haben. Offenbar ist..." Der Phokomelus verstummte, denn aus dem Lautsprecher war ein gedämpfter Laut ertönt.

„. . .lo, Doktor. Hier spricht Walt Dangerfield."

„Ausgezeichnet", rief Dr. Stockstill augenblicklich ins Mikrofon. „Dangerfield, ich möchte mit Ihnen über die Schmerzen sprechen, die bei Ihnen auftraten. Hören Sie mal, haben Sie eine Papiertüte oder so was in Ihrem Satelliten? Ich möchte es bei Ihnen einmal mit einer Kohlendioxyd-Therapie versuchen. Ich hätte gerne, daß Sie die Tüte nehmen und hineinblasen. Dann blasen Sie fortwährend hinein und atmen auch aus der Tüte, so daß sie schließlich reines Kohlendioxyd atmen. Haben Sie mich verstanden? Das ist nur so ein Einfall, aber er hat eine durchaus vernünftige Grundlage. Sehen Sie mal, zuviel Sauerstoff löst gewisse Reaktionen im Zwischenhirn aus, die im vegetativen Nervensystem einen Teufelskreis verursachen können. Zu den Symptomen eines überaktiven vegetativen Nervensystems zählt die Hyperperistaltik, und es ist möglich, daß das es ist, woran Sie leiden. Im Grunde genommen handelt es sich dabei um ein Sympton von Angst."

Der Phokomelus schüttelte den Kopf, wendete sein Mobil und fuhr zur Seite.

„Entschuldigen Sie...", drang die Stimme schwach aus dem Lautsprecher. „Ich komme nicht recht mit, Doktor. Sie sagen, in eine Papiertüte soll ich blasen? Geht's auch mit einem Plastikbeutel? Können dabei keine Vergiftungserscheinungen vorkommen?" Im nörgligen Tonfall der Unzulänglichkeit quengelte die Stimme unsicher weiter. „Gibt's keine Möglichkeit, aus den Chemikalien, die ich hier oben vorrätig habe, Phenobarbital synthetisch herzustellen? Ich gebe Ihnen eine Bestandsliste durch, und eventuell..." Statik unterbrach Dangerfield; als man ihn wieder verstehen konnte, redete er von etwas völlig anderem. Vielleicht liegt Konzentrationsschwäche vor, überlegte Stockstill.

„Die Isolation im Weltraum", erläuterte Stockstill, „geht mit ihr eigentümlichen Phänomenen von Zerrüttung einher, die man mit dem vergleichen kann, was man früher ‚Kabinenangst' nannte. Ein spezifischer Umstand sind Rückkopplungswirkungen bei den Angstzuständen, die durch anhaltende Schwerelosigkeit entstehen, so daß sich psychosomatische Folgen ergeben." Er hatte, während er noch sprach, den Eindruck, völlig falsch vorzugehen, daß bereits alles schiefgegangen sei. Der Phokomelus hatte sich, anscheinend angewidert von der Unterhaltung, vollends entfernt. Vermutlich bastelte er an irgend etwas. „Es ist meine Absicht, Mr. Dangerfield", sagte Stockstill, „diese Art von negativem Feedback zu unterbrechen, und durch den Trick mit dem Kohlendioxyd könnte sich diese Absicht verwirklichen lassen. Sobald wir die Symptome der Spannung gelindert haben, wäre es möglich, mit einer Form von Psychotherapie anzufangen, unter anderem der Aufarbeitung vergessenen traumatischen Materials."

„Ich habe mein traumatisches Material nicht vergessen, Doktor", entgegnete der Diskjockey mit trockenem Humor. „Ich erlebe es jetzt, in diesem Augenblick. Es ist rings um mich. Es handelt sich um eine Form von Klaustrophobie, und ich leide ungeheuer stark daran."

„Klaustrophobie ist eine Art von Phobie", sagte Dr. Stockstill,

„die sich insofern direkt auf das Zwischenhirn zurückführen läßt, als sie eine Störung des Gefühls der räumlichen Wahrnehmung ist. Sie steht im Zusammenhang mit der Panikreaktion auf eine tatsächliche oder eingebildete Gefahr. Sie entsteht durch den unterdrückten Wunsch, die Flucht zu ergreifen."

„Na, wohin sollte ich denn auch flüchten, Doktor?" meinte Dangerfield. „Wir wollen mal realistisch sein. Um Himmels willen, wie könnte 'ne Psychoanalyse mir denn wohl nutzen? Ich bin ein kranker Mann, was ich nötig habe, ist eine Operation, nicht dieser Quatsch, mit dem Sie mir hier kommen."

„Sind Sie da ganz sicher?" fragte Stockstill, der sich hilflos fühlte und auch bereits ein bißchen albern vorkam. „Nun, es wird gewiß eine Zeit dauern, bis wir uns darüber geeinigt haben, was wirklich notwendig ist, das gebe ich zu, aber zumindest sind Sie und ich schon einmal ins Gespräch gekommen. Sie wissen, daß ich hier unten bereit bin, Ihnen zu helfen, und ich weiß, daß Sie mir zuhören." Du hörst doch zu, oder? fragte er in Gedanken. „Deshalb bin ich der Auffassung, wir haben wenigstens schon etwas erreicht." Er wartete. Schweigen herrschte. „Hallo", rief er ins Mikrofon. „Dangerfield?"

Stille.

„Entweder hat er von sich aus abgeschaltet", sagte hinter ihm der Phokomelus, „oder der Satellit ist inzwischen zu weit entfernt. Sind Sie der Meinung, daß Sie ihm irgendwie beistehen können?"

„Das weiß ich nicht", erwiderte Stockstill. „Aber ich weiß, den Versuch ist's wert."

„Hätten Sie vor einem Jahr angefangen..."

„Aber es hatte ja niemand eine Ahnung." Wir haben Dangerfield als Selbstverständlichkeit hingenommen, begriff Stockstill, so wie jeden Tag die Sonne. Und jetzt ist es, wie Hoppy so richtig andeutet, ein wenig spät.

„Vielleicht haben Sie morgen nachmittag mehr Glück", sagte Hoppy mit ansatzweisem Lächeln, in dem eine ganz geringfügige Spur von Hohn erklang. Und doch bemerkte Stockstill darin eine tiefe Traurigkeit. Hatte Hoppy Mitleid mit ihm, wegen seiner nahezu sinnlosen Bemühungen? Oder mit dem Mann im Satelliten, der hoch über ihnen seine Bahn zog? Schwer zu entscheiden.

„Ich werd's weiter versuchen", sagte Stockstill.

Jemand klopfte an die Tür.

„Das dürfte die offizielle Abordnung der Bürgerversammlung sein", sagte Hoppy. Auf seinem spitznasigen Gesicht zeigte sich ein breites, freudiges Lächeln; seine Gesichtszüge wirkten unversehens weicher, lockerer, schienen sich mit von Herzen kommender Wärme zu füllen. „Entschuldigen Sie." Er fuhr sein Mobil zur Tür, streckte einen seiner Servos aus und schwang sie weit auf.

Draußen standen Orion Stroud, Andrew Gill, Cas Stone, Bonny Keller und Mrs. Tallman; alle machten einen nervösen, mißbehaglichen Eindruck. „Harrington", ergriff Stroud das Wort, „wir haben hier was für Sie, 'n kleines Geschenk."

„Schön", sagte Hoppy, drehte sich nach Stockstill um und grinste. „Sehen Sie?" meinte er zu dem Arzt. „Hab ich's nicht gesagt? Man kommt sich bedanken." Er wandte sich an die Abordnung. „Treten Sie ein. Ich habe Sie schon erwartet." Er hielt die Tür, und alle betraten das Haus.

„Weshalb sind Sie denn hier?" erkundigte Bonny sich bei Dr. Stockstill, als sie ihn mit dem Mikrofon vor dem Sender stehen sah.

„Ich habe versucht, mit Dangerfield zu sprechen", gab er Auskunft.

„Therapie?" hakte sie nach.

„Ja." Er nickte.

„Aber ohne viel Erfolg?"

„Wir versuchen's morgen noch einmal", sagte Stockstill.

„Ach, stimmt", sagte Orion Stroud, indem er seine Ansprache vergaß, zu Dr. Stockstill. „Sie waren ja früher Psychiater."

„Also, was haben Sie mir mitgebracht?" wollte Hoppy ungeduldig erfahren. Er spähte an Stroud vorbei, schaute Gill an; er sah die Dose, die die Zigaretten enthielt, und die Kiste mit dem Brandy. „Sind diese Sachen für mich?"

„Ja", sagte Gill. „Ein Zeichen unserer Dankbarkeit."

Die Blechdose und die Kiste lösten sich aus seinen Händen; verblüfft blinzelte er, als beides auf den Phoko zuschwebte und dicht vor dem Phokomobil auf den Fußboden niedersank. Lebhaft öffnete Hoppy beide Behältnisse mit seinen Servos.

„Äh ... wir möchten eine Erklärung vortragen", sagte Stroud beklommen. „Dürfen wir jetzt, Hoppy?" Er beobachtete den Phokomelus voller Anspannung.

„Noch irgend was?" fragte Hoppy, der die Behältnisse nun aufgemacht hatte. „Was bringen Sie mir noch, um mich zu belohnen?"

Ich wußte nicht, dachte Bonny, während sie die Vorgänge mitansah, daß er derartig kindlich ist. Er ist wahrhaftig wie ein kleines Kind ... Wir hätten viel mehr mitbringen müssen, und zwar aufwendig eingepackt, mit Bändchen und Kärtchen, alles so bunt wie möglich. *Wir dürfen ihn auf gar keinen Fall enttäuschen*, erkannte sie. Unser Leben hängt davon ab, daß wir ... ihn zufriedenstellen.

„Mehr bringen Sie nicht?" fragte Hoppy übellaunig nach.

„Im Moment noch nicht", antwortete Stroud. „Aber es wird noch mehr kommen." Er warf den übrigen Mitgliedern der Abordnung einen hastigen, unsteten Blick zu. „Ihr *eigentliches* Präsent muß erst sorgfältig vorbereitet werden, Hoppy. Das hier ist nur der Anfang."

„Verstehe", sagte der Phokomelus. Allerdings klang seine Stimme, als wäre er keineswegs davon überzeugt.

„Ganz ehrlich, Hoppy", versicherte Stroud, „es ist die Wahrheit."

„Ich rauche nicht", sagte Hoppy und betrachtete die Zigaretten; er nahm eine Handvoll und zerdrückte sie, ließ die Brocken und Krümel auf den Fußboden fallen. „Zigarettenrauchen ist krebserregend."

„Nun ja", begann Gill, „man kann natürlich alles von zwei Seiten sehen. Ich finde..."

Der Phokomelus kicherte vor sich hin. „Ich habe das Gefühl, daß das alles ist, was Sie mir geben wollen", sagte er.

„Nein, es kommt auf jeden Fall noch mehr", sagte Stroud.

Abgesehen von den statischen Geräuschen, die aus dem Lautsprecher drangen, herrschte plötzlich Stille in Hoppy Harringtons Behausung.

Aus einer Ecke erhob sich ein Gegenstand — eine alte Senderöhre — und flog durch die Luft, zerschellte mit lautem Klirren an einer Wand und überschüttete alle Anwesenden mit einem Hagel winzigkleiner Glassplitter.

„Mehr", äffte Hoppy die dunkle, kraftvolle Stimme Orion Strouds nach. „Es kommt auf jeden Fall noch mehr."

15

Sechsunddreißig Stunden lang hatte Walt Dangerfield im Zustand halber Besinnungslosigkeit in seiner Koje gelegen, sich nun endgültig darüber im klaren, daß er durchaus nicht bloß an einem Magengeschwür litt; es war sein Herz, das nicht mehr richtig mitmachte, und wahrscheinlich mußte er binnen ziemlich kurzer Zeit daran sterben. Trotz all dessen, was Stockstill, der Psychoanalytiker da unten, dahergeredet hatte.

Durch den Sender des Satelliten war unterdessen von einem immer wieder von vorn abgespielten Band leichtere Konzertmusik ausgestrahlt worden; der besänftigende Klang von Streichinstrumenten betäubte ihm die Ohren mit einer Travestie unerschütterlichen Trostes. Er fand nicht einmal noch die Kraft, sich zu erheben, ans Kontrollpult zu gehen und das Band abzuschalten.

Dieser Psychoanalytiker, dachte er bitter. Erzählt mir, ich solle in eine Papiertüte pusten. Das war ja wie in einem bizarren Traum ... diese schwache Stimme, die so von Selbstsicherheit gestrotzt hat. Und ausgegangen ist er von nichts als völlig falschen Voraussetzungen.

Aus allen Teilen der Welt gingen Funksprüche ein, während der Satellit immer wieder von neuem seine Kreisbahn durchmaß; seine Aufnahmeanlagen empfingen sie und zeichneten sie auf, aber dabei blieb es. Zum Antworten war Dangerfield nicht mehr imstande.

Vermutlich muß ich es ihnen wohl sagen, überlegte er. Ich nehme an, meine Zeit — die Zeit des Abschieds, auf die wir alle gewartet haben — ist nun letzten Endes gekommen.

Auf Händen und Knien kroch er zu seinem Sitz und dem Mikrofon, dem Sitz, von dem aus er sieben Jahre lang für die gesamte Erde Sendungen zusammengestellt hatte. Nachdem er sich für geraume Weile an seinem Platz ausgeruht hatte, schaltete er einen der vielen Rekorder ein, nahm das Mikrofon zur Hand und begann eine Bekanntgabe zu diktieren, die nach ihrer Fertigstellung immer wieder — statt der Konzertmusik — abgespielt werden sollte.

„Meine lieben Freunde, hier spricht Walt Dangerfield. Heute möchte ich euch für die lange, schöne Zeit danken, die wir miteinander hatten, in der ich zu euch und in der viele von euch zu mir gesprochen haben. Leider machen die krankheitsbedingten Beschwerden, unter denen ich zu leiden habe, es mir unmöglich, den Sendebetrieb noch länger aufrechtzuerhalten. Zu meinem größten Bedauern muß ich deshalb heute zum letztenmal..." In diesem Stil redete er weiter; selbst voller Kummer, wählte er seine Formulierungen mit Sorgfalt, darauf bedacht, seine Zuhörerschaft drunten auf der Erde so wenig traurig wie möglich zu machen. Doch nichtsdestotrotz sagte er ihr die Wahrheit; er teilte ihr mit, daß er dem Ende nahe war, daß sie nunmehr irgendwelche Mittel und Wege finden mußten, um die Kommunikation ohne ihn zu gewährleisten; dann sagte er Lebewohl, schaltete das Mikrofon ab und ließ — lasch und rein gewohnheitsmäßig — das Band zurücklaufen.

Das Band war leer. Nichts befand sich darauf, obwohl er beinahe fünfzehn Minuten lang gesprochen hatte.

Anscheinend funktionierte der Apparat aus irgendeinem Grund nicht mehr, aber er fühlte sich zu krank, um sich sonderlich dafür zu interessieren; er schaltete das Mikrofon wieder an, in der Absicht, seine Mitteilung diesmal live nach unten durchzugeben. Die Menschen, die sie empfingen, mußten eben von sich aus für ihre Verbreitung sorgen; es gab keine andere Möglichkeit.

„Meine lieben Freunde", begann er erneut, „hier spricht Walt Dangerfield. Ich habe euch eine traurige Neuigkeit zu übermitteln, aber es..." Da merkte er, er sprach in ein Mikrofon, das nichts aufnahm. Der Lautsprecher über seinem Kopf war stumm geworden; der Sender arbeitete nicht mehr. Andernfalls hätte er über das Kontrollsystem seine eigene Stimme hören können.

Während er an seinem Platz saß und zu ersehen versuchte, was nicht stimmen mochte, fiel ihm etwas anderes auf, ein Geschehen, das noch viel seltsamer und rätselhafter wirkte.

Ringsherum hatten alle möglichen Systeme tätig zu werden begonnen. Einige von ihnen, das bemerkte er erst jetzt, mußten schon seit längerem arbeiten. Die Rekorderdecks und Abspielanlagen des Hochleistungssenders, den er nie benutzt hatte, befanden sich auf einmal in Betrieb; die Spulen drehten sich zum erstenmal seit sieben Jahren. Vor seinen Augen klickten und knackten Relais, fanden Schaltvorgänge statt; eine Spule stand still, eine andere fing an — diesmal mit Normalgeschwindigkeit —, sich zu drehen.

Das begreife ich nicht, gestand er sich ein. *Was geht hier vor*?

Offenbar nahmen die Systeme mit Hochleistungsgeschwindigkeit ihre Arbeit auf, und eines hatte nun mit Wiederabspielen angefangen; doch durch was waren diese Vorgänge ausgelöst worden? Er hatte es jedenfalls nicht in die Wege geleitet. Die Anzeigen wiesen darauf hin, daß der Sender des Satelliten aktiv war, und im gleichen Moment, in dem er diese Tatsache bemerkte, erkannte er, daß angekommene Mitteilungen nun über den Sender wieder nach unten abgingen, und er hörte, daß plötzlich auch der Lautsprecher wieder funktionierte.

„Huuudi-huudi-hu", sang mit einem Auflachen eine Stimme — seine Stimme. „Hier spricht euer alter Kumpel Walt Dangerfield, liebe Leute, und nehmt mir bloß diese Streichmusik nicht übel. Damit ist jetzt Schluß."

Wann habe ich denn das gesagt? überlegte Dangerfield, während er regelrecht benommen lauschte. Er war verwirrt und bestürzt. Seine Stimme klang so lebenstüchtig, so voller Schwung. Wie soll das möglich sein, daß sie heute noch so klingt? fragte er sich. So hat sie vor Jahren geklungen, als ich noch gesund war, als *sie* noch gelebt hat.

„Tja", sprach seine Stimme leise weiter, „um noch einmal auf das Unwohlsein zurückzukommen, unter dem ich gelitten habe ... Offenbar haben sich Mäuse in den Vorratsschränken eingenistet, und ihr werdet euch da unten sicherlich halb totlachen bei der Vorstellung, daß Walt Dangerfield sich hier oben in der Umlaufbahn mit Mäusen herumschlagen muß, aber es ist leider die Wahrheit. Jedenfalls, ein Teil meiner Vorräte ist verdorben, ohne daß ich's gemerkt hatte — und dadurch ist so manche Mahlzeit meiner Verdauung ganz und gar nicht bekommen. Aber jetzt" — er hörte sein eigenes, gewohntes Auflachen — „bin ich wieder in Bestform. Ich weiß, ihr werdet euch jetzt riesig freuen, das zu hören, all ihr lieben Leutchen da unten, die ihr so liebenswürdig gewesen seid, mir mit euren Funksprüchen zahllose Genesungswünsche zu übermitteln, für die ich euch jetzt meinen ganz herzlichen Dank ausspreche."

Walt Dangerfield verließ seinen Sitz vor dem Mikrofon, schleppte sich auf wackligen Beinen zurück zur Koje; er streckte sich aus und schloß die Augen, dachte von neuem über den Schmerz in seiner Brust nach und überlegte, was er bedeuten könne. Angina pectoris soll sich wie eine Faust anfühlen, die das Herz umklammert, dachte er, aber dieser Schmerz ist mehr wie ein Brennen. Wenn ich mir noch einmal die medizinischen Daten auf den Mikrofilmen ansehen könnte ... vielleicht habe ich irgendwelche Fakten übersehen. Zum Beispiel spüre ich den Schmerz direkt unter dem Brustbein, nicht an der linken Seite. Hat das etwas zu besagen?

Oder liegt vielleicht noch keine organische Erkrankung vor? fragte er sich und versuchte, sich nochmals aufzuraffen. Vielleicht hat

Stockstill, der Psychiater, der mir empfohlen hat, Kohlendioxyd zu atmen, völlig recht. Kann sein, die Beschwerden gehen wahrhaftig bloß von meinem Gehirn aus, eine Folge einer jahrelangen Isolation.

Doch er zweifelte daran. Die Schmerzen fühlten sich viel zu real an.

Es gab noch einen anderen Umstand hinsichtlich seiner Erkrankung, der ihn vor ein Rätsel stellte. Trotz aller Anstrengungen war es ihm bislang mißlungen, sich darauf einen Reim zu machen, und deshalb hatte er stets davon abgesehen, ihn gegenüber den verschiedenen Ärzten und Kliniken drunten, mit denen er bezüglich seiner Krankheit in Funkverbindung gestanden hatte, überhaupt zu erwähnen. Nun war es zu spät, er war zu krank, um die Kontrollen des Senders noch handhaben zu können.

Es hatte den Anschein, als verschlimmere sein Schmerz sich jedesmal, wenn der Satellit Nordkalifornien überquerte.

Mitten in der Nacht weckte Bill Kellers erregtes, ruheloses Geraune seine Schwester auf. „Was ist denn los?" fragte sie verschlafen, während sie zu begreifen versuchte, was er ihr sagen wollte. Sie setzte sich im Bett auf und rieb sich die Augen, während sein Gequengel beinahe zu einem Getobe anschwoll.

„Hoppy Harrington", rief er tief in ihrem Innern. „Er hat den Satelliten übernommen! Hoppy hat Dangerfields Satellit übernommen!" Er zeterte immerfort weiter, außer sich vor Aufregung, und wiederholte die Neuigkeit unablässig.

„Woher weißt du das?"

„Mr. Bluthgeld sagt es. Er ist unten, aber er kann immer noch sehen, was oben vorgeht. Er kann nichts tun, und deshalb ist er ganz wütend. Er weiß noch immer über uns alle hier Bescheid. Er haßt Hoppy, weil Hoppy ihm den Garaus gemacht hat."

„Und was ist mit Dangerfield?" fragte Edie. „Ist er jetzt auch tot?"

„Er ist nicht unten", antwortete ihr Bruder nach längerer Pause. „Also nehme ich an, noch nicht."

„Wem soll ich's sagen?" fragte Edie ihn. „Was Hoppy getan hat?"

„Erzähl's Mama", riet ihr Bruder eindringlich. „Geh sofort zu ihr."

Edie stieg aus dem Bett, eilte zur Tür und durch den Korridor zum

Schlafzimmer ihrer Eltern. „Mama", rief sie, als sie die Tür aufriß, „ich muß dir was sagen..." Und da erstickte ihre Stimme; ihre Mutter war nicht da. Nur eine Gestalt lag im Bett und schlief: ihr Vater, allein. Ihre Mutter — irgendwie erkannte sie es sofort und ohne Einschränkung — war fort und würde nie wiederkehren.

„Wo ist sie?" zeterte Bill in Edies Leib. „Sie ist nicht hier, ich weiß es, ich kann sie nicht wahrnehmen."

Langsam schloß Edie die Tür des Schlafzimmers. Was soll ich nur tun? fragte sie sich. Ziellos entfernte sie sich von dem Schlafzimmer, und es schauderte ihr infolge der nächtlichen Kälte. „Sei still", forderte sie Bill auf, und er hielt sich mit seinen Äußerungen ein wenig zurück.

„Du mußt sie suchen", verlangte Bill. „Sie muß doch irgendwo zu finden sein."

„Kann ich nicht", erwiderte sie, sich vollkommen darüber im klaren, daß so etwas aussichtslos wäre. „Laß mich mal überlegen, was wir sonst tun könnten", fügte sie hinzu und ging zurück in ihr Schlafzimmer, um ihren Morgenmantel und die Hausschuhe anzuziehen.

„Sie haben hier ein sehr nettes Zuhause", sagte Bonny zu Ella Hardy. „Für mich ist's allerdings seltsam, nach so langer Zeit wieder in Berkeley zu sein." Sie verspürte übermächtige Müdigkeit. „Ich werde mich wohl jetzt hinlegen", sagte sie. Es war zwei Uhr morgens. „Wir haben die Reise in unwahrscheinlich guter Zeit geschafft, oder nicht?" meinte sie, indem sie Andrew Gill und Stuart McConchie anschaute. „Noch vor einem Jahr hätten wir bestimmt drei Tage länger gebraucht."

„Ja", sagte Gill und gähnte. Er sah ebenfalls müde aus. Weil sie für die Fahrt seinen Pferdewagen benutzt hatten, war meistenteils er es gewesen, der die Zügel hielt.

„Um diese Uhrzeit, Mrs. Keller", sagte Mr. Hardy, „schalten wir im allgemeinen für einen sehr späten Durchgang des Satelliten noch einmal unser Radio ein."

„Oh", machte sie, ohne besonders interessiert zu sein, doch dessen gegenwärtig, daß es sich nicht vermeiden ließ, höflichkeitshalber wenigstens noch einige Augenblicke lang zuzuhören. „Dann haben Sie hier in der Gegend also zweimal täglich Empfang."

„Jawohl", bestätigte Mrs. Hardy, „und wir finden, offen gestanden, daß es sich lohnt, so lange aufzubleiben. In den letzten Wochen allerdings...“ Sie vollführte eine Geste. „Ich vermute, Sie wissen's genauso wie wir. Dangerfield ist inzwischen ein schwerkranker Mann.“

Für einen Moment schwiegen alle.

„Um die äußerst unerfreuliche Tatsache unumwunden anzusprechen“, sagte Hardy, „wir haben ihn jetzt ungefähr einen ganzen Tag lang nicht gehört, nur ein Programm mit Musik aus irgendwelchen leichten Opern, das er automatisch immer wieder laufen gelassen hat ... Daher...“ Er blickte die vier anderen Anwesenden an. „Deshalb richtet sich unsere Hoffnung ziemlich stark auf diesen Spätempfang.“

Morgen ist soviel an Geschäftlichem zu erledigen, dachte Bonny, aber er hat recht, wir müssen aufbleiben, um möglicherweise Klarheit zu erhalten. Wir müssen wissen, was droben im Satelliten geschieht. Es ist einfach zu wichtig für uns alle. Sie war traurig. Walt Dangerfield, dachte sie, liegst du dort oben einsam und allein im Sterben? Oder bist du schon tot, und wir wissen es bloß noch nicht?

Wird die Musik aus leichten Opern in dem Fall für immer weiterlaufen? überlegte sie. Oder wenigstens, bis der Satellit zur Erde zurückstürzt oder ins All abtreibt, um letztendlich irgendwann in die Sonne zu stürzen?

„Ich schalte das Radio jetzt ein“, sagte Hardy, indem er auf seine Armbanduhr blickte. Er ging quer durchs Zimmer zum Radio und schaltete es behutsam an. „Es dauert ziemlich lang, bis er warm ist“, sagte er im Tonfall einer Entschuldigung. „Ich glaube, eine dieser alten Röhren ist schon so gut wie hinüber. Wir haben beim Technikus-Verband West Berkeley eine Inspektion beantragt, aber es hat geheißen, sie haben soviel zu tun, es wird noch geraume Zeit vergehen, bis man sich mit unserem Apparat befassen kann. Ich habe mal selber reingeschaut, aber...“ Reumütig zuckte er die Schultern. „Bei meinem letzten Versuch, ihn zu reparieren, habe ich bloß noch mehr kaputtgemacht.“

„Sie schrecken Mr. Gill ja richtig ab, was die Glaubwürdigkeit unserer technischen Leistungsfähigkeit angeht“, meinte Stuart.

„O nein“, sagte Gill. „Ich verstehe das vollkommen. Ein Radio ist ein Fall für einen Technikus. In West Marin ist's genauso.“

„Stuart hat erwähnt“, wandte sich Mrs. Hardy an Bonny, „daß Sie früher in der hiesigen Gegend gewohnt haben.“

„Ich habe eine Zeitlang im Strahlenlabor gearbeitet“, erzählte

Bonny. „Und ich war draußen in Livermore für die Universität tätig. Aber natürlich..." Sie zögerte. „Alles ist so verändert. Heute kann ich mich wohl kaum noch zurechtfinden. Als wir durch die Stadt gefahren sind, habe ich nichts wiedererkannt, nur die San Pablo Avenue selbst. Diese vielen kleinen Geschäfte sehen so neu aus."

„Sind sie auch", sagte Dean Hardy. Jetzt drang Statik aus dem Radio, und er beugte sich vor, lauschte aufmerksam. „Meistens empfangen wir die späte Sendung auf sechshundertvierzig Kilohertz. Entschuldigung." er wandte den anderen den Rücken zu und befaßte sich angestrengt mit dem Radio.

„Am besten drehen wir die Öllampe höher", empfahl Gill, „dann kann er beim Einstellen besser sehen."

Bonny tat wie geheißen, insgeheim verwundert, weil man sogar in der Stadt noch von den primitiven Öllampen abhängig war; sie hatte angenommen, man bediene sich hier längst wieder der Elektrizität, zumindest in Teilbereichen. In mancher Beziehung, ersah sie, stand man hier hinter West Marin zurück. Und in Bolinas...

„Aha", unterbrach Mr. Hardy ihre Gedankengänge. „Ich glaube, da ist er. Und diesmal nicht mit Opernmusik." Sein Gesicht, das von Schweiß glitzerte, strahlte vor Begeisterung.

„Ach Gott, ach Gott", sagte Ella Hardy, „um Himmels willen, hoffentlich geht's ihm besser." Voller Unruhe rang sie die Hände.

Aus dem Lautsprecher kam auf einmal ziemlich laut eine allen seit langem wohlvertraute, freundliche, ungezwungene Stimme. „Hallo, ihr Nachtratten da unten, was glaubt ihr wohl, wer das hier ist, der euch um diese späte Stunde noch Hallo-hallo-hallo zuruft?" Dangerfield lachte. „Jawohl, Freunde der Nacht, ich bin wach und putzmunter, in ganzer Länge bin ich hier oben auf den Beinen, und ich spiele wie ausgeflippt an all diesen bewährten alten Knöpfen und Schaltern ... Jawohl, teure Freunde?" Seine Stimme besaß einen herzhaft-frischen Klang, und rings um Bonny entkrampften sich auch die Mienen der übrigen Anwesenden, und der freudige Schwung, der aus der Stimme sprach, brachte alle zum Lächeln. Die Köpfe nickten in stummer Einmütigkeit.

„Hören Sie's?" meinte Ella Hardy. „Es geht ihm wahrhaftig besser. Er wird gesund, man kann's regelrecht hören. Er sagt's nicht bloß so, man merkt den Unterschied."

„Huuudi-huudi-hu", jodelte Dangerfield. „So, nun wollen wir mal sehen, was gibt's Neues? Ihr wißt sicher schon über unseren

Volksfeind Nummer Eins Bescheid, den ehemaligen Atomphysiker, an den wir uns alle noch so gut erinnern. Unseren guten, alten Freund und Kupferstecher Dr. Bruno Bluthgeld. Ich nehme doch an, ihr habt inzwischen mitgekriegt, daß der gute Dr. Bluthgeld nicht länger unter uns weilt? Jawohl, es ist wirklich wahr!"

„Ich habe 'n entsprechendes Gerücht gehört", sagte Mr. Hardy aufgeregt. „Ein Vertreter, der sich von einem Ballon hat mitnehmen lassen und aus dem Kreis Marin gekommen ist..."

„Scht", machte Ella Hardy, die eindringlich lauschte.

„Tja, wirklich und wahrhaftig, liebe Freunde", sagte Dangerfield, „ein bestimmter Bürger Nordkaliforniens hat sich jetzt ein für allemal Dr. Bluthgelds angenommen. Und wir schulden diesem einen, einzelnen Mitbürger schier grenzenlosen Dank, denn ... Ja, also, liebe Leute, stellt euch mal folgendes vor — dieser Bürger ist ein wenig gehandikapt. Und dennoch hat er geschafft, was keinem anderen jemals gelungen wäre." Plötzlich hörte Dangerfields Stimme sich hart und unerbittlich an, sprach in einem Tonfall, dessen er sich noch nie befleißigt hatte. Voller Mißbehagen sahen die Anwesenden einander an. „Ich spreche von Hoppy Harrington, meine Freunde. Den Namen kennt ihr nicht? Das solltet ihr aber, denn ohne Hoppy Harrington wäre kein einziger von euch noch am Leben." Hardy, der sich, die Stirn gerunzelt, am Kinn kratzte, warf Ella einen Blick der wortlosen Fragestellung zu.

„Dieser Hoppy Harrington", sprach Dangerfield weiter, „hat Dr. Bluthgeld aus einer Entfernung von gut sechs Kilometern ganz einfach zerschmettert, und das fiel ihm sogar leicht. Ganz leicht. Ihr glaubt, es wäre unmöglich, daß jemand sich über sechs Kilometer hinweg einen anderen packt und vorknöpft? So einer müßte ja seeeeeehr lange Arme haben, was liebe Leutchen? Und mächtig starke Hände. Na, Leute, ich will euch was verraten, das noch viel bemerkenswerter ist." Die Stimme verfiel in einen vertraulichen Ton; ihre Lautstärke sank beinahe zu einem Flüstern herab. „Hoppy Harrington hat *überhaupt keine* Arme und Hände." Und dann schwieg Dangerfield.

„Andrew", äußerte Bonny ruhig, „das ist er, nicht wahr?"

„Ja, Liebes", antwortete Gill, indem er sich auf seinem Stuhl zu ihr umdrehte. „Ich glaube, ja."

„Wer?" fragte Stuart McConchie.

Die Stimme aus dem Radiogerät begann von neuem, diesmal gelassener, aber gleichzeitig in freudloserem Tonfall. Sie klang schroff und unfreundlich. „Es ist ein Versuch gemacht worden", stellte sie fest, „Mr. Harrington für seine Großtat zu belohnen. Es war ein kläglicher Versuch. Man hat ihm zur Belohnung ein paar Zigaretten und miesen Fusel gebracht — falls man das eine ‚Belohnung' nennen kann. Dazu hat ein jämmerlicher Lokalpolitikus ein paar hohle Phrasen heruntergeleiert. Das war alles — mehr mochte man dem Mann nicht bieten, der uns alle gerettet hat. Vermutlich hat man gedacht..."

„Das ist nicht Dangerfield", sagte Ella Hardy.

„Wer ist das?" wandte sich Mr. Hardy an Gill und Bonny. „Sagen Sie's uns."

„Das ist Hoppy Harrington selbst", antwortete Bonny. Gill nickte.

„Ist er oben?" fragte Stuart. „Im Satelliten?"

„Keine Ahnung", sagte Bonny. Doch was spielte das für eine Rolle? „Aber er hat ihn unter seine Kontrolle gebracht, darauf kommt's an." Und wir haben gemeint, wir könnten uns allem entziehen, indem wir nach Berkeley gehen, dachte sie. Wir haben geglaubt, daß wir von nun an nichts mehr mit Hoppy zu schaffen hätten. „Überrascht bin ich eigentlich nicht", fügte sie hinzu. „Er hat sich wohl seit längerem darauf vorbereitet. Alles andere, was er getrieben hat, war bloß zur Probe, alles lief auf die Übernahme des Satelliten hinaus."

„Aber jetzt genug davon", erklärte die Stimme aus dem Radio in nunmehr wieder umgänglicherem Ton. „Ihr werdet noch mehr von dem Mann hören, der uns alle gerettet hat, ich werde euch von Zeit zu Zeit auf dem Laufenden halten — euer alter Walt wird ihm das nicht vergessen. Aber nun ein bißchen Musik. Wie wär's zur Abwechslung mit etwas waschechter Musik vom fünfsaitigen Banjo? Echte, richtige, althergebrachte amerikanische Folk-Musik ... ‚Draußen auf Pennys Farm', gespielt von Pete Seeger, dem größten unserer Folk-Musiker."

Eine kurze Pause folgte, dann dröhnten urplötzlich die Klänge eines Sinfonieorchesters in vollem Einsatz aus dem Lautsprecher.

„Hoppy hat anscheinend noch nicht alles völlig in der Hand", sagte Bonny nachdenklich. „Mit einigen Schaltungen kommt er wohl noch nicht zurecht."

Das Sinfonieorchester verstummte. Wieder herrschte für einige Augenblicke Stille, dann drang irgend etwas, das mit falscher Geschwindigkeit lief, aus dem Lautsprecher; es zwitscherte rasend schnell und verstummte dann wie abgehackt. Wider Willen lächelte Bonny. Endlich ertönte verspätet das Geklimper eines fünfsaitigen Banjos.

„Schwer ist's Leben auf 'm Land,
draußen auf Pennys Farm...“

Ein volkstümlicher Tenor sang zum Banjo mit leichtem Gequäke. Die Leute im Zimmer saßen aus langer Gewohnheit da und lauschten; aus dem Radio kam Musik, und seit sieben Jahren verließen sie sich darauf, daß irgendwelche Sendungen kamen; diese Erwartung hatte sich ihnen eingefleischt, und ihre Reaktion, ihr Zuhören auf jeden Fall, war zu einem Bestandteil ihres realen Daseins geworden. Und doch spürte Bonny deutlich ringsherum Scham und Verzweiflung. Niemand in dem Zimmer verstand in vollem Umfang, was sich ereignet hatte; sie selbst fühlte sich noch entgeistert und verwirrt. Sie hatten Dangerfield wieder und hatten ihn doch nicht; was das Äußere betraf, sein gewohntes Auftreten, war er wieder da, doch war auch sein eigentliches Wesen ihnen erhalten geblieben? Dieser Abklatsch Dangerfields wirkte eher wie eine krampfhaft bemühte Erscheinung, ein Gespenst; er machte keinen lebendigen Eindruck mehr, nur einen Eindruck von Untotheit. Er handelte, aber in einem Zustand von Hohlheit und Seelenlosigkeit. Er zeichnete sich durch eine irgendwie *erstarrte* Eigentümlichkeit aus, als hätten Kälte und Einsamkeit gemeinsam rings um den Mann im Satelliten auf irgendeine Art und Weise eine neue Hülle gebildet. Eine Umhüllung, die das lebende Wesen umschloß und erstickte.

Das Hinmorden, die langsame Vernichtung Dangerfields, überlegte Bonny, muß auf Vorsatz beruht haben, und sie ist ... sie ist nicht vom Weltraum ausgegangen, nicht von draußen, sondern von hier unten, von einer wohlbekannten Gegend. Dangerfield ist nicht infolge der jahrelangen Isolation dahingesiecht, er ist allmählich durch irgendwelche Mittel zugrundegerichtet worden, die ihm jemand von der Welt hinaufschickte, mit der den Kontakt aufrechtzuerhalten er sich ständig abgemüht hat. Wäre es ihm möglich gewesen, die Verbindung zu uns völlig zu unterbrechen, könnte er noch leben. Während all der Momente, in denen er uns empfangen, und zugehört hat, ist auf seinen Tod hingewirkt worden, ohne daß er es geahnt hätte.

Möglicherweise ahnt er, falls er noch lebt, nicht einmal jetzt etwas, dachte sie sich. Wahrscheinlich ist er, falls er von alldem etwas mitbekommt, noch in gewissem Umfang bei klarem Bewußtsein ist, vollkommen außer sich vor Staunen.

„Das ist ja gräßlich", sagte Gill in ausdruckslosem Ton.

„Gräßlich, ja", stimmte Bonny zu. „Aber es war wohl unvermeidlich. Er war dort oben einfach viel zu exponiert. Wär's jetzt nicht Hoppy, irgendwann hätte ein anderer das gleiche getan."

„Was sollen wir machen?" fragte Mr. Hardy. „Wenn Sie tatsächlich davon überzeugt sind, daß es sich so verhält, wie Sie sagen, dann müssen wir..."

„Oh, wir sind uns völlig sicher", sagte Bonny. „Kein Zweifel möglich. Sie meinen, wir sollten noch einmal eine Abordnung zusammenstellen und zu Hoppy schicken? Ihn bitten, damit aufzuhören? Ich frage mich, was er auf so ein Gesuch wohl antworten würde." Ich frage mich sogar, dachte sie, ob wir überhaupt bloß in Sichtweite seines trauten kleinen Häuschens gelangen könnten, bevor er uns abmurkst. Vielleicht sind wir ihm sogar augenblicklich, hier in diesem Raum, viel zu nah.

Für nichts in der Welt, nahm sie sich vor, werde ich mich noch einmal in seine Nähe begeben. Ich glaube, ich werde sogar noch weiter auf Distanz gehen. Ich werde Gill dazu überreden, mit mir zu kommen, und wenn Gill nicht möchte, dann Stuart, und wenn nicht Stuart, dann eben sonst irgendwen. Ich werde ständig unterwegs sein, nie länger an einem Ort bleiben, dann bin ich vielleicht vor Hoppy sicher. Alle anderen sind mir jetzt gleich, ich fürchte mich viel zu sehr, ich kann mich nur um mich selbst kümmern.

„Hör zu, Andy", sagte sie zu Gill. „Ich möchte fort."

„Aus Berkeley, meinst du?"

„Ja." Sie nickte. „An der Küste entlang nach Los Angeles. Wir können's schaffen, da bin ich sicher. Wenn wir erst einmal dort sind, dürfen wir uns sicher fühlen. Das weiß ich genau."

„Das kann ich unmöglich machen, Liebling", sagte Gill. „Ich muß nach West Marin zurück. Dort habe ich meinen Betrieb, ich kann ihn doch nicht so ohne weiteres aufgeben."

„Du willst zurück nach West Marin?" vergewisserte sie sich entsetzt.

„Ja. Warum denn nicht? Wir können doch nicht alles hinschmeißen, bloß weil Hoppy dies Ding da gedreht hat. So was kann man vernünftigerweise nicht von jemandem verlangen. Nicht einmal Hoppy verlangt's."

„Aber irgendwann wird er's verlangen", sagte sie. „Letztendlich wird er alles fordern, alles zu seiner Zeit. Ich weiß es. Ich seh's voraus."

„Dann werden wir bis dahin abwarten", sagte Gill. „Unterdessen wollen wir unsere Aufgaben erledigen." Er wandte sich an Hardy und Stuart McConchie. „Herrje, ich lege mich jetzt hin", sagte er. „Wir haben morgen derartig viel zu besprechen..." Er stand auf. „Vielleicht renken die Dinge sich irgendwie ein. Wir dürfen nicht so leicht verzweifeln." Er versetzte Stuart einen Klaps auf den Rücken. „Habe ich recht?"

„Ich habe einmal unterm Bürgersteig in einem Keller Schutz suchen müssen", sagte Stuart. „Sollte 's etwa dahin kommen, daß ich so was noch einmal tun muß?" Er schaute die anderen der Reihe nach an, wartete auf eine Antwort.

„Ja", sagte Bonny.

„Dann werde ich's eben tun", sagte Stuart. „Ich bin damals rausgekommen. Ich bin nicht da unten geblieben. Und ich werde wieder rauskommen." Er erhob sich ebenfalls. „Gill, Sie übernachten bei mir daheim. Bonny, Sie können hier bei den Hardys schlafen."

„Freilich", bekräftigte Ella Hardy und regte sich gleichfalls. „Wir haben hier reichlich Platz für Sie, Mrs. Keller. Auf jeden Fall, bis wir Ihnen eine Unterbringung auf Dauer vermitteln können."

„Gut, vielen Dank", sagte Bonny beinahe willenlos. „Das ist sehr nett von Ihnen." Sie rieb sich die Augen. Erst mal anständig ausschlafen, dachte sie, das dürfte ganz hilfreich sein. Und was dann? Wir werden weitersehen. Falls wir, dachte sie, morgen noch leben.

„Bonny", fragte Gill sie unvermittelt, „findest du das mit Hoppy schwer zu glauben, oder ist es nach deiner Ansicht ohne weiteres glaubhaft? Kennst du ihn gut genug, um das beurteilen zu können? Verstehst du ihn?"

„Ich glaube, das alles ist ziemlich ehrgeizig von ihm", gab sie zur Antwort. „Aber wir hätten mit etwas derartigem rechnen müssen. Jetzt hat er mehr erreicht als jeder andere. Er hat, wie von ihm selbst angedeutet worden ist, sehr lange Arme. Er hat seine Benachteiligung glänzend auszugleichen verstanden. Man muß ihn bewundern."

„Ja, stimmt", räumte Gill ein. „Ich bewundere ihn. Sogar sehr."

„Könnte man davon ausgehen, daß er nun mit dem, was er erreicht hat, zufrieden sein wird", sagte sie, „sähe ich keinen Grund zur Furcht."

„Derjenige, den ich wirklich bemitleide", sagte Gill, „ist Dangerfield. Er muß da oben liegen, krank wie er ist, und sich das tatenlos mitanhören."

Sie nickte, sah jedoch davon ab, sich vorzustellen, was Gill geschildert hatte; eine solche Vorstellung hätte sie nicht zu ertragen vermocht.

Den Bademantel angezogen, an den Füßen die Hausschuhe, suchte sich Edie Keller den Weg zu Hoppy Harringtons Haus.

„Schnell", sagte in ihrem Innern Bill. „Er weiß über uns Bescheid, erzählen mir die Toten, sie sagen, wir sind in Gefahr. Wenn wir nahe genug an ihn rankommen, kann ich eine Imitation von irgendeinem Verstorbenen machen und ihm einen Riesenschrecken einjagen, weil es ihm nämlich vor Toten graust. Mr. Blaine sagt, das liegt daran, daß die Toten für ihn wie Väter sind, wie zahllose Väter, und..."

„Sei ruhig", sagte Edie. „Laß mich überlegen." In der Dunkelheit war sie ein wenig abgeirrt. Nun konnte sie den Wanderweg durch den Eichenwald nicht finden; sie blieb stehen, atmete tief durch, versuchte sich zu orientieren, so gut der schwache Schein des schmalen Mondes über ihrem Kopf es zuließ.

Ich muß nach rechts, befand sie. Den Hügel hinunter. Ich darf nicht hinfallen, er würde die Geräusche hören, er kann von weitem hören, so gut wie alles. Schritt um Schritt, mit angehaltenem Atem, stieg sie den Hang hinab.

„Ich habe mir eine vorzügliche Imitation ausgedacht", versicherte Bill gedämpft; offenbar wollte er schlichtweg nicht ruhig sein. „Ich mach's folgendermaßen, wenn ich in seiner Nähe bin, imitiere ich einen Toten, das wird dir natürlich nicht gefallen, weil es ... weil es irgendwie Mist ist, aber es dauert ja nur ein paar Augenblicke, dann kann ich direkt zu ihm sprechen, aus deinem Körper. Bist du einverstanden? Wenn er nämlich hört..."

„Ist mir recht", sagte sie. „Es ist ja nur für 'n kurzen Moment."

„Na, und weißt du, was die Imitation sagen wird? Sie wird sagen: ‚Uns ist für unsere Torheit eine schreckliche Lehre erteilt worden. Das ist die Weise, auf die Gott uns sehen lehrt.' Und weißt du, wer das ist? Das ist der Priester, der immer in der Kirche gepredigt hat, als Hoppy noch 'n Säugling war und sein Vater ihn auf dem Rücken in die Kirche gebracht hat. Hoppy erinnert sich noch daran, obwohl's vor vielen, vielen Jahren gewesen ist, denn das war das scheußlichste

Vorkommnis in seinem ganzen Leben. Weißt du, warum? Der Priester hat dafür gesorgt, daß alle Leute in der Kirche sich nach Hoppy umdrehten und ihn anstarrten, und das war falsch, danach ist Hoppys Vater nie wieder in die Kirche gegangen. Zum größten Teil ist das der Grund, weshalb Hoppy heute so ist, wie er eben ist, daran ist der Priester schuld. Deshalb hat er wirklich mordsmäßiges Grauen vor dem Priester, und wenn er nun wieder seine Stimme hört..."

„Halt jetzt den Mund", sagte Edie mit verzweifelter Eindringlichkeit. Sie befand sich nun oberhalb von Hoppys Haus; sie sah drunten die Lichter. „Bitte, Bill. *Bitte.*"

„Aber ich muß dir die Sache doch erklären", plapperte Bill trotzdem weiter. „Wenn ich..."

Er verstummte. In Edies Körper war plötzlich nichts mehr von ihm zu spüren. Ihr Unterleib war auf einmal leer.

„Bill", sagte sie.

Er war fort.

Da sah sie vor sich im Mondschein ein Etwas schaukeln, das sie noch nie gesehen hatte. Es stieg senkrecht empor, zappelte, und langes, helles Haar wehte ihm nach wie ein Schweif; es erhob sich, bis es genau vor ihrem Gesicht schwebte. Es besaß winzige, tote Augen, einen offenen Mund, bestand fast nur aus einem harten, runden Kopf, einem Fußball ähnlich. Aus seinem Mund kam ein Quietschlaut, und dann flog es, ganz wie abgeschossen, weiter aufwärts. Sie blickte ihm nach, während das Geschöpf zusehens an Höhe gewann, mit Bewegungen, als sei es ein Schwimmwesen, über die Wipfel der Bäume hinausschwirrte, in die unvertraute Atmosphäre hinaufsauste, die es zuvor nie kennengelernt hatte.

„Bill", sagte sie, „er hat dich aus mir rausgeholt. Er hat dich nach draußen versetzt." Und da gehst du nun hin, fügte sie in Gedanken hinzu. Hoppy läßt dich wegfliegen. „Komm zurück", rief sie, aber es war sowieso ohne Bedeutung, was jetzt mit ihm geschah, denn er konnte außerhalb ihres Körpers nicht leben. Sie wußte es, Dr. Stockstill hatte es gesagt. Er konnte nicht geboren werden, und Hoppy mußte das gehört haben und hatte ihm nun doch so etwas wie eine Geburt eingebrockt, weil er darüber Klarheit besaß, dann würde Bill sterben.

Jetzt wirst du deine Imitation nicht mehr abziehen können, dachte sie. Ich habe dir gesagt, daß du still sein sollst, aber du hast ja nicht auf mich hören können. Sie strengte ihre Augen an und sah — oder meinte es zu sehen — das winzige, feste Ding mit den langen Haarsträhnen nun hoch droben genau über sich ... dann war es ohne irgendeinen Laut vollends verschwunden.

Sie war allein.

Wozu sollte sie jetzt noch weitergehen? Alles war vorbei. Sie machte kehrt, klomm wieder den Hügel hinauf, den Kopf gesenkt, die Augen geschlossen; sie ahnte den Rückweg mehr, als sie ihn wahrnahm. Zurück nach Hause wollte sie, in ihr Bett. Ihr Inneres war wund; sie spürte die Stelle, wo Hoppy ihren Bruder herausgerissen hatte. Wärst du bloß ruhig gewesen, dachte sie. Er hätte uns nicht gehört. Ich habe es dir doch gesagt, ich habe es dir ja gesagt.

Sie stapfte durch die Nacht heimwärts.

Bill Keller schwebte in der Luft, sah ein wenig, hörte ein bißchen, spürte die Bäume und die Tiere, die unter ihnen lebten und sich regten. Er fühlte den Druck auf sich einwirken, den Schub, der ihn durch die Luft rasen ließ und in die Höhe hob, aber er besann sich nichtsdestotrotz auf die beabsichtigte Imitation und setzte seine Absicht in die Tat um. Das erste Mal drang seine Stimme aus seinem Mund schrill hinaus in die kühle Luft; dann hörte er sie mit den eigenen Ohren und schrie sofort mit wahrer Begeisterung los.

„Uns ist für unsere Torheit eine schreckliche Lehre erteilt worden", schimpfte er, und seine Stimme hallte ihm in den Ohren wider, daß er seine reine Freude daran hatte.

Der Druck ließ nach; er hüpfte kurz aufwärts, trieb dann aus eigener Kraft wohlgelaunt ein Stück weit dahin, dann leitete er einen Sturzflug ein. Hinab und immer weiter hinab schwang er sich, und erst knapp über der Erdoberfläche wandte er sich seitwärts, bis er, angezogen von dem Lebewesen im Innern, über Hoppy Harringtons Haus und Antennenmast in der Schwebe hing.

„Das ist die Weise, wie Gott uns sehen lehrt!" brüllte er mit seiner schwächlichen, unzulänglichen Stimme. „Nun sehen wir, daß es an der Zeit ist, mit den Atomversuchen in der Stratosphäre Schluß zu machen. Es ist mein Wunsch, daß alle Gläubigen hier entsprechende Briefe an Präsident Johnson schreiben!" Wer Präsident Johnson war, das wußte er nicht. Vielleicht ein noch Lebender. Er schaute sich nach allen Seiten um, in der Hoffnung, ihn vielleicht sehen zu können, aber er war nicht zu sehen; er erblickte nur Eichenwälder voller Tiere, er sah einen Vogel mit großem Schnabel und lautlosen Schwingen nähergleiten und ihn aus starren Augen anglotzen. Bill kreischte furchtsam auf, als der in Braun gefiederte Vogel geräuschlos einschwenkte und heranstürzte.

Der Vogel stieß einen greulichen Laut aus, der Gier und das Verlangen bezeugte, Fleisch zu reißen.

„Ihr alle, liebe Brüder und Schwestern in Christo", heulte Bill, während er durch die finstere, kalte Luft floh, „müßt Briefe an den Präsidenten schreiben und protestieren!"

Die leuchtenstarken Augen des Vogels folgten ihm, das Tier segelte im Mondschein über die Baumwipfel auf ihn zu.

Die Eule holte ihn ein. Und verschlang ihn mit dem ersten Zuschnappen.

16

Von neuem befand er sich in einem Innen. Er konnte nicht mehr sehen und nicht hören; für kurze Zeit war er zu beidem imstande gewesen, doch es war wieder aus damit.

Die Eule gab einen Ruf von sich und flog weiter.

„Kannst du mich hören?" wandte sich Bill Keller an die Eule.

Vielleicht konnte sie es, vielleicht nicht; sie war lediglich eine Eule, sie hatten keinen Verstand, anders als Edie. In der Eule war es anders als in seiner Schwester. Kann ich in deinem Innern leben? richtete er eine stumme Frage an die Eule. Wie in einem Versteck, das niemand kennt...? Du hast deine Flüge durchzuführen, deine Jagden. Außer ihm staken die verstümmelten Leiber einer toten Maus und irgendeines anderes Tiers, das noch zuckte und kratzte, groß genug war, um nach wie vor um sein Leben zu ringen, im Körper der Eule.

Tiefer, flüsterte er der Eule ein. Nun sah er durch die Augen der Eule die Eichen; er konnte die Dinge ganz klar und deutlich erkennen, so als wäre alles von Licht durchflutet. Drunten lagen Millionen von reglosen Gebilden, doch auf einmal erspähte er etwas, das sich bewegte, das lebte, und wandte sich in dessen Richtung. Das Tier, das da unten einherkroch, hörte die Eule nicht, ahnte nichts, strebte weiter hinaus auf eine Lichtung.

Einen Augenblick später war es bereits verschluckt worden. Die Eule flog weiter.

Gut, dachte Bill. Kommt noch mehr in der Art? So geht es die ganze Nacht, immer wieder und wieder, und wenn es regnet, kann man ein Bad nehmen, und dann kann man lange, lange schlafen. Ist der Schlaf das schönste dieses Lebens? Ja, tatsächlich.

„Fergesson gestattet seinem Personal keinen Alkohol", rief er. „Alkohol verstößt gegen seinen Glauben, habe ich recht, Stuart?" Und dann: „Hoppy, woher kommt das Licht? Kommt's von Gott? Du weißt, so wie's in der Bibel steht. Ich meine, ist es wahr?"

Die Eule schrie.

„Hoppy", rief er aus dem Innern der Eule, „das letzte Mal hast du gesagt, alles sei finster. Stimmt's? Ohne jedes Licht?"

Tausend Tote fern im Hintergrund seines Bewußtseins jammerten um Beachtung. Er lauschte, wiederholte, traf seine Auswahl.

„Du dreckige kleine Mißgeburt", schnauzte er. „Hergehört. Wir sind hier unterhalb der Straßenhöhe. Bleiben Sie hier, Sie Schwachkopf. Schwachkopf, Schwachkopf. Ich gehe hinauf und hole die Leute runter. Die Leute. Machen Sie hier inzwischen Platz, so gut es sich einrichten läßt, schaffen Sie Platz für die Leute. Platz für die Leute."

Aufgebracht flatterte die Eule, stieg höher, darum bemüht, sich ihm zu entziehen. Aber er setzte sein Lauschen, sein Suchen und Auswählen fort.

„Bleiben Sie hier", wiederholte er. Die Lichter von Hoppys Haus gerieten wieder in sein Blickfeld; die Eule hatte einen Kreis durchflogen und war zu dem Haus zurückgekehrt, nicht dazu in der Lage, sich zu widersetzen. Sie blieb, wo er sie haben wollte. Er brachte sie mit ihrem Kreisen immer näher zu Hoppys Aufenthaltsort. „Sie Schwachkopf", rief er. „Bleiben Sie hier.

Die Eule flog tiefer, ließ in ihrem Verlangen, sich zu entfernen, einen lauten Ruf ertönen. Sie war seine Gefangene geworden und hatte es bemerkt. Die Eule haßte ihn.

„Der Präsident muß auf unsere Proteste hören", schrie er, „bevor es zu spät ist!"

Mit einer wutentbrannten Anstrengung wendete die Eule ihr übliches Mittel an, um Unverdauliches loszuwerden; sie würgte ihn empor und spie ihn aus, und er sackte, vergeblich darauf bedacht, sich Luftströmungen zunutze zu machen, hinab auf den Erdboden. Er fiel auf Humus und Gewächse und rollte, indem er gedämpfte Quietscher ausstieß, in eine Mulde.

Erleichtert sauste die Eule davon und verschwand außer Sicht.

„Möge die menschliche Barmherzigkeit ihr Augenmerk hierauf richten“, rief er, sobald er reglos in der Mulde lag; er sprach mit der Stimme des Priesters aus der Vergangenheit. „Wir selbst haben dies Unheil angerichtet. Vor uns sehen wir die Folgen der menschlichen Torheit.“

Ohne die Eule konnte er seine Umgebung nur noch verschwommen erkennen; die gesamte Helligkeit war nicht mehr vorhanden, und nur mehrere nahe Umrisse waren noch zu sehen. Es handelte sich um Bäume.

Doch er sah auch den Umriß von Hoppys Haus sich düster gegen den trüben Nachthimmel abzeichnen. Die Behausung war nicht weit entfernt.

„Laß mich hinein“, sagte Bill, bewegte krampfhaft den Mund. Er wälzte sich in der Mulde umher, schlug um sich, bis das Laub zur Seite rutschte. „Ich will hinein.“

Ein Tier, das ihn hörte, huschte vorsichtshalber davon.

„Hinein, hinein, hinein“, sagte Bill. „Ich kann nicht lange draußen bleiben, ich werde sterben. Edie, wo bist du?“ Er konnte ihre Gegenwart in näherem Umkreis nicht spüren; er nahm nur die Anwesenheit des Phokomelus im Haus wahr.

So gut er dazu imstande war, kroch er in diese Richtung.

Am frühen Morgen traf Dr. Stockstill vor Hoppy Harringtons Teerpappe-Haus ein, um seinen vierten Versuch zu unternehmen, eine Behandlung Walt Dangerfields anzubahnen. Der Sender, so bemerkte er, war in Betrieb, und da und dort leuchteten Lichter. Verwundert klopfte er an die Tür.

Sobald die Tür aufging, sah er Hoppy, der wie üblich in der Mitte seines Mobils saß. Hoppy schaute ihm mit einem seltsamen, trotzigen, irgendwie wachsamen Blick entgegen.

„Ich möcht's noch einmal versuchen“, sagte Stockstill, der wußte, wie aussichtslos seine Bemühungen waren, aber nichtsdestoweniger weitermachen wollte. „Ist's recht?“

„Jawohl, Sir“, sagte Hoppy. „Ist recht.“

„Lebt Dangerfield noch?“

„Jawohl, Sir. Wäre er tot, wüßte ich's.“ Hoppy fuhr beiseite, um ihn einzulassen. „Er muß noch da oben sein.“

„Was ist passiert?“ fragte Dangerfield. „Sind Sie die Nacht hindurch wach gewesen?“

„Ja", sagte Hoppy. „Ich habe gelernt, wie man mit den Sachen hier umgeht." Er drehte sein Mobil bei, die Stirn in Falten gelegt.

„Wenn ich im Rückblick darüber nachdenke, glaube ich, es war ein Fehler, ihm die Kohlendioxyd-Therapie vorzuschlagen", sagte Stockstill, indem er vorm Mikrofon Platz nahm. „Diesmal werde ich, falls ich ihn dazu überreden kann, ganz einfach erst mal mit freier Assoziation anfangen."

Der Phokomelus drehte weiter sein Mobil und stieß plötzlich gegen die Seite eines Tisches. „Das war ein Mißgeschick", sagte Hoppy. „War nicht meine Absicht. Entschuldigen Sie."

„Sie kommen mir irgendwie verändert vor", sagte Stockstill.

„Ich bin der gleiche wie immer", sagte der Phokomelus. „Ich bin Bill Keller, nicht Hoppy Harrington." Mit einem Servo deutete er in eine Ecke. „Dort ist Hoppy. Von nun an ist er das da."

In der Ecke lag ein hutzliges, teigig-kloßiges Ding von etlichen Zentimetern Länge; ein Mund klaffte in erstarrter Leere. Es wirkte irgendwie menschenähnlich, und Stockstill ging hin, um es aufzuheben. „Das war ich vorher", sagte der Phokomelus. „Aber in der vergangenen Nacht bin ich ihm nahe genug gekommen, um überwechseln zu können. Er hat sich ziemlich gewehrt, aber er stak voller Furcht, deshalb habe ich gewonnen. Ich habe eine Imitation nach der anderen durchgezogen. Der Priester, der hat ihn fix und fertig gemacht." Stockstill schwieg, in den Händen den runzligen kleinen Homunkulus. „Haben Sie eine Ahnung, wie man den Sender bedient?" erkundigte der Phokomelus sich schließlich. „Ich nämlich nicht. Ich hab's versucht, aber es klappt nicht. Die Lampen funktionieren, soviel habe ich hingekriegt. Man kann sie aus- und anmachen. Ich habe mich die ganze Nacht lang damit befaßt." Zum Beweis fuhr er sein Mobil zur Wand und betätigte mit einem Servo ein paarmal den Lichtschalter.

Stockstill betrachtete die winzige, tote Gestalt, die er in den Händen hielt. „Ich habe gewußt", sagte er nach einer Weile, „daß er nicht überleben könnte."

„Für einige Zeit hat er außerhalb gelebt", sagte der Phokomelus. „Ungefähr eine Stunde. Das ist 'ne ziemlich gute Leistung, nicht? Eine Zeitlang war er in einer Eule. Ich weiß aber nicht, ob das zählt."

„Ich ... ich versuche jetzt mal besser, eine Verbindung mit Dangerfield zustandezubringen", sagte Stockstill zu guter Letzt. „Er kann jederzeit sterben."

„Ja", sagte der Phokomelus und nickte. „Soll ich Ihnen das abnehmen?“ Er streckte einen Servo aus, und Stockstill reichte ihm den Homunkulus. „Die Eule hatte mich geschluckt“, sagte der Phoko. „Gepaßt hat's mir nicht besonders, aber jedenfalls hatte sie gute Augen. Das hat mir gefallen, ihre Augen zu benutzen.“

„Ja, das glaube ich“, entgegnete Stockstill versonnen. „Eulen haben ungeheuer gute Augen. Das muß ein umwerfendes Erlebnis gewesen sein.“ Das tote Ding, das er in seinen Händen gehalten hatte, zeichnete sich für sein Empfinden durch Unwirklichkeit und Unglaubhaftigkeit aus; und doch mußte er zugeben, daß das alles durchaus nicht so unwahrscheinlich war. Der Phoko hatte Bill nur um ein paar Zentimeter bewegt, aus Edies Leib ins Freie; das hatte genügt. Was war das schon im Vergleich zu dem, was er mit Dr. Bluthgeld angestellt hatte? Danach jedoch hatte der Phoko offenbar den Kontakt zu Bill verloren, weil Bill, vom Körper seiner Schwester getrennt, erst mit einer, dann mit einer anderen Substanz verschmolzen war; und zuletzt hatte Bill den Phoko aufgespürt und war in ihm aufgegangen, hatte ihn in die eigene, alte Gestalt versetzt.

Der Tausch war ungleich gewesen. Hoppy Harrington hatte dabei entschieden den kürzeren gezogen; der Körper, den er statt des eigenen erhalten hatte, konnte höchstes noch einige Minuten lang am Leben geblieben sein.

„Haben Sie gewußt“, frage Bill Keller — er sprach mit Gestocke, als ob es ihm noch schwerfiele, den Körper des Phokomelus vollends zu beherrschen —, „daß Hoppy eine gewisse Zeit lang von dem Satelliten da oben aus geredet hat? Alle waren deswegen ganz aufgeregt. Man hat mich in der Nacht geweckt und es mir erzählt, und ich habe Edie geweckt.“ Sein Gesicht zeigte einen ernsten, angespannten Ausdruck. „Deshalb bin ich jetzt hier.“

„Und was wirst du jetzt machen?“ erkundigte sich Dr. Stockstill.

„Ich muß mich erst einmal richtig an diesen Körper gewöhnen“, antwortete der Phoko. „Er ist so schwer. Ich fühle jetzt die Schwerkraft ... Ich bin nur das Schweben gewohnt. Soll ich Ihnen mal was sagen? Diese Servos finde ich prima. Ich kann schon allerhand damit anfangen.“ Die Servos vollführten verschiedene Bewegungsabläufe, berührten ein Bild an der Wand, wiesen in die Richtung des Senders. „Ich muß Edie finden“, ergänzte der Phoko. „Ich muß ihr sagen, daß ich in Ordnung bin. Wahrscheinlich meint sie, ich sei tot.“

Stockstill schaltete das Mikrofon ein. „Walter Dangerfield“, sagte er hinein, „hier spricht Dr. Stockstill in West Marin. Können Sie mich hören? Wenn ja, antworten Sie mir bitte. Ich möchte weiterhin versuchen, mit Ihnen die Therapie zustandezubringen, über die wir uns gestern unterhalten haben.“ Er verstummte; nach einem Weilchen wiederholte er, was er gesagt hatte.

„Sie müssen's ziemlich oft versuchen“, riet der Phoko, der ihm zuschaute. „Es wird schwierig sein, 'ne Verbindung zu ihm zu erhalten, weil er so schwach ist. Vermutlich kann er kaum noch aufstehen, und er dürfte nicht so recht begriffen haben, was da vorging, als Hoppy den Satelliten übernommen hat.“

Stockstill nickte, drückte erneut die Taste des Mikrofons und versuchte es nochmals. „Kann ich inzwischen gehen?“ fragte Bill Keller. „Kann ich gehen und Edie suchen?“

„Ja, klar“, sagte Stockstill und rieb sich die Stirn. Er mußte seine Gedanken mühsam zusammenhalten. „Aber sei vorsichtig bei allem, was du machst ... Möglicherweise bekommst du keine Gelegenheit zu einem nochmaligen Wechsel.“

„Ich möchte gar nicht noch einmal wechseln“, sagte Bill. „So wie's jetzt ist, bin ich echt zufrieden, denn zum erstenmal ist keiner außer mir da.“ Er stutzte und fügte eine Erklärung hinzu. „Ich meine, ich bin allein, nicht bloß ein Teil einer anderen Person. Freilich, ich habe schon einmal gewechselt, aber da bin ich nur in so ein blindes Vieh geraten — Edie hatte mich reingelegt, das Tier war für mich zu überhaupt nichts zu gebrauchen. Aber hiermit ist alles anders.“ Das schmale Gesicht des Phokos verzog sich zu einem Lächeln.

„Sei jedenfalls vorsichtig“, wiederholte Stockstill seine Empfehlung.

„Jawohl, Sir“, erwiderte der Phoko respektvoll. „Ich werde mir Mühe geben. Ich habe Pech gehabt, was die Eule betraf, aber es war nicht meine Schuld, ich wollte ja gar nicht von ihr verschluckt werden. Das war allein ihre Idee.“

Aber diesmal war es deine, dachte Stockstill. Das macht einen Unterschied aus. Dafür habe ich volles Verständnis. Und so ein Unterschied ist sehr wichtig. „Walt, hier spricht Dr. Stockstill“, sagte er erneut ins Mikrofon. „Ich versuche noch immer, Sie zu erreichen. Ich bin der Ansicht, wir können hier unten eine Menge tun, um Ihnen dabei zu helfen, diese Krise durchzustehen, allerdings vorausgesetzt, Sie tun, worum ich Sie bitte. Ich schlage vor, wir probieren's heute mal mit freier Assoziation, weil man sich davon versprechen kann, daß es gelingt, zur Wurzel Ihrer inneren Spannungen vorzudringen.

Auf jeden Fall kann ein solches Vorgehen Ihnen nicht schaden, das werden Sie sicherlich selbst wissen."

Aus dem Lautsprecher kam nur Statik.

Ist es hoffnungslos? fragte sich Stockstill. Hat es einen Sinn, sich noch länger zu bemühen? Er drückte die Taste des Mikrofons abermals. „Walter", sagte er, „die Person, die Ihnen die Kontrolle über den Satelliten entzogen hatte, ist inzwischen tot, Sie brauchen sich in der Hinsicht also keine Sorgen mehr zu machen. Wenn Sie sich im Moment wohl genug fühlen, werde ich Ihnen weitere Einzelheiten mitteilen. Einverstanden? Wollen wir so verfahren?" Er lauschte. Nur statisches Rauschen ließ sich vernehmen.

„Kann ich jetzt, da ich draußen bin", fragte der Phoko, der auf seinem Mobil durchs Haus sauste wie ein großer, eingesperrter Käfer, „die Schule besuchen?"

„Ja", versicherte Stockstill leise.

„Aber ich weiß schon ziemlich viel", sagte Bill. „Ich habe zugehört, wenn Edie in der Schule gesessen hat, ich brauche nicht ganz von vorn anfangen, ich kann mit ihr zusammen weiterlernen. Meinen Sie nicht auch, daß das geht?" Stockstill nickte. „Ich frage mich", ergänzte der Phoko, „was wohl meine Mutter sagen wird?"

„Was?" fuhr Stockstill betroffen auf. Dann begriff er, wen Bill meinte. „Sie ist fort", sagte er. „Bonny ist mit Gill und McConchie fortgegangen."

„Ich weiß, daß sie weg ist", sagte der Phoko trübsinnig. „Aber wird sie nicht irgendwann mal wiederkommen?"

„Möglicherweise nicht", entgegnete Stockstill. „Bonny ist eine sonderbare Frau, sehr rastlos. Ich würde jedenfalls nicht damit rechnen." Vielleicht ist es besser, dachte er, sie erfährt nie, was sich hier zugetragen hat. Es müßte ihr außerordentlich schwerfallen, sich damit abzufinden. Schließlich hat sie ja niemals eine Ahnung davon gehabt, daß es dich tatsächlich gibt. Nur Edie und ich haben es gewußt. Und Hoppy. Und die Eule. „Ich geb's vorerst auf, Dangerfield noch erreichen zu wollen", sagte er plötzlich. „Vielleicht ein andermal."

„Ich vermute, ich bringe Sie durcheinander", sagte Bill. Stockstill nickte. „Das tut mir leid", sagte Bill. „Ich war hier dabei, mich mit allem vertraut zu machen, ich wußte nicht, daß Sie heute morgen kommen. Ich habe nicht etwa die Absicht, Sie durcheinanderzubringen. Es hat sich halt in der vergangenen Nacht so ergeben ... Ich bin zum Haus gekrochen und habe mich unter der Tür durchgezwängt, bevor Hoppy kapiert hat, was Sache war, und dann war's auch schon zu spät für ihn, ich war ihm bereits zu nah..." Er sah den Ausdruck auf dem Gesicht des Doktors und verstummte.

„Das ... das ist eben etwas völlig anderes als alles, was ich bis heute kennengelernt habe", sagte Stockstill. „Ich habe gewußt, daß es dich gibt. Aber das war auch so gut wie alles."

„Sie haben nicht gedacht, daß ich lerne, wie man überwechselt, was?" meinte Bill voller Stolz.

„Nein, stimmt", bekannte Stockstill.

„Versuchen Sie noch einmal, mit Dangerfield zu reden", sagte Bill. „Geben Sie nicht auf, ich weiß genau, daß er dort oben ist. Woher ich's weiß, werde ich Ihnen nicht verraten, sonst kämen Sie bloß noch mehr durcheinander."

„Danke", sagte Stockstill. „Dafür daß du's für dich behältst." Er schaltete erneut das Mikrofon ein. Der Phoko öffnete die Tür und fuhr nach draußen, auf den Pfad hinaus; doch nach kurzer Strecke stoppte das Mobil plötzlich, und der Phoko blickte sich unentschlossen um. „Geh nur und sieh zu, daß du deine Schwester findest", rief Stockstill ihm zu. „Ich bin sicher, daß es ihr viel bedeuten wird." Als er das nächste Mal den Blick hob, war der Phoko fort. Das Mobil war nirgends mehr zu sehen. „Walt Dangerfield", sprach Stockstill ins Mikrofon, „ich werde hier vor dem Apparat sitzen und versuchen, Sie zu erreichen, bis Sie mir entweder antworten oder ich davon überzeugt sein kann, daß Sie tot sind. Ich behaupte nicht, daß bei Ihnen keine echte körperliche Erkrankung vorliegt, aber ich bleibe bei meiner Ansicht, daß zumindest zum Teil Ihre psychische Situation die Ursache dieser Erkrankung ist, die in mancher Hinsicht, das gebe ich zu, bestimmt eine ernstzunehmende Natur hat. Können Sie sich dieser Einschätzung nicht anschließen? Und nach dem, was Sie durchgemacht haben, als Ihnen die Kontrolle über den Satelliten so mir nichts, dir nichts entwunden worden ist..."

Aus dem Lautsprecher meldete sich in lakonischem Tonfall eine ferne Stimme. „Na schön, Stockstill. Von mir aus wagen wir's mal mit Ihrer freien Assoziation. Und wenn aus keinem anderen Grund, als um Ihnen zu beweisen, daß Sie sich irren und ich in der Tat verheerend schwer körperlich krank bin."

Dr. Stockstill seufzte; seine Haltung lockerte sich. „Höchste Zeit. Sie haben mich von Anfang an empfangen, nicht wahr?"

„Ja, teurer Freund", bestätigte Dangerfield. „Ich war neugierig, ich wollte sehen, wie lange Sie weiterquasseln würden. Anscheinend sind Sie dazu entschlossen, in alle Ewigkeit auf mich einzureden. Burschen Ihres Schlages sind hartnäckig, wenn man ihnen schon sonst nicht viel nachsagen kann."

Stockstill lehnte sich zurück und entzündete zittrig eine Spezial Deluxe Gold. „Ist es möglich", fragte er nach, „daß Sie sich hinlegen und es sich bequem machen?"

„Ich *liege* längst", erwiderte Dangerfield greizt. „Ich liege schon seit fünf Tagen flach."

„Und wenn möglich, sollten Sie vollständig passiv bleiben. Ganz von allem losgelöst."

„Wie ein Wal", sagte Dangerfield. „Einfach in den Fluten des Meeres treiben lassen ... Richtig? So, soll ich mich nun als erstes über kindliche Inzestneigungen ausschleimen? Warten Sie mal... Ich glaube, ich sehe meine Mutter vor mir, ich sehe sie vor ihrem Ankleidetisch sitzen und sich die Haare kämmen. Sie ist sehr schön. Nein, halt, entschuldigen Sie, ich habe mich getäuscht. Das ist aus einem Film, ich sehe Norma Shearer. Das ist 'ne Erinnerung an einen Spätfilm, den ich mal im TV gesehen habe." Er lachte matt auf.

„Besaß Ihre Mutter denn eine gewisse Ähnlichkeit mit Norma Shearer?" hakte Stockstill ein; mittlerweile hatte er Bleistift und Papier gezückt und fertigte sich Notizen an.

„Eher mit Betty Grable, falls Sie sich an sie erinnern", sagte Dangerfield. „Aber das war wahrscheinlich vor Ihrer Zeit. Wissen Sie, ich bin ein ziemlicher alter Knacker. Fast tausend Jahre alt ... Wenn man hier oben allein ist, altert man schneller."

„Sprechen Sie ganz einfach ruhig immer weiter", bat Stockstill. „Sagen Sie alles, was Ihnen gerade so einfällt. Zwingen Sie sich zu nichts, lassen Sie alles von selber kommen."

„Statt der Welt aus den großen klassischen Werken vorzulesen, könnte ich genausogut freie Assoziationen zum Thema kindliche Traumatie in der Analphase zum besten geben, was?" meinte Dangerfield. „Wäre vielleicht nicht schlecht, mal herauszufinden, ob die Menschheit daran auch soviel Interesse hat. Ich persönlich jedenfalls finde so was ziemlich faszinierend."

Wider Willen lachte Stockstill. „Sie machen einen menschlichen Eindruck auf mich", sagte Dangerfield; seine Stimme klang auf einmal, als wäre er von seinem Gesprächspartner recht angetan. „Das finde ich gut. Es spricht für Sie." Er lachte sein altbekanntes Lachen.

„Wir zwei haben etwas gemeinsam, wir halten das, was wir hier machen, beide für reichlich lustig."

„Es ist mein Wunsch", sagte Stockstill, der sich ein wenig über die letzte Äußerung ärgerte, „Ihnen Beistand zu leisten."

„Ach, zum Donnerwetter", entgegnete die ferne, leise Stimme. „Ich bin es, der Ihnen Beistand leistet, Doktor. Tief drunten in den unbewußten Schichten Ihres Geistes sind Sie sich sehr wohl darüber im klaren. Sie haben das Bedürfnis, endlich einmal wieder etwas von wirklichem Nutzen zu tun, nicht wahr? Können Sie sich noch daran erinnern, wann dies Bedürfnis zum erstenmal fühlbar geworden ist? Strecken Sie sich völlig entspannt und untätig aus, ich erledige von hier oben den Rest." Er lachte gedämpft. „Sicher ist Ihnen klar, daß ich diese ganze Unterhaltung aufzeichne. Ich werde unsere albernen Gespräche von jetzt an jeden Abend über New York ausstrahlen — dort in der Gegend haben die Leute Geschmack an derartigem intellektualistischem Zeug."

„Bitte lassen Sie uns die Unterhaltung auf jeden Fall fortsetzen", sagte Stockstill.

„Huuudi-huudi-hu", prustete Dangerfield. „Meinetwegen. Soll ich was über das Mädchen erzählen, in das ich verknallt war, als ich in die fünfte Klasse ging? Damals hat es mit meinen Inzestphantasien so richtig angefangen." Er verstummte und schwieg für eine Weile. „Wissen Sie was?" meinte er dann merklich versonnen. „Ich habe seit vielen Jahren nicht an Myra gedacht. Bestimmt zwanzig Jahre lang nicht."

„Sind Sie mit ihr zum Tanzen gewesen oder so was?"

„In der *fünften Klasse?!*" heulte Dangerfield auf. „Sind Sie nicht ganz bei Trost, oder wie? Selbstverständlich nicht. Aber ich habe sie geküßt." Seine Stimme klang allem Anschein nach nun etwas gelockerter, sogar mehr als in früheren Zeiten. „Den Kuß habe ich nicht vergessen", ergänzte er leise. Für einen Moment übertönte Statik seine Stimme. „... und dann hat Arnold Klein mir eins auf die Birne gegeben", sagte er, als Stockstill seine Worte wieder verstehen konnte, „und daraufhin habe ich ihn umgeschubst. Haben Sie mir folgen können? Ich wüßte gerne, wieviel meiner vielen Hundert interessierten Zuschauer unsere Unterhaltung mitanhören. Ich sehe da Lämpchen aufleuchten, sie versuchen, mit mir auf den niedrigen Frequenzen Verbindung aufzunehmen. Wer weiß, vielleicht sind darunter andere, womöglich sogar bessere Analytiker. Und die möglicherweise weniger hohe Honorare verlangen.“ Er unterbrach den Kontakt. Für einige Zeit blieb es still; dann meldete Dangerfield sich weiter. „Etliche Leute haben mir gerade durchgegeben“, sagte er aufgeheitert, „daß es vollkommen richtig von mir war, Arnold Klein umzuschubsen. Bis jetzt sind die Hörer im Verhältnis vier zu eins für mich. Soll ich weitermachen?“

„Ich bitte darum“, sagte Stockstill, der Notizen aufs Papier kritzelte.

„Naja“, sagte Dangerfield, „und dann war da Jenny Linhart. Das war anfangs der sechsten Klasse.“

Der Satellit hatte sich unterdessen in seiner Kreisbahn genähert; der Empfang war laut und deutlich. Doch vielleicht war die Qualität ausschließlich Hoppy Harringtons besonders guter Anlage zu verdanken. Dr. Stockstill rauchte seine Zigarette, auf dem Stuhl zurückgelehnt, und lauschte, während die Stimme anschwoll, bis sie in dem Raum dröhnte und widerhallte.

Wie oft muß Hoppy hier gesessen und den Satelliten abgehört haben, dachte er. Und dabei hat er seine Pläne ausgeheckt und die Vorbereitungen für seinen großen Tag getroffen. Und jetzt ist alles vorbei. Hatte der Phokomelus — Bill Keller — das verhutzelte, verdorrte kleine Etwas mitgenommen? Oder lag es hier noch irgendwo herum?

Stockstill schaute sich nicht um; seine Aufmerksamkeit galt vollauf der Stimme Dangerfields, die nun so kraftvoll an seine Ohren drang. Er ließ sich durch nichts in seiner Umgebung von seiner Aufgabe ablenken.

In einem unvertrauten Zimmer erwachte Bonny Keller in einem fremden, weichen Bett und empfand schläfrige Verwirrung. Diffuses gelbes Licht, das offenbar vom frühmorgendlichen Sonnenschein stammte, flutete auf sie herab, und an ihrer Seite saß ein Mann, den sie kannte, streckte jetzt die Arme nach ihr aus. Es war Andrew Gill, und sie stellte sich vor — sie malte es sich mit voller Absicht aus —, dieser Augenblick fände sieben Jahre zuvor statt, am Tag X.

„Hallo“, begrüßte sie ihn leise und drückte ihn an sich. „Halt, hör auf“, sagte sie dann. „Du zerquetschst mich ja, und außerdem bist du noch nicht rasiert. Was ist denn los mit dir?“ Plötzlich setzte sie sich auf und schob ihn von sich.

„Warte ab“, sagte Gill, warf die Decken beiseite, hob Bonny auf seine Arme und trug sie durchs Zimmer zur Tür.

„Wohin gehen wir denn?“ fragte sie. „Nach Los Angeles? Auf diese Weise, indem du mich auf den Armen trägst?“

„Wir werden jemandem zuhören.“ Mit der Schulter stieß er die Tür auf und beförderte sie durch den engen, niedrigen Flur.

„Wem denn?“ wollte sie wissen. „He, ich bin doch nicht angezogen.“ Sie hatte nur ihre Unterwäsche an, in der sie geschlafen hatte.

Sie erhielt voraus Einblick ins Wohnzimmer der Hardys, und dort standen am Radio, die Gesichter erfüllt von begeisterter, nachgerade jugendlicher Freude, Stuart McConchie, die Hardys und mehrere Männer, die Mitarbeiter Mr. Hardys sein mußten.

Aus dem Lautsprecher kam die Stimme, die sie in der vergangenen Nacht gehört hatten. Doch war es tatsächlich dieselbe Stimme? Sie lauschte, während Andrew Gill sich setzte und sie auf seinen Schoß nahm. „,... und dann hat Jenny Linhart zu mir gesagt“, erzählte die Stimme. „ich sähe nach ihrer Meinung einem großen Pudel ähnlich. Ich glaube, das muß etwas damit zu tun gehabt haben, wie meine ältere Schwester mir damals immer die Haare schnitt. Ich sah anscheinend aus wie ein großer Pudel. Ich war deswegen nicht beleidigt. Das war tatsächlich nur eine Beobachtung von Jenny Linhart. Immerhin zeigte sie damit, daß sie mich beachtete. Und das ist doch dagegen, überhaupt nicht beachtet zu werden, eine echte Verbesserung, oder nicht?“ Dann schwieg Dangerfield, als warte er auf eine Antwort.

„Mit wem redet er?“ fragte sie, noch immer verschlafen, nicht richtig wach. Und da begriff sie, was diese Stimme bedeutete. „Er lebt“, sagte sie. Und Hoppy war nicht mehr am Drücker. „Gottverdammt“, beschwerte sie sich laut, „könnte mir vielleicht mal jemand sagen, was passiert ist?!“ Sie rutschte von Andrews Schoß, blieb mitten im Zimmer stehen, fröstelte; die Morgenluft war kühl.

„Was passiert ist, wissen wir nicht“, sagte Ella Hardy. „Offenbar hat er im Laufe der Nacht irgendwie wieder alles unter seine Kontrolle gebracht. Wir hatten das Radio für alle Fälle nicht abgeschaltet, deshalb haben wir ihn sofort gehört. Jetzt ist nicht seine reguläre Sendezeit für unsere Gegend.“

„Es hat den Anschein, als ob er mit einem Arzt spricht“, sagte Mr. Hardy. „Kann sein, mit einem Psychiater, der ihn behandelt.“

„Du lieber Himmel“, entfuhr es Bonny, und sie bog sich vor Erheiterung. „Das kann doch wohl nicht wahr sein ... er läßt sich psychoanalysieren...!“ *Aber wo steckt Hoppy?* dachte sie gleichzeitig. *Hat er etwa aufgegeben?* Kann es deshalb gewesen sein, weil es ihn doch zuviel Anstrengung gekostet hat, über eine so große Entfernung hinweg auf etwas Einfluß zu nehmen, oder was? Hat er doch seine Grenzen, so wie jedes andere Lebewesen? Eilig kehrte sie in ihr Schlafzimmer zurück, um sich anzuziehen, lauschte noch unterwegs auf Dangerfields Stimme. Niemand achtete auf sie; alle interessierten sich nur für das Radio.

Was für ein Einfall, dachte sie, daß diese Art von alter Hexerei ihm helfen könnte. Der bloße Gedanke daran kam ihr unerhört lustig vor; sie schlotterte vor Kälte und Heiterkeit, während sie sich das Hemd zuknöpfte. Dangerfield dort oben in seinem Satelliten auf einer Couch, plaudert aus seiner Kindheit ... O mein Gott, nicht zu fassen, dachte sie und hastete wieder zum Wohnzimmer, um alles hören zu können.

Andrew kam ihr entgegen; sie trafen sich im Flur. „Wir kriegen ihn nicht mehr rein", sagte er. „Der Empfang ist weg."

„Warum?" Ihre Heiterkeit verflog; sie war erschrocken.

„Es war reines Glück, daß wir ihn überhaupt reinbekommen haben. Aber ich glaube, er ist wieder wohlauf."

„Ach, mir ist ganz mulmig", sagte sie. „Und wenn nicht?"

„Es ist aber so", versicherte Andrew. Er legte seine großen Hände auf ihre Schultern. „Du hast ihn doch selbst gehört. Du hast ja gehört, wie seine Stimme geklungen hat."

„Dieser Psychoanalytiker", sagte sie, „hat einen Orden erster Klasse verdient, wie ein Held."

„Ja, wahrhaftig", bekräftigte Andrew feierlich. „Den Ordensstern Erster Klasse eines Helden der Psychoanalyse." Er schwieg für einen Moment, hielt sie fest, bewahrte aber von ihr Abstand. „Entschuldige, daß ich dich einfach an mich gerissen und aus dem Bett gezerrt habe, aber ich dachte mir, daß du ihn hören möchtest."

„Ja, war auch richtig", gab sie ihm recht.

„Hältst du es noch für wichtig, daß wir weiterziehen? Nach Los Angeles?"

„Nun ja", sagte sie, „du hast hier Geschäftliches zu erledigen. Wir können zumindest noch für einige Zeit hier bleiben... und abwarten, um zu sehen, wie's mit ihm wird." Sie war nach wie vor beunruhigt, fürchtete Hoppy.

„Man kann niemals wirklich ganz sicher sein", meinte Andrew. „Das ist es doch, was das Leben zum Problem macht, oder nicht? Wir müssen den Tatsachen ins Auge schauen... Auch Dangerfield ist nun einmal sterblich. Irgendwann muß auch er das Handtuch werfen. So wie wir alle.“ Er musterte sie.

„Aber nicht *jetzt*“, sagte sie. „Wenn’s später sein müssen sollte, in ein paar Stunden... dann könnte ich es vielleicht verkraften.“ Sie nahm seine Hände, lehnte sich nach vorn und küßte ihn. Zeit, dachte sie. Die Liebe, die wir in der Vergangenheit füreinander empfunden haben. Die Liebe, die wir in der Gegenwart Dangerfield entgegenbringen, ihm morgen entgegenbringen werden. Bloß zu dumm, daß es eine Liebe ohne jede Macht ist, zu dumm, daß es ihn nicht automatisch heilen und gesund machen kann, dies Gefühl, das wir füreinander haben — und für ihn.

„Entsinnst du dich an den Tag X?“ fragte Andrew.

„O ja, sicherlich“, antwortete Bonny.

„Hast du dir einmal irgendwelche weiteren Gedanken über damals gemacht?“

„Ich bin zu der Erkenntnis gelangt, daß ich dich liebe“, sagte Bonny. Sie errötete, kaum daß sie das ausgesprochen hatte, und löste sich von ihm. „Es muß an der erfreulichen Neuigkeit liegen“, meinte sie, „daß ich mich so gehen lasse. Entschuldige, ich werde mich wieder zusammenreißen.“

„Aber es ist dein Ernst“, bemerkte er scharfsichtig.

„Ja.“ Sie nickte.

„Ich werde jetzt allmählich älter“, sagte Andrew.

„Das geht uns allen so“, sagte Bonny. „Wenn ich morgens aufstehe, knarren mir die Knochen... Vielleicht hast du’s vorhin gemerkt.“

„Nein“, sagte er. „Bei dir kann davon keine Rede sein, solange du deine Zähne im Mund hast, so wie jetzt.“ Er sah sie mit einem Unbehagen an. „Ich weiß nicht recht, was ich dazu sagen soll, Bonny. Ich habe den Eindruck, wir können hier sehr vieles erreichen. Ich hoff’s jedenfalls. Oder ist es etwa unsinnig und verwerflich, jetzt Berkeley aufgesucht zu haben, um die Ausstattung meiner Fabrik mit Maschinen zu ermöglichen? Ist das etwa...“ Er fuchtelte. „Ist das denn abwegig?“

„Es ist wundervoll“, gab Bonny zur Antwort.

Mrs. Hardy betrat den Flur. „Eben haben wir ihn noch einmal kurz empfangen können“, sagte sie, „und er hat noch immer aus seiner Kindheit erzählt. Ich nehme an, wir werden ihn jetzt bis zur üblichen Sendezeit — heute nachmittag um vier Uhr — nicht mehr hören können. Wie wär's mit Frühstück? Wir haben drei Eier zum Aufteilen, mein Mann hat sie letzte Woche bei einem Straßenhändler erwischt."

„Eier", wiederholte Gill. „Was für welche? Hühnereier?"

„Sie sind ziemlich groß und braun", sagte Mrs. Hardy. „Ich vermute, daß es Hühnereier sind, aber sicher können wir erst sein, wenn wir sie aufmachen."

„Das klingt ja wunderbar", sagte Bonny. Auf einmal verspürte sie starken Hunger. „Aber ich bin der Ansicht, wir sollten dafür bezahlen, Sie haben schon soviel für uns getan... eine Unterkunft, gestern das Abendessen." Dergleichen war heutzutage buchstäblich undenkbar geworden, und zudem hatte sie so etwas schon gar nicht in der Stadt erwartet.

„Wir sind jetzt Geschäftspartner", stellte Mrs. Hardy klar. „Alles was wir haben, wird von nun an geteilt, oder nicht?"

„Aber ich habe nichts zu bieten." Urplötzlich empfand Bonny diese Tatsache sehr deutlich und ließ den Kopf hängen. Ich kann nur nehmen, dachte sie, nicht geben.

Doch anscheinend waren die anderen nicht dieser Meinung. Mrs. Hardy nahm sie bei der Hand und führte sie in die Küche. „Sie können mir beim Zubereiten des Frühstücks helfen", sagte sie. „Wir haben auch Kartoffeln. Sie können sie schälen. Unsere Arbeiter bekommen auch Frühstück von uns, wir essen immer zusammen, erstens ist das billiger, zweitens haben sie keine eigenen Küchen, Stuart und die anderen wohnen in Zimmern. Wir müssen ein bißchen auf ihr Wohlergehen achten."

Ihr seid gute Menschen, dachte Bonny. Diese ganze Stadt, sie ist gut — und wir haben sie jahrelang gemieden. Wir haben scheußliche Gerüchte gehört, daß sie bloß aus Ruinen bestünde, in denen es von Raubtieren wimmle, von menschlichen Wracks, Lumpen, Banditen, schäbigen Überbleibseln all dessen, was es hier einmal gegeben hat... Aber wir haben die Stadt ja schon vor dem Krieg gescheut. Wir waren stets viel zu feig, um in einer Stadt leben zu wollen.

„... und abgesehen davon, daß diese Ratte die Nasenflöte spielen konnte, hat sie...", sagte Stuart McConchie gerade zu Dean Hardy, als Bonny die Küche betrat. Er verstummte, als er sie sah. „Ein Anekdötchen aus den hiesigen Lebensverhältnissen", sagte er, als glaube er, sich entschuldigen zu müssen. „Sie würde Sie womöglich schockieren. Sie hängt mit einem intelligenten Tier zusammen, und vielen Menschen sind solche Viecher zuwider."

„Erzählen Sie ruhig", sagte Bonny. „Erzählen Sie, wie das mit der Ratte war, die die Nasenflöte spielen konnte."

„Es ist möglich, daß ich in meiner Erinnerung zwei intelligente Tiere irgendwie durcheinanderbringe", sagte Stuart, indem er begann, das Wasser für den Ersatzkaffee zu erhitzen. Er betätigte sich umständlich mit dem Topf, und erst, als er ihn zu seiner Zufriedenheit aufgesetzt hatte, drehte er sich um und lehnte sich an den mit Holz befeuerten Ofen, schob die Hände in die Taschen. „Auf jeden Fall, ich glaube — wenn ich mich recht entsinne —, der Kriegsbeschädigte hat behauptet, die Ratte hätte nicht bloß die Nasenflöte gespielt, sondern auch eine primitive Art von Buchführung ausgeheckt. Aber irgendwie kommt's mir so vor, als ob das nicht so ganz zusammenpaßt." Es runzelte die Stirn.

„Ich finde, es paßt ganz genau zusammen", sagte Bonny.

„So eine Ratte könnten wir hier als Angestellte gebrauchen", meinte Mrs. Hardy. „Wenn das Geschäft expandiert, werden wir hier eine anständige Buchhaltung benötigen, und es wird bestimmt expandieren."

Draußen begannen auf der San Pablo Avenue von Pferden gezogene Fahrzeuge in diese und jene Richtung zu rollen; Bonny hörte die scharfen Geräusche von Hufen. Sie hörte die Regungen morgendlicher Betriebsamkeit und ging ans Fenster, um hinauszuschauen. Sie sah auch Fahrräder und einen riesigen alten Lastzug mit Holzvergaser. Und Menschen zu Fuß, zahlreiche Fußgänger.

Aus einer Bretterbude kam ein Tier zum Vorschein, überquerte achtsam die Breite der Straße und verschwand auf der anderen Seite unter dem Vorbau eines Gebäudes. Gleich darauf kam es wieder heraus, nun gefolgt von einem zweiten Tier. Beide waren kurzbeinig und von gedrungenem Körperbau, möglicherweise mutierte Bulldoggen. Das zweite Tier zog eine ungefüge, schlittenähnliche Ladefläche, behäuft mit verschiedenartigen wertvollen Dingen, vorwiegend Lebensmittel; sie holperte und schlingerte auf ihren Kufen über das unregelmäßige Straßenpflaster, während die beiden Tiere sich eilig davonmachten.

Bonny hielt die Umgebung noch für ein Weilchen vom Fenster aus unter Beobachtung, doch die zwei kurzbeinigen Tiere ließen sich nicht wieder blicken. Gerade wollte sie sich abwenden, da sah sie etwas anderes sich bewegen, die erste Aktivität des heutigen Tages aufnehmen. Ein rundes Metallgebilde zeigte sich in ihrem Blickfeld, rundum mit Flecken dunkler Tarnfarben sowie Anhäufungen von Laub und Ästchen bedeckt, verharrte kurz, fuhr zwei dünne Antennen aus, die im Sonnenschein des frühen Morgens zitterten.

Um alles in der Welt, was ist denn das? fragte sich Bonny. Und dann begriff sie, daß sie vor sich eine von Hardys homöostatischen Schädlingsfallen sah.

Viel Glück, dachte sie.

Nachdem die Falle gestoppt und rundum Fährtenlese oder etwas vergleichbares vorgenommen hatte, blieb sie noch einen Moment lang an Ort und Stelle stehen, als hege sie selbst Zweifel, bevor sie die Verfolgung der beiden Tiere aufnahm, die an Bulldoggen erinnerten. Sie entfernte sich um die Ecke eines benachbarten Hauses, langsam, fast würdevoll, viel zu gemächlich, als daß von einer ernsthaften Nachstellung hätte die Rede sein können, und Bonny mußte lächeln.

Der Wandel und Handel eines neuen Tages hatte angefangen. Überall rings um Bonny erwachte die Stadt erneut zu ihrem gewohnten Leben.

NACHWORT

Jawohl, ich habe falsche Voraussagen getroffen, als ich 1964 *Dr. Bloodmoney* schrieb. Von mir vorausgesagte Ereignisse sind nie eingetreten, und wenn man diesen Roman liest, sieht man, was ich meine. Aber eigentlich ist es gar nicht die eigentliche Aufgabe der Science Fiction, Voraussagen zu machen. Science Fiction gibt sich nur den *Anschein*, als mache sie Voraussagen. Das ist so ähnlich wie mit den Außerirdischen in *Star Trek*, die alle englisch sprechen. Es geht dabei um eine literarische Gepflogenheit. Sonst nichts.

Es amüsiert mich allerdings zu sehen, worin ich mich im einzelnen geirrt habe. Am deutlichsten habe ich mich in bezug auf die Zukunft der bemannten Raumfahrt getäuscht. Doch das beweist nur, wie schnell sich Geschichte entwickelt. In *Dr. Bloodmoney* umkreist ein einzelner Amerikaner die Erde für immer. Das ist offensichtlicher Unsinn; entweder werden es viele Amerikaner sein — beziehungsweise viele Russen —, oder überhaupt keine.

Der wichtigste Einzelpunkt, in dem meine Erwartungen falsch waren, ist das Ende der Welt. Damals im Jahre 1964 habe ich jeden Tag damit gerechnet; ich habe deswegen dauernd auf die Uhr geschaut. Horace Gold, der damals das Magazin *Galaxy* herausgab, hat mich einmal gescholten, ich würde praktisch davon ausgehen, die ganze Welt könne schon in der nächsten Woche ausgelöscht werden. Das war bereits 1954. Ich habe tatsächlich erwartet, daß es bis spätestens 1964 dazu kommt. Nun, aber das waren einfach die Befürchtungen jener Zeit. Heute beschäftigen uns andere Sorgen. Unsere Probleme bestehen anscheinend daraus, wie wir bei einer solchen Inflation mit unseren Dollars noch unsere Schulden zahlen sollen, woher wir das Benzin für unsere Autos erhalten — also viel banalere Sorgen. Von weniger allumfassender Art.

Sonderbarerweise sind das genau die Sorgen, die in *Dr. Bloodmoney* die Charaktere in ihrer Welt nach dem Dritten Weltkrieg beschäftigen. Autos werden von Pferden gezogen. Brillen sind selten und stehen hoch im Kurs. Einem Mann, der Zigaretten herstellt, begegnet man mit Hochachtung, wohin er auch ginge. Auch jemand, der etwas zu reparieren imstande ist, steht in höchstem Ansehen. Die Gesellschaft ist zurückgefallen, aber nicht auf eine so brutale Stufe der Primitivität, wie man es sich vorstellen könnte. Statt dessen ist sie in ihrer ganzen Natur wieder eher landwirtschaftlich geworden. Die Riesenstädte sind dahingegangen, und an ihrer Stelle existiert eine Art von Landleben, das durchaus nicht so schrecklich ist. Ich muß jedoch hinzufügen, daß es in keiner Beziehung irgendeiner heute tatsächlich existenten Welt ähnelt.

Aber es hat natürlich bis jetzt auch noch kein Dritter Weltkrieg stattgefunden.

Nach meiner Meinung ist dieser Roman ein außerordentlich von Hoffnung getragenes Buch. Es postuliert als Folge des nächsten Krieges keineswegs den Untergang der gesamten menschlichen Zivilisation. Es gibt noch Menschen, und sie finden sich irgendwie zurecht. Die Überlebenden sind mit ihrem Dasein einigermaßen zufrieden. Interessant jedoch sind die hintergründigen Veränderungen des relativen Einflusses der Überlebenden. Man nehme beispielsweise Hoppy Harrington, der weder Arme noch Beine hat. Was seine Machtstellung angeht, ist Hoppy vor dem Atomkrieg von geringer Bedeutung. Er ist froh, überhaupt irgendeine Arbeit annehmen zu dürfen. Doch in der Nachkriegswelt verhält es sich ganz anders. Hoppy vergrößert seine Macht mit der Zeit Zug um Zug, bis er schließlich sogar für einen Mann zur Bedrohung wird, der sich nicht auf der Oberfläche unseres Planeten befindet. Hoppy steigt zu einem Halbgott auf, und obendrein einem reichlich schwierigen. An sich ist er nicht schlecht im herkömmlichen Sinn — er ist ein Beispiel für den Mißbrauch von Macht: von Schlechtem, das aus dem Besitz von Macht resultiert. Nicht etwa ist Hoppy schlecht, sondern es ist schlecht, daß er *Macht* hat.

In seinem Satelliten wird Walt Dangerfield von einem Mnn, der einer zersplitterten Nachkriegsgesellschaft Beistand leistet, ihr Einheit und Kraft vermittelt, ihre Moral hebt, zu einem Mann, der verzweifelt der Hilfe durch dieselbe Gesellschaft bedarf, einem Menschen, dessen Kräfte mit jedem Tag mehr schwinden. Er ist eine Symbolgestalt der Vereinsamung, dem Schrecken vieler, die unten auf der Erde leben, die Vereinsamung sowie den Verlust der Dinge und Werte fürchten, aus denen ihre Welt früher einmal bestanden hat. ImLaufe der Zeit muß Walt Dangerfield Kraft von jenen drunten auf der Erdoberfläche beziehen, statt ihnen Kraft geben zu können. Und in das Vakuum, das währenddessen entsteht, drängt sich Hoppy Harrington, der das Ungeheuer in uns versinnbildlicht: die Person, die voller Gier ist, nicht nach Nahrung, sondern Gier nach der Möglichkeit, Herrschaft und Zwang über andere Menschen auszuüben. Dieser Drang in Hoppy ist eine Konsequenz seiner körperlichen Benachteiligung. Er findet darin seine Kompensation dessen, was ihm von Geburt an fehlt. Hoppy ist unvollständig, und er will sich auf Kosten der gesamten Welt vervollständigen; er will sie psychisch verschlingen.

Der Leser findet in *Dr. Bloodmoney* die Erwähnung eines im Jahre 1972 durchgeführten und zu einer Katastrophe gewordenen Atomtests, und natürlich hat es in Wirklichkeit keinen derartigen Test und keine solche Katastrophe gegeben. Denn selbstverständlich gab es ja auch nie eine Person wie Dr. Bluthgeld. Das Buch ist reine dichterische Erfindung. Und doch ist es das in gewisser Beziehung nicht. Der Landkreis West Marin, in dem ein großer Teil der Handlung spielt, ist eine Gegend, in der ich mich gut auskenne. Ich habe dort, als ich den Roman schrieb, selbst gewohnt. Viele der landschaftlichen Eigenheiten, die ich in dem Roman beschreibe, sind der Realität entnommen. Infolgedessen ist mit dem Dichterischen vielerlei verflochten, das mit dem Wirklichen übereinstimmt. Wie einige der Charaktere im Buch habe ich selbst in West Marin Pilze gesammelt, ich habe dort die gleichen Arten wie sie entdeckt (und die gleichen Arten wie sie gemieden). West Marin ist eine der schönsten Gegenden der Vereinigten Staaten, und im Sierra Club spricht man von ihr als der „Insel in der Zeit". Als ich gegen Ende der 50er und anfangs der 60er Jahre dort gelebt habe, war sie vom ganzen Rest Kaliforniens abgesondert, und deshalb hielt ich sie für den natürlichen Standort eines Mikrokosmos einer Nachkriegsgesellschaft. In der Tat war West Marin ohnehin schon eine kleine Welt für sich. Wenn ich heute *Dr. Bloodmoney* zur Hand nehme, stelle ich zu meiner Freude fest, daß ich mit Worten viel von jener kleinen, so von mir geliebten Welt eingefangen habe — einer kleinen Welt, von der ich nun zeitlich und räumlich getrennt bin.

Mein bevorzugter Charakter in dem Roman ist der TV-Verkäufer Stuart McConchie, ein Schwarzer. 1964, als ich *Dr. Bloodmoney* geschrieben habe, war es gewagt, in einem Buch einen Farbigen als

Hauptcharakter zu haben. Mein Gott, wieviel hat sich in den Jahren seither verändert! Aber die Wandlungen waren überaus positiv, und wir können stolz auf sie sein. In meinem ersten Roman — *Solar Lottery* — war ein Schwarzer Kapitän eines Raumschiffes — wahrhaftig gewagt für einen 1955 erschienenen Roman. Aus meiner Sicht steht Stuart im Mittelpunkt des Romans, ihn lernen wir zuerst kennen, und es geschieht durch seine Augen, daß wir zum erstenmal Dr. Bluthgeld sehen. Stuarts Reaktion ist simpel; er sieht einen Wahnsinnigen, und damit hat's sich. Bonny Keller dagegen, die Dr. Bluthgeld viel näher kennt, hat von ihm ein differenzierteres Bild. Offen gesagt, ich neige dazu, Bluthgeld so zu sehen wie Stuart McConchie ihn sieht. Sozusagen bin ich Stuart McConchie, und ich *habe* einmal in einem Laden in Berkeleys Shattuck Avenue Fernsehapparate verkauft. Genau wie Stuart habe ich am frühen Morgen vor dem Geschäft mit einem Besen den Gehweg gekehrt und dabei den hübschen Mädchen nachgeschaut. Folglich muß ich mich zu einem womöglich übertrieben einfachen Bild von Dr. Bluthgeld bekennen: ich verabscheue ihn, und ebenso verabscheue ich alles, was er vertritt. Er ist das Fremde, er ist der Feind. Ich kann den Geist eines solchen Menschen nicht ergründen; ich kann nicht ermitteln, auf was all sein Haß beruht. Es sind nicht die Russen, die ich fürchte; es sind die Dr. Bluthgelds in unserer eigenen Gesellschaft, vor denen ich mich entsetze. Ich bin sicher, daß sie gemäß jenem Umfang, in dem sie mich kennen — oder kennen würden —, mich so hassen, wie ich sie hasse, und sie mit mir genau das machen würden, was ich mit ihnen anstellen möchte.

„Und dort, während Stuart ihr noch nachschaute, auf seinen Besen gestützt, kam auch schon der erste Gestörte des Tages schuldbewußt angeschlichen, um unauffällig in die Praxis des Psychiaters zu huschen.“

Das ist unser erster Anblick Dr. Bluthgelds, gesehen durch die Augen eines Mannes, der sich auf einen Besen stützt. Ich halte mich an den Mann mit dem Besen, vom Anfang des Romans bis ganz zum Ende. Stuart McConchie ist ein scharfsinniger Mensch, und sobald er Dr. Bluthgeld sieht, erlebt er einen Augenblick spontaner Erkenntnis, die Bonny Keller trotz ihres jahrelangen engen Umgangs mit Dr. Bluthgeld vollständig fehlt. Ich gebe zu, ich befleißige mich des Vorurteils. Ich bin der Überzeugung, daß man dem ersten Eindruck des Mannes, der den Besen hält, trauen kann. Dr. Bluthgeld ist krank, und zwar krank auf eine Art und Weise, die für uns andere eine

Gefahr ist. Und zahlreiche Übel in unserer heutigen Welt gehen von solchen Menschen aus, weil es nun einmal solche Menschen gibt.

Ich mag mich also, als ich 1964 *Dr. Bloodmoney* schrieb, in mancherlei Hinsicht geirrt haben, doch als ich den Roman kürzlich wieder las, habe ich darin eine grundlegende Richtigkeit gespürt — eine Richtigkeit bezüglich der Menschen und ihrer Fähigkeit zum Überleben. Nicht zum Überleben als Bestien, sondern als wirkliche Menschen, die wirklich menschliche Dinge tun. Übermenschen kommen keine in dem Roman vor. Heroische Taten werden keine getan. Das Buch enthält zugegebenermaßen einige recht mißlungene Voraussagen meinerseits; aber was die Menschen betrifft, ihre Kraft, ihre Zähigkeit, ihre Lebenstüchtigkeit — in dieser Beziehung, glaube ich, war meine Voraussage richtig. Denn natürlich war es gar keine Voraussage; ich habe lediglich das beschrieben, was ich selbst ringsherum sehen konnte: Männer, Frauen und Kinder und Tiere, das Leben auf diesem Planeten, wie es war, es ist und — was auch geschehen mag — sein wird.

Ich bin stolz auf die Menschen in diesem Roman. Und ich möchte mich, wie bereits angedeutet, gerne zu ihnen zählen. Ich habe einmal in Berkeley auf dem Gehweg in der Shattuck Avenue einen Besen geschwungen und diese Art von freudigem Gespür für die geschäftige Betriebsamkeit und den Fleiß empfunden, wie Stuart es empfindet, das Erregende, das Gefühl der Zukunft.

Und trotz des Krieges — jenes Krieges, der in der Wirklichkeit noch nicht stattgefunden hat — schildert der Roman eine positive Zukunft. Mir hätte es gefallen, mit diesen Menschen dort in dem Mikrokosmos zu leben, in ihrer Nachkriegswelt von West Marin.

Philip K. Dick